世纪小说馆

纯青笔触 悲悯情怀 叩问人性 直面现实

这些冷静文字背后的热烈与涣散，总是显得平中带险，秀中见奇。魏微用情于人情之善美，用心于人心之微妙，持续考据世事沉浮背后平凡灵魂的纹理。

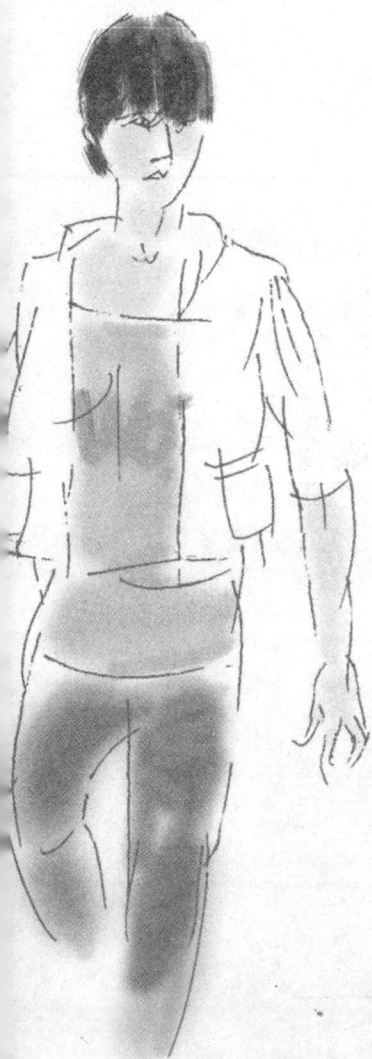

家道
Jiadao

魏微 /著

21 二十一世纪出版社
21st Century Publishing House
全国百佳出版社

图书在版编目（CIP）数据

家道 / 魏微著 . -- 南昌 : 二十一世纪出版社 , 2011.11(2022.4重印)
（21 世纪小说馆）
ISBN 978-7-5391-5893-8

Ⅰ . ①家… Ⅱ . ①魏… Ⅲ . ①长篇小说 – 中国 – 当代

Ⅳ . ① I247.5

中国版本图书馆 CIP 数据核字 (2011) 第 227708 号

家道

魏微 / 著

策　　划	张　明	
责任编辑	文　欢	
出版发行	二十一世纪出版社	
	（江西省南昌市子安路 75 号　330009）	
	www.21cccc.com　cc21@163.net	
出 版 人	张秋林	
经　　销	新华书店	
印　　刷	北京金康利印刷有限公司	
版　　次	2012 年 4 月第 1 版　2022 年 4 月第 3 次印刷	
开　　本	700mm×1000mm　1/16	
印　　张	19.75	
字　　数	240 千	
书　　号	ISBN 978-7-5391-5893-8	
定　　价	30.00 元	

赣版权登字—04—2011—693

如发现印装质量问题，请寄本社图书发行公司调换 0791-86524997

出版前言

　　这是一个令人激动、亢奋又无奈、伤感，一个"神马都是浮云"、令人无法把握和逆料的信息娱乐化时代；一个挟带着无以伦比的超能力量，真正以迅雷不及掩耳之势便能瞬间瓦解和改变所需要的一切，令人百感交集却又身不由己，连真实的人生都能被摇晃的前所未有的浮躁时代。

　　所幸还有小说——这个文学门类中最坚不可摧的艺术形式，依然用它对人生悲悯的宽容和抚慰，让人的心灵还能保有一丝清澈和真诚。虽然文学板块在信息浪潮的强烈冲击下，不可遏制地发生着巨大的变化，但文学的真正重心和意义却是无法逆转的。

　　小说是叙事的艺术，要有真实的情感和人生感悟。它所要传达的永远是应该直达内心的深刻的思想性，只有这样，小说才会具有永恒的生命力。

　　新世纪的文学发展至今，已整整是第十个年头。面对纷繁复杂、剧烈变化的当下时代，小说家们无疑遭遇了前所未有的文学创作挑战。怎样挖掘和表现当下社会情状下的真实生活和思想，是他们所面临和思考的。带着这样的使命和情感，我们策划出版"21世纪小说馆"系列。

启动"小说馆"，力图囊括当下具有广泛影响力及切合当下市场因素的新锐作家和重要作家的代表作品，以当下风格、当下气派和文学价值观上的当下立场，来展示历史进程、社会变迁、当下生存与现实画景，尤其是表现思想的表情、真实的人性、人民对生活的自己的理解和安排。

挂一漏万，偏颇缺失也在所难免。但在当下的市场经济和社会转型下，这项文学工程将尤其警惕审美趣味的走低、语言的粗陋及想象力、原创力的匮乏，而特别倡导当代作家对社会责任的承担、对现实敏锐大胆的把握、对人精神深处犀利而透彻的挖掘、对当下国人复杂而多彩生活的表现、对未来乐观而坚韧的希望、以及对优美汉语言的精心重铸、传承启后。

如此，这方"馆"将会是欣欣向荣的中国文学事业的一个缩影，是生机勃勃的转型期中国小说界的一件雅事盛事，其文学价值和社会意义，相信只会随时间的推移而日益彰显。

静下心来，用一颗善感的心去阅读它们，去感受当下世相人生的脉动，则每颗心灵必多一份丰沛润泽。观照别人的人生心性，享受不可多得的愉悦，这或许是生命发酵的催化剂，生命便得以多出了酿造人生的时间。

是为前言。

目录

大老郑的女人
（小城系列之一）

一

算起来，这是十几年前的事了。

那时候，大老郑不过四十来岁吧，是我家的房客。当时，家里房子多，又是临街，我母亲便腾出几间房来，出租给那些来此地做生意的外地人。也不知从哪一天起，我们这个小城渐渐热闹了起来，看起来，就好像是繁华了。

原来，我们这里是很安静的，街上不大看得见外地人。生意人家也少，即便有，那也是祖上的传统，习惯在家门口摆个小摊位，卖些糖果、干货、茶叶之类的东西。本城的大部分居民，无论是机关的，工厂的，学校的……都过着闲适、有规律的生活，上班，下班，或有周末领着一家人去逛逛公园，看场电影的。

城又小。一条河流，几座小桥。前街，后街，东关，西关……我们就在这里生活着，出生，长大，慢慢地衰老。

谁家没有那些陈芝麻烂谷子的事，说起来都不是什么新鲜事，不过东家长西家短的，谁家婆媳闹不和了，谁离婚了，谁改嫁了，谁作风不好了，谁家儿子犯了法了……这些事要是轮着自己头上，就扛着，要是轮着别人头上，就传一传，说一说，该叹的叹两声，该笑的笑一通，就完了，各自忙生活去了。

这是一座古城，不记得有多少年的历史了，项羽打刘邦那会儿，它就在着，现在它还在着；项羽打刘邦那会儿，人们是怎么生活的，现在也差不多这样生活着。

有一种时候，时间在这小城走得很慢。一年年地过去了，那些街道和小巷都还在着，可是一回首，人已经老了。——也许是，那些街道和小巷都老了，可是人却还活着：如果你不经意走过一户人家的门口，看见这家的门洞里坐着一个小妇人，她在剥毛豆米，她把竹筐放在膝盖上，剥得飞快，满地绿色的毛豆壳子。一个静静的瞬间，她大约是剥累了，或者把手指甲挣疼了，她抬起头来，把手摔了摔，放在嘴唇边咬一咬，哈哈气……可不是，她这一哈气，从前的那个人就活了。所有的她都活在这个小妇人的身体里，她的剥毛豆米的动作里，她抬一抬头，摔一摔手……从前的时光就回来了。

再比如说，你经过一条巷口，看见傍晚的老槐树底下，坐着几个老人，有一搭无一搭地聊着什么。他们在讲古诫。其中一个老人，也有八十了吧，讲着讲着，突然抬起头来，拿手朝后颈处挠了几下，说，日娘的，你个毛辣子。

多少年过去了，我们小城还保留着淳朴的模样，这巷口，老人，俚语，傍晚的槐树花香……有一种古民风的感觉。

另一种时候，我们小城也是活泼的，时代的讯息像风一样地刮过来，以它自己的速度生长，减弱，就变成我们自己的东西了。时代讯息最惊人的变化首先表现在我们小城女子的身上。我们这里的女子多是时髦的。不记得是哪一年了，我在报纸上看到，广州妇女开始化妆了，涂口红，描眼影，一些窗口单位如商场等还做了硬性规定，违者罚款。广州是什么地方，可是也就一年半载的工夫，化妆这件事就在我们这里流行起来了。

我们小城的女子，远的不说，就从穿列宁装开始，到黄军服，到连衣裙，到超短裙……这里横躺了多少个时代，我们哪一趟没赶上？

我们这里不发达，可是信息并不闭塞。有一阵子，我们这里的人开口闭口就谈改革，下海，经济，因为这些都是新鲜词汇。

后来，外地人就来了。

外地人不知怎么找到了我们这个小城，在这里做起了生意，有的发了财，有的破了产，最后都走了，新的外地人又来了。

最先来此地落脚的是一对温州姐妹。这对姐妹长得好，白皙秀美，说话的声音也温婉曲折，听起来就像唱歌一样。她们的打扮也和本地人有所区别，谈不上哪有区别，就比如说同样的衣服穿在她们身上，就略有不同。她们大约要洋气一些，现代一些；言行淡定，很像是见过世面的样子。总之，她们给我们小城带来了一缕时代的气息，这气息让我们想起诸如开放，沿海，广东这一类的名词。

也许是基于这种考虑，这对姐妹就为她们的发廊取名叫做"广州发廊"。广州发廊开在后街上，这是一条老街，也不知多少年了，这条街上就有了新华书店，老邮局，派出所，文化馆，医院，粮所……后来，就有了这家发廊。

这是我们小城的第一家发廊，起先，谁也没注意它，它只有一间门面，很小。而且，我们这里管发廊不叫发廊，我们叫理发店，或者剃头店。一般是男顾客占多，隔三差五地来理理发，修修面，或者叫人捏捏肩膀、捶捶背。我们小城女子也有来理发店的，差不多就是洗洗头发，剪了，左右看看就行了。那时，我们这里还没有烫发的，若是在街上看见一个自来卷的女子，她的波浪形的头发，那真是能艳羡死很多人的，多洋气啊，像个洋娃娃。

　　广州发廊给我们小城带来了一场革新。就像一面镜子，有人这样形容道，它是一个时代在我们小城的投影。仅仅从头发上来说，我们知道，生活原来可以这样，花样百出，争奇斗艳。是从这里，我们被告知关于头发的种种常识，根据脸形设计发型，干洗湿洗，修护保养，拉丝拉直，更不要说烫发了。

　　等我知道了广州发廊，已经是两三年以后的事了。有一天放学，我和一个女同学过来看了，一间不足十米见方的小屋子里，集中了我们城里最时髦漂亮的女子，她们取号排队，也有坐着的，也有站着的，或者手里拿着一本发型书，互相交流着心得体会……我有些目眩，到底因为年纪小，胆怯，踅在门口看了一下就跑出来了。

　　我听人说，广州发廊之所以生财有道，是因为不单做女人的生意，就连男人的生意也要做的。做男人的生意，当然不是指做头发，而是别的。这"别的"，就有人不懂了，那懂的人就会诡秘一笑，解释给他听：这就是说，白天做女人的生意，夜里做男人的生意。听的人这才似懂非懂，恍然大悟，因为这类事在当时是破天荒的，人的见识里也是没有的。因此都当做一件新奇事，私下里议论得很有劲道。

　　倘若有人怀疑道，不可能吧？派出所就在这条街上……话还没说完，就会被人"嘻"的一声打断道，派出所？怎见得派出所里就没她们的人？说着便一脸的坏笑。或者由另外的人接话道，你真是不灵通，现在都什么年代了，这事在广东那边早盛行了。

　　大老郑是在后些年来到我们小城的，他是福建莆田人，来这里做竹器生意。当时，我们城里已经集聚了相当规模的外地人，就连本城人也有下海做生意的，卖小五金的，卖电器的，开服装店的。

　　广州发廊不在了，可是更多的发廊冒出来，像温州发廊，深圳发廊……这些发廊也多是外地人开的，照样门庭若市。那温州两姐妹早走了，她们在这里呆了三四年，赚足了钱。关于她们的传言没人再愿意提起了，仿佛它已成了老黄历。总之，传言的真假且不去管它，但有一点却是真的，人们因为这件事被教育了，他们的眼界开阔了，他们接受了这样一个现实。一切已见怪不怪。

　　大老郑租的是我家临街的一间房子。后来，他三个兄弟也跟过来了，他就在我家院子里又加租了两间房。院子里凭空多了一户人家，起先我们是不习惯的，后来就习惯了，甚至有点喜欢上他们了，因为这四兄弟为人正派乖巧，个性又各不一样，凑在一起实在是很热闹。关键是，他们身上没有生意人的习气，可什么是生意人的习气，我们又一下子说不明白了。

　　就说大老郑吧，他老实持重，长得也温柔敦厚，一看就是个做兄长的样子。平时话不多，可是做起事来，那真是既有礼节，却又不拘泥于礼节，这大概就是常人所说的的分寸了。当年，我家院子里结了一株葡萄，长得很旺盛，一到夏天，成串的葡萄从架子上挂下来，我母亲便让大老郑兄弟摘着吃。或者她自己摘了，洗净了，放到盘子里，让我弟弟送过去。大老郑先推让一回，便收下了；可是隔一些日子，他就瓜果桃李地买回来，送到我家的桌子上。又会说话，又能体贴人，说的是：是去乡下办事，顺便从瓜田里买回来的，又新鲜，又便宜，不值几个钱的，吃着玩吧……一边说，一边笑，仿佛占了多少便宜似的。

　　他又是顶勤快的一个人。每天清晨，天蒙蒙亮就起床了，开门第一件事就是扫院子，又为我家的花园浇浇水，除除草……就像待自己家里一样。我奶奶也常夸大老郑懂事，能干，心又细，眼头又活……哪个女人跟了他，怕要享一辈子福呢。

　　大老郑的女人在家乡，十六岁的时候就嫁到郑家了，跟他生了一双儿女。我们便常常问大老郑，他的女人，还有他的一双儿女。大凡这时候，大老郑总是要笑的，不说好，也不说不好……总之，那样子就是好了。

我们说，大老郑，什么时候把你老婆孩子也接过来吧，一起住一段。

大老郑便说好，说好的时候照样还是笑着的。

有很长一段时间，我们都信了大老郑的话，以为他会在不经意的某天，突然带一个女人和两个少年到院子里来。尤其是我和弟弟，整个暑假慢而且昏黄，就更加盼望着院子里能多出一两个玩伴，他们来自遥远的海边，身体被晒得黝黑发亮，身上能闻见海的气味。他们那儿有高山，还有平原，可以看见大片的竹林。

这些，都是大老郑告诉我们的。大老郑并不常提起他的家乡，我们要是问起了，他就会说一两句，只是他言语朴实，他也很少说他的家乡有多好，多美，但是不知为什么，我的眼前总浮现出一幅和我们小城迥然不同的海边小镇的图景，那儿有青石板小路，月光是蓝色的，女人们穿着蓝印花布衣衫，头上戴着斗笠，背上背着竹筐……和我们小城一样，那儿也有民风淳朴的一瞬间，总有那么一瞬间，人们善良地生活着，善良而且安宁。

我不知道，我为什么会有这样的想象，也许这一切是缘于大老郑吧。一天天的日常相处，我们慢慢对他生出了感情，还有信任，还有很多不合实际的幻想。我们喜欢他。还有他的三个弟弟，也都个个讨人喜欢。就说他的大弟弟吧，我们俗称二老郑的，最是个活泼俏皮的人物，又爱说笑，又会唱歌。唱的是他们家乡的小调：

姑娘啊姑娘
你水桶腰　水桶腰

　　腔调又怪，词又贫，我们都忍不住要笑起来。有一次，大老郑以半开玩笑的口吻，托我母亲替他的这个弟弟在我们小城里结一门亲事，我母亲说，不回去了？大老郑笑道，他们可以不回去，我是要回去的，是有老婆孩子的人呢。

　　大老郑出来已有一些年头了，他们莆田的男人，是有外出跑码头的传统的。钱挣多挣少不说，一年到头是难得回几次家的，我母亲便说，不想老婆孩子啊？大老郑挠挠腮说道，有时候想。我母亲说，怎么叫有时候想？大老郑笑道，我这话错了吗？不有时候想，难道是时时刻刻想？我母亲说，那还不赶快回去看看。大老郑说，不回去。我母亲说，这又是为什么？大老郑笑道，都习惯了。他又朝他的几个兄弟努努嘴，道，这一摊子事丢给他们，能行吗？

　　大老郑爱和我母亲叨唠些家常。这几个兄弟，只有他年纪略长，其余的三个，一个二十六岁，一个二十岁，最小的才十五岁。我母亲说，书也不念了？大老郑说，不念了。都不是念书的人。我母亲说，老三还可以，文弱书生的样子，又不爱说话，又不出门的。大老郑说，他也就闷在屋子里吹吹笛子罢了。

　　老三吹得一手好笛子，每逢有月亮的晚上，他就把灯灭了，一个人坐在窗前，悠悠地吹笛子去了。难得有那样安静惬意的时刻，我们小城仿佛也不再喧闹了，变得寂静，沉默，离一切好像很远了。

　　有一阵子，我们仿佛真是生活在一个很远的年代里，尤其是夏天的晚上，我们早早地吃完了饭，我和弟弟把小矮凳搬到院子里，就摆出乘凉的架势了。我们三三两两地坐着，在幽暗的星空底下，一边拍打着蒲扇，一边听我父母讲讲他们从单位听来的趣闻，或者大老郑兄弟会说些他们远在天边的莆田的事情。

　　或有碰上好的连续剧，我们就把电视机搬到院子里，两家人一起看；要是谈兴甚浓的某个晚上，我们就连电视也不看的，就光顾着聊天了。

我们说一些闲杂的话，吃着不拘是谁家买来的西瓜，困了，就陆续回房睡了。有时候，我和弟弟舍不得回房，就赖在院子里。我们躺在小凉床上，为的就是享受这夏夜安闲的气氛，看天上的繁星，或者月亮光底下梧桐叶打在墙上的影子；听蛐蛐、知了在叫，然后在大人窃窃的细语中，在郑家兄弟悠扬的笛声和催眠曲一样的歌声中睡去了。

似乎在睡梦之中，还能隐隐听到，我父亲在和大老郑聊些时政方面的事，关于经济体制改革，政企分开，江苏的乡镇企业，浙江的个体经营……那还了得！——只听我父亲叹道，时代已发展到什么程度了！

我们两家人，坐在那四方的天底下，关起院门来其实是一个完整的小世界。不管谈的是什么，这世界还是那样的单纯，洁净，古老……使我后来相信，我们其实是生活在一场遥远的梦里面，而这梦，竟是那样的美好。

二

有一天，大老郑带了一个女人回来。

这女人并不美，她是刀削脸，却生得骨骼粗大。人又高又瘦，身材又板，从后面看上去倒像个男人。她穿着一身黑西服，白旅游鞋，这一打眼，就不是我们小城女子的打扮了。说是乡下人吧，也不像。因为我们这里的乡下女子，多是老老实实的庄稼人的打扮，她们不洋气，可是她们朴素自然，即便穿着碎花布袄，方口布鞋，那样子也是得体的，落落大方的。

我们也不认为，这是大老郑的老婆，因为没有哪个男人是这样带老婆进家门的。大老郑把她带进我家的院子里，并不做任何介绍，只朝我们笑笑，就进屋了。隔了一会儿，他又出来了，踅在门口站了会儿，仍旧朝我们笑笑。

我们也只好笑笑。

我母亲把二老郑拉到一边说，该不会是你哥哥雇的保姆吧。二老郑探头看了一眼，说，不像。保姆哪有这样的派头，拎两只皮箱来呢。

我母亲说，看样子要在这里落脚了，你哥哥给你们找个了新嫂子呢。二老郑便吐了一下舌头，笑着跑了。

说话已到了傍晚，天色还未完全暗下来，从那半开着的门窗里，我们就看见了这个女人，她坐在靠床的一张椅子上，略低着头，灯光底下只看见她那张平坦的脸，把眼睛低着，看自己的脚。她大约是坐得无聊了，偶尔就抬起头来朝院子里睃上一眼，没想到和我们其中一个的眼睛碰个正着，她就又重新低下了头，手不知往哪放，先拉拉衣角，然后有点局促的，就摆弄自己的手去了。

她的样子是有点像做新娘子的，害羞，拘谨，生疏。来到一个新环境里，似乎还不能适应。屋里的这个男人，看上去她也不很熟悉，也许见过几次面，留下一个模糊美好的印象，知道他是个老实人，会待她好，她就同意了，跟了他。

那天晚上，她给我们造成了一种婚嫁的感觉，这感觉庄重，正大，还有点羞涩，仿佛是一对少年夫妻的第一次结合，这中间经过媒妁之言，一层层繁杂的手续……终于等来了这一天。而这一天，院子里的气氛是冷淡了些，大家都在观望。只有大老郑兴兴头头的，在屋子里一刻不停地忙碌着，他先是扫地，擦桌子……当这一切都做完的时候，他犹豫了一下，在离她有一拳之隔的床头坐下了。他搓着手，一直微笑着，也许他在跟她说些什么，她抬起头来看他一眼，就笑了。

他起来给她倒了一杯水。

再起来给她搬来一只放杯子的凳子。

那么下面还能做些什么呢？想起来了，应该削个苹果吧，于是他就削苹果了。他把苹果削得很慢很慢，像在玩一样技艺。有时他会看她，但更多的还是看我们，看我和弟弟，还有他家的老四。我们这几个半大不小的孩子，就站在院子正中的花园里，一边说着玩着笑着，一边装作不经意地探头看着……隔着花园里的各种盆盆罐罐，两棵冬青树，我们看见大老郑半恼不恼地瞪着我们，他伸出一只腿来把门轻轻地挡上了。

那天晚上，这女人就在大老郑的房里住下了。原先，大老郑是和老四住一间房，后来，老四被叫进去了，隔了一会儿，我们看见他卷着铺盖从这一间房挪到另一间房，他又嘟着嘴，好像很不情愿的样子，我们就都笑了。

那天的气氛很奇怪，我们一直在笑。按说，这件事本没有什么特别可笑的地方，因为我们小城的风气虽然保守了些，可是在男女之事上，也有它开通豁达的一面。大约这类事在哪里都是免不了的，一个已婚男子，老婆又常不在身边，那么，他偶尔做些偷鸡摸狗的事也是正常的。我父亲有一个朋友，我们唤做李叔叔的，最是个促狭的人物，因常来我们家，和大老郑混熟了，有一次他就拿他开玩笑说，大老郑，给你找个女朋友吧？

大老郑便笑了，嗫嚅着嘴巴，半晌没见他说出什么来。李叔叔说，你看，你长得又好，牙齿又白，还动不动就脸红——

我母亲一旁笑道，你别逗他了，大老郑老实，他不是那种人。

可是那天晚上，我母亲也不得不承认道：这个死大老郑，我真是没看出来呢。她坐在沙发上，很笃定地等大老郑过来跟她谈一次。她是房主，院子里突然多出来一个女人，她总得过问一下，了解一些情况吧。

原来，这女人确是我们当地的，虽家在乡下，可是来城里已有很多年了。先是在面粉厂做临时工，后来不知为什么辞了职，在人民剧场一带卖葵花籽。我母亲说，我们也常去人民剧场看电影看戏的，怎么就没见过你？

女人说，我也常回家的。——当天晚些时候，大老郑领女人过来拜谒我母亲，两人坐在我家的客厅里，女人不太说什么，只是低着头，拿手指一遍遍地划沙发上的布纹，她划得很认真，那短暂的十几分钟，她的心思都集中到她的手指和布纹上去了吧？大老郑呢，只是一个劲地抽着烟，偶尔，他和我母亲聊些别的事，常常就沉默了。话简直没法说下去了，他抬头看了一眼灯下的蛾虫，就笑了。我母亲说，你笑什么？

大老郑说，我没笑啊。

这么一说，禁不住女人也笑了起来。

女人就这样来到我们的生活里，成为院子里的一个成员。这一类的事，又不便明说的，大家也就睁一只眼闭一只眼的，就此混过去算了。我母亲原是极开明的，可是有一阵子，她也苦恼了，常对我父亲嘀咕道，这叫什么事啊！家妻外妾的，还当真过起小日子来了。——又是叹气，又是笑的，说，别人要是知道了，还不知该怎么嚼舌呢，以为我这院子是藏污纳垢的——

其实，这是我母亲多虑了。时间已走到了1987年秋天，我们小城的风气已经很开化了。像暗娼这样古老的职业都慢慢回头了，公安局就常下达"扫黄"文件，我父亲所在的报社也做过几次跟踪报道。当然了，我们谁也没见过暗娼，也不知她们长什么样子，穿什么样的衣裳，有着怎样的言行和作派，所以私下里都很好奇。我母亲因笑道，再怎么着，大老郑带来的这个也不像。我奶奶说，不像，这孩子老实。再则呢，她也不漂亮，吃这行饭的，没个脸蛋身段，那股子浪劲，那还不饿死！我父亲笑道，你们都瞎说什么呢？

总之，那些年，我们的疑心病是重了些，我们是对一切都有好奇、都要猜嫉的。那的确是个与众不同的年代吧，人心总是急吼吼的，好像睡觉也睡不安稳。一夜醒来，看到的不过还是那些旧街道和旧楼房，可是你总会感觉到，有什么东西变了，它正在变，它已经变了，它就发生在我们的生活里，而我们是看不见的。

无论如何，女人就在我家的院子里住了下来。起先，我们对她并不友善，我母亲也有点忌讳她和大老郑的姘居关系，可是她又不能赶的，一则和大老郑的交情还不错，二则呢，这女人也着实可怜，没家没道的。乡下还有个八岁的男孩，因离了婚，判给前夫了。

她待大老郑又是极好的，主要是勤快，不惜力气。平时浆洗缝补那是免不了的，几个兄弟回来，哪次吃的不是现成饭？还换着花样，今天吃鱼明天吃肉的，逢着大老郑兴致好了，哥几个咂二两小酒也是有的。他们一家子人，围着饭桌坐着，在日光灯底下，刚擦洗过的地面泛着清冷的光。

有时候，饭是吃得冷清了些，都不太说话，偶尔大老郑会搭讪两句，女人坐在一旁静静地笑。有时却正好相反，许是喝了点酒的缘故吧，气氛就活跃了起来。老二敲着竹筷唱起了歌，他唱着哩哩啦啦的，不成腔调，女人抿嘴一乐道，是喝多了吧？

老三说，别理他，他一会儿就好了。

两人都愣了一下，可不是，话就这么接上了，连他们自己都不提防。郑家几个兄弟都是老实人，他们对她始终是淡淡的，淡不是冷淡，而是害羞和难堪。就比如说她姓章，可是怎么称呼呢，又不能叫嫂子或姐姐的，于是就叫一声"哎"吧，"哎"了以后再笑笑。

女人很聪明，许是看出我们的态度有点睥睨，所以轻易不出门的。白天她一个人在家，她把衣服洗了，饭做了，卫生打扫了，就坐在沙发上嗑嗑瓜子，看看电视。看见我们，照例会笑笑，抬一下身子，并不多说什么。从她进驻的那一天起，这屋子就变了，新添了沙发、茶几、电视……她还养了一只猫，秋天的下午，猫躺在门洞里睡着了，下午三四点钟的太阳照下来，使整个屋子洋溢着动物皮毛一样的温暖。

有一次，我看见她在织手套，枣红色的，手形小巧而精致，就问，给谁的？织给儿子的吗？她笑道，儿子的手会有这么大？是老四的。她放下手里的活，找来织好的那一只放在我手上比试一下，说，我估计差不多，不会小吧？

几个弟弟中，她是最疼老四的，老四嘴巴甜，又不明事理，有一次就喊她做"姐姐"了，她愣了一下。一旁的老二老三对了对眼色，竟笑了。没人的时候，老四会告诉她莆田的一些事情，他的嫂子，两个侄儿。他们镇上，很多人家都住上小楼了，她就问，那你家呢？老四说，暂时还没有，不过也快了。

她又问，你嫂子漂亮吗？这个让老四为难了，他低着头，把手伸进脖颈处够了够，说，反正是，挺胖的。她就笑了。

她并不太多问什么的，说了一会儿话，就差老四回房，看看他二哥三哥可在，老四把头贴在窗玻璃上说，你待会儿来打扫吧，他们在睡觉。她笑道，谁说我要打扫，我要洗被子，顺带把你们的一块儿洗了。

她虽是个乡下人，却是极爱干净的，和几个兄弟又都处得不错，平时帮衬着替他们做点事情。她说，我就想着，他们挺不容易的，到这千儿八百里的地方来，也没个亲戚朋友的，也没个女人。说着就笑了起来。她的性格是有点淡的，不太爱说话，可是即便一个人在房间里坐着，房间里也到处都是她的气息。就像是，她把房间给撑起来了，她大了，房间小了。

也真是奇怪，原来我们看见的散沙一样的四个男人，从她住进来不久，就不见了，他们被她身上一种奇怪的东西统领着，服从了，慢慢成了一个整体。有一次，我母亲叹道，屋里有个女人，到底不一样些，这就像个家了。

而在这个家里，她并不是自觉的，就扮演了她所能扮演的一切角色，妻子，母亲，佣工，女主人……而她，不过是大老郑的萍水相逢的女人。

她和大老郑算得上是恩爱了。也说不上哪里恩爱，在他们居家过日子的生活里，一切都是平平常常的，不过是在一间屋子里吃饭，睡觉。得空大老郑就回来看看，也没什么要紧事，就是陪陪她，一起说说话。她坐在床上，他坐在床对面的沙发上，门也不关。——门一不关，大方就出来了，就像夫妻了。

慢慢地，我们也把她当做大老郑的妻了，竟忘了莆田的那个。我们说话又总是很小心，生怕伤了她。只有一次，莆田的那个来信了，我奶奶对大老郑笑道，信上说什么了？是不是盼着你回去呢？我母亲咳嗽了一声，我奶奶立刻意识到了，讪讪的，很难为情了。女人像是没听见似的，微笑着坐在灯影里，相当安静地削苹果给我们吃。

也许我们不会意识到，时间怎样纠正了我们，半年过去了，我们接受了这女人，并喜欢上了她。我们对她是不敢有一点猜想的，仿佛这样就亵渎了她。我母亲曾戏称他们叫"野鸳鸯"的，她说，她待他好，不过是贪图他那点钱。后来，我母亲就不说了，因为这话没意思透了，在流水一样平淡的日子里，我们看见，这对男女是爱着的。

他们爱得很安静，也许他们是不作兴海誓山盟的那一类，经历了很多事情了，都不天真了。往往是晚饭后，如果天不很冷的话，他们就出去走走，我母亲打趣道，还轧马路？怎么跟年轻人似的。他们就笑笑，女人把围巾挂在大老郑的脖子上，又把他的衣领立起来。有时候他们也会带上老四，老四在院子外玩陀螺，他一边抽着陀螺，一边就跟着他们走远了。

或有碰上他们不出去的，我们两家依旧是要聊聊天的，说一说天气，饮食，时政。老二倚在门口，说了一句笑话，我们便"喷"的一声笑了，也是赶巧了，这时候从隔壁的房间里传来了一声清亮的笛音，试探性的，断断续续的，女人说，老三又在吹笛子了。我们便屏住了声息，老三吹得不很熟练，然而听得出来，这是一首忧伤的调子，在寒夜的上空，像云雾一样静静地升起来了。

我家的院子似乎又恢复了从前的样子，甚至比从前还要好的。一个有月亮光的晚上，人们寒缩，久长，温暖。静静地坐在屋子里，知道另一间屋子里有一个女人，她坐在沙发上织毛线衣，猫蜷在她脚下睡着了。冬夜是如此清冷，然而她给我们带来了一种岁月悠长的东西，这东西是安稳，齐整，像冬天里人嘴里哈出来的一口热气，虽然它不久就要冷了，可是那一瞬间，它在着。

她坐在哪儿，哪儿就有小火炉的暖香，烘烘的木屑的气味，整间屋子地弥漫着，然而我们真的要睡了。

有一阵子，我母亲很为他们忧虑，她说，这一对露水夫妻，好成这样子，总得有个结果吧？然而他们却不像有"结果"的样子，看上去，他们是把一天当做一生来过的，所以很沉着，一点都不着急。冬天的午后，我们照例是要午睡的，这一对却坐在门洞里，男人在削竹片，女人搬个矮凳坐在他身后，她把毛线团高高地举起来，逗猫玩。猫爬到她身上去了，她跳起来，一路小跑着，且回头"喵喵"地叫唤着，笑着。

这时候，她身上的孩子气就出来了，非常生动的，俏皮的，像一个可爱的姑娘。她年纪并不大，顶多有二十七八岁吧。有时候她把眼睛抬一抬，眼风里是有那么一点活泼的东西的。——背着许多人，她在大老郑面前，未尝就不是个活色生香的女人。

逢着这时候，大老郑是会笑的，他看她的眼神很奇怪，是一个男人对女人的，又是一个长者对孩子的。他说，你就不能安静会儿。

她重新踅回来坐在他身后，或许是拿手指戳了戳他的腰。他回过头来笑道，你干什么？她说，没干什么。他们不时地总要打量上几眼，笑笑，不说什么，又埋头干活了。看得多了，她就会说，你傻不傻？大老郑笑道，傻。

这时候，轮着他做小孩子了，她像个长者。

三

第二年开春，院子里来了一个男人。这男人大约有四十来岁吧，一身乡下人的打扮，穿着藏青裤子，解放鞋。许是早春时节，天嫌冷了些，他的对襟棉袄还未脱身，袖口又短，穿在身上使他整个人变得畏缩，紧张。

按说，我们也算是见过一些乡下人的，有的甚至比他穿得还要随便，不讲究的，但没有像他这样邋遢、落伍的……他又是一副浑然无知的样子，看上去既愚钝又迂腐，像对一切都要服从，都能妥协的。那些年，我们这里的乡下人也多有活络的，部分时髦人物甚至胆敢到城里来做买卖的，开口闭口就谈钱、经济、回扣，十足见过世面的样子。可这个男人不是，看得出来，他是属于土地的，他固守在那里，摆弄摆弄庄稼……这大概是他第一次进城吧？

他像是要找人的样子，有点怯生生的，先是站在我家院门外略张了张，待进不进的。手里又攥着一张皱巴巴的纸条，不时地朝门牌上对照着。那天是星期天，院子里没什么人，吃完了午饭，大老郑携女人逛街去了，其余的人，或有出去办事的，到澡堂洗澡的，串门的……因此只剩下我和母亲在太阳底下闲坐着。老四和我弟弟伏在地上打玻璃球。

这时候，我们就看见了他，生涩地笑着，瑟缩而谦卑，仿佛怕得罪谁似的。我母亲因勾头问道，你找谁？他低下头，微微弯着身子，把手抄进衣袖里说道，我来找我的女人。我母亲说，你女人叫什么？并向他招招手，他满怀感激地就进来了，轻声说了一个名字，我母亲扭头看了我一眼，噢了一声。

他要找的是大老郑的女人，这就是说，他是女人的前夫了？

我们再也不会想到，这辈子会见到女人的前夫，因此都细细地打量起他来。他长得还算结实，一张红膛脸，五官怕比大老郑还要精致些，只是肤质粗糙，明显能看出风吹日晒的痕迹，那痕迹里有尘土，暴阳，田间劳作的种种辛苦……也不知为什么，这乡下人身上的辛苦是如此多而且沉重，仿佛我们就看见似的，其实也没有。

他一个人站在我家的院子里，孤零零的，显得那样的小，而且苍茫。春天的太阳底下，我们吃饱了饭，温暖，麻木，昏沉，然而看见他，心却一凛，陡地醒过来了。我母亲说，要么，你就等等？他笑笑。我母亲示意我进屋搬个凳子出来，等我把凳子搬出来时，他已贴着墙壁蹲下了，从怀里取出烟斗，在水泥地上磕了磕。

无庸讳言，我们对他是有一点好奇的。就比如说，我们不知道他为什么来找女人，是想重修旧好吗？他们现在还有密切的联系吗？他们又是怎么离的婚？我们对女人是一点都不了解的，只知道她的好，他也是好的……可是两个好人，怎么就不能安安生生地过日子呢？

　　起先，他是很拘谨的，不太说什么。可是也就一袋烟的工夫，他就和我母亲聊上了。原来，他是极爱说话的，他说话的时候有一种沉稳又活泼的声色，使我们稍稍有些惊诧，又觉得他是可爱的。他说起田里的收成，他家的一头母猪和五头小猪，屋后的树……总之加起来，扣除税和村上的提留，他一年也能挣个几百块钱呢！——不过，他又叹道，也没用处，这几百块钱得分开八瓣子用，买化肥和农药，孩子的书学费，他寡母的医药费……所以，手里不但落不下什么钱，反倒欠了些债。

　　我母亲说，这如何是好呢？

　　他没有答话，把手伸进腋窝里挠了几下，拿出来嗅嗅，就又说起他们村上，有两家万元户的，他们凭什么？不就因着手里有点余钱，承包个果园，鱼塘……他哼了一声，看得出有点不屑了。他们丢了田，他咕哝道，天要罚的。他说这话时有一种平静的声气，很忧伤，而且悲苦。

　　我母亲打趣道，依我看，你要解放思想，那田不种也罢。

　　他打量了我母亲一眼，嗡声嗡气说道，种田好。

　　我母亲笑道，怎么好了？种田你就当不上万元户。

　　他的脸都涨红了，急忙申辩道，种田踏实。自从盘古开天以来，哪有农民不种田的，你倒跟我说说！也就是这些年——可这些年怎么了，他一下子又说不出来了——再说，我不当万元户，也照样有饭吃，有衣穿，也能住上新瓦房。不过——他想了想，把手肘压在膝盖上，突然羞涩地笑了。他承认道，造瓦房的钱主要是女人的，她在城里当干部，每月总能挣个三四百，够得上他半年的收入了。

　　我们都愣了一下，我母亲疑惑道，当干部？当什么干部？我

一个月都挣不了三四百，问问这城里，除了做生意的——再说，
不是离婚了吗？

离婚？他扶着膝盖站起来了，睁大眼睛说道，你听谁说的？

看他那眉目神情，我们都有点明白了，也许……我们应该怀
疑了，什么地方出问题了，我们被蒙蔽了。他不是女人的前夫，
他是她的男人。我母亲朝我努努嘴，示意我把老四和弟弟领到院
外去，她又笑道，瞧我说的这是哪门子胡话，因不常见着你，小
章又一个人住，就以为你们是离了婚的。

男人委屈地叫道，她不让我来呀。再说了，家前屋后的也离
不开人，要不是细伢子的书学费……这不，都欠了一个月了。老
师下最后通牒了，说是再不交就甭上学了。也是赶巧了，那天二
顺子进城，在这门口看见了她，要不我哪儿找她去？

他絮絮地说着，抱怨起这些年他的生活，又当爹又当妈的，
家也不像家了；但凡手里宽绰些，他也不会放她出来。当什么干
部？——他哧地一声笑了，我还不知道她那点能耐？双手捧不动
四两的，也就混在棉织厂，当个临时组长罢了。

我和母亲面面相觑。面粉厂，棉织厂，人民剧场卖葵花
籽……这么一说，都是假的了。我母亲且不敢声张，又拐弯抹角
地问了他一些别的。总之，事情渐趋明朗了，它被撕开了面纱，
朝我们最不愿意看到的那个方向转弯了。

男人一说竟滑了嘴，收不住了。那天晌午，我们耳旁嗡嗡的
全是他的声音。那是怎样的声音啊……一说起他的婆娘，他显得
那样的罗唆，亲切而且忧伤。他时常想她吗？夜深人静的时候，
他是否常常就醒过来，看窗格子外的一轮月亮。一天中难得有这
样的时刻，能静下来想点事情吧？白天下田劳作，晚上锅前灶后
地忙碌，一年年地，他侍候老母，抚养幼子……这简直要了他的
命！他的女人在哪儿？这当儿，她也睡了吧？一想起她在床上的

熊样子，他就想笑，想得要命。她是顾家的，哪次回来没给他捎上好的烟叶，给儿子买各式玩具，给婆婆带几样药品？可他不如意，也不知为什么，有时简直想哭。他就想着，等日子好了，他要把她接回来，安排她做分内的事，让家里重新燃起油烟气。

呵，让家里燃起油烟气。那一刻，他坐在正午的太阳底下，慢慢地眯起了眼睛。

他停顿了一下，许是说累了，不愿再说下去了。在那空旷的正午，满地白金的太阳影子，我家的院子突然变得大了，听不到一点声音，人身上要出汗了。——再也没有比这更寂寞、荒凉的一瞬间，我们一点点地沉了下去，在太阳地里坐得久了，猛地抬起头来，阳光变成黑色的了。

丈夫最终没能等来他的女人，他兴高采烈地回去了。他知道，隔几天他的女人就会把工资如数上交，他要用这笔钱给细伢子交书学费。他又从门洞里拖出半袋米，托我们转交，说，这是好米，在城里能卖不少的价钱呢，留着她吃吧；我们在家里的，能省些则省些。

女人是在晚上才回的家，她跟在大老郑的后头，手里提着大包小包的。我母亲趋前问道，都买了什么？大老郑笑道，随便给她买了些衣服。女人立在床头，把东西一样样地抖出来，皮鞋，衣裙……又把一件衣料放在膀子上比试一下，问我母亲道，也不知好看不好看？我就嫌它太花哨了，都是他主张要买。大老郑笑道，这几样当中，我就看中这一件，花色好，穿上去人会显得俏丽。

凭心而论，女人的作派和先前没什么两样，可是我们都看出一些别的来了。就比如说她是细长眼睛，大老郑说话的当儿，她把眼睛稍稍往上一抬，慢慢的，又像是不经意的……反正我是怎么也描述不出来，学不出来的。——就这么一抬，我母亲拿手肘抵抵我，耳语道，真像。

原来，我母亲早就听人说过，我们城里有两类卖春的妇女，说起来这都是广州发廊以后的事了。就有一次，有人指着沿街走过的一个女子，告诉她说这是做"那营生"的。那真是天仙似的一个人物，我母亲后来说，年轻且不论，光那打扮我们城里就没见过；我母亲因问道，不是本地人吧？那人淡淡笑道，哪有本地人在本地做生意的？她们敢吗？人有脸，树有皮，再不济也得给亲戚朋友留点颜面，万一做到兄弟、叔伯身上怎么办？

还有一类倒真是我们本地人，像大老郑的女人，操的是半良半娼的职业。对于类似的说法，我母亲一向是不信的，以为是谣言，她的理由是，良就是良，娼就是娼，哪有两边都沾着的？殊不知，这一类的妇女在我们小城竟是有一些的，她们大多是乡下人，又都结过婚，有家室，因此不愿背井离乡。

这类妇女做的多是外地人的生意，她们原本良善，或因家境贫寒，在乡下又手不缚鸡，吃不了苦，耐不了劳；或有是贪图富贵享乐的；也有因家庭不和而离家出走的……凡此种种，不一而足。她们找的多是一些未带家眷的生意人，手里总还有点钱，又老实持重，不寒碜，长得又过得去，天长日久，渐渐生了情意，恋爱上了。

她们用一个妇人该有的细心、整洁和勤快，慰藉这些身在异乡的游子，给他们洗衣做饭，陪他们说话；在他们愁苦的时候，给他们安慰，逗他们开心，替他们出谋划策；在他们想女人的时候，给他们身体；想家的时候，给他们制造一个临时的安乐窝……她们几乎是全方位的付出，而这，不过是一个妇人性情里该有的，于她们是本色。她们于其中虽是得了报酬的，却也是两情相悦的。

若是脾性合不来的，那自然很快分手了，丝毫不觉得可惜；

若是感情好的，那男人最终又要回去的，难免就有麻烦了，总会痛哭几场，缱绻难分，互留了信物，相约日后再见的，不过真走了，也慢慢好了，人总得活下去吧？隔一些日子，待感情慢慢地平淡了，她们就又相中了一个男子，和他一起过日子去了。

做这一路营生的妇人，多由媒人介绍来的，据说和一般的相亲没什么两样，看上两眼，互相满意了，就随主顾一起走了。而这一类的妇人，天性里有一些东西是异于常人的，就比如说，她们多情，很容易就怜惜了一个男子；她们或许是念旧的，但绝不痴情。她们是能生生不息、换不同男子爱着的……或许，这不是职业习性造就的，而是天性。

和我们一样，她们也瞧不起娼妓，大老郑的女人就说过，那多脏，多下流呀！而且，也不卫生。她吃吃地笑起来，那是早些时候，她的"前夫"还未出现。她们和娼妓相比，自然是有区别的，和一般妇女比呢，就有点说不清楚了。照我看来，唯一的区别就在于，在通过恋爱或婚嫁改善境遇方面，她们是说在明处的，而普通妇女是做在暗处的。因此，她们是更爽利，坦白的一类人，值不值得尊敬是另一说了。

我们家对过，有一户姓冯人家的老太太，我们都唤做冯奶奶的，最是个开朗通达的人物。长得又好，皮肤白，头发也白，夏天若是穿上一身白府绸衣褂，真是跟雪人一般。这老太太是颇有点见识的，大概因她儿子在监察局做局长、女儿在人民医院做护士长的缘故吧，她说起天文地理来，那是能让人震一震的。常常是坐在自家门口剥毛豆米，隔着一条马路就朝我奶奶喊过来，你家今天吃什么？两个老太太一递一声地说着话，末了她端着一个竹筐子，一路颠颠地就跑过来了。看见我，就笑道，阿大下学堂了？看见我弟弟，就说，小二子，今天挨没挨先生批？她是很得人缘的一个，凡是认识她的没有不尊敬她的。她的风流事在我们这一带是传遍了的，年轻时因男人跑台湾，单单丢下她娘儿三个，两张嗷嗷待哺的嘴，怎么活呀？就找相好呗，也不知找了多少个，才把这两个孩子拉扯大，出息了，成家了。倘若有人跟她做媒，她大凡是回绝的，说的是，她男人一天不死，她就要等他回来。有人背地里取笑她，这叫什么等？比她男人在时还快活。无论如何，她是抚养了两个孩子，不是含辛茹苦，而是快快乐乐。

我们无论如何也说不清，在大老郑的女人和冯奶奶之间，到底有何不同，可是我们能谅解冯奶奶，而不能谅解大老郑的女人。我母亲很快下了逐客令，当天晚上，她就找大老郑过来摊牌了，大老郑如实招供，和我们了解的情况没什么出入，不过他说，她是个好人。我母亲通情达理地说，我知道，你也是好人，可是这跟好人坏人没关系，我们是体面人家，要面子，别的都好说，单是这方面……你不要让我太为难。

我母亲又说，你是生意人，凡事得有个分寸，别让外人把你的家底给扒光了。大老郑难堪地笑着，隔了一会儿，他搓搓手道，这个，我其实是明白的。

大老郑携女人走了，为眼不见心不烦，我母亲让他的几个兄弟也跟着一起走了。从那以后，我们再也没见过他们，也没听到过他们的任何讯息了。

这一晃，已是十五年过去了，我们也不知道，大老郑和他的女人，他们过得还好吗？他们是不是早分开了？各自回家了？在他们离开院子的最初几个年头，每到夏天，我们乘凉的时候，或是冬天，我们早早缩在被子里取暖的时候，就会想起他们，那是怎样安宁淳朴的时光啊，像我们幻想中的莆田的竹林，在月光底下发出静谧的光……现在，它已经遥不可及了；或许，它压根儿就没存在过？

　　而这些年来，我们小城是一步步往前走着的，这其中也不知发生了多少事。有一次，我父亲因想起他们，就笑道，这叫怎么说呢，卖笑能卖到这种份上，还搭进了一点感情，好歹是小城特色吧，也算古风未泯。我母亲则说，也不一定，卖身就是卖身，弄到最后把感情也卖了，可见比娼妓还不如。

　　唉，这些事谁能说得好呢？我们也就私下里瞎议论罢了。

石头的暑假

（小城系列之二）

二十年前，石头还是我们这条街上最俊朗的男孩子。问问我们这里的街坊邻居，谁不记得当年的石头啊？那个白皙颀长的少年，又安静又腼腆，他挎着黄书包，骑着自行车从街巷间蹬过的样子，至今还浮现在我们的眼前。

邻居的阿姨大妈们都说，一个暑假过去了，石头就长高了，出挑成一个帅小伙子了。可不是，这一眨眼，石头就十七岁了，我们这些随他一起要大的小姑娘，有一天突然不敢看他了，害臊了，脸红了，也不和他说话了。

石头看见我们，也会脸红的。他朝我们笑一下，轻轻侧过头去……石头妈说，你看我们家石头，成天跟大姑娘似的，也不晓得叫人了。我妈说，是啊，我们家嘉丽也是这样，这些孩子，人小鬼大呢。

两个母亲站下来说话的时候，我和石头打一个照面，就各自回家了。我妈是很喜欢石头的，也许，她私下里是盼着石头将来能成为她的女婿呢。

　　石头和我们街上别的男孩子都不同，石头规矩，有教养。他在重点中学读高一，成绩嘛，总算还可以。石头的父亲李叔叔说，石头就是有点闷，眼看就要考大学了，还整天记日记，你说多浪费时间啊，大人都急死了。

　　我妈说，日记上都写什么了？

　　李叔叔"嗨"一声道，还能写什么呢？不过就是忧愁呀，人生呀，我看都不要看的，做作！我们就都笑了。

　　我妈说，你不懂，石头像个诗人。

　　李叔叔常来我们家，找我父亲下棋，几盘棋下来，他就点上一支烟，"石头石头"的挂在嘴边。他是既骄傲，又焦虑的。他常说，这一代的孩子啊，接着就唠叨起当年他在山西当兵，冰天雪地的，还要到山地里铺铁路。——怎么个苦法，嘉丽你知道吗？有人再没出过山，死在那儿了；雷管刚拿出来，全冻裂了……我告诉你嘉丽，那时候，你李叔叔可想不起命运、人生这些字眼来，我嘛——他站起来，在院子里踱上两步，笑道，净想着你张阿姨了，想着我要是能活着出去，就和她结婚，生个像模像样的儿子出来，取名叫石头。石头再生儿子，就叫石子。

　　说到这儿，李叔叔笑嘻嘻地看了我一眼。

　　李叔叔是个风趣人物，他常拿我打趣，说将来要找一个像嘉丽这样的儿媳妇，而我父母竟是一点都不恼的。我尤其记得夏天的傍晚，他坐在我家的院子里，说起儿子时眉飞色舞的样子。石头这个词由他嘴里　出来，就像在敲鼓点，又响亮，又有节奏，石头，石头。他又是个不停嘴的人，一说能说几个小时，而我们是怎么也听不够、听不厌的。

　　暑假将近末梢，八月底的一天，我们对过的一户人家来了一个小亲戚。小姑娘大约八、九岁吧，也是本城人，她因父母出差，便被送到这户姓王的表叔家里，暂住几天。

我还能记得那天，她由母亲领着走进我们的街巷里。她穿着天蓝色的泡泡袖连衣裙，一双大大的眼睛，在太阳底下眯缝着，既安静又灵活。她是黄黄的小卷毛儿，额头上有两个旋儿，一左一右扎着抓髻，像羚羊的角。后来我们知道，这个像精灵一样的小人儿，她叫夏雪，在实验小学读念一年级。

起先，她是很认生的，她一只手拎着个小包裹，另一只手攥在她母亲的手心里，抵死不肯进亲戚家的门。她母亲笑道，这又怎么了？不是说好了吗？你自己兴兴头头要来的！待她母亲要走了，她站在门框里，眼泪汪汪地说，妈妈，你说过两天以后来接我的。她妈妈说，你要听话，我去上海给你买裙子和皮鞋。她这才收住眼泪说道，皮鞋我要红色的，裙子是白色的。她妈妈笑道，都说过一千遍了！她婶婶弯腰跟她说道，你先住着吧，我们这条街上小姑娘可多啦，过两天赶你走，你都不想走呢。你不是有个同学叫李清的吗？喏，就住在斜对面，待会儿我带你去找她。

她这才勉强一笑。

小姑娘就这样走进石头的家里，去找他的妹妹李清。我们说，石头的命运是从这一天开始转变的，虽然这一天，他也许并没有遇上她。

两个小姑娘整天混在一起，我们确实知道，至少在暑假的最后几天，她们是快乐的。她们在巷子里疯跑，玩"捉迷藏"的游戏。其中一个倚在电线杆后面，闭上眼睛问，好了吗？那一个说，还没呢，不准看呵。常常的，我们就听到她们的尖叫声，从巷子的某个角落里传来，弥漫在正午的太阳底下。

很多天后，石头说，他也听到了类似的尖叫声，有时是在正午，有时是在晚上，待他从床上爬起来的时候，它就不见了。

真是奇怪，石头说，它不见了。

　　它从来是在石头似睡非睡时响起，迷迷糊糊的像一声唿哨；他清醒的时候，它就消失了。所以，这究竟是怎样的一种声音，石头是描述不出来的。有时候，他怀疑自己得了幻听，也不知从哪一天起，石头突然烦躁了，常常彻夜不眠，为的就是等——也许和我们听到的并不是一种尖叫的尖叫声。有一天下午，石头去妹妹房间里找剪刀，推开门的时候，看见两个小姑娘脱光了衣服，坐在床上玩一种叫做"石房子"的游戏。

　　石头很大方地就进去了，从抽屉里摸出剪刀，侧头看她们一眼，笑道，你们两个，怎么不讲文明啊？石头根本没在乎她们，整个一夏天，都是由他为妹妹洗澡，他摸着她的小胸脯，常常开玩笑说，一把瘦骨头。床上坐的另一位却是胖的，然而跟她的胖并没有关系，石头紧张了，那是因为她紧张了。

　　自始至终，她用一双惊恐的大眼睛瞪着石头，一边拿裙子遮住了身体，这动作是连贯的，迅速的，很像个成人。石头觉得很有意思。一个八岁的小女孩，皮肤是粉红色的，肉乎乎的四肢和手脚，她把膝盖支起来，挡住了胸口，双手把肩膀紧紧搂住……就这么蜷缩在床角，往后退，往后退。石头也呆了，他从未见过这样的阵势，一个八岁的小女人。

　　后来，她的裙子滑下去了，她放下手臂去捡裙子，石头就看见了她的小乳头，还来不及肿起来，往里瘪。石头听见自己的声音软弱而轻飘，像来自远方，像经历了一场大汗淋漓，他说，你们把衣服穿起来吧。他转过身去，把门关上了，他感到自己很昏沉。

　　我们小街上的第一场强奸案就发生在两天以后。石头终于听到了他找寻已久的尖叫声，那是由他自己发出来的，在他的身体里藏了很久，折磨他快要发疯了。石头不承认自己是强奸，然而那天上午，他把妹妹支走了，屋子里只剩下他和那个小女孩，他把她抱在怀里……竟哭了。他知道在这间屋子里，此时此刻，发生了一件事情，他已大祸临头。

石头觉得冤屈。

他回忆说，从见她第一面起，他就喜欢上了她。这是他的第一次……看着一个女孩子坐在他家的院子里，葡萄架下她抬起长睫毛的眼睛，阳光在她的脸上忽闪忽闪的。她的胳膊里夹着一个布娃娃，他看着她给布娃娃把屎把尿，哄它睡觉，又掀起衣服给它喂奶。她喂奶的样子真是迷人极了，微微低着眼睑，嘴唇一张一合的。石头说，他从来没把她当做八岁，在他看来，她是个比他更年长的女子，十八岁，二十岁，她像的。

她比我们街上任何一个少女都像少女。——石头这句话，伤了我们街上的所有女孩，尤其是女孩的母亲们。我妈就说，她怎么就像少女了？少女就得遭强奸啊？总之，这是个奇怪的混合体，她时而矫揉做作，时而落落大方，她看人的眼神是直接、清澈的，有时也曲折。石头忘不了那一双天使的眼睛，纯洁，坦荡，看上去什么都明白……她的鼻翼上有人的汗珠。

她叫他好看的石头哥哥，有时她会亲他，央求他给她买一根冰棍。她也会撒娇，她是对谁都要撒娇的，扭一下小身子，伤心的时候泪水就汪在眼里。她让石头背着她，身体吊在石头的脖子上，嘴唇咬在他的耳边，学李清的口气说道，李石，李石。后来，我们街上的人都说，这是个小尤物，虽然她什么也不懂……这事怪不得石头。

那天上午，一声尖叫刺破了小街的上空，直到二十年后，这尖叫还回荡在我们的耳膜，让我们想起久远的一段往事，那发生在十七岁的少年和八岁女孩之间的一场"友情"：那于他们都是新鲜的，第一次……两人都很害怕。他央求她别把这事告诉给别人，她答应了，她求他带她去看一场电影，他也答应了。她渐渐感到疼了，石头的最后一个暑假就结束了。

石头被判了两年。

女孩的父亲是刑警队队长，他是在外地执行任务时听说这件事的，一个七尺男儿当即蹲在地上痛哭，他拿拳头砸地，水泥板上血肉模糊。后来，他拔出枪来，朝幽暗的星空连放了数枪。他是当夜赶回来的，到我们街上接他的女儿。女儿蜷缩在婶婶怀里，天已经很晚了，她真的困了，就要睡了。一屋子的人却围住她，轻声地说着，侧过头去抹眼泪。

父亲抱住女儿恸哭，女儿也哭，大呼小叫的。我们街上的人都说，究竟为什么要哭，她自己其实是不知道的。

父亲来到石头家里，在屋子里站了会儿，他的牙齿都在发抖。他毕竟是刑警出身，并未做出什么过激之举，临走的时候只丢下一句话说，我会让你赔命的。

这是真的，石头差点就送了命，虽然他只有十七岁；石头家为此付出了惨重的代价，他们甚至越级到了省城——李叔叔是供电局局长，是能通上很多关系的。反正至少在半年里，这件事是我们小城的头等大事，被大家议论得沸沸扬扬。当事的两个男女主人公，也成为我们这里的名人。

我们街上的人都在叹息，石头毁了。

不可避免的，我们眼前就常浮现出一个玉树临风的少年，他优雅懂礼，有着青瓷一样秀美的五官和肤色，他笑起来是不出声的，白牙齿微微地露出来。再有一学年，他就要考大学了，老师们都说，谁能想到石头会出这种事呢？这孩子老实，成绩又好，不知有多少女生暗恋他，往他书里夹纸条，他一概不理的。每年暑假开学，总有几个学生来不了的，他们或是病死的，或是游泳淹死的，李石是强奸的。

那个女主角呢，听说被送到外地的舅舅家里，每天上学由外公外婆接送，只在过年的时候才被悄悄地送回来。全族的人都在为她制造一个安全的氛围，让她忘掉往事，忘掉这个小城，某一年夏天，那条小街……就像一切都没有发生过。

城里有个"智多星"说，其实大可不必，既然事情已经做了，两个孩子也都废了，那两家更应化干戈为玉帛，不如结成亲家，横竖石头再等几年，等她长大了，倒真是一对璧人呢。

不过这话也就私下里瞎说说，传了一阵，就没人提起了。

石头放出来的时候，我们已差不多忘了他。两年，我们这拨孩子的个子又长高了一点点，有了新的朋友、知识和思想。有一天，我就看见了他，他一个人在路边走着，他的身后，是我们生长于斯的嘈杂的街巷，来来往往的下班的人群，整个庞大的夏日的蝉鸣，夕阳的光辉一点点地掉下去了。

我看见了一个青年，他趿着拖鞋，穿着白衬衫和肥大的黄军裤，他似乎瘦了点，鼻梁上架着副眼镜，神情沉着而硬朗。而且，他抽烟了，他一只手抄在裤兜里，一只手夹着烟，偶尔手臂轻轻一抬，从鼻孔里冒出白色的气雾来。我看见了他那青梗梗的下巴，青梗梗的，他十九岁了，到了该用剃须刀的年纪了。

说不清楚我是以怎样的眼光来看石头的，他也看见我了，朝我大方地点点头，笑笑，我也笑笑。非常奇怪的，原来存在于我们之间的那种紧张微妙的东西不见了，我伤心地发现，从前那个青涩的石头不在了，他长大了，看见任何一个姑娘，再也不会害臊脸红了。

我妈说，你要当心石头，晚上最好别一个人出门——我们街上，所有的母亲都是这样告诫女儿的。可是我想，石头对我们是不会有兴趣的，不管丑的还是美的，因为我们不是夏雪——那个八岁的"少女"；因为，他亦不是他了。那天晚上，我一个人坐在屋子里哭了很久。

时间不断地流淌，清新，永恒。等我长到了石头的十七岁，也读高一的时候，石头已是一个三岁男孩的父亲了。他很早就结了婚，娶了一个朴实能干的乡下姑娘，听说感情还不错。李叔叔又托关系为他在医药公司谋了一份职，这些年来，石头过得还凑合，他健康，平安，矜持。而且他胖了，也没有到痴肥的地步，不过，从前秀弱的体态确实不见了。他也很少出门，只偶尔，我们会在街上看见他，他骑着自行车，前杠上放着儿子，有时他会俯下身来听儿子说话，夕阳迎面照过来，他微微眯着眼睛，身后的影子拖得很长。

我们都说，石头是善始善终。他心中的熊睡着了。

要不是今年秋天发生的一件事，石头也许就这样过着平庸的生活，一年年的，看着自己的躯体在腐坏，衰老……静静老死于街巷；他将和我们一样，成为一介良民，一生碌碌无为，心力越来越麻木。二十年过去了，我们这些当年一起长大的孩子，都已步入而立之年。李叔叔也退休了，这年秋天他得了中风，被送进了医院。

是啊，这事说出来谁会相信呢，就在这所医院里，石头又遇见了夏雪。这些年来，我们城里也算发生过一些稀奇古怪的事，可是都不及这对男女……长辈们说，疯了，这事蹊跷了，天上的哪颗星要掉了。也有人说，这就是命吧，二十年前的孽债还没尽，他们不安生呢！当年发表预言的那个智多星还活着，他听了，愣了半晌叹道，这两个可怜的孩子，当年要是听我的话结了婚，也不至于此。

总之，事情确实发生了。两个历尽沧桑的人，共同经历了少年时期的一段往事，他们已认不出对方了。他们的容颜都有了很大的改变，女方隐姓埋名，她从八岁起就被送离了自己的小城，就像做贼一样，后来几经辗转，嫁给了一个转业军人，三年前离婚了。这年秋天，她回家来休年假，顺便陪陪父母，跟外人就说，这是她的姑父姑母。

这天傍晚，大约五六点钟的光景吧，她来医院找"姑母"。她姑母是医生，正在病房里值班，不能陪她，她就一个人出来转转。门诊部的左侧有一条僻静的甬道，参天的树木底下摆着一排排绿长椅，她先是在长椅上坐了会儿，大约是百无聊赖了，就沿着甬道走。她把手抄在风衣的口袋里，低头看自己的脚，偶尔她也抬起头来，秋天的阳光从树叶的深处漏下来，像雨点一样砸进她的眼睛里，她站了会儿，闭了闭眼睛。

这时候，她感觉身边有一个男人迎面走过去，是个中年人，她也没在意。这天下午，总有一些人走在这条甬道上，和她擦肩而过。这个人也是。他们各自瞥了对方一眼，似乎都愣了一下。后来她说，她只是觉得这个人有点面熟，好像在哪见过，却怎么也想不起来了。那擦肩而过的一瞬间，好像是漫长了些，有意转过身去看吧，又觉得没必要。总之，是顿了顿脚步，心思微微动了一下，就各自走开了。

后来，她又看见了这个人，在甬道的尽头，朝她这边看过来。他在看她，却装着在看别人……他穿着高领线衣，牛仔裤，棕色皮鞋。微风之中，头发有点乱了。他看上去并不老，虽然也有小腹，眼袋，皱纹……是个体面男子，没什么特征。想来，他不过和这城里的大部分中年人一样，过着安静优越的生活，身体一天天地沉了下去。

然而这一天，他遇见了一个女人。这女人并不美，高，出奇的瘦，石头的心竟一凛。石头后来说，这些年来，他一直在等一个女人，他不知道她长什么样子，身在何方，可是他总在设想一幕情景，设想他和她见面了，他的身体因此而抽得紧，他的手心里攥着汗，他的呼吸里能听到隐隐的尖叫声。

这尖叫已经久违二十年了，石头说，他差不多已经忘了，可是又常常想起，尤其在夜深人静的时候，他睡不着觉，就会坐到院子里，或者摸黑走到妹妹的房间里，妹妹出嫁后，这房间就空着，他沿着床沿滑到地上，连他自己都不知晓，泪水就汪在眼里。

有时他也不哭，仅是干巴巴地坐着，耳边就会响起那风啸一样的声音，在很多年前的烈日底下，像幽灵一样地刮过来。那是像呼哨的，像人的喘息，刀子一样的声音，刺进了他的身体里。他的眼前就会浮现出那个八岁小姑娘的身体，胖乎乎的，粉红色的……石头一下子把灯打开，双臂搭在床沿上，拿手掸了掸床单。

石头决定朝女人走去，现在，他还不清楚自己想干什么，他有点害羞，身体在轻微地发抖。后来，他站到了她面前，她便抬了抬眼睛。

石头低了低眼睑，把两只手团着，按得指节骨骨直响。他笑道，你也是来看病人？

她睃了他一眼，郑重说道，我在等一个亲戚。

石头抿了抿嘴唇说，听口音不是本地人？

她点点头。

哪里人？石头问。

她笑了起来，摆出一副宽恕的、什么都明白的样子，石头的脸便刷的红了。他搓搓手，嗫嚅着说道，你别误会，我不是那个意思……他说不下去了，心有点疼。她以为他是谁？想干什么？他近乎恼怒了。二十年了，没有人知道他这二十年是怎么过来的，如行尸走肉一般，他早就死了。他的心里爬满了无数羞辱的虫子，每个虫子都在跟他说强奸两个字……石头的身体抖了一下。

她抬头看了他一眼，越发警惕了。自小，她就被告诫不要跟陌生人说话，八岁那年的事，她并不记得很多，记得的就是她曾受过伤害，这伤害很重要，人人都同情她。她处处要做出一副端正的样子，据说这样就不会受侵犯，而这些年来，类似的侵犯总有一些……总有一些人会上来跟她搭话，问问她几点钟，贵姓，芳龄，家在哪里，是否需要送送；问问她是否结过婚了，跟她说她很迷人。——无论她怎样冷淡，这些男人……可是细细琢磨起来，她并不是每次都生气的。

这一次也是。首先，这男人还不算讨厌，他面目温和，衣着得体，如果他要追求她，又是单身，或许……她会委婉地拒绝他，跟他说她是离过婚的，家又在外地。她对他有点爱理不理的，三句话能接个一句，可是一句话就能让石头留下来。

石头真是不想走，他有点眷恋，也不知为什么。面前的这个女人……她告诉他，她姓顾，叫顾平平。无缘故的，石头听到自己吁了一口气，他有些失望，仿佛又更加安心。

有好几次，他想鼓足勇气跟她说说他自己，他从前的一些事……这些事他跟任何人都没说过，放在心里，只想哭。他还想说，这些年来，他在等一个人，一个似曾相识的人，哪怕从未见过面，可是打一眼，他就知道他们会很亲近，她能理解他，她长得并不美，可是她很迷人。

有一瞬间，石头觉得自己像是回到了二十年前，那时他还很年轻，才十七岁吧，是个无所事事的少年。他仿佛又听到了当年在睡梦里才能听到的尖叫声，迷迷糊糊的，正午的太阳底下，有什么东西被烤焦了，他的心动了一下，他感到害怕。

石头现在害怕的，是女人的眼神，小心而机警的，戒备的，像兔子一样忐忑不安。天色渐渐暗下来了，林荫道上没什么人，路灯光从很远的地方打过来，恍若隔世。他有点看不清楚她了，然而记得的总是她的眼神，那温绵的，柔软无骨的，勾魂摄魄的……她的眼神。石头很沮丧，他得努力控制自己，不让眼泪落下来。

女人表示要走了，她很慌张，几乎没说什么话，掉头就走，她的脚步越来越快，几乎要跑起来了，石头也跑。他"哎"了一声，三步两步就抓住了她的臂膀，那是一个死角，平时很少有人来这里，而且，它的四周一片黑暗……

我妈说，四周一片黑暗，他追上了她……我一下子失声尖叫起来。我清楚地记得，那是我的尖叫，很锐利，凄楚，它在二十年前的暑假就发作过，它发作过呀，那高亢的、捉摸不定的呼哨一样的声音，曾一直在石头的耳旁萦绕，只是石头不知道罢了。

石头怎会知道呢？石头！

这么多年来，我以为自己已经忘了石头，真的，有多少年了，我不再想起他！可是这年年末，我回小城探亲，当我妈说起他的时候，当我看见弟弟的资料袋里有当事人口述记录的时候（我弟弟在公安局工作），我泪如雨下。

二十年过去了，我竟然不能忘掉他，他竟然还很爱她。那一刻，我觉得自己异常地萎顿，很伤悲。

姊妹

一

　　我们那地方，向来把父亲的兄弟称作爷，把父亲兄弟的配偶称作娘。比方说，我有一个爷，是我父亲的远房堂兄，行三，所以我们小孩子就叫他三爷了。

　　我的这个三爷，说起来也是个正派人，他一生勤勤恳恳，为人老实厚道，十八岁就进厂当了检修工，三十年如一日，到头来还是个检修工，带了几个徒弟，荣升为师傅而已。他是1988年得肺癌死的，才四十八岁，身后留下五个孩子，系两个女人所生。

　　这两个女人，一个姓黄，一个姓温，现在都还活着，带着她们各自的儿女分住两处。我们做小辈的一视同仁，都唤她们三娘。私下里，则是依着大人的叫法，把她们称作大房二房，以示区别。

　　我的三爷并不风流，他只是长得好看而已，他性格又温和，写得一手好字，又爱拉个二胡，在我们小城，这样的人就被视作是多才多艺了，所以招蜂引蝶是难免了。

　　我的黄姓三娘，也就是大房，长三爷两岁。他们原是技工学校的同学，早个几十年，三娘也该是个落落大方的姑娘，她性格开朗，又是班里的文体委员、团支部书记，说话做事的果断利索，那实在是在三爷之上的。我们家族的人都很纳闷，不知道她怎么会看上三爷这么一号人物，蔫儿吧唧的，我奶奶说，可能是三爷的肉香。

三爷这人有点说不太好，他好像一直在犯迷糊，说他不懂事吧，他又特别省心，从不惹事生非。在厂里，他工作认真，技术娴熟，常常被评为先进个人；在家里，他听话温顺，除了拉拉二胡，吹吹笛子以外，他几乎不太出门。他脾气虽好，人却有点闷，长辈们都说，他没什么上进心；仿佛他做一切事，都是出于尽义务，而不是因为喜好。就连他拉二胡的时候，他也是埋首晃了几下身子，突然抬起头来，那脸上竟看不见一点寂寞沉醉的神情，平静得有如老僧人定。

或许三爷早把一切都看透了，虽然他未经风雨，才二十来岁；或许这本是他的个性。反正他的性格不太像我们这一族的男人，我的祖上曾出过几个著名的败家子，狂嫖滥赌，也出过两三个革命投机分子，到后来居然也都混了一官半职……反正不管争气不争气，他们个个都野心勃勃，富有幻想朝气。相比之下，三爷的性格则平庸多了，他让我们安心，也使我们叹气。他生得又确实标致，他是细高挑儿，容长脸，淡黄肤色，小时候因为读书姿势不好，早早落了个近视，所以戴着眼镜，很像个知识分子了。

我们合家老小，但凡说到三爷这人，不知为什么总是要发笑的，就比如说，他很讨姑娘喜欢，十三四岁的时候，就有女同学给他递纸条约会，他又是那样好心肠的一个人，所以每次都去了。我的二姑奶奶有一次欢天喜地地说，真没看出来，她这侄儿竟长得一身骚肉。

三爷"噢"了一声，茫然地转过头来，全家人都笑了，他一脸的懵懵懂懂，样子很是无辜。三爷对男女之事不怎么上心，懂总归也懂一点的。他又是那样孩子气的一个人，没什么表情，喜欢斜着眼睛看人，对谁他都要搭上一眼，若是看一个姑娘，他先本是无意，再搭一眼，对方或许就有心了，三爷虽然没什么表示，心里则难免有些高兴了。

三爷十九岁就结了婚，是三娘把他从一个姑娘那儿抢过来的。三爷想了想，觉得有两个女人为他争风吃醋，他心里也蛮受用的。照实说呢，他对三娘也不讨厌的。

婚姻这东西其实也没什么好说的，总之，三爷过得不错，他在各方面都得到了妻子的照顾，她爱他，又长他两岁，她待他就像待一个小孩似的，凡事都哄着他，让着他。大概三爷自己也觉得，除了床笫之事，妻子和姊妹也没什么不同。

他们新婚那阵子最是引人发笑，怎么说呢，两人好像都不太知廉耻，有人没人就往屋里跑，做长辈的难免会觉着害臊，又担心三爷的身体，又嫌新娘子太浪。我们小城有一种偏见，就觉得男人浪一浪不妨的，女人浪就不行了。待要提醒他们吧，只见三爷成天跟在老婆身后，涎皮赖脸的，一副馋相。

不得不说，那是三爷一生中最平静幸福的时光，他们夫妻恩爱，情投意合。三爷破例变成了一个小碎嘴，他是什么话都要跟妻子说的，比方说，又有哪个女人喜欢他啦，这些事他一概不瞒的，说起来总是要笑的。

三娘说，你怎么知道的？人家跟你挑明了？

三爷说，噢，这种事还要挑明说的？

三娘说，那你怎么知道？

三爷"咯"一声笑了，脚一蹬，拿被子盖住了脸，只管自己乐了。

三娘看着自己的男人，说不上是忧还是喜。他怎么就长不大呢，偏又那么虚荣！她也疑惑着，这人她可能是嫁错了，他不怎么有出息；她一颗心全在他身上，只是不安生。

然而谢天谢地，三爷并没惹出什么乱子来，至少在结婚的前十一个年头。照我堂爹爹的话说，不是三爷多有责任心，而是做为一个男人，他那时压根儿还没开窍。

三爷成为一个男人的历史非常漫长，直到他三十一岁那年，遇上一个姑娘为止，这姑娘后来成了我的温姓三娘。谁也不知道他们是怎么认识的，无庸置疑，三爷在那一年里突然茅塞顿开，他心里第一次有了女人，他知道什么叫爱了。

三爷知道爱以后，嘴巴就变紧了，在妻子面前什么话都不说了。他心情好得要命，常常一个人呆坐着，自己都不自觉的，脸上就会放出一种白痴的笑容来，为了掩饰这一点，三爷总是捧着一本小人书，这小人书理该是他十岁的儿子看的。三爷对老婆更加好了，两年以后，三娘才知道，他这完全是愧疚所致；其实三爷这时候还没什么愧疚心，他之所以温言软语，手脚勤快，只不过以为做完了他该做的，他就能出去野了。

现在，一切都颠倒过来了，三爷愿意把他的心里话留下来，一股脑儿的全倒给心上人听。我的温姓三娘其时二十一岁，还是个大姑娘。我见过她年轻时的一张照片，还真是蛮俊俏的，她是典型的那个时代的美女，穿方领小褂，扎一双麻花辫挂在胸前，五官端正得没什么特征。我估计三爷这辈子对女人的美素无研究，所以他能很快地跳过相貌，一下子就发现这个姓温的姑娘原来是自己人。

这简直要了三爷的命，他的爱情甜蜜而忧伤，有时候他都怀疑，自己是不是能同时承担这两种南辕北辙的重量，他成天昏昏沉沉的，身子轻得快要飘起来，莫名其妙的，他常常就叹气了，不管是快乐还是忧伤。很多年后，三爷也承认，这一时期他的感觉就像患了重感冒，或是出了疹子，说这话时，三爷四十二岁，温姑娘已为他生下一双儿女，他两边疲于奔命，家庭矛盾不断升级，三爷实在累了，有时也会自嘲，疹子嘛，他说，总归人人都会出一次的。

有一次，温姑娘问他，他这一生最想做什么？

三爷勾着脖子想了半天，嗡声嗡气地说，可能是拉二胡吧。

温姑娘屈膝抱腿，看着自己的脚面问道，假若有一天你老了，不久于人世了，你最遗憾你没做什么？

三爷的心荡了一下，他突然想起来，自己其实也有梦想，那就是进文工团，或是县剧团，当一个二胡独奏员。这梦想隐隐约约的，他从未跟任何人说起过，现在，他跟心爱的姑娘坦白了，声音很平静，眼里却闪着光。温姑娘转过头来看他，很多年后，当三爷弥留之际，他躺在病床上，心疼的并不是他未能实现的梦想，而是一个姑娘的目光，那样的安静坚定，他不禁老泪纵横，已经完全不计较这姑娘后来给他惹了多大的麻烦。

三爷就是从这一天起，完全变了一个人，他的生活突然有了目标，他专门拜了一个瞎子师傅，一有空就跟他学二胡，回来的时候，整个人也暗哑了，总是在琢磨什么；他搬来一条板凳坐在院子中央，架着腿端着二胡，有时低头沉思半天，偶尔一抬头，眼神炯得像是在冒凶光。长辈们都说，三爷是活回来了，他二十来岁时淡漠得像个老人，他长到三十来岁才长成了一个青年，生机勃勃，胳肢窝里都能蹦出来几个欲望。

我那年轻时曾是花花公子的堂爹爹说，这才是我们许家的种。其实三爷在外面有女人的事，我们全族人都知道，只差一个三娘。我们族人都不以为这事有什么大不了的，男人嘛，总归要浪一浪的，要不白来这世上走一遭了。

三娘得知家里出了丑事是在两年以后，她的第一反应竟不是生气，而是有那么一点好奇，她怎么就没看出呢，她的男人竟也是个老狐狸——她原以为他没什么心计的——活生生把这事在她的眼皮底下瞒了她两年！她那年三十五岁，已是两个孩子的母亲，成天忙于各种琐事，老实说一颗心早已不在三爷身上；当时街上又在闹革命，个个热血沸腾，三爷成天不归家，她也只道他是贴标语、当造反派去了；再加上我们族里有一些十六七岁的年轻人，对偷鸡摸狗的事最是感兴趣，所以也常常为三爷递消息放风。

三娘知道这事以后，也没怎么声张，只在屋里把个三爷兀自瞅了半天，三爷躺在床上假寐，脑子里偶尔也会闪过温姑娘的身影，反正偷情就是这样，越偷越来劲，怎么也不会生厌的；他一睁眼，却看见老婆的一双眼睛直勾勾地盯着自己，心里没来由的一阵不高兴，掉了个身，咕哝了一句：神经病。

三娘的心都碎了，她拿手捂住脸，嘤嘤的哭了起来。

三爷呼的一下坐起来，"啧"了一声问道，好好的你哭什么，还让不让人睡觉？

三娘再也按捺不住了，一腔怒火并没有冲着自己的男人，而是跑到院子里，先把我们族里那些"拉皮条的"骂了一通，那些狗吃的、不是人养的、混账王八蛋……她双手掐腰，声嘶力竭，越骂越激动，七弯八拐的就带上了我们的祖宗。可怜我那些老祖宗，躺在坟墓里也不得安生，直被她骂得狗血喷头，骂得八辈子都翻不了身。

这次酣骂改变了三娘的一生，在由贤妻良母变成泼妇的过程中，她终于获得了自由，从此以后她不必再做什么贤妇了，她算是看透了，她来他们许家十多年了，为他们传宗接代，为他们养老送终，正儿八经一天福没享过，结果怎样呢？三娘突然觉得委屈，她抬头看了看蓝天白云，知道一个女人活在这世上，什么都靠不住，丈夫，儿子，爱情，婚姻，有一天都会失去。

三娘呆了呆，同时也不忘把拳头攥了攥，小小粗糙的肉手心，软的，温的，潮湿的，正在发抖，可是这么一攥倒也攥出了几许斤重，三娘的后半生就是从这一攥开始的，她获得了一种绝望的力量，可谓无心插柳。这世上本没什么救世主，三娘后来总不忘告诉那些受苦受难的姊妹们，女人天生软弱，可是软到极限就会变得强悍无比；假若实在没什么招数，三娘言传身教道，你就大喊大叫，哭哭闹闹，反正这事没什么道理可讲的，拼的就是火力。

三娘说得没错。她那天确实吓倒了我们，惊得我们全家面面相觑；从此以后，这悍妇凭借一种道德上的优越感，再也没正眼瞧过我们。那天她骂完以后，擤了一泡鼻涕，啪的一声摔在地上，拿膀子朝脸上抹了两抹，就泼洒着、自暴自弃地进屋了。我们族人互相看了看，据三娘后来形容，全族上下竟没人敢龇个牙，哼两声。

三爷躺在床头，一双眼睛斜斜地吊起来，一脸的匪夷所思。咦，事情怎么就传出去了呢，在他的计划里，好像是没这一天的！看样子这事有点蘑菇，可是他天生一慢性子，从来都临危不惧，床上有一根不知什么人的头发，他把它捡起来，凑近眼前认真地研究了起来。

三娘说，那女的叫什么名字？

三爷搭了她一眼，一脸的懵懂无知：什么女的？

三娘冷笑一声，把个身体倚着五斗橱，双臂交叠放在胸前，一副居高临下的样子；虽然妒火折磨得她快要疯了，可是不知为什么，她一点都不恨自己的男人。她脸色铁青，声音平静得像是没有感情。

她又问，她家住哪儿？

三爷镜片后面的一双眼睛，突然惊恐得至于呆滞，很多年后，三娘都能记得这眼神，那样的坦白慌张，他连掩饰都不掩饰！三娘的心一阵彻骨寒冷，他怕什么？怕她去撒泼闹事，伤了那女人？她跟他十年夫妻，竟不抵他对那女人的情谊？

三娘拿手掠了掠头发，也没有呼天抢地，只是扶着橱柜，想要镇定一下自己。后来，她沿着橱柜往下滑，蹲到了地上。她拿手扶着胸口，她就觉得那儿疼，空荡荡的，她要摸摸她的心是不是还在；一颗眼泪落在了三娘的手臂上，这一次她是真正在哭泣，非常的安静，眼前漆黑一片。

三娘的恨或许就是这时种下的，对象就是"那女人"——温姑娘。那么现在，让我们来说说仇恨，那发生在两个女人之间的一段不可理喻的激情，那就像噩梦纠缠了她们几十年的，那于她们就像食物、阳光、空气和水！凡是涉及到女人的事，总被认为是鸡毛蒜皮、不值一提的，我的回答是，这完全是一种偏见。

因为这时我已经五岁了，我得以看到了人世间最残酷的一场战争，虽然只有两个人，却不啻于任何一场千军万马的厮杀；伟大的战争多源于一些不相干的小事情，里头未见得有多少仇恨，可是这场战争却彻头彻尾充斥着仇恨，那都是铁铮铮的、伸手可触的、无边无际的，两个女人拼其血本，动用她们一生的力量、智慧、坚忍，她们充分发扬了一不怕苦二不怕死的革命精神，那就是不断地撩拨对方，不惜自己受伤。

而且，这场因男人而引发的战争，到最后变得跟三爷没关系了，他被排除出局了，两个女人谁都不乐意带他玩，所以，战争的纯粹性就呈现了。

很多年后，温姑娘也承认，针对她和黄脸婆（也就是我的黄姓三娘）的这场纠葛，她其实是付出了感情的，那是一种比爱更伟大曲折的感情，相比这样的感情，异性之爱简直不足挂齿。在和三爷好了两年以后，温姑娘就心灰意冷，她说，爱这东西，还有什么好说的呢？

　　是啊，爱确实没什么可说的，可是在最初的两年，他们两个却好得如火如荼，尤其是温姑娘，她是那样的不管不顾，只把三爷视作她的一块心头肉。她那年二十出头，出身清白人家，虽然没了爷娘，却有个长她十来岁的姐姐，嫁给了本城的一户有威望的人家。那阵子，她姐姐总为她张罗对象，可是温姑娘却不太热心，嫁人对她来说是件不可想象的事，再说，每次相亲回来，三爷必得有一场大闹，他先是问她的对象是不是长得端方，是不是当干部的，有地位？

　　温姑娘禁不起他缠，有一次就说了，是在部队里，当连长。

　　三爷逼尖了嗓子说，八成是老头子吧，要不人家怎么会看上你，你长得又不漂亮！

　　温姑娘只是抿嘴笑。

　　三爷拍桌打板，脾气坏得很哩。他说，你笑什么笑，你称心如意了是吧，你一个大姑娘家的，为了嫁人怎么就连一点自尊都不要？

　　温姑娘忍住笑，拉了拉他的手说，吃醋了？

　　三爷低眉站了一会儿，走上前去，轻轻地抱住了他的姑娘。他抬眼看窗外，心一阵阵收缩得疼，像有张小嘴一张一合在吸他似的；身体也软弱得厉害，力量无边漫漶，三爷只觉得鼻子一阵发酸发疼，他这是怎么了，他自己也不知道。

二

　　三娘和温姑娘的第一次会面来得非常偶然，想来这也不奇怪，我们城很小很小，只有三五条主街道，几万人口；也许她们早就见过面，在上下班途中的一个路口，她们迎面走过，说不定也会互相打量一眼；在擦肩而过的那一瞬间，她们不会注意，太阳底下她们的影子怎样在纠缠厮打。那时她们还认不出对方，一直要等到三爷把她们唤醒，她们的一生才算真正发生了关系；共同拥有一个男人使得她们成了自己人，那感觉是如此迫近、微妙、疏离，使得她们即便隔着芸芸众生，也能一下子就有所感应。

那个星期天的午后，温姑娘去人民医院找她的姐姐说点事——她姐姐在那儿当护士长，走到医院门口时，她看见了一对母子迎面走来，那儿子叉腿坐在自行车的后座上，那母亲一手推车，一手扶着儿子。温姑娘看了他们一眼，突然愣了一下，她看见了那孩子的脸，眉眼紧俏，很像三爷；自行车笼头上，系着一根蝴蝶结，有一天她和三爷推车走在郊外，闲来无聊她也曾在车笼头上系过一根同样的蝴蝶结；自行车是"永久牌"的，有点旧了，铃铛挂了下来。温姑娘的心突然狂跳不止，那是三爷的车，她认得的。

三娘一边抚慰刚打了针的儿子，一边从温姑娘身边走过了，突然，她警惕地回过头来，完全凭着女人的直觉，她知道有人在打量她。这是一个年轻姑娘，肤色微黑，生得匀称健康；三娘曾不止一次向我们族的"皮条客"打听，她男人的相好长什么模样，当得知对方得一绰号叫黑牡丹时，她表示，她抽空要会会这个蹄子，"抽她两巴掌"，她从牙缝里舔出来一根菜叶，恶狠狠地吐在了地上。

可是那天，在这场历史性的会面中，三娘一开始的表现却使自己失望，看见仇人，不知为什么她一下子就没了力量，只觉得浑身瘫软，一双手都在簌簌发抖；直到她看见对方也和她一样，一张脸木木的，似乎还没有回过神来，三娘这才镇静下来，她咳嗽了一声，伸手在儿子的衣服上掸了掸，说道，毛头乖，我们现在就去机械厂找爸爸，让他陪着我们去看电影，传达室的大爷要是不让进，你就说，我爸爸叫许昌盛。

三娘的声音温柔甜蜜，她自己听着都觉不像话，那是一个幸福的妻子和母亲的声音，是她多少年来都不再体验的。她静静地瞥了一眼对手，她的神情悠远自信，充满了一个正派女子对一个烂货的同情和鄙视。

温姑娘一阵头晕目眩，这场较量兵不血刃，却以她的失败而告终，短短不到一分钟，她们没有说一句话，只是看了两三眼，她输了。温姑娘直到这一刻才知道，她的身份是那样的可疑可鄙，她算什么，她在那个黄脸婆的眼里充其量只是个婊子。她摇摇晃晃走到离门诊部不远的花圃前，双膝一软就跪了下来，她把手指抠进泥土里，喊了一声妈妈，呜的一声就哭了出来。

三爷的这场恋爱在两个女人之间引起的仇恨，是他万万没想到的，事后他翻来覆去地想：女人这类物种真是莫名其妙的。不知从哪一天起，温姑娘再也不去相亲了，她铁定心来要让自己成为一个老姑娘，三爷觉得很烦恼。事实上，自从他老婆介入这事以后，他这恋爱就有点谈不下去了，整个人也变得焦躁了。现在三爷很老实了，二胡也不学了，一下班就回家，心不在焉地和妻儿说说话，两个小孩在玩玻璃球，老婆则不太搭理他——家里都没他这个人了。到了温姑娘那边，三分钟不坐他就心事重重，摸摸这，摸摸那，温姑娘看了，不由得哼了一声冷气。

三爷搓搓手，说，我不是这意思……

温姑娘低头坐着，都懒得看他，一双手把毛衣织得飞快。男人懦弱到这种份上，老实说她实在有点瞧不上。三爷拉一张椅子坐在她身旁，望着门外发了一会儿呆，一切恍若一场梦。从前她是多省心的一个姑娘，事事都为他着想，他们常在一起计划未来，她就说，不着急，我等得起，离婚不是一朝一夕的事，不能太伤了她。

　　三爷长长地叹了口气，他现在不能离婚，家里的那个没什么过错，身边的这个可爱可怜，不知为什么，他现在只为自己感到心疼。他伸手拿过毛线团，放在手心里窝了窝，琢磨着该说两句体己话，不知怎么话题就引到了她相亲的事上，三爷说，最近你姐姐怎样，不再跟你介绍对象了？

　　温姑娘迅速侧过头来看他，眼神犀利，就像刀刻，三爷这才知道，他又一次说错了话。他现在简直不敢说话。

　　温姑娘说，你现在还敢提这个茬！

　　三爷低三下四地笑了笑。

　　温姑娘的一双眼睛定然地盯着门框，半晌才说道，迟了。

　　三爷扶着膝盖想站起来。

　　温姑娘把毛衣摔在地上，冷冷地问他，想家了是吧？

　　三爷挂着脸不说话。

　　温姑娘再也忍不住了，多少天来的屈辱使得她声泪俱下：你早干什么去了，你现在让我去相亲！玩够了，想甩了，是不是？你们夫妻两个合起伙来欺负我一个，回去问问你婆娘，她都干了些什么，她还跑到我单位去告黑状，你回去转告她，我什么都不怕，让她告去吧！你这男人我是要定了。

　　三爷目瞪口呆，让他惊讶的不是他老婆在告状，而是温姑娘的泼辣相。女人怎么都这样？一转眼就翻脸不认人了！三爷从温家走出来的时候，手抄裤袋，朝天轻轻吐了一口气，现在他解脱了，他再不必对这姑娘有什么愧疚心了，他不怕她跟他闹，他只怕她对他好。

　　回到家里又是另一番景象，两个小孩在哭吵，他心里发烦，顺手在老大的屁股上拍了两下，三娘奔过来不让了，她把儿子护在身后，也不说话，只把一双眼睛狠狠地看着三爷。那是她的儿子，他凭什么打？他刚从骚货那儿回来，凭什么拿她的小孩出气，就凭他那一脸晦气相？

三爷呆呆地站了一会儿，突然觉得天高地远，人生竟是这样的没趣味，他刚建立起的那点家庭责任心，就这样飞了。那一刻，他心里空得就像出家做了和尚。我们家族的人后来都认定，大概三爷就是从这一刻起，有了逃遁的决心。

三爷整整失踪了三个星期，他躲在一个朋友家里，也不用上班——他们厂正停产罢工；白天他们走走象棋，晚上谈点爱情人生，日子过得逍遥自在；在他失踪的那段时间，我们全族上下急得鸡飞狗跳，只担心他是寻了短见，三娘和温姑娘更是昏天黑地，两人都发现，她们爱着这个男人，这爱是另一个不能给的，她们也想独占这个男人，所以在寻人的同时，她们也免不了争风吃醋，互相诋毁。

尤其是温姑娘，她差不多快疯了，按说她这种身份，怎么着也得避点嫌疑，可是她全然不理会，甚至动用了她姐姐婆家的关系，派出了一支民警小分队分头寻找。三娘最看不得她仇人的贱样，那是她的男人，哪儿就轮得上这婊子说话的份！她恨得哭了一场，眼睛都充血，第二天她到底没忍住，带上娘家的几个兄弟，忙里偷闲到温姑娘家里走了一遭，她让她的兄弟把门，自己进去了，和仇人撕扯了一番。

温姑娘坐在地上，她蓬头垢面，起先她也还手，后来她就不动了，任着三娘胡抓乱挠、拿指节在她的额头上敲得咚咚作响。温姑娘是那样的安静，偶尔她抬头看了一眼三娘，直把后者吓了一跳。她的神情是那样的坚定、有力量，充满了对对手的不屑和鄙夷。三娘模模糊糊也能意识到，这女人是和她干上了，从此以后，谁都别指望她会离开许昌盛。三娘突然一阵绝望，坐在地上号啕哭了起来。

二十天后，三爷被找到了，不得已结束了他的隐居生活；天上一日，人间十年，三爷出来以后，整个人就变了，他一副离尘世很远的样子，对于他和两个女人之间的烂摊子，他突然理直气壮地退出了，好像这事跟他没什么关系似的。让她们闹去吧，有一次他不耐烦地跟我们族人说。

随着三爷的退出，这场男女关系就变成了两个娘们的较量；其实三爷也不是真正退出，他还得回家睡觉，要不就去睡温姑娘，我们都看得出，三爷不那么自寻烦恼了，因为他现在谁都不爱。温姑娘的头生子就是在这一段怀上的，她作出了这一生最惊世骇俗的一个选择，把孩子生下来，于爱于恨都是一个合理的解释。她怀孕的时候很是吃了一点苦，知道要被单位除名，所以主动递交了辞呈；她的肚子渐渐大了起来，整个小城都在议论这件事，她成了我们这儿的传奇。

说不上人们是以怎样的眼光来看我的温姓三娘，首先，她生得漂亮，为人端庄；虽然出了这等丑事，她也算不上浪荡；当她挺着肚子走在街上，她脸上的平静尊严使得人们慢慢噤了声，那不是一般孕妇的尊严，那尊严里藏着一股巨大的力量。她也不张狂，平时自己买菜烧饭，要是在街上碰上熟人了，偶尔她也会说说怀孕心得，她一手叉腰，一手抚在肚子上，虽然静静地说笑，人们也听得四肢竖起了汗毛。怎么说呢，这女人已经超越了无耻，她一脸的圣洁，让人觉得害怕。

是什么使温姑娘变得这样坚强，我们后来都认定，她的心里有恨——其时三娘正在四处活动，想把她告到牢里去，可是这么一来，很有可能就会牵连到许昌盛，三娘就有点拿不定主意了。温姑娘听了，也没有说什么，淡淡地笑了笑。我们不妨这样说，温姑娘的下半生已经撇开了三爷，她是为三娘而活的，事实证明她活得很好，她一改她年轻时的天真软弱，变得明晰冷静——她再也没有男人可以依靠，心里只有一个目标，那就是活着，要比黄脸婆更像个人样；随着小女儿的出生，她身上的担子重了许多，她在家门口开了间布店，后来她这店面越做越大，改革开放不久，她就成了我们城里最先富起来的人，当然这是后话了。

我的温姓三娘从不后悔，她度过了不平凡的一生，可是活得很有劲道——和人斗，其乐无穷，说的就是我的两个三娘啊。她们像一胞双胎的两姊妹，或是一枚钱币的正反两面，彼此相辅相成，阴阳共生。在温姑娘怀第一个孩子时，她姐姐为她从乡下找了一个保姆，我们许家也偷偷派人来照应。温许两家达成了妥协，孩子姓许，又托关系报了户口，反正许昌盛只有一个，就这么两边都糊着吧，也不分大小的。

温姑娘其实一点都不在乎她有没有名分，当她姐姐把这一切都搞妥以后，她淡淡地说，何必呢，我又不是为了这个的。

做姐姐的不禁泪落，大骂许昌盛。

温姑娘笑了笑，说，这不关他的事。——她坐在家门口，看着沿街走过的人群，许许多多男人的面孔和背影，从她眼前哗哗的淌过，她就像做了梦一样，不禁设想自己若是嫁给他们中的任一个，都可能没现在这样圆满。这么想的时候，她心里分明闪过一个女人的身影，她嘴角稍稍牵动了一下，觉得这一回自己是战胜了她。

对待三爷，温姑娘还是不错的，她待他甚至比从前还要温柔，她一概软到底，什么都不跟他计较，她也不吃醋，也不使性子，他要是回家去，她也不阻挡，隔几天他要是回来了，她也蛮开心，唠唠叨叨和他说些家常。三爷没那么重要了，因为她有了孩子。温姑娘搂着她的孩子，眼神温绵慈善，心偶尔也会酸楚，她知道，这世上什么都是假的，只有她的一双骨血才是真的。

我的黄姓三娘也适时调整了策略，不再和三爷冷战了，严酷的现实告诉她，失去了这个男人，就失去了对这场战争的控制。

说到底，她这人的性格还是太外露，不像姓温的那样"阴毒"；她人生的最大一次失误，是没把她的仇人送进监狱，却让她张牙舞爪地弄个儿子出来，这是她犯的一个战略性错误。当时，她怎么就没想到叫她流产呢，雇个人，迎面撞她一下，这活儿就干得漂亮了。

没有人能想到，我的黄姓三娘度过了怎样屈辱的一生，她好好的一个家庭被拆散，她的男人被别人占有，她一辈子都被一个女人压着走；在她仇人生产的那天，她一个人躺在家里，孩子们都睡了，许昌盛肯定死去医院了，她开着灯，静静地睁着眼睛，脑子不太能动；窗外是冬天的凄风苦雨，一片残叶贴着窗玻璃晃了几下，掉下去了。三娘觉得她的一生从来没有这样安静过，心里充满了对一切生命的同情，也希望躺在医院里的那一对母子能静静地死去。

三

我的两个三娘就这样服从了命运的安排，认领了妻妾的身份，从此消失于街巷间；随着时间的推移，她们不再剑拔弩张了；战争是需要体力的，从前，她们已消耗了太多，都伤了，怕了，疲惫了。仇恨把我的两个三娘给毁了，但看她们满目疮痍的神情，显得那样的苍老、压抑、若有所思。在她们的后半生，她们很少有过真正的安宁，即便一个人坐在太阳底下发呆，偶尔一想起对方，她们就会打激灵；光天化日之下，她们也是彼此的噩梦！

仇恨也整个儿改变了两个女人，使得她们对这世界的认识不是幽深高远，而是漫无边际。总之，伤害和不幸使她们有了一些智慧，就比如说，我的黄姓三娘偶尔也会沉思，自问人为什么要活着、人生有什么意思这样的高级话题；她一个人常常就哭了，背着人她不知哭过多少回，好像并不是因为什么，就是哭成了习惯，鼻子一酸就会掉下眼泪；她自顾自哭上一回，哭到舒服了，也没人看见，她就擦掉眼泪，干活去了。而从前，她是多乐观的一个人，庸俗，愚蠢，得理不饶人，很让人烦的。

我的温姓三娘从来不哭，好像她把这一生的眼泪都哭给了爱情，现在她吝啬哭一滴给任何人，况且她又是个生意人，最精于算计，常常她在店堂里忙到深夜，一个人走回家去，脑子一放松，就会想起城西头还住着一个女人，现在可能已经睡了，就会想起那张脸，她狰狞的神情，想起她的污言秽语，她抓住她的头发朝墙上撞的情景……我的温姓三娘并不愿意想到这些，因为这是黑夜，冰天雪地的，路上没什么人，她恍惚中难免会疑惑若是这世上只剩下她们两个，她的记恨便是没有意义的，她觉得荒冷。

某种程度上，两个三娘最终也没能达成谅解，却对三爷抱有同情和宽容；说到底，跟男人是没法计较的，不在一个层面上；经过了这些年、这些事，她们已经老了，不知为什么他却怎么也长不大，一遇事就往后缩，什么都不想承担，似乎他又回到了很多年前，他疲沓懒惰的青年时代，好脾气，有点无赖，他是要等着女人对他负责的——她们对他，是爱过，恨过，鄙视过，后来就变成了包容，那简直是慈母式的，一概退到底，最后就变成无条件的了。不得不说，三爷在他生命的最后几年，度过了一段平静时光，他终于可以相安无事的两边都敷衍着，这边住一阵，那边住一阵，想住多少天就住多少天，再也不会有人跟他哼唧。我们族人都说，三爷是彻底的自由了，他自己也很满意，觉得经过十几年的努力，他终于安抚了俩女人，使得她们就像两姊妹。

然而三爷在两个家庭的身份毕竟显得怪异，怎么说呢，他有点像个亲戚，他虽是五个孩子的爹，两个女人的丈夫，但是大家都习惯了他不在家的日子——孩子们称之为"出差"。假若他哪天"出差"归来，孩子们则显得异常的高兴，做母亲的也会额外多添几样菜，温壶酒，这时候家里差不多就像过节了。

过年的时候，三爷就不那么随意了，他很注意时间的合理分配，尽量不伤任何一个人，就比如说，年三十和大年初一，他一般都在大房那边的，虽然心里也有点愧意；到了年初五——我们称作"小年"，他一般就陪着二房了；这表明他心里确实有底的，并不会因为好恶而乱了伦理，就连他生病住院的时候，两家也是轮流侍候。

三爷从查出癌症到去世，不过半年时间，虽然被瞒了真相，他也模模糊糊能感觉到。每天躺在病床上，窗外能看见一角蓝天，满窗的梧桐绿意使他想到生死，不知为什么有时也会很平静。他并不惧死，放心不下的还是他的身后事，牵牵绊绊那么多的关系，他希望五个孩子能平安无事，至于两个女人……他看了一眼来医院探望的我的父母，说，多照顾她们。

三爷的声音是那么轻，我当时站在他身边都不太能听得清；他憔悴多了，眼镜也不戴了，双眼直往里凹，我不知道他是否还能看见什么，反正他说话不太有力气了。他嘴唇又动了动，我母亲俯下身听了一会儿，一走出病房，她就捂脸流泪，因为三爷说的是，他觉得人活着没什么意思。

我们一家三口站在医院的一棵老槐树底下，发了一会儿呆。我那年十六岁，第一次知道人世竟如此麻烦牵扯，一下子都无从说起。大概三爷早就乏味疲惫，只是他很少提起，他这一生为两个女人所累，活着对他来说没太大的吸引力。

三爷死在那年冬天，在送火葬场之前，我们族人都希望两个女人能见上一面，就是说，在火化那天能一起出席葬礼；这个建议被黄姓三娘断然否决了，大概她以为，这是一种身份的象征，只有她才是许昌盛明媒正娶的妻子。

　　温三娘既不能堂堂正正地参加丧礼，所以火化那天清晨，她五更不到就起了床，叫醒了两个孩子，带上事先备好的纸钱，披麻戴孝，几步一磕地就走出了家门。那天地上都结了冰，天上寒风呼呼吹，他们娘儿仨叫醒了火葬场的看门人，到停尸房守着三爷，一直到天亮才离开。是的，他们先举行了葬礼，虽然没有外人，却是一家人最后聚在了一起。

　　温三娘抱着丈夫的尸体只是流泪，她跟丈夫说，我是看在你的份儿上，才不跟她计较的，要不我今天非来哭场，看她能拿我怎么样？她拉着丈夫的手，又抚了一下他的脸，静静地抬头看窗外，那眼睛里全是恨毒。

　　我们基本可以认定，两个女人在三爷死后的日子里，仍在发生着某种联系，她们一直不能将对方忘怀，并把这种惦念维系了一生。

　　两个三娘都告诫过自己的孩子，不要跟仇人的孩子来往，然而亲情着实是一种奇妙的东西，平时倒也罢了，但凡遇上事，他们身上流淌着同一个男人的血液就使他们紧密地联系在了一起。尤其是几个小的，年岁都一般上下，又在一所学校念书，平时遥相对望，早已心生好感好奇，彼此都有勾搭之意，只是碍着母嘱，不好下手；所以一旦逢着哥哥妹妹被人欺负了，那岂有站在一旁看热闹的理，早就急不可待地冲上前去，藉此表明自己的心迹，重叙兄弟手足之情。

　　就连黄姓三娘自己，有一次经过学校门口，看见温姓的小女儿被几个坏小子围着撕扯，她也路见不平拨刀相助过。温姓的女儿那年不过十岁左右，因生得玲珑剔透，很得一些坏孩子觊觎，男孩对女孩表达爱意的方式不过是把她堵住，你一拳我一脚的打骂一通。起先，黄姓饶有趣味地看着这一幕，直到看见那女孩被打得缩在墙角，捂着头，她这才毫不犹豫地走上前去，扯住一个孩子的耳朵，把他按得跪在了地上，好歹给她仇人的女儿复了仇。

这事让黄姓有那么点不舒服，它勾起了她心头的旧痛，这女孩长得越来越像她的父母，她脸上的神情哪一样不是那对狗男女的？她生气懊恼了好一阵子，不过事情既然已经做了，若是还有第二次，她照样还会这样，那是她丈夫的女儿，她怎能看着这孩子受人欺侮而袖手不管？

两个三娘的再度相见，还要再等上一些年头，其实他们也谈不上相见，只是恍惚中觉得有那么一个人，还不及对方反应，她们就已经避开了。这次惊鸿一瞥给了两个女人太多的打击，她们看到对方老了，完全不是从前的那个人，若不是毛头堂哥做参照，她们撞在一起怕也未必能相认。我的毛头堂哥那年三十三岁，已下岗多年，生活的艰辛使他变得老态疲惫——他已经是一个中年人了。

那天，温三娘看见了这对母子，还不待自己回过神来，就本能地转过身，拐进了一条小巷，她是那么慌张，几乎逃窜一般，一路疾走，气喘吁吁，走到没路可走了，她才四下里看看，倚着一面土墙稍稍喘了口气。她站在土墙前估摸着总有几分钟，或是个把小时，脑子晕晕呼呼的不太能相信，这孩子才几年不见，怎么就变成这样，想当年许昌盛和他一般年岁时，却是嫩得能掐出水来——温三娘再也不敢把思绪放在她的仇人身上哪怕一丁点儿，她仇人全然一副老太太的模样，使她感到很伤心。

一路上，黄三娘都在问她的儿子，刚才恍惚闪过的人影可是"那女人"？她眼睛有点花，没怎么看真亮，只记得那妇人体态臃肿，和从前的那个俏丽模样完全对不起号来。

我们族人都说，两个女人大约就是从这一面起，互相有了同情，那是一种骨子里的对彼此的疼惜，就好像时间毁了她们的面容，也慢慢地消淡了她们的仇恨。我不太认同这种说法，我以为她们的关系可能更为复杂一些，她们的记恨从来不曾消失，她们的同情从开始就相伴而生，对了，我要说的其实是这两个女人的"同情"，在多年的战争中结下的、连她们自己都没有意识到的情谊；命运把她们绑在了一起，也不为什么，或许只是要测试一下她们的心里容量，测量一下她们阔大而狭窄的内心，到底能盛下人类的多少感情，现在你看到了，它几乎囊括了全部，那些千折百转、相克共生的感情，并不需要她们感知，就深深地种在了她们的心里。

据听说，两个女人后来都伤心得落了泪。温三娘为此大病了一场，她躺在家里足足一个星期，中途把女儿叫到床前，尽管做了很多铺垫，那一句话说出来还是让她羞愧：她仇人没闺女，她想让女儿将来给她仇人送终（我们那地方的风俗，有儿有女送终，一生才叫周全）。

温三娘说，她老了，没事你常去看看她，儿子媳妇哪有贴心的？她跟我也就这样了，对你她是不会计较的。

温三娘抱着女儿痛哭，她就是觉得屈恨。她和"那一个"所共同经历的痛苦屈辱，丧夫，仇恨，不幸的生活……她们早就不分彼此，合二为一！她们简直是白头偕老。我的温姓三娘再也不会知道，是怎样的一种东西使她们纠缠在了一起，她为此很感苦恼。那么后来，我的毛头堂哥到"温氏绸布店"帮工，再后来，他和大房的两个兄弟都成了这家店面的股东；我们不能藉此就以为，两个女人从此就没了介蒂，事实上她们一直讳莫如深；毕竟，历史不应被忘记，这也是对自己的尊重。

温三娘为她这一义举找了很多理由，她逢人便解释，她心胸并不开阔，实在是看在许昌盛的份儿上——他儿子的事她哪能不管？

这话我们也就听着，总觉得不尽如此，因为这一对娘们儿的事，我们后来都烦了；两个冤家虽然一口一个许昌盛，其实许昌盛未尝不是真正的第三者，她们的相识才是宿命，她们的恨堪称深仇大恨，她们的同情相知如海深，可是她们又从不承认。

　　生活以它不可逆转的方向滚滚向前，把她们像沙子一样想带到哪里就带到哪里，她们于其中虽然挣扎扑腾，可是从不分离，她们是两粒抱在一起的沙子。

沿河村纪事

一

　　十五年前，我曾走访过一个小山村，那时我还是个在校大学生，暑期跟随两个师兄去做社会调查。这个小山村位于广西境内，依山傍水，风景秀丽。

　　这个名叫"沿河"的小山村在中国社会发展史上曾暴得大名，这得益于我导师汤东林先生。汤先生曾在 1937、1946、1964、1978 年四次光临该村，见证了我国社会发展不同时期在这个小山村的缩影，成就了著名的《沿河村调查》一书。此书无争议地被视为国内社会学的奠基作之一。

　　汤先生对沿河村很有感情，把它视为第二故乡，只可惜他当时已垂垂老矣，无法履行他的第五次出行计划，我们的走访，正是在他的授意下进行的。"过去看看——"他这样嘱咐我们，"不要带什么目的，我当年也是这样，就是过去玩儿，随便看看，若有可能的话，跟他们做做朋友。"他报了几个人的名字——其中一个王寡妇——若是还活着，叫我们代他问声好，"你们就说，汤某人很想念他们！"老先生大声嚷道。

　　他那天非常兴奋，躺在床上给我们画沿河村的线路图，我们明知几十年间沧海桑田，他的那些线路对我们未必有用处，可是也只能由他如此。老先生天性开朗，心思单纯，到了晚年尤盛，我们几个学生受他影响，亦都相当有"个性"，再加上当时年轻气盛，自恃有老先生的保护，常常会做些出格之举，这都是后来我们参与沿河村一系列事变的前提；汤先生似乎也略有预感，提醒我们说："现在外面很乱的，你们当心点！尤其是你——"他指指我说，"花花裙子什么的就不要穿了。"说得我们三人都笑起来。

　　据汤先生介绍，该村"怪有意思的"，和我们想象中的小山村一样，它历史悠久，民风淳朴；只因地处边地，村民们有尚武之风，三百年间，该村出过两个武状元，十六个军阀匪首，还有数以万计的虾兵小喽啰。总而言之，这是个盛产好汉的地方，血性、浪漫、勇猛……凡此种种，皆见于当地的史料记载，以及村老们的坊间传唱。

　　当然这一切，汤先生也未能有幸目睹，即便在他最早抵达该村的1937年（此时战争还未波及南方），他对该村的"骁勇善战"也未能有丝毫体察。他看到的只是一个贫乏安静的村庄：农田，水牛，炊烟，村舍。村头一棵老榕树，一条小河从村中潺潺流过……和内地任何一个小村落一样，这里驯顺而守旧，是一个成熟、完整的农村宗法社会。村民们拘礼，乐天，懒惰——虽然一样是日出而作、日落而息，可是在汤先生看来，他们近乎在打盹。

　　"这帮猴儿们萎了，"村里一个老人告诉汤先生，"他们过不了安生日子；除了干些偷鸡摸狗的营生，身上哪儿还有一点祖先的血脉！"

　　汤先生一住三个月，此间不通音讯，恍若天上人间，待他走出沿河村的时候，才知世界已生大乱，所以数年以后当他旧地重游，得知当年"喝酒聊天"的伙伴们多半已战死沙场，他一点都不感到奇怪。

　　"作战才是他们的职业——"汤先生后来总结道，"可惜他们多数生不逢时，到了你们这一代啊——"老先生摇了摇头说，"更难了，现在到处搞经济。哪儿有他们的用武之地！"

他还嘱咐我们，过去给他们支支招，教他们赚点小钱，"可怜那个穷的！"但不可介入太深，"村里的那些个经济啊，政治啊，人事啊，碰都碰不得！记住你们的身份，只是旁观者，交交朋友那是可以的。"

"哈哈。交朋友——"老头儿得意洋洋地说，"我是最擅长的了，我在当地有很多朋友，你们随便打听——"他从眼镜上方看了我们一眼，嘴角漫出微笑来，"但是也不要乱打听噢，该知道的知道，不该知道的就算啦。"

老头儿喜欢耍噱头，我们早已习惯了。不过我也略略有些好奇，就是他提及的那个王寡妇。王寡妇是何许人也，这是我们在南下的火车上一直津津乐道的话题。可是谁能料到呢，在到达沿河村不久，我们就撇开了王寡妇，很快投身到另一段生活里去了。我们忘了先生的嘱咐：要做一个旁观者；而记住了他的另一嘱咐：生活是重要的，学问只是附带。

我顺带说一句，我们在沿河村发生的一切，跟导师没有任何关系。这些年，我只是有感于他的谆谆教诲，以及他对于我们人品、性格、生活所形成的巨大影响，才决定写下这些，作为他"沿河村调查"的一个后续性花絮，并以此来纪念他。我导师卒于2004年，享年八十六岁，其时距离我们沿河之行正好十年。

二

沿河村地处山洼，四周群山环绕，交通颇为不便。我们一路辗转到了镇上。不得已拦了一辆手扶拖拉机才得以进入。路是沙石小道，平时人来车往尚可通行，一旦逢上雨天，则整个村寨的交通即陷于瘫痪。车主也是沿河村人，是个二十多岁的小伙子，名叫胡性来——这名字起得怪异，我和两师兄都忍不住笑起来。

　　胡性来也笑，"你们别乱想，我这人从来不乱来的。"他从驾驶座上转过头来，有点不好意思，"我们乡下人，名字都是乱起的，后来到了部队上——"

　　"你也当过兵？"

　　"当过啊。我们村里，半数以上都当过兵，不过现在也不容易了，还得走后门，所以现在当兵的也少了。"

　　"那你们现在干什么？"

　　"干什么？——"他展颜一笑，"到了就知道了。"

　　胡性来非常热情，为了陪我们说话，他把车速降下来，一路上给我们介绍沿河村的风土人情，口气甚是谦卑，"我们乡下人""我们穷地方"之类不绝于耳，我听了，心里难免有些感慨；对照先前他给我们描述的他在军中的种种奇闻趣事——那讲起来真是眉飞色舞，神采飞扬；心想这才几年时间，当年那个走南闯北、见多识广的激昂士兵就已蜕变成一个朴实憨厚的农民！是啊，除非有意外发生，否则他将永远固守这片土地，忠实于他的农民身份，老实巴交，不作任何幻想。

　　而他的周遭，是肥硕浓密的棕榈、芭蕉，各种不知名的热带植物互相缠绕——再也走不尽的崇山峻岭，密密丛林。车从其间驶过，突然变得很小很小，而马达声轰然如雷，阳光却点点滴滴，更见幽深；间或路边有三五行人经过，也都生得和胡性来一样，黑瘦短小，眼窝深凹，口鼻粗重……有马来人之态。我们突然有些目眩。坐在拖拉机的车斗里，左观右望，有种置身"异域"的恍惚迷离感。事实上，这"迷离感"自南宁以降，深入山区，已经把我们搞得晕头转向，直到这天我们在丛林里碰上了军车。

　　当然了，碰上几辆军车也说明不了什么。可问题是，我们已有很多年不再见到这物什了——以前虽曾见过，但也仅限于电影里——我们三人都来自北方，平时生活中连军人都难得碰上，更何况车队？车队迤逦而行，绵延不绝，突然一两声汽笛响，只惊得鸟雀四起，枝叶摇晃，带着阳光也"扑腾扑腾"的，一时间竟是天昏地暗，地动山摇。我们惊骇之余，也感新奇，难道边疆有战事发生？

胡性来笃定地摇了摇头，告诉我们"没的事"，不过是摆点小阵势，吓唬吓唬"那边的人"。——那边的人？越南人？我们不得而知，心里却越发惴惴然，担心自己的安危，怕再也走不出这片丛林；同时又有些莫名亢奋，想象被子弹击中，永远倒在这土地……啊，该来的都来吧，在这天高皇帝远的边地，也许一切皆有可能！

此时，胡性来已泊车让道，我们几个坐在车斗里，看着一车一车的士兵，都身穿迷彩服，荷枪实弹；阳光照着他们年轻的头脸，那头脸上有丛林的阴影。他们突然鲜活起来了，车厢里一阵骚动。原来是，他们看见路边的我们——我们中有一女子——竟喜得不知如何是好，只好你推推我，我推推你；他们吹长长的唿哨，朝我们打"V"形手势，叽叽哇哇对着胡性来挤眉弄眼，一边笑得嘎嘎的。

我看明白了，他们是拿我和胡性来开玩笑。

我也笑。心里想，此地是边镇，他们大约很难见到像我这样的学生妹；又想，既是边镇，那么兵来将往，军民杂处，原是极正常的事儿。哪儿就扯上了战争！

三

胡性来直接把拖拉机开到了村公所，先领我们到村长办公室，又各个房间张望，且丢下我们，去找村长。村公所地处高地，几间旧瓦房连成一个"L"形走廊。走廊前的一块空地上，泊有一辆旧货车。村公所下面，高高低低都是人家；对面山脚下一整片梯田，其间沟沟渠渠，阡陌纵横，似种有蔬菜、瓜果之类，远观也不甚清楚。

村长是个四十多岁的中年汉子，名叫胡道宽，身材不高，体格健壮；一张黑红脸膛，五官倒还端正。他说话行事有股慎思笃定的派头，看上去颇为稳重，符合我们对于一个村官的正面想象。普通话说得较为顺溜，至少我们都听得懂，交流起来不需要辅以手势。后来才知他在北方行伍多年，后以团长一职转业。至于为什么不在城里讨个一官半职，我们后来推测，大概是他不愿虚与委蛇，巴结逢迎，况且他在村里根深叶茂（他祖、父辈都做过村长），各种人际通行无阻，所以便"宁做鸡头，不作凤尾"，回乡屈就村官。

他在村长任上十多年，致力于本村经济建设，然终因条件所限，收效甚微。第一要紧的便是交通，其时村里不通公路，在我们抵达前一两年，曾有两批港台商人来此地考察，意欲投资办厂开矿，皆因路况、水电问题而未能达成协议。

这是最叫村长痛心的一件事情。"我 × 他妈，"他用北方的一句粗口恰当地表达了他的惋惜之情，"眼看着白花花的银子就是进不来，你说急不急？"他坐在办公室一张破旧的桌子前，叙过寒暄之后，跟我们略谈了谈村里的情况，看上去愁眉不展，心事重重。

"你们来得正好，"他抬头看了我们一眼，勉强笑道，"汤先生是我们沿河村的朋友，我也不怕跟你们兜老底，我现在是一点法子都没有了，要不然我也不会去搞什么蔬菜运输。""什么蔬菜运输？"我们有些好奇。

"那儿——"他向户外指了指那辆旧货车，"走，出去看看去。"说着便把我们领到那货车前。

那货车大约有六七成新，原是村长托关系从县城一家运输公司搞来的淘汰货，"买不起新的，只能这个凑合用用——"他围着货车转了一圈，随手在车身上拍拍打打，"不瞒你们说，就连这笔钱村里都出不起，家家户户凑一些，另外又从乡信用社贷了一些。"他长长地吁了口气，"再看看那儿——"又指了指对面山脚下的那块菜田，"看到没有？长势多好！去年搞起来的，本来满心打算能挣一些，结果——唉，出了一档子事！"

不待我们追问，村长就骂骂咧咧地道出了实情。原来，该村的"蔬菜运输"堪称一项工程，其耗资之大，跋路途之远，费人力之苦，均大大超出了我们的想象——他们不是在本省交易，而是翻山越岭把蔬菜送往广州！这使我们颇感意外，我们虽知从来两广是一家，却也没想到一个小山村竟会跨省做生意！况且当时粤人财大气粗，富可敌国，直令全国上下都要抖三抖！

村长告诉我们，问题就出在这里，蔬菜必须运往广东才能挣钱，而车至广东，又须经过层层关卡，缴足费用；起先他们还能对付，无奈近一段时间，关卡竟越设越多，各地公安、工商、交通、税务……家家都想搞创收，因此瞒天过海、巧设名目；这样一来，他们的"蔬菜运输"非但不能挣钱，反而要赔钱。

好在"群众的智慧是无穷的"，不久，该村也效仿其他车辆，昼伏夜出，跟关卡打起了"敌退我进、敌进我退"的"游击战术"，这样支撑了一段时间，对方自然有所察觉，随之也增派人员，日夜守岗。

事情既到了这副田地，全村上下竟都一筹莫展了。这期间他们也曾尝试过"偷袭"，所谓偷袭，就是夜间趁值勤人员困倦之际，突发马力硬闯关卡（当时多不设路障），在前有堵截、后有追兵的情况下，尚能一路狂奔数十里，这其中的惊心动魄、险象环生颇有点像港片里的"警匪大战"……此种景象，我们简直是闻所未闻，村民们（此时，屋里已陆续踅进来一些人）讲起来更是眉飞色舞，激情万丈。大概他们觉得很有趣？或是很认同自己在这场虚构游戏中所扮演的"匪徒"角色？

最不可思议的是关卡的态度，车辆既能"偷袭"，关卡也就将计就计，先放它们过去，再一路苦追围剿，待把违章车辆逼到路边，也不过是煞有介事地多开几张罚单、口头警告一下而已，据说态度还非常客气。

"从来没打过你们吗？"我们问。

"没有。"

"也没有没收车辆？或是把你们关进局子里？"

"他们敢吗？——"一个村民轻蔑一笑，"第一，他们也是违章；第二，他们主要为了这个——"拿大拇指捏了捏食指中指，做了个点钞的动作，"有什么大不了的，不就为几个钱吗？他们敢用枪支弹药，我们就不会造土枪土炮？"

"什么？你们在造土炮？——"我吓了一跳，话还没完，早引得屋子里一片哂笑。他们笑什么？是笑我见的世面太少？

村长朝人群瞪了一眼道："你们不要乱讲，什么土枪土炮，传出去那是要杀头的——"又转头向我们解释道，"别听他们胡扯，他们就喜欢开玩笑！"他一脸诚恳，把手掌搓来搓去的，一副心神不宁的样子。

他这样一副形貌，反使我两位师兄也坐不住了。其中一位狐疑地问道："怎么听着跟真的似的？"

"没有，没有，"村长连忙否认，"确实是开玩笑。"

"那枪炮的事？——"

"他们放的是空枪，"村长无奈地承认道，"这种事你们也当真的？我们偷袭，他们开枪，都是闹着玩的，还不是为找点乐子，图个快活！唉。关键不在这个！"

是啊，关键在偷袭之后的那笔"追加罚款"上，不难想象，那笔罚款自是数目惊人，比平常费用高出十数倍不止。既是这样，我们又问：为什么还要偷袭呢？

得到的回答是：十之二三他们是能闯过去的，这于他们就有侥幸心，于关卡则说不清，也许是偶有两次群追不舍，兵法里所谓"欲擒故纵"计？

总之，在这场"猫捉老鼠，斗智斗勇"的游戏里，双方都心照不宣，乐此不疲；关键是成本问题，村会计算了一笔账，发现半年来他们挣少赔多，若再不悬崖勒马，全村经济将面临崩盘的危险；况且不久前村里刚遭过一次重创，被罚巨款五千元——主持罚事的是关卡里两个面生的年轻人，大概初来乍到，还不知其中游戏规则；这使得村民们一下子心灰意冷，觉得"这帮孙子太狠，陪不起"，因此一怒之下，单方面宣布退出这场游戏，"不跟他们玩了"。我们的到来正是在这一时期，整个村子偃旗息鼓，休养生息。村民们无所事事，情绪低落；村长更是心力交瘁，他已经三天三夜没合眼了！

是啊，形势确实不容乐观：蔬菜疯长，瓜熟蒂落，许多果实已经烂在菜田里，以至于那天我们坐在村公所里，隐隐约约总闻见一股馊腐的气息，那气息似有若无，远兜近转，先是充塞于我们的鼻腔，口腔，胸腔；后来日渐变浓、变臭——浸入我们的身体：每一寸肌肤、每一个毛孔，直至最后直冲脑门，盘旋于我们的大脑……我们初来乍到，自是不觉得，但住下来不久，便觉精神恍惚，多疑易躁，看人待事总有一种梦幻色彩，情绪时而萎靡，时而亢奋——这种症状在医学上怎么说？大脑皮层失控？

而在此之前，听说村里一部分"少壮派"的态度也尤为激烈，责怪村长无能，责怪村长的忍气吞声实为"村耻"，况且不跟关卡玩"飙车大战"已有多天，直令他们心手俱痒，怒气冲天……我们后来知道，这才是村长真正担心的：村民们心中有风暴，稍有不慎，后果将不堪设想！

而这种内心的风暴，又岂是村长所能控制的？那天在村公所里，他跟我们诉苦，言及村官难当，言及在这蛮荒之地，民风蒙昧，得个由头就生事，——"改革开放，经济搞活"谈何容易！关键是，他外出闯荡多年，也算是见过一番世面的，"有些事情我不能做！"

我们便问什么事不能做，他摇了摇头，似有难言之隐。

他只告诉我们，现在村里的情况就是这样，家家顿顿吃瓜果蔬菜，并且说"这是一道命令，人畜不得例外"。

"什么，牲畜也吃这玩意儿？"

"是啊——"村长苦着脸说，"这是村里最不值钱的东西了。再加上现在情况紧急，我们必须能省则省，以防将来万一……"

见我们露出惊讶的神色，他指了指自己的脸色说："难道你们没看出来吗？"

"看出什么？"

"一脸菜色！"他严肃地说。

"啊，难道你们不吃粮食？"

村长叹了口气，颇为悲壮地告诉我们，他已经有好多天不沾米粒了，吃饭对他来说就像一场梦；然而现在"村难"时期，他必须以身作则，跟村民们共渡难关；况且家家户户的粮食都已收归公有，就是想吃也没的吃了。

"什么？"我们再次惊讶地叫出声来，"这是谁的命令？是你吗？"

"当然不是！"村长扬声说道，"我怎么会做出这种荒唐事来呢！我受党的教育多年，最起码知道人民享有吃饭权。现在都什么时代了——"他声音沙哑，神情悲愤，"他们这样做是犯法的！"

"他们是谁？"

"激进派。"他低声地咕哝了一句。

他说得如此煞有介事，我和两位师兄互相看了看，突然如坠五里雾中；而就当时的情形而言，有一点是真的，村长的权力被架空了，民间有一股新生力量正在生成，与他对峙，逼他就范。我们也似乎预感到了什么，这预感直令我们浑身颤抖，血脉贲张！

而此时，屋里屋外已挤满了数圈村民，他们定然地站在那儿，多是面黄肌瘦，神色庄严，他们在干什么？难道是在"请战"？下午的阳光照得屋子里明晃晃的，也不知是否因背光而立，使得那一具矮小壮实的身躯，落在地上是人影幢幢，落在眼里则显得面目模糊。那一瞬间，我突然有种亦真亦幻的感觉，似乎我眼中所见，并不是现时代的村民，而是古战场的勇士。 我的心紧锣密鼓地跳了几下，几乎近于窒息。难道一场"战争"即将爆发？难道汤先生在战乱时期也未能目睹的场面，将在我们这个时代被模拟复制？一想到这里，我便感到喉咙紧涩，血液沸腾。是啊，那时我们多年轻，青春，狂想，热血，革命……从来都是同一个词汇，而这个词汇，某种意义上又是和沿河村紧密相连的。

四

晚餐之后，我们三人到寨子里转了转，发现整个村寨规划整齐，有欣欣向荣之气：村舍，猪圈，农田，水渠……有两户殷实人家已住上了小楼，实现了机械化——拥有像手扶拖拉机、电动三轮车等货运工具——想必这就是所谓"先富起来的那部分人"？

村里有一所小学，几间旧教舍，外墙上刷有"改革开放好！好！好！""一胎生，二胎扎，三胎四胎杀杀杀！！！"等标语口号；村民们忙忙碌碌，看不大出异样；或见一两村童光着身子跑来跑去，肤色黑亮，闪着油光，身形上很像我小时候见过的泥鳅；其眼窝深陷，神情灵异，乍一看又如同小动物。

我们一路走来，想起下午在村公所的一幕，又对照眼前的村寨风光，如何能衔接得上？难道村公所一幕是我们旅途劳累产生的幻觉？但何至于三人都有同样的幻觉？难道村公所一幕，是我们夸大了某些细节而作出的误判？

走至一口古井旁，见一妇人正在冲凉，光着上身，奶子瘪瘪长长；两位师兄相视一笑，慌忙逃走；而村民们却熟视无睹，经过她身边时竟不忘打个招呼；我一旁看着，简直傻掉，想着是否要为我们的文明感到羞愧，想了半天，也没有得出结论。

我们被安排住在村公所里，晚上冲完凉，便坐在屋前乘凉，坐小竹椅，摇芭蕉扇，抬头看满天繁星，似乎又回到了小时候，那童话一般纯净简朴的年代，那时夜更黑，星星更亮，四周静得人发慌，只听得一片片蝉声蛙鸣，使黑夜越发漫长……多少年过去了，这一幕早已消逝不再，不想今夜却在村寨的上空复活，怎能不叫人身心荡漾，忍不住跳起来，对着茫茫夜空发一声长啸！

我们正在说笑，却见一束手电筒的光芒从远处射过来，那光芒摇摇晃晃，左冲右突，恰如鬼魅一般。我们都愣了一下，正在狐疑，却听得一阵杂沓的脚步声正爬上坡来，星光中也来不及辨认，只见得黑影团团，总有三四人不止；那光芒越逼越近，走至身边突然熄掉。跟着是一阵呵呵笑声，原来却是胡性来。

胡性米先领儿个人进了屋，点上煤油灯（其时村里还没通电灯），作了一番安置之后，出来和我们聊天，他坐在走廊牙子上，手里把玩着一串钥匙，不停地颠上颠下。

我们问："你们这是干什么？"

他回头看了看那间屋子，里头传来甩扑克的声音，笑道："还能干什么？斗地主呗！"

"我们不是问这个！"

"那你们想问什么？"他伸手接住钥匙，看了我们一眼，说，"有些事不要知道得太多，真的，这对你们不好！"他说得蹊跷，我们反而不知如何作答了。

隔了一会儿，他又幽幽地说道："知道得太多，我怕你们走不出这个村子了。"

"有这么严重吗？"我突然觉得一阵阴风飕飕的，也许是夜深人静的缘故？

"现在村里的情况非常复杂，"胡性来收起钥匙，点上一支烟，沉吟了一会儿，说，"我们是来站岗的。"

"站岗？站什么岗？"

他朝十米开外的地方努努嘴，那儿泊着那辆旧货车，"有人想抢去当战车用——"我们三人面面相觑，下午村长办公室的一幕又回来了，似真？似幻？远远传来几声狗吠，隐隐约约又是几声鸡鸣，才晚上九、十点钟光景，乡村的夜显得更加寂静。

"他们想袭警。"胡性来淡淡地说。

我们"噢"了一声，这才恍然大悟，"你们是村长的人？"

胡性来摇摇头，一本正经地说："我们是主和派。"

我们越发好奇，"难道村长不是主和派？"

"他？"胡性来冷笑一声，"他是骑墙派！"

我们三人"扑哧"笑了，顿感兴味十足；看来当前的局势确实十分混乱，战争还未打响，内乱已经来临；而作为一村之长的胡道宽同志，其态度摇摆软弱，直令全村上下都不满意！

"到底怎样，你也放个屁，吱一声，"胡性来抱怨道，"可他倒好，整天忙着调停！老实说，这事是你能调停的吗？"

"村长不想打——"我们说。

"那当然，也不能打！"胡性来抢过话头，说，"他要是连这点都看不清，还当什么村长！你们看看——"他把双肘支在膝盖上，跟我们分析当前的经济形势，"打下去怎么办？还要不要改革开放？还要不要奔小康？当然了，有人不在乎，他们穷得叮当响，他们是赤脚不怕穿鞋的，可是我们就完了！"

我们都点头称是。确实，战争从来多由穷人发起，而胡性来是村子里的富户，是少数几户拥有手扶拖拉机的人家之一，所以，谁发动战争，他就跟谁玩命。他把钥匙串掏出来，再次颠上颠下的，左手抛，右手接，跟小孩儿玩杂技似的，一边说："人在车在，想在我的眼皮子底下把车弄走，确实不容易，我们现在是二十四小时轮班站岗！"

原来几天前，"主战派"的几员干将曾对该车实施过抢劫，出此下策实在是迫不得已；村长既已指望不上，他们就想跳过村长的授权，独自发动战争，本来这是可行的，他们人多势众，有雄厚的群众基础，有舆论，有纲领，有明确的战争口号："为名誉而战，为生存而战"；某种程度上控制了村政权，对全村实行军事化管理：粮食收归公有；禁止夜间赌博；禁止打架斗殴；备战备荒；全村十四岁以上男子必须加强体格训练……总之"万事俱全，只欠东风"：他们现在急需一辆车，否则就无从发动战争！

"当心你的手扶拖拉机！"两位师兄提醒道。

胡性来笃定地笑了笑，原来他早有防备：现在村子里的富户早已团结在一起，他们保村护车，俨然成了一家人；再加上他们的七姑八姨，外县的，邻村的……都纷纷加入到这个利益共同体里来，站在村口，把持关隘，成了阻碍战争发生的强大力量……所以胡性来说："我不是一个人在战斗！"

我们大开眼界，这才知道，战争从来不是孤立的存在，越来越多的人将被卷入其中，到末了变成一场混战！而且战争也改变了村里的人际格局，原来的朋友反目成仇，原来的敌人变成了战友……或许，真是验证了那句古话：这世上只有永恒的利益，没有永恒的敌友？就连我们这些外围看热闹的，此时也身不由己地搅和其中。第一，我们反对内战；第二，作为村长和胡性来的朋友，我们将随时准备就"两派关系"进行斡旋，商量和平解决的途径，尽量保持中立，做到客观公正……事后想想，这想法虚妄得很；战争期间，非敌即友，我们即便有中立之心，最终怕也被归入进"统一战线"，成为村长和胡性来的说客！由此得知，人活一世，做到公正谈何容易！

我们正在讨论，却听得身边几声"蝈蝈"叫，正在纳闷，见胡性来站起来，从腰间摸出对讲机，一路"哼哼哈哈"的，踱步到几米开外的地方；我们看着他的背影，但见他虎背熊腰，一手叉腰，其阔气豪迈颇像老板手拿"大哥大"——那时普天之下还没几个老板能拿上"大哥大"！胡性来说："好！好！我知道了！"他挂掉对讲机，直奔"棋牌室"，还未至门口，便听他一声令下："弟兄们，准备开会！"

两位师兄跟在他身后，一路惊问："什么会？"

胡性来只简单地回了句"支部会"，便背着双手，在走廊上踱来踱去；偶尔他也会倚着廊柱，抬头遥望灿烂的星空，小眼睛一眨一眨的，看上去很是焦虑。原来，这场"支部会"是在"主战派"的胁迫下召开的（支部里多是他们的人），这正是胡性来感到疑惑的：这些人到底想干什么？难不成会有一场阴谋？

此时，几个牌友已把胡性来团团围住，在走廊上，正紧锣密鼓地商量着什么（方言听不太懂）。胡性来点头，挥了挥手，牌友们立即兵分几路，向寨下奔去，想必是去搬兵或发动群众。我们情急之下也跟着他们走，却被胡性来一声喝住："干什么去！"我们一下子懵了，半天不能反应：怎么一刹那就换了副腔调？难道是怕我们当叛徒？突然明白现在形势危急，胡性来也不再是个普通农民，俨然成了一方将领；少不得踅回身来，跟他请示：我们想去看个究竟，希望他能批准！

胡性来这才认出是我们，拍了拍脑门笑道："我真是糊涂了！"他再次挥了挥手，声音温柔，"夜太黑，路上当心安全！"很像一副长官的口吻。那一瞬间，我们心里头那个热乎，差点错把自己当成他的下官！

我们跟着一个牌友进了村，发现整个村寨已倾巢出动，村民们手持火把、铁锹、锅铲、大刀，正你推我搡往村公所方向跑；一时也分不清哪个派别的，也来不及问什么。挨家挨户地砸门，开门的或有老人，或有孩童，叽叽哇哇说上几句，也听不懂说什么……如此一来，大约半小时以后，我们才赶回村公所，发现坡上坡下早已人头攒动，直把周围一里地围得水泄不通！待挤进会场，发现里面更是乱成了一锅粥，屋子里济济一堂，各自分成几个片区，有站着，坐着，蹲着……总有几十口人，互相嚷得不可开交——也有拍桌打板的，也有哭爹骂娘的；一时也没闹明白，这到底是什么名目的会议：支部会？干部会？党员大会？村民代表大会？

　　会议由村长主持（他在村里是党政一肩挑，也兼任书记），议程很长，议项很多，概而言之可归为一条：论目前沿河村经济发展与安定团结之辩证关系……我们饶有趣味地听了一会儿，发现一个有趣的现象：村长正在装样！

　　此刻，他正坐在一张桌子旁，昏黄的煤油灯底下，很分明看见他的脸，双眉紧锁，神情凝重，他一会儿看看这个片区，一会儿听听那个片区，不时在本子上记着什么。他装得很像，一脸忠厚，貌似无辜；是啊，不装样他又能干什么？在目前的形势下，他是既不能战，也不能和，手里没几个兵力，因而也不敢"安内"，只能采取一个方式：拖！他是能拖一刻是一刻，拖不下去怎么办，那就只有天知道了。

　　也正是在这样的场合里，我们得以见识了"主战派"的风姿，他们个个都是勇士，前退伍军人出身，血统高贵，剽悍异常，领头的是一个名叫胡道广的年轻人，村长的堂弟，此刻正闲适地倚着墙角，双手抱胸，面带微笑，很悠然地看着沸腾的会场，我心里一动，觉得大人物就该是这副模样，一时怀疑自己是否爱上了他。

　　这胡道广生得黑瘦精干，浓眉杏眼，一看就知是条好汉。他是前消防队员，身手敏捷，体魄健壮，曾因救死扶伤受过某武警消防支队的嘉奖，以至于退伍多年，仍沉浸在过去的荣光里不能自拔；他深得村长器重，委以民兵营长一职——村里的体制颇有些怪异，有不少是沿袭了"文革"的设置，也许这里是边地，军防之外还需民防？这胡道广手里既握有军权，务农之余便不忘带兵操练，然而和平时期毕竟不同于战时，上面既不拨经费，他们也就无从配备服装军备，因此练来练去还是农民。而与此同时，村民们多忙于发财致富，一年年眼看有些人家已经当上了"万元户"，而他则穷得娶不上媳妇。怎能不叫人气闷！

　　若不是这场意外，道广也就是村子里一普通的农民，种田，带兵，怨天尤人，他将含恨终老于街巷，为找不着自己的身份；然而谁能想到呢，当下时势突变，属于道广的时代终于来临——村长临战畏缩，而民众需要领袖；道广振臂一呼，就这样成了救世主。今晚这个会，是"主战派"蓄谋已久的，这是他们最后的机会了：不惜一切代价逼促村长抗战。手段包括：软禁村长；武装夺取村政权；打倒"主和派"；消灭一切"地富反坏右"……具体怎样，还要视会场情况而定——会场细节，种种可能性，临场应变措施，早在几天前就已密谋就绪。可是道广却谋而不断，迟迟拿不定主意是否真的要对他的村长堂兄下手——两人关系一向和睦。他这才知道，革命是要付出代价的，道义的，情感的……革命不是请客吃饭！

开会前两小时，道广还在自家的院子里转圈；他的身旁，乌压压站了一地的好汉，双手握拳，志在必得；篱笆墙外，是自发来参战的村民……道广很知道，事已至此，已经由不得他做主了——革命的火种既已播下，即成"星火燎原"之势，倘若他逆历史潮流，胆敢说个"不"字，则这火首先扑的就是他！

道广是个聪明人，最会应变；况且在短暂的领袖生涯中，他已经尝到了一呼百应的好处，这好处带给他尊严，信心，勇气，谋略……"说穿了，它就是权力。"道广后来告诉我。临出发前，道广抬头看了一眼遥远的星空（像胡性来一样，他也看不到今晚"会议"的结果），轻轻地吐了口气，以他一惯的寡言少语，说一句"走吧"——那一刻，没有人知道他作为领袖的孤独、彷徨。

所以那天晚上，我在会场上看到的道广并不是真实的道广，——真实的道广，他慈悲，悲壮，他站在他堂兄的对立面，胸怀牺牲精神，今晚"不是他死，就是我亡"，因而对于家族而言，无论如何都显得悲凉。而且他看到了，他的队伍受控于某种情绪，越发变得疯狂，会场内外，不时听到"打倒反革命""打倒胡道宽"的口号……道广不喜欢这些，可是又无能为力，他感到自己很小很小，突然意识到，历史是由人民创造的，而不是他胡道广。他觉得悲凉。

　　而与此同时，胡性来一派也在摩拳擦掌、暗中布派；可怜的村长还在演戏，至少这一刻，他还是名义上的会议主持人，该履行他的职责。听，革命的号角已经吹响；看，内战的风云正写在每个人的脸上！可是村长临危不惧，他看了看会场，知道今晚"战和两派"必有火并，搞不好甚至会出人命！至于他自己，那就兵来将挡，由它去了！但是有一点他心知肚明，就是宁愿引起内乱，他也不能答应战争！

　　"你们说是不是这个理？我担不了这责任！"那天晚上，我们刚进会场，便挤过去嘱咐他两句，他表态说，他有数，他还没昏到那程度！

　　然而谁能想到呢，后来情势突变，战和两派并没有火拼，而村长的表现也够让人吃惊的！不过我们都佩服他的镇定，在情势一触即发的情况下，他犹能装作一副懵懂无知状，把会议主持得像模像样，指指一个正在奶孩子的妇女说："你，起来说说看，当前的局势是要抗战还是要安定？"

　　"安定你个头！"那妇女懵懵懂懂地说。"我是出来上厕所的，听说这儿有宵夜吃，现在宵夜在哪儿，什么时候开吃？"

　　全屋子的人都笑了，我们也跟着笑，心里却不由得犯嘀咕：这样下去该如何收场，村长能控制得了局面吗？再看道广，此刻正眼波流转，在对身边的马仔使眼色，也许他觉得时机已成熟，擒贼先擒王，是到了该对村长下手的时候了？

　　我们情急之下，正待上前交涉；然而村长何等人也，何须我们出手！他眼观四路，耳听八方，那一刻，但见他脸色铁青，腮上的肉"咕嘟咕嘟"在跳！他突然拍案而起，发表了一通慷慨激昂的演说，大意是：现在外敌当前，全村人民更加要团结一致，万众一心！他作为一村之长、村支部书记，现在代表全村人民宣誓——打倒关卡！誓死不屈！

　　全场一片哗然，接着是一阵震耳欲聋的欢呼声——可能连"主战派"自己也投料到，形势竟扶摇直上，变得一片大好，甚至都没等他们来造反！

我们也瞠目结舌，没想到村长突然转向，这就是说，要开战了？

我们眼前一黑；深知这仗打不得，以弱敌强，以寡敌众，最后的结果必将是灾难性的！奈何民众的激情已经燃烧，那恰如黄河决堤，一泻千里，使得一向稳妥、坚强的村长，最终没能顶住压力，屈从了民意，由理性走向疯狂。

那么胡性来呢，胡性来在哪儿？直到这时，我们才想起他，把他视为沿河村最后的希望！我们转头找了半天，好不容易才在人群里看见他：哥儿几个正缩在墙角，面色仓皇，交头接耳；只见他微皱眉头，原本机灵的小眼睛呆呆地看着村长，一边听群众意见，一边摇头，摇头，再摇头。

我们一阵绝望，难道事态已经没救了？

然而就在这节骨眼上，却见胡性来拨开人群，向村长走去；那一瞬间，我的心突然停止了跳动：胡性来想干什么？他可不能冲动！留给"主和派"的时间不多了，我们三人脑子里一片空白，确实不知道下面该怎么弄！

胡性来走至中途突然停下，原来村长又一次发表演讲，开始"战前总动员"，他把手心朝下压了压。示意大家安静！

我们趁机挤到胡性来身边，跟他握了握手，发现他手心冰凉，微微颤抖；他朝我们惨然一笑，一副豁出去的样子，又反过来安慰我们："没的事，我有办法让他收回命令。先听听他嚼什么蛆！"

原来，所谓的"战前总动员"，不过是排兵布阵，论功行赏；而他胡道宽，"作为一村之长、这次战争的总指挥"——

胡性来听了，从鼻子里哼了一声："听听，狗尾巴翘起来了！就知道这人靠不住，心心念念只想保住他的官位！我以前说他是墙头草没错吧？哪边风大，他就跟着哪边跑！"我们一听也对，思前想后，觉得胡性来的说法也许更靠谱：村长屈从的并不是民意，而是他的领袖地位。或者这两者本来就是一回事？

胡性来又说："他下面就要封官了。"

我们侧耳听了一会儿，差点没笑出声来！果然，作为这次战争的总指挥，村长正式宣布，把全村定为团级编制（他倒不贪大），从此，村长摇身一变为团长（跟他在军中的职位相同），下面政委、副团……均是原村委会的核心成员；应该说，作为老练的政客，村长成功安抚了老部下，重新稳住了局面。

稍微头疼的是胡道广，不难推测，村长恨他的堂弟！但既已掌握了政权而手里又没有军权，他决定既往不咎，以大业为重，人才该用还得用！最后他宣布：任命胡道广为一营营长，任命胡道阔为二营营长，任命胡方善为三营营长——他顿了一下，抬眼扫视全场，以一种更加坚决、肯定的语气：任命胡性来为四营营长！

会场再次哗然；我们也吓了一大跳，初以为自己听错了；别人尚可，胡性来是地道的"反战派"，这事跟他有什么关系？

转头欲问胡性来，他大约也吃惊不小，脸上顿现惊愕的神情，慢慢的，却是眉眼舒展，嘴角上翘，他突然笑了——这是今天晚上他第一次露出笑容，愉快，神秘，微妙——堪称蒙娜丽莎微笑之男性版！

唉，经过这一天一夜的周折，我们已经长了见识，所以对胡性来那一副喜悦陶醉的神情，后来也就不以为怪，反报以同情和理解。是啊，位高权重谁不爱？换位想想，假若我们是胡性来，一个普通的前士兵，一个现任的老百姓——虽是"主和派"将领，毕竟未经官方认可，算不得数——现在突被委以重任：由草根变精英，由民间入主流，我们会怎样？就一定比胡性来做得更漂亮？

同时对村长也愈加佩服：此人深谙人性，善于平衡各方关系，且又反应机敏，以一己之力，当机立断，终得以把沿河村从内战的边缘拖了回来！可是这样一来，又回到了老问题上了：和关卡的战争！

突然想起半小时之前，胡性来留下的那个悬念：他有办法让村长收回决定！——他能有什么办法呢？转头看他，却见他半痴半傻，仍在微笑；推他一下，也是半天没有反应；我们三人一声长叹，知道沿河村完了，这最后一根救命稻草已被招安，此刻得了魔症！

正一筹莫展时，却听得胡性来转过头来，问："什么事？"

我们说："真的要打呀？"

胡性来把眼睛眯成一条线，沉思良久；他慢慢地摇了摇头，半晌才道："打不得——"他朝会场看了一眼，"有人会要我命的！"

我们看过去，果然，"主和派"那边早已群情激奋，几双眼睛正盯着胡性来，虎视眈眈，面呈怒色！我们叹了口气，看来内乱远没有结束，现在"主和派"内部又出现矛盾——领袖既被招安，手下却没得到惠处——如此分配不公，怎能不引起仇恨！

我们看了一眼胡性来，苦笑道："你现在麻烦了，一旦接受军职，他们第一就革你的命！"

胡性来"唉"了一声，"所以说呢，基层工作最难搞！哪个都不能得罪！"

"那下面怎么办？打还是不打？"

"现在不是打不打的问题，"胡性来说，"现在是打也流血，不打也流血！"

"那怎么办？推翻村长的决定重来？"

胡性来摇了摇头，"来不及了，看能不能修改一下！"

"啊？修改？"

"是的，修改！"胡性来点点头，"要改到所有人都满意，要照顾方方面面的利益，你的，我的，一切人的！这是避免流血冲突的唯一路子了！"

"这怎么可能？"我们提出质疑。

"没别的法子了，"胡性来叹了口气，"你们也一块想想吧，救救这帮狗娘养的！"他把眼睛看了一眼会场，低声骂道，"全是一群蠢猪，疯狗！成天就知道打打杀杀，逞一时之气，各打各的小九九，全不看后果！"说到这里，他声音打颤，满怀悲愤，"而这就是人民！"

"人民？"我们都愣了一下，这是哪朝哪代的词汇？听来新鲜得很！

"也包括我在内！"胡性来嘀咕了这一句，便扭头看向窗外，大概致力于他挽救沿河村的伟大构想里去了。

那一刻，我们三人都非常感动，且心里五味杂全，感慨丛生。是啊，这才是我们熟悉的胡性来——相识虽短，相知却深——可爱，真实，也有自己的小算盘；虽一介平民，却肩负责任，现在，他首先要避免流血事件，而后要照顾方方面面！

作为一个前军人，一个彻底的和平主义者，一个万元户，一个新任不久的四营营长，他正在想一个万全之计：拥有这一切！他要满足所有人的愿望：主战派，主和派；他要恢复村里的秩序，维持安定团结的局面，坚持改革开放不动摇！他要当官的当官，发财的发财，他要让军人回到战场，重新找回热血和尊严——那风驰电掣般的酥麻感！

现在，他仍在发痴发呆，把眼睛看向虚空的某个地方，偶尔也会眨一眨；他脸色潮红，汗流满面，神秘的微笑挂在嘴边；突然，他把右手握成拳状，朝左掌心猛地一撞——惊得我们一身冷汗！难道他已经得计了？

他摇了摇头，轻轻地吐了口气，似乎在考量这个修订版的决定是否具有可操作性；然后，他朝我们看了一眼，目光遥远而坚定，像个赴死的烈士；我们急忙问道："有了？"

他点了点头，还不待我们说什么，便拨开人群，向村长走去。那一瞬间，我看见他做了个小动作，把右手放在胸前，划了个"十"字！——天啊，他竟需要神的祈福！毋庸置疑，这是个疯狂的创意，估计能把一些老弱病残给吓死！

首先是村长，他的反应让我们感到很紧张，他呆呆地看着胡性来，好像没怎么听明白。胡性来再次凑近他耳下，村长的脸色开始泛白、泛青，有了红晕，直至满脸涨红；他突然推开胡性来，把他打量了一番。

此时，屋子里早已安静了下来，大家都意识到，沿河村的命运将再次转向，是"战"是"和"还说不定！

胡性来说："决定权在你！"

村长擦了擦汗说："太冒险了！"

胡性来说："试试看吧，除非你不想搞经济！"

村长把眼睛眨了眨，看上去很是动心，——"搞经济"是他的至爱！作为一个紧跟形势的基层干部，他懂得这个词在当前的意义！他把手指不停地磕着桌面，似乎仍拿不定主意，看着胡性来，似笑非笑地问道："你是说化装？"

安静的屋子一下子炸开了，大家都不明白怎么回事，却又预感这件事一定比战争更带劲儿！"主战派"那边首先沸腾了，自然，他们脑子里闪过的第一个念头是化装成军人——平时。他们只敢想着和关卡去拼命，却从不敢奢望有一天他们还会返回头去再做军人！——而这，正是他们的梦想和目的地！

那久违的青春年代：营地、男子气、驳壳枪、野战训练……此刻，全都连在一起了，记忆开始苏醒，神经突然受刺激，人群中有人在嚎叫，有人开始哭泣！即便冷静如胡道广，此时也一阵头晕目眩，需把双手扶着墙壁！他看着疯狂的人群，才知道自己这些天来的努力，并不为别的，只为重温往昔那峥嵘岁月稠，为当一个士兵，哪怕仅仅看上去像个士兵！

"主和派"这边也稍稍安了心，第一，他们的领袖不受名利的利诱，关键时刻挺身而出，想出这等馊主意，无论如何，替他们争取了和平，使他们可以继续做点小生意；而且化装嘛，假扮的，非男子汉所为！可怜"主战派"一腔热血，现被玩弄至此却不自知——他们笑了，为自己的胜利，因而也开始大喊大叫，击掌庆贺！

村长很受鼓舞，他环视全场，看群魔乱舞，听"化装"一词像鼓点一样在人群中有节奏地响起，从"主战派"到"主和派"，从屋里到屋外,这个词可谓异口同声,从不同的嘴巴里吐出来,形成一股热浪,掠过人群,飘出窗外,震荡在村寨的上方,直至响彻云霄和山谷!

而此时,天就要亮了,一颗启明星遥挂夜空,闪烁,迷离,从窗口便可看得见——村长的眼里突然浸满了泪水:是的,漫长的黑夜过去了,黎明即将来临!现在,沿河村的村民们又重新站在一起,载歌载舞,单纯如初民……此情此景,纵是石头见了也难免动情!

村长决定顺从民意(天地良心,这次是真的),采纳这个"化装版"的修订方案,于是再次把手心朝下压了压,示意大家安静,可是村民们早已陷入狂欢之中,——究竟连"化装"是怎么一回事他们也没搞明白的。

村长喃喃地骂了一句粗口,手搭桌面,只纵身一跃,便站到了桌子上,这个漂亮的动作非但没能使人群安静,反而把狂欢送进了高潮,于是他不得不手持喇叭状,用尽平生力气喊出了几句话——我们立即挤过去,也只听得几个关键词:军人,军车,关卡,免费……连起来便是:军车进出关卡无需交费!

一下子明白了,胡性来的"化装"正是利用了这一点:村民扮成军人,货车改为军车,这样既做回了士兵,又避免了战争,既报复了关卡,蔬菜运输也得以通行无阻!那一瞬间,我们三人再也憋不住了,也加入了狂欢的人群。村长再次纵身一跃,向人群扑去;胡性来索性躺倒在地,作昏倒状,直到被人群架起来,把他和村长一起扔向空中!我们一群人自动围成一个圈,对着他们大声喊叫:"化装!化装!化装!"

伟大的胡性来,他今天晚上立功了,——他立功了!伟大的沿河村村民,他继承了中国农民的光荣的传统!他超越了人智的极限,挽救了沿河村,他把民众从一种疯狂带进另一种疯狂,他是全村人民的大救星!

这个化装对于关卡而言,是一个绝对理论上的绝杀,一个点球,一个死角！沿河村村民从此站起来了！"伟大的胡性来万岁！"——人群中有人开始喊口号，其歇斯底里、神魂附体堪称很多年后黄健翔在世界杯赛场上的预演！确实，这次胜利来之不易，它属于沿河村，属于村长，属于"主战派"和"主和派"，属于所有"被侮辱和被损害的"中国农民！

我们仨也激动得彻夜不眠，除了跟村民们一起狂欢，还不忘自己的责任所在，想着要给这次化装命名，以期让人们记住这一天，这个地点，这个人，这件事，所以它的命名分别是："7·23事变"，"村公所事变"，"胡性来方案"或"胡性来决议"，"和平演变"。

五

接下来的几天里，村子里一片混乱，我们也由此见证了一个村庄在改制为兵团的过程中所经历的艰难、曲折、迂回、纷扰。首先是村民们，他们需要恢复体力，是啊。"狂欢"消耗了人们太多的激情，他们得歇一歇，透透气。

而且随着"化装行动"的筹备，"军管"结束了，粮食又分还给村民，家家户户可以吃上米饭、腊肉——堆得满满的一海碗——蹲在家门口，站在村路旁，见人就打招呼："吃了吗？来家吃一会儿？"这场景不啻于过年。

我们眼见得村民们如此自足，个个脸色红润，神情愉悦，不像是要有行动的样子，整个村子洋溢着一股祥和、饱闷、慵懒的气息，难道他们已经忘了化装这回事？

两位师兄认为这是有可能的，想来这是人民群众的特点：盲从，健忘，行止具有即时性。胡道广也唉声叹气，悔不该答应村长先把粮食分还给村民，"都是吃饭惹的祸，"那天他跑过来找我们聊天，商量下一步该怎么走。现在村里的情况是，村民们已经失了斗志，米饭和腊肉使得他们心满意足。

"不管怎么说，得让他们饿一饿，"那天道广坐在门槛上，若有所思地说，"你们说奇怪不奇怪，一旦有吃有喝，他们就全指望不上了！"

两位师兄笑了起来。本来嘛，饱暖思淫欲——他们告诉道广，群众的力量并不来自吃饱喝足，而是来自饥饿，来自有人承诺他们摆脱饥饿、走向吃饱喝足的过程中。

道广想了想，问："你们的意思是发动群众？"

"你已经错过机会了。"两位师兄坦诚相告。

道广摇了摇头，他认为问题不在这里，发动群众方面他可是高手，——问题在于"上层的某些领导"现在又开始犹豫了！

"这事怎么能犹豫呢？"道广在屋子里踱了两步，试图向我们说明一个道理，凡事都需要一点冲动，从决定、动员、化装、出发，各个环节都得趁热打铁，不能深思熟虑。道广的意思是，思想是可怕的，一旦有时间思来想去，"化装"的荒谬性就显示了——虽然它本来就是荒谬的。

道广的原话是这样说的："你们不觉得这事很荒唐吗？"

——是的，我们有时这样觉得。

"我也是，"道广指了指脑子，"这就是想出来的结果。"

我们都叹了口气。说什么好呢？时局呈现了太多的复杂性，试想，连道广这样的一介武夫都在"思考"，得出一个荒唐的结果，更何况村长？一夜狂欢之后，村长很快就醒了，第二天跑过来找我们商量，问这事能不能做？我们也如梦初醒，觉得此事不妥，可问题是，决议既出，而且兵团的编制已经宣布了——

"我可以不认账的，"村长把手抚着桌面，看得出他有点激动，那只粗糙的大手在微微颤抖，"我就说这是闹着玩的，这是在开玩笑！看他们能把我怎么着！"他看了我们一眼，狡黠地笑了。

村长自然可以不认账，群众也不能把他怎么着！——想来，出尔反尔是他这一行的职业要求，无关乎他的人品道德，因为在后来的兵团生涯中，我们将会看到另一个村长，——届时是团长，他一言九鼎，奖罚分明，军靴踩得叭叭响，他友善、严厉，强调纪律和秩序，当然这是后话了，总之他把团长做得很像，跟现在的村长不是一个人。

这是一个很奇怪的现象。

是什么造就了这种奇怪的现象？老实说，我们也不知道。

总之，在村长还是村长的这两天——只剩下两天了，村子里乱糟糟的，大家都晕头转向，谁也看不到沿河村未来的走向。在经过一番艰难、困苦、惊险的讨价还价之后，谁都以为事情解决了，可是一觉醒来，原来它只是开玩笑！

而且事后回想，整个改制过程也是一笔糊涂账，直到那天黄昏，村民们点燃了一支炮仗，在震耳欲聋的鞭炮声中，几个民兵腼腆地换上军装，一边嘻嘻哈哈、打打闹闹；直到他们跳上军车，紧一紧捆菜的绳子，然后"呜"的一声汽笛响，十几个小孩跟着车屁股跑；直到村民们手搭凉篷，看着军车和孩子们消失在漫天尘土和黄昏中——直到这一刻，村民们仍半信半疑，"这么说，现在我们是当兵的了？"

村长在走廊上来回踱步，又是不安，又是激动——无法表达这复杂的感情，他只好搓了搓手，骂了一句："狗娘养的，这下玩大发了！"

就是说，全村上下，只有村长知道这意味着什么，——意味着他们迈上了一条不归路；全村上下，只有村长还没有发疯，虽然局势早已失控，以至最后连他自己也没搞明白，军车怎么就上了路。就是说，一切都是在混乱之下发生的，村长一直坚持到最后。

村长该对这起"化装事件"负责吗？说不太好，这是一个谜语。我们一方面认为他半推半就，一方面也理解他的苦楚，——后来当他回首往事，也觉得他在村长任上的最后几天不堪回首，像一场噩梦。

他的意思是，他这村官当得很辛苦，首先他要平衡各方关系，上有经济指标，下有利益诉求，"我顾哪头？"问题还在于，他一个人说了根本不算数，村民们动不动就跟他要民主，鸡一嘴鸭一句的，反不及他当团长来得干脆利落。

"我还算个讲民主的人吧？"他认真地问。

我们都点了点头。确实，他性格妥帖、稳当，为人也还算厚道，平时很注意照顾村民的情绪——生怕出纰漏——干群关系算是处理得不错的。

"可是我告诉你们，坏就坏在这里！"他把手一挥，在团部（原村长办公室）踱了两步，"结果怎么样？结果失控了，变成团部了！"

团长说错了吗？没有。很多年后，我还记得他给我们上的这堂"民主生活课"，他痛心疾首地说："这东西没用处，误事不说，而且没一点效率。"——很多年后我都记得他这句话，很多年后，每当有人大谈民主的时候，我一般是不说话的，因为我到过基层，我知道他们的难处。

总之那两天，我从来没见过像村长那样痛苦焦灼的人，一方面"化装行动"正在紧锣密鼓地筹备，一方面他又不分昼夜地找我们开会，论证这事是否存在哪怕一点点"政治上的正确性"——当然没有，这一点他比我们更清楚！他只是需要信心和帮助，尤其是我们三个人，两个硕士，一个博士，在他看来就是"知识分子"了，不用说"脑子够用"。

村长说："再想想看，找出一点我就干！"

我们搜肠刮肚，根据自己所掌握的不多的一点经济学常识，以及对当前局势的判断，告诉他"冒险也许是必要的"，毕竟发展是硬道理，至于如何发展，上面也莫衷一是。两位师兄又举例说明，目前珠三角、长三角也都在摸石头过河，胆子大得很，总之犯错误是难免的——不犯错误如何搞得了"市场经济"，只能去搞"社会主义"！

村长茫然地问："难道它们有那么矛盾？"

两位师兄摆摆手，告诉村长，"姓社姓资"那是上边的事，目前正在讨论，会有人给出标准答案的，我们现在要做的是发展经济，让村民们过上好日子——

村长怯弱地说："可是我不能去触底线。"

"你不试怎么知道那是底线？"

"那还用试？假冒军人那是犯法的事。"

"那你就等着村民们发动一场战争？！"

村长把头抵着墙壁，痛苦地摇来晃去，"我只是想搞经济——"这时一阵微风吹过，送来瓜果蔬菜腐烂的气息，浓郁得直使我们打喷嚏。

"谁不想搞经济？"两位师兄沉痛地说，"关卡也要生存，也讲效益。"

村长抬起头来，拍了拍脑门，说："我这里乱得很——"

两位师兄叹了口气，"所以凡事不能深想，——"这也是胡道广的观点，不过两位把它说得上了一个层次，"我们这个时代尤其是，充满了各式各样的矛盾，它不支持深度思考！要紧的是先做起来，化装是唯一的一条折衷之路，虽然它不妥当。"

村长把两位师兄看了看，开始对他们五体投地，他赞叹道："到底是知识分子，胆子大，有见识。"

而与此同时，我的脑子早已一片浆糊，各种观念厮杀相抵，以至很多年后也没理清其中的头绪，只记得它的惊心动魄，那是怎样的时代啊，纷繁，热烈，激荡，真是"乱花渐欲迷人眼"，至今想起来仍觉得头晕目眩，手心盗汗。我跟两位师兄讨论，我承认他们理论上是对的，但是若把他们的理论付诸实践，则肯定是错的——

"那就先犯错，"他们激动地说，"让别人纠正去！"

村长一拍大腿站了起来，说："好，我听你们的，杀头不过风吹帽——"

我吓了一大跳，突然想起导师的紧箍咒，汤老师一直不赞成学生参政预政，他并不是所谓的书呆子，可是坚持认为，要把知识限在一定的范围内，"否则准会出乱子"。有一次他告诫我们："做你们份内的事，你们要是掺乎到政治里去，先不说别的，政治首先就乱了套。"

我及时把这一点提醒两位师兄，他们烦躁得在屋子里走来走去，似乎不得已也在进行某种"深度思考"，最后无奈地告诉村长，这事再容他们想一想，毕竟"心急吃不得热豆腐"。

村长愣了一下，笑了笑，"我就知道！什么话都让你们说了，横竖都有个道道儿。"

那一瞬间，我们三人都有点尴尬，接下来便觉无地自容，这才反思自己这些天来的表现，其实并不比任何一个村民更有判断力，我们犹疑，彷徨，既天真又世故，既软弱又激进，总之翻手云，覆手雨——是怕承担责任吗？说不清楚。恐怕这一切的背后，皆是脑瓜子转不动，思想苍白紊乱，因而少立场，少决断。

尤其是我，毫不夸张地说，这世上就没有我不能理解的事，我一忽儿同情村长，反对"多数人的暴政"，一忽儿站在村民一边，认为村长是官僚，反正不管怎样，我总能找到说辞——也许玩文字游戏是我这一行的专长？

这是困扰我至今的一个问题。

总之，村长用他的微笑使我们看到了自己：分析问题头头是道，处理实际却摇摆晃荡！以至很多年后，我仍不能忘记他那微笑，淡淡的，优越的，高高在上的，很有涵养，也许他心里在说：知识分子就该打倒？

正胡思乱想时，胡性来跑进来了，汇报这两天化装的筹备情况，原来他刚从百里之外的军营考察回来，"情况不太好，"他说，"军车和军服都搞不到。"

村长看了他一眼，不置可否。

胡性来挠了挠头，"那就实施第二套方案？"

村长还是不言语。

胡性来只好继续汇报："道广已去镇上买油漆了，旧军服村里总可以找到，不过样式跟现在的不一样，但是夜里嘛——"

我急忙问："油漆是怎么回事？把货车漆成军绿色？"

"正是！"胡性来朝我们伸了伸舌头，调皮地笑了。看得出他现在放松至极，完全是在帮忙；他最大的责任是避免了一场流血事件，至于军车是否上路，想必不是他关心的事！

村长点了点，说："知道了，有情况及时汇报——"他朝胡性来挥了挥手，转头跟我们解释道："让他们搞去吧，实在不行再漆回来，你们说呢？"

我们无奈地笑了，跟村长一样，开始抱着一副听天由命的态度，又含而糊之地聊了些沿河村各阶层的分布状况，诸如胡道广、胡性来等派别的立场，再次把村长佩服得五体投地，他直夸说得精辟："嗯，这倒是你们擅长的。"

六

现在来介绍一下兵团的情况，严格地说，它跟村寨只是名称上的区别，这是一场不彻底的改革，混合着妥协，旧习惯，新希望，一路蹒跚走来，走得破绽百出，那叫一个惊心动魄！

然而有一点却毋庸讳言，兵团成立之初，确实给村寨带来了可观的变化，这变化首先是秩序上的，也不知是否是错觉，从军车上路的第一天起，村里就洋溢着一股简洁、硬朗的气息，在经过短暂的混乱迷茫之后，村里的一切开始上头绪了，变得井井有条了，而且节奏明快，雷厉风行，到处充满了旺盛和生机。

就连空气也焕然一新，清新得使人无端想放声歌唱；庄稼也长势喜人，瓜果蔬菜绿油油的，微风吹拂之下，保持着挺拔矫健的姿势。

在团长的默许下，几个营长开始带兵训练。从走路、站姿、说话、神情，务必要保持军人的体面和神气；常常在小学校的操场上，我们

　　看见村民们在练习"正步走"，他们是那样的新奇，兴致勃勃，夕阳的余晖照着他们年轻的脸孔，那脸孔上混合着阳光、汗水、尘土，使得他们看上去越发有生气。一样都是黝黑的五官，眼窝深凹，高颧粗唇，看得我们某一瞬间竟会生出一种幻觉，难道这是一群邻国的士兵？

　　个中或有忍俊不禁的，或有调皮捣蛋的，被营长一声断喝，不由分说走上前去，一脚踢出队列罚站去。士兵们都愣了一下，余下的继续正步走，呐喊声也越发嘹亮。

　　就是说，村民们变得听话了，守纪律了，较之从前的懒散饶舌，完全是脱胎换骨，重新做人！是的，他们放弃了平等自由，若自由只使人散漫、抱怨、萎靡不振，那么他们宁可选择被约束！说到底，这里头有艰难的取舍：平等诚可贵，自由价更高，若为健旺故，两者皆可抛！现在他们朝气蓬勃，对未来重又燃起信心和希望，这才是一切。

　　这里尤其要说说道广，自兵团成立以后，他整个人就像打了激素似的，浑身就有使不完的劲儿。连走路都要带小跑。我最喜欢看他指挥大合唱，总是在清晨，似醒非醒的时候，我的耳边就响起了那悠扬美妙的曲调："东方红，太阳升……"这不是村里的小喇叭在广播，我知道，这是道广军训结束了，正领着他的士兵们在歌唱！

　　这时候，我就会从床上一跃而起，脸都来不及洗，我要去看看道广，看他怎样打拍子、领头唱，看朝阳怎样映红了他的面庞，——那年轻的、充满朝气的面庞！看他唱到投入处，怎样闭上眼睛，看他把眼睛突然睁开，朝倚在树下的我微微一笑！我要走到近处，亲眼看，亲耳听，我要让歌声整个把我环绕，我也要微微闭上眼睛，整个人突然挺拔，有一股向上、向上、腾空而起的力量。

　　道广的拍子打得非常漂亮，手里拿着一根小树枝，权当指挥棒；他把身子轻轻摇晃，偶尔会踮起脚，两只手这边一按，那边一抬，歌声便在他的手指间起伏；有时，他会把手臂收拢、上抬，我看明白了，他是在托起心中的红太阳；突然，他把身子整个提起来了，手臂疯子一样挥舞，这是暴风雨来了，人类在和自然作搏斗，几番摔倒，爬起，再爬起，最后，道广把手臂猛地一收，小树枝高高戳向天空，他脸色苍白，汗渍淋漓，歌声结束了，人类站在风雨之上。

所以你就不难想象，那阵子我为什么不睡懒觉，因为道广的歌声总催我起床；你也不难想象，当我倚在小学校的一棵老树旁，一边看他们，听他们，身心一阵痉挛般的激荡；当沉郁的《国际歌》在我耳畔响起，当我跟着他们一块唱："起来，饥寒交迫的奴隶；起来，全世界受苦的人，满腔的热血已经沸腾……"我竟泪流满面。

我浑身簌簌发抖，只好蹲下来，怕肉身再撑不起心中新生的力量——"这是最后的斗争，团结起来到明天，英特纳雄耐尔一定要实现！"——我一边唱，一边扭头看向朝阳，霞光中不得不眯起眼睛，这时我看到了一个女学生的形象，跃然于霞光之上，她一头飒爽短发，长得有点像罗莎·卢森堡，神情平静，目光坚定。

这是我理想中的自己，一个女神的形象。她生在一个很遥远的年代，全世界都污垢不堪，她却出淤泥而不染。她天生负有使命，追求进步、光明，愿为理想而献身。她看到世间有太多的不公正，因此越发相信真理、公义、进化论、理想国！她一点都不怀疑！

你看她也在唱："是谁创造了人类世界，是我们劳动群众！"——她面带微笑，那样的自信昂扬，年轻的脸上熠熠闪金光。我把脸捂起来了，不敢再看她。有什么办法呢？时代不一样了，现在我再做不到她那样纯洁、无私，正大，我内心有太多的人类的蝇营狗苟、小情小调，我也不敢回头看道广，——我怀疑自己是爱上这家伙了。

确实，这是道广最好的时光，在他的指挥下，整个村寨都被歌声所环绕，村民们沉浸在一种乐天、向上的氛围里，他们情绪饱满，热情高涨，不唱歌的时候心里也有歌声。大家被一种看不见的东西所引领，穿梭于菜田和果园间，浇水的、施肥的、喷农药的、采摘的……各有分工，有条不紊。他们的动作是那样的灵活，富有节奏，充满舞蹈的韵律！与此同时，军车每隔两天就上路，满载果蔬发往广州！

我和两位师兄惊叹不已，对此不能作出合理的解释，因为那阵子，我们自己也神魂颠倒，一头砸进村寨的建设中，而且生怕落后，跟着村民奋起直追！两位师兄成了团长的左右臂，定规划、作统计，整天忙得昏天黑地；闲暇之余，他们又加入我所在的宣传队，帮忙写横幅，刷标语，诸如"时间就是金钱""大干快上""一万年太久，只争朝夕""向深圳看齐"……都是我们的手笔，字写得也许不漂亮，可是每当看见自己的劳动成果，充斥于村寨的各个角落，挂在树杈间，刷在墙壁上……我们是多么自豪啊！

团长更是意气风发，恨不能"一个身子掰开八瓣用"！他说话高声亮语，看见人就远远地打招呼，而且那阵子，他最喜欢跟人握手——其实多此一举，因为都是熟人；但是作为一种情绪的表达，我们都心有同感。不管看见谁，他都大踏步地走上前去，捉过人家的双手便摇来摇去，一边不忘鼓励加油："同志，好好干！"他因声如洪钟，那口气就像咆哮。说完这一句，他也不及停留，再次大踏步地甩开膀子跑远了，他的手臂漂亮地摆动，步履是那样的坚实、有弹性，既像一个训练有素的军人，也像长跑运动员。

就连万元户胡性来也受到了感召，置他的小作坊于不顾，加入集体生活里来了。有一天，他急冲冲地跑来找我们，嘴里嚷着"再也不能这样活了"，——原来是，他太孤独了！是啊，此情此境，再心系自己的一亩三分地是可耻的。他要跟大家共同致富，若做不到这一点，那就宁可回头再当一个穷人，总之，他要跟村民们在一起，成为他们中的一分子，一荣俱荣，一损俱损！那天说到动情处，性来竟然眼泪涟涟，哭得跟个小孩儿似的，他不放心地问："我是不是回来得太迟了？他们会不会接纳我？"

两位师兄给予了肯定的答复："浪子回头金不换啊，性来同志，欢迎你回到穷人的队伍里来，带领大家共同致富！"

我一旁看着,感动得一句话也说不出来,只在心里嘟囔了一句:"多好的同志啊,他有着一颗金子般的心灵!"我看到他对穷人充满了感情,富裕并不是罪,可是他却为此而忏悔!有一瞬间,我怀疑他是不是爱上了贫困,也许他爱上的是贫困背后的东西:集体主义、向心力、对美好生活的向往、未被污染的干净纯洁的心灵!

总之那阵子,整个村寨都有点疯疯癫癫,每个人都纯洁得要命,患上了和胡性来一样的相思病:身处贫困中,却对贫困怀有一种不可遏止的激情!只在夜深人静的时候,我和两位师兄才敢承认这一点,把这现象拿来讨论。——你看,我们的老毛病又犯了,我们凡事喜欢讨论,对一切都要怀疑。

我们最大的怀疑是对自己:村民们倒也罢了,他们无知无识,为何我们三个人,既是外来者,又是读书人,却也身陷这场"热病"中而高烧不止?问题还在于,这到底是不是一场热病?激情之于村寨建设是否是必要的,它在多大程度上是可靠的?这种对自己的审视有价值吗?我们的怀疑是否是适时的、正确的?它对村寨的经济建设有何帮助?

可想而知,这种追问是不可能有什么结果的,除了给我们带来难堪和痛苦。

我们的谈话又是那样的小心,因而显得喊喊喳喳,鬼鬼祟祟:第一,这样的谈话与村寨整体气氛不相符,某种意义上,它是对村寨精神的背叛;第二,谈话即便被允许,于我们的内心也是一种折磨。

怎么不是折磨?我们看到了身心分裂的自己:相信美好的事物,却对一切美好的事物怀有警惕和不信任;晚上这般否定自己,一俟白天,却又投身热火朝天的劳动场面,干得比谁都带劲儿!

我跟两位师兄说:"你们说说看,这到底是怎么一回事?"

其中一位想了想,说:"也许是赎罪心理吧。"

我说:"我们何罪之有?"

另一个无奈地回答："思想不纯，信仰不够坚定！"听得出他口气里的内疚。

我叹了口气，一时无言以对；抬头看了看深邃的星空，此时村民们已经睡去了，村子里万籁俱静，不远处的小树林里，偶尔能听见几声猫头鹰的叫声……多么美好、安宁的夜啊！我却焦灼、痛苦得想哭泣，为我们三个孤魂野鬼，为我们自造的、今生再也不能突围的困境！这是我们的宿命吗？

我说："这样的怀疑有意义吗？"

两位师兄摇了摇头，给出了否定的答复。

我突然心灰意冷，把身子往小竹椅上缩了缩，以为这样自己就小了，小到无，如空气可以忽略不计！生命对于我这一类的人而言，该是一场浪费吧？即便闭上眼睛，我也能看见那个可怜、可悲、可叹的自己，从那天晚上起，我知道世上有这么一类不幸的人，——所有不幸中最不幸者：他们清醒地活着，意识到自己的无能、无用、于事无补；他们痛苦地活着，因为他们孤独、摇摆、无所依傍！

这是一种气质性的不幸，没有谁可以解救他们，这也是后天的不幸，我怀疑，跟我们所从事的专业和身份紧密相联。

说到底，我并不为自己感到羞愧，这是命运所带来的不公正，平静地接受它，不躲避，不改变，我以为这是尊严。

我只是有一点点自卑，尤其是心系道广的时候，那天晚上，我无数次的欲言又止，只是想在嘴里哽一下这个人的名字，但是我以惊人的毅力克制了自己，我不能在两位师兄面前露出一点破绽：我爱上了另一个阶级的人。这注定是一场无望的爱情，在四目交汇的一瞬间，什么都发生了，只是在心里。

只有一次，当两位师兄试图讨论，是什么造就了目前村寨的这场"大跃进"？我忍不住说了一句："是歌声。"

"是什么？"他们没听清楚。

　　我笑了笑，我不会再说第二遍了。把手拍了拍自己的小腿肚子，心里满足得要命。

　　我当然不会傻到，以为几首歌就能把村庄唱进共产主义，但是这些耳熟能详的歌儿，像《红星照我去战斗》、《在希望的田野上》、《打靶归来》、《团结就是力量》……确实节奏明快，风格昂扬，很恰当地体现了村寨的精神状态。

　　我不知道是歌声找对了地方，还是村寨选对了它的形式，总之在无垠的时间的荒野里，不更早一步，也不更晚一步，它们碰上了，产生了一场化学反应。

　　最关键的是，这些歌声是由道广而引起，——啊，亲爱的人儿！我把眼睛闭了闭，两位笨师兄怎会知晓我的心意，我再次面露微笑，在黑暗中，他们谁也看不见。

　　那两天，我拼命追寻道广的足迹，我走遍了村寨的各个角落，各个角落里都充斥着歌声、劳动的号角、村民们笑逐颜开的脸，他们在田间劳作的身影……我今生所能见到的最动人的一幕全在这里了，在这里，又岂能缺少爱情！

　　我开始发足狂奔，风吹进了我的眼睛里、鼓荡在我的头发和衣裳里，老实说，我并不在乎能否见上道广一面，我知道他在某个地方，与我共此时，我要把我的爱情转化成对这片土地的浓情蜜意。

　　有一天我做了个梦，梦见我和道广漫步于北方的一个风沙小城，这城里有一座山，山上有一座塔，塔下有一条河，这一天，我和道广就沿着河边走。我们两人都背着手，打着绑腿，那样子既像是恋人，也像是革命同志。那许是傍晚时分，河面上波光闪烁，古塔的倒影落在河中心。偶尔我们会驻足河边，当道广抬头凝视河对岸的古塔，我则侧头看着道广，我的眼里突然汪满了泪水，因为道广与古塔是连在一起的，我却与道广隔着很遥远的距离。

　　我慢慢地转过身子，为的是让风儿拭干我的眼泪，我不想让道广知道我的心理，他会说：这是小资产阶级思想在作祟。

在爱上道广的那些日子，我确实苦头吃尽，我把自己从头到尾否定了个遍，思来想去，觉得自己难以配上这位淳朴、纯洁的男子，是啊，我的灵魂布满圬垢，既不健康，而且多疑，难道所谓的"洗澡"就能把我洗干净？好在不久，我便走出这种沮丧、自责的心理，许是出于某种安全考虑。团长作了一次人事变动，安排我和两位师兄轮流押车上路。

"你们也跟一跟吧，"有一天他诚恳地发出请求，"你们都走南闯北，省城里总有些同学关系，万一路上碰上什么事，还能有个照应，唉——"他叹了口气，"这些天我担惊受怕，右眼总跳个不停，只担心会出什么事！"

我们欣然领命，从此以后，我和两位师兄踏上征程，把自己扮成一个兵，到外面闯花花世界去了。即便很多年后的今天，我也记得我第一次穿上军装、离开村寨的那个傍晚，我们在路上走了一夜，于第二天凌晨到达位于广州郊外的一个农贸集散市场，又谨守昼伏夜出的规定，在广州消磨一个白天，直到夜幕降临，这才月黑风高地赶回沿河村。这一趟少说也需三十多个小时。

这是怎样的三十多小时啊！惊险，刺激，节外生枝，虎口脱险……就好比一场蹦极体验，从此以后，我们知道了什么叫欲仙欲死。每次上路，我们都把它当做最后一次，那是置死地而后生的心理；每次上路，又都是第一次，因为险境各有不同，经验于我们全没用。

尤其是我们三个"知书达理"的人，自踏进村寨的第一天起，就再也没有出过门，全身心地把自己献给了这个小环境：革命、改制、理想主义精神……一时竟丧失了现实感，全然不知身外事。

所以不难想象，当我们第一次踏上军车，奔赴前线，沿途所见的荒诞场景，非但使我们瞧着新鲜，对我们的智商也造成了一定的压力。需要应付以"脑筋急转弯"一类的游戏。

我还记得两位师兄第一次凯旋归来的情景，那是一个早晨，天刚蒙蒙亮，道广指挥的大合唱已经开始了，我应声而起，打开了门，却见其中一位正痴痴傻傻地坐在走廊牙子上，看上去像是进入了魔幻状态。

我上前招呼了一声："你回来啦？"

他皱了皱眉头，咕哝了一句："你听，这歌声！"

我没有说话，察言观色也知道，此兄定是碰上了社会形态上的难题，这一趟该是"村寨一日，人间十年"吧，两相对比，怎能不使他产生信仰危机，生出一种"梦里不知身是客"的时空错综感？但是我对他并不担心，以他的冰雪聪明，相信不久的将来，他必会放弃沉思，以一种活泼的姿态适应我们这个大时代，就像小鱼儿游进了大海里。

另一位师兄则是激动得要命，他是我们中第一个当兵的人。那是在更早些时候，也是清晨，我尚在睡梦中，便被他的砸门声吵醒，他实在等不及了，急于要我们分享他的奇妙心情。他先是爆两句粗口，简洁有力地代替了感叹词，然后一屁股坐在行军床上，把大腿一拍，"过瘾啊！无与伦比！"

他表达力如此之差，急得我们直问："到底发生了什么事？"

他只是摇头咂嘴，"我算是长见识了！"

原来这一趟，他把关卡摸了个遍！后来，及至我自己也上路了，才明白是怎么回事，同时也心有释然：也许我们并没做错，只有"化装"才能自救！否则凭一辆民用货车，如何能走完那三里一关、五里一哨的漫漫长途？那该是我一生中走过的最破敝、壮观的旅途了：关卡之密，有些甚至够得上说话唠嗑！

这些关卡多设在桥头、路边、荒郊野岭、繁华小镇的十字街头……装置也不一而足，有亭舍，茅屋，也有就地取材的——专门守在路边的小吃店、洗浴房，一番吃喝玩乐以后，便来到马路上罚罚款，散散心。

更绝的是，他们有时会化装成便衣，踩着摩托车踏板，抖得像个二流子；或者躲在某个阴暗角落里，眼神炯炯有如夜光灯，看准了一个目标物，冷不防一个箭步冲上前去，亮出身份，直把司机吓得一声尖叫，来一个紧急刹车。

司机虽不明就里，却跳下车来，一阵打躬作揖，好话说尽，那些关卡人员也不理会，不由分说，便掏出纸笔开罚单，或有几百，或有数千，数目全凭他们一时高兴。倘若有人问起名目，——是啊，罚款是为哪一出呢？

那关卡人员便看了他一眼，心想此人该是个二愣子，不知"愈加其罪，何患无词"吗？他们笑了笑，回答简短而有力，一般都是两个字："超载""超速""违章"不等。

倘若司机继续纠缠，他们便撅撅屁股，意思是少废话，家伙全在后面藏着呢，这时他们的大盖帽也戴上了，那徽章里自有威严。

当然，也有一些关卡人员还是比较客气的，他们会跟"主顾们"称兄道弟，讨价还价，拍拍人家的肩膀，说一声："哥们，公家的吧？"

原来这里是有说项的，分公家、私人、开收据、不开收据、要回扣、不要回扣不等，其中有一个复杂的计算体系，恕不一一列出了。

接着他们就开始大倒苦水，"你以为这钱就归了我个人？深更半夜的，谁不想在家搂着老婆孩子睡觉？——"伸出一只手来，意思是给钱吧，"你也犯不着心疼，反正都是国家的，换了个部门而已。"听上去似乎也不无道理。

有一次，我们正行驶在一条城郊马路，看见前方有几个穿制服的人正在晃悠，他们双手叉腰，腰束皮带，路旁停着几辆摩托车，还有一辆已经开到了路中心，悠闲自在地正在兜圈自娱，一边回头打量着我们，一边举了举手。

司机骂了一句："瞎了眼的东西！什么车都敢拦！"并转头征求领队胡性来的意见，"怎么样？下来聊一聊？"

胡性来懒得啰唆，说了一声："理他呢，往前走！"

军车一声怒吼，把车身抖了抖，拼足老命往前冲去，一时间我耳边只听得呼呼的风声，几声怪叫，以及摩托车引擎发动的声音……我把头探出窗外，这一看吃惊不小：他们追上来了，他们越来越近，他们贴紧了我们……我还来不及反应，却是一个趔趄，整个人已经摔到车头上！军车既已停下，四五个民兵不由分说，匕首、短棍、绳索早已插到了裤腰上，他们兴奋得简直要发抖。

胡性来理智地阻止了他们，先是做了一番部署，几个人这才跳下车来，一边颠着腿，一边把对手看来看去。

双方先是交换了证件——叫我吃惊的是，这事竟由我方先提议！敌人大约也是没想到，拿着手电筒朝本子上晃了晃：竟是军方！那手电转了个向，在车身上又照了照，还有什么好说的呢？认栽吧！

胡性来也认真地接过对方的小本本，看了看，照了照人，他把本本往脑后一扔，微微一笑，"化装的吧？"

"什么？"敌人露出惊讶的神色。

胡性来并不计较，拍拍那人的肩膀，叹了口气，"干什么不好，偏干这个！"又伸手把那人的皮带扶扶正，"怎么可以把制服穿成这样！"

他朝几个士兵努努嘴，示意他们先上车，临行前又不忘一番教育，"回去好好做点小本生意！碰上老子今天心情好，先饶过你们一回，下次再让我见着，先抽几个大嘴巴再说！哼，正经关卡还需让我三分，别说你们几个！"

后来我也问性来，这几个人的成色到底如何？难道真是我们的同道？

性来拿不准地说："有点像。"

原来类似的事情，他们已经遭遇过不止一起，试想，既然执法人员能化装成便衣，那么，平民为何就不能弄来几套制服穿上，站在马路边拦车收钱？

性来苦恼地说："关卡倒没什么，怕就怕这帮人渣，全没了王法了！"说这话时，他俨然是真把自己当成现役军人了。

而作为军人，我们经过关卡时，确实颇受待见：一条军车专道，关卡人员朝我们点头微笑，没有路障。不交款项！我们自然心情舒畅，原来，人是可以被这样对待的！不自觉的，连身子都抬高了许多，腰板挺得笔直，双手放在膝盖上，眼睛齐刷刷地转向关卡，投之以僵硬、多情的微笑。——乍一学做人，简直学不像！

再看那边，一辆辆民用货车被叫停路边，排起了长龙，司机大佬们围着交警，又是敬烟，又是哈腰，一边大声嚷嚷，又是委屈又是微笑——表情拿捏得丰富微妙！就连肢体也用上了，或是拉拉扯扯，或是摊手耸肩……我们一旁看着，只觉得怜惜，也深为自己脱离了这一阶层而感到庆幸。

直到今天，我也不知道关卡为什么就不睁亮眼睛，把我们打量一下：有太多的破绽，连我们自己都觉得不像话，尤其是在道广治下，他手下的兵向来胆大，又喜欢场面堂皇，能把"行军曲"唱得震天响，一路"轰隆隆"地蹚过关卡——因为是破车，速度上不能带来飙飞的快感，但是你看：他们一脚踏着车踏板，一手扶着车窗，那姿势好一个潇洒！在经过关卡的那一瞬间，他们还不忘抬了抬右手，致关卡以一个军人的敬礼！

关卡人员简直觉得莫名其妙，追出来，跟着军车跑了几步，一边笑着骂道："我丢你老母，什么意思啊，一群疯狗！"

士兵们也不理会，回身跟他打飞吻。

有一次，在两广交界地带，我们被一个关卡拦下了，其时场面极度混乱，几十个警察全副武装，把枪口对准了四面八方；一时间只听得警笛长鸣，警犬狂吠，远方零零落落几声枪响，原来，三个越狱者劫持了一辆警车，在周遭的丛林里转圈，方圆数百里地正处在戒严中。

我们简直要昏倒，一时车里慌作一团，哪儿还有什么主张？司机把车开往路边，一路抖抖索索向前滑了十几米，道广脸色煞白地说："停吧，注意别把油门当刹车踩！要刹要刚由人说了算！"他还不及开门下车，三四个警察早已扑上前来，把他堵在门口，只说了一句："快，抄小道走！上车再说！"

道广也软弱地跟了一句："快，抄小道走！"

军车顺着小径一路狂奔，我紧张得汗毛直竖，几乎要窒息，非常奇怪的，在这样的时刻，我竟然还会生出一个念头：我们追捕的可是一辆警车啊！——这一念，只使我头晕目眩：历史正在发生惊人的倒错，而现实却不管不顾，只管自己往前走。

我的意思是，我们并没有分明的快意恩仇，也早忘却了自己的不法身份，只把警方当做自己人，希望老天能保佑我们不要出什么差错。

可是警察却禁不住一阵狐疑，其中一位把我看了看，咦了一声："怎么还有个女的？"

道广顺势拍了拍我的头，亲热地说："我女朋友，是战友。"

警察笑了笑，不再言语。

我不由得浑身瘫软，心里想，他若是再看我一眼，我一定会崩溃！

也许我早就崩溃了，面上肌肉痉挛，心里想呕吐；也许从上车的那一刻起，他就嗅出这车里的气味不对，但是他并不介意，这不是他的管辖范围，而且事有轻重缓急，总之，我们有惊无险地渡过这一关，至今想来仍觉得不可思议。

后来他们终于下车了，沿途拦了几辆警摩，在匆忙跳下车的那一瞬，他们还不忘跟道广握了握手，"谢啦，兄弟！一路好自为之！"说完便扬长而去。

我们都松了一口气。

没想到他们走了几步，却又停下了，回头打趣道："回去跟你们首长反映一下，这身军装都换了，还有这车，不像样啊！"道广向他们抱了抱拳头，龇牙咧嘴，脸露难堪的笑容。

谁知另一个人也来了兴致，和蔼地说："找个地方歇着吧，今夜你们过不去！生活不容易啊！——"一脸意味深长的笑容，"有些事我们也看不惯，可是又能怎么办呢，互相将就着吧。"

道广简直无所适从，直至这几辆警摩消失在远方，他这才一头磕在车身上。

因为这次意外，我们抵达广州比平常晚了两个多小时，也正是这次意外，连带我发现了另一件事，这件事带给我的冲击不亚于警察上了我们的车。

平时，我们在广州的时间是这样安排的：上午睡觉，下午进城闲逛，顺带干点私活儿，捎些衣帽鞋袜、打火机、太阳镜一类的回去倒卖；我极少跟他们一起活动，也许是出于性别考虑，只把自己安置在驾驶室里，从没有光顾过他们的落脚点；这天清晨，在办完果蔬交易之后，我跟道广说："我跟你们一块过去！找个地方好好补一觉！"

道广"啊"了一声，懵懵懂懂地说："你去那儿干吗？"

我再次强调：我要去睡觉，我现在身子骨都快散架了！

道广其实很老实，这是很多男人的特性，坏事照做，可是又不会撒谎；他完全可以敷衍我的，把我稳在汽车里睡觉，或是另找个地方，可是他偏不干，他直统统地说："你不能去！那不是你呆的地方！"

这下我不干了，凭什么我不能去啊，"除非你们有事瞒着我！"

道广软弱地笑了，"也没有啊，"他搔了搔头皮，"他们在掷骰子，都是男的，还有外人——"

我越发好奇了，铁下心来要去看个究竟。

就这样，道广在前面带路，我跟在后面大踏步；他越走越快，我不得不跑起来，七弯八拐来到了一片居民区里，这一带都是些老房子，虽拥挤破落，却是独家独院，两三层小楼，自住兼开小旅馆。道广一阵风似地冲进一户人家，不由分说就往楼上跑，一边回头笑道："你在这等着，他们可能在洗澡。"

我急于要抓现行，三步并作两步赶到他前面，一边笑道："我不在这儿等，我到门口等。"

道广叹了口气，无奈地把我领到了三零一房。

其实房间里很正常，四张上下床铺，也有躺着睡觉的，也有围着小方桌打牌的，屋子里吵吵嚷嚷，烟头扔了一地，也有两个年轻女人，身穿家常裙衫，收拾得干干净净，与我想象中的娼妓不是一回事。此刻，她们正坐在一群男人堆里，凑首看牌，看见我跟道广走进屋来，勾头把我看了又看，跟道广说："你女朋友？"

道广嗡声嗡气地说："不是，一块卖菜的。"

另一个说："不像哎——"又问我，"要不要喝茶噻？"

我拘谨地摇了摇头，把自己安置在床铺边，我不好意思看他们，只把眼睛看向水泥地，屋子里乌烟瘴气，熏得我眼睛疼。十分钟以后，我便告辞了。确实，这不是我呆的地方，他们也很不自在，我看得出来。

我重新回到了军车里，脑子昏昏沉沉，一时心里五味杂陈：有新鲜，也有失望。我应该感慨吗？我那年二十四岁，还没正式踏上社会，娼妓这件事，虽略有耳闻，却不在我概念里。我不知道当时的人们怎么看这件事，也许是没经历过的想跃跃欲试，经历过的也就那么回事，反正在广州，这事确实"也就那么回事了"。

后来，道广追过来解释，"你都看到了吧？什么事也没有！"

我说："我看到什么了？那两个女的是干什么的？"

道广支吾了半天，"搞不清楚，邻居吧？不太熟。"

我说："怎么可能是邻居，一口湖北话！"

见他不吱声了，我又笑道："你别装了，真的，我早看出来了，你心里虚着呢！"

道广一拳砸在方向盘上，骂了一声："妈的！你怎么什么都知道？"——如释重负地吐了口气。

我眼前一黑，这一下真是铁板钉钉了！没想到他这样禁不起问，几句话一套，就全出来了！——这些可都是我出生入死的革命同志啊，大家一块经历了多少事？！把几十年的中国历史照搬过来演了个遍，而且特别入戏，不惜牺牲，胸怀理想，为的是什么？为的是生活得更美好，不是为了叫他去嫖！

"这是两码事！"道广急得直嚷嚷。他现在思想开放，俨然一个现代人士——他来广州这才几次？他也许觉得，眼前这个女的简直不可理喻，需要给我洗洗脑，于是便从头说起："喏，首先你要这样想，她们是做生意的，她们需要有主顾，要不她们就得挨饿！这个你听明白了吗？"

我似乎是听进去了，勉强点了点头。

"那好，第二条，"道广点了支烟，"你以后不要用那个字，嫖不嫖的，这说明你心理有问题、太肮脏！大家都是人，职业无贵贱，人品有区分，你要学会尊重她们。再说了，嫖怎么了？嫖也就嫖了，嫖完就忘了，所以等于没嫖。"

这个我没听明白，一下子又自卑了，我跟道广说："你看，我真的转不过弯来，我刚从小山寨里走出来——"

道广叹了口气，"你在那儿才呆了几天？现在时代不同了，出来就是一个新天地！你怎么就不能与时俱进？——"他把眼睛眯向空气中，沉吟了一会儿，"这么跟你说吧，好比一个人正在睡觉，外面来了一个人也想睡觉，那么大家就一块睡啰，虽然他们是一男一女。"

我也学着他的样子，把眼睛眯向空气中，尽量以一个男人的视角来思考：好像真是这么回事儿！于是我便问："你们都是这么想的？"

道广说："都这么想，包括你两位师兄！"

"什么？"我一声惊叫，我把这两人给忘了，我不能想象他们也会！前天我们还在一起长聊，他们是那样的纯洁忧伤！

道广耸了耸肩，嘀咕道："又不影响的，他们现在也纯洁忧伤，呵呵，他们忧伤得要命，巴不得天天来广州！"

"不是，不是，"我把手扶住脑门，一时语无伦次，"你听我说，他们都有女朋友，她们是我的好朋友，他们特相爱，他们快要结婚了——"

道广都懒得看我，一脸不屑的神情。

"他们还自称理想主义，他们整天把它挂在嘴边！"

"不要跟我讲什么主义！——"道广大喝一声，他终于不耐烦了，"我不懂那玩意儿！我只懂男人，男人你明白吗？我发现你这人满脑子浆糊，真是要命！理想主义就不能嫖了？嫖完照样还是理想主义！"

我把头靠在车窗上，我想应该结束这场谈话了。确实，男女之事讲不清，很多年后的今天，我对这类事早已见怪不怪，口头上也表示了这层意思，——正如道广所言：它不是个事儿！但是在心里，我始终认为它是个事儿，以一个女性的视角，它是个天大的事儿！因此，我把这一节记在这里，作为对人性的一个存疑，以供探讨。

七

后来，我们便离开了沿河村，重返学校做回了学生：直到几年以后再返回，我们三人都已毕业分配，两位师兄，一位留校任教，一位去了某科研机构，我则被分配到一家晚报，负责跑跑新闻会场。

这几年，我们的社会生活发生多大的变化啊，真可谓"日新月异"！

这几年，我们与沿河村也保持着紧密的联系，得知在我们离开半年以后，军车就停开了，原因是风险太大，村民们也多没有长性，主要是他们没的蔬菜可卖了，村里的一个大户包下了菜地，在上面办起了木材加工厂。这大户也姓胡，兄弟两个，做木材生意已有些年头了，正是在他们的影响下，村民们陆陆续续改了向。

后来。我们又被告知，村里的电通上了，路也拓宽了。

再后来，我们的联系就不靠写信了，而是电话。

有一天，留校任教的那位师兄接到团长的邀请，希望我们过去看一看："奇迹啊，你们来了就知道了！这两年，我们在县里连续夺了几个第一：GDP 第一，先进工作者，优秀党员，精神文明示范村……这些就不说了！不容易啊，尤其是这个时代，人人都向钱看，我们还在搞精神文明！"

这位师兄也是好奇，而且又是他的专业范围，因此便约我们一起同行。是啊，我们三人早就盼着这一天了，这可是我们心心念念的沿河村啊，我们在其中投入了太多的感情。

这次，我们是直飞南宁，团长派车来接我们，从机场出发，一路高速，穿过丛林，我至今还记得丛林里的阳光，恍惚得很，阳光底下也有军车绵延，士兵们身穿迷彩服，夕阳的光影落在他们的眼睛里……我一时犯迷糊，心里想，可知是我们从前见过的那一茬人？

团长早早地迎接在村口，一身军便装，裤脚卷起来，他张开双臂，以一个军人的豪爽拥抱了两位师兄，并跟我握了握手，笑声朗朗。

他先领我们去看了看军车，军车被安置在村公所隔壁的一个角落里，经过几年的日晒雨淋，它老了，报废了，可是团长告诉我们，村民们仍对它心存感激，想着将来有条件的话，要给它盖一间房子，做一个展览馆，以便告诉子孙后代，他们的祖先在走向工业化、现代化的过程中，经历过怎样的无奈、荒唐！

团长深情地踹了踹车轮，说："靠着它，我完成了资本的原始积累。"

我们也都叹了口气：是啊，军车完成了它的历史使命，它的这一页算是翻过去了。

团长又领我们爬上一块高地，鸟瞰全村，我们顺着他的指点，发现村寨确实气象大变，哪儿还有一点传统乡村的迹象，俨然一个现代小镇：小桥，流水，别墅，工厂的烟囱在排放废气，轿车、货车、商务车川流不息……这不是我们见过的最富裕的村庄，这是我们见过的用最短的时间走向富裕的村庄！

那天晚上，团长做东欢迎我们，村公所的干部们都到齐了，我们很奇怪地发现，这里头没有性来、道广他们，于是便问："几位营长呢？"

团长似乎困惑不已，一时竟没有反应。

"营长？"他想了半天，突然拍拍脑瓜子，"天哪。你们说的是道广几个吧？哈哈，他们早不是什么营长了！喏，这是我的新班子——"指了指在座的几位，给我们一一作了介绍。

"道广他们？——"

"他们现在好得很！"团长想了想，斟词酌句地说，"个个都是工厂主，我已经好长时间没见到他们了！"

我们便不好再问什么了。

那天晚上，席间觥筹交错，一派欢声笑语，可是我们只觉得落寞，是啊，铁打的营盘流水的兵，团长的干将已经换了一批啦！遥想性来几人，当年何其英气勃发，一路过关斩将、出生入死，直把团长送到今天，可是今天又怎么样呢，听团长的口气便知道了！难道性来几人也落到和军车一样的命运，完成了他们的历史使命，又恢复了平民身份？可是，军车尚有建展览馆的一天，性来几人却是连"叨陪末座"的资格都没有！心里不由得"格登"一下：团长和性来他们该有矛盾，后者又岂是省油的灯！难道团长邀请我们，是另有用意？否则便不能解释他的热情过度，一连好几个电话相催，并早早替我们订了飞机票。

天哪，但愿不要再闹事了，我们是再不想蹚这浑水了。

那天晚上，我们刚回宾馆不久，性来几人便兴冲冲地找上门来，大家一阵狂呼乱抱，性来说："怎么事先也不招呼一声，我们刚听说。"道广坐在沙发上，一拍大腿说："来得正好！正想给你们打电话呢！倒叫他抢了个先！"

"怎么样？"研究所的那位师兄问道，"听说营长被撸了？"

性来两人笑道："不是一天两天的事了，老实说我们也不在乎，狗东西最近太张狂了，我们一琢磨，想一并解决算了。"

我们一时没听明白：解决？解决什么？

道广朗朗有声:"推翻兵团体制,恢复村寨民主!"

我们一听跳了起来:又来了,搞什么搞?!

道广摇了摇头,"闹得不像话了,现在大权在握,谁的话都听不进去了,他是真把自己当团长了,全村人全忘了这回事,只有他记得牢牢的!"

我笑道:"这可是你们逼出来的!他当初是一万个不愿意!"

性来说:"我们逼他,是为了叫他搞经济,不是叫他玩独裁!现在军车既已停开,兵团还有什么存在的必要!他凭什么还要当团长,回去给我当村长去!"

原来,在我们离开的这几年,团长利用兵团的名义,一步步地将权力收归己有,这其中包括政权、财权、军权……从前他在这方面栽过跟头!又鉴于道广几人从旧村寨带过来的坏传统,动辄喜欢提意见,发牢骚,讲民主,又不听管束,又居功自傲,况且手里又握有兵权……因此,在军车停开不久,团长就找了个由头,把这几人开掉了。

起先,道广几人也闹过一阵,但无奈群众不合作,那一阵子,家家户户都像疯了似的,纷纷办起了木材厂、家具厂、运输队……狂奔于发财致富的康庄大道,道广纵有天大本事,也使唤他们不得!无奈之下,道广也只好跟着他们一块跑,没想到,这一跑竟跑到前面去了,这几年来,道广几人成了村子里响当当的富户,五六家厂子创造了全村五六十家厂子百分之七十的利润!

我说:"这不是挺好的?"

"好什么好?"道广叹了口气,他觉得问题就出在这里:他到顶了!当然他还可以更有钱,把他的厂子开到县里、省城、首都、世界各地,可是那又有什么意思呢?财富原是无止尽的,但财富的目的只有两个,一是舒适,二是为了体面尊严。现在他都满足了。

我说:"你也可以到更大地方满足的。"

他笑道:"没那个必要,我又不认识他们。"

是啊，沿河村才是他的根，生于斯，长于斯，也将葬于斯——他的体面尊严的最终指向，原是他的父老乡亲。他说："我这人本来就没什么志向，下半生也就是维持一下厂子，养活一拨穷弟兄，我自己能用几个钱？走哪儿算哪儿吧。老实说，我对赚钱没多大兴致，引不起我激情。"

我们便问，什么东西能够引起他激情？

"斗争！"坐在灯影里的道广轻轻哼了一声，他的声音是那样的平静，平静而有力，"是时候了，钱我是挣足了，下面要跟村民们挣点权益！"

我一听，坏了，沿河村怕真是没安宁日子了，一拨有产阶级正在崛起，以群众的名义跟团长要权力！

且说团长这边，自从铲除了道广等异己，又安置了自己的一批亲信，做起事来真是如虎添翼，他把这些亲信派上村寨的各条战线：政治，经济，思想，纪检，治安，工会……这些人也确实尽心尽力，协同作战，以部队的标准严格要求自己，这样一来，村寨越发像兵团了。

较之于道广时代，现在的兵团更加紧凑，务实，不搞形式主义，他们诚心竭力地服务于村寨的经济建设，前沿的，后勤保障的……把各种力量拧成一股绳，叫村民们的精气神更加旺盛，不断地提醒他们：挣钱，挣钱，挣钱！

诚然，现在村里再听不到歌声了，因为领唱的那个人歇了，自己也成了生意人！再也没有军训、号角，再也看不见身着旧军装的半吊子士兵在晃荡，就连团长的几员干将也从不以军人自居，但是在我们看来，他们比军人更像军人，那就是无私、正直、勇敢，他们常常西装革履，一阵风似的从我们身边掠过，他们到哪里去？他们到群众需要的地方去！

私下里，我们也问过团长，他是怎么带兵的？

团长笑了笑，秘而不宣，只说了一句："现在正是村里最好的时候，一切都上头绪了！"

那两天，团长领着我们在村子里转了转，工厂，商铺，街市……无一不给我们留下深刻的印象，这印象就是民众激情的借尸还魂：到处都是人来车往，机声隆隆，人们在大太阳底下挥汗如雨，所不同的是，从前是在菜田里。现在多站在机器旁。无论是老板，工人，小商小贩，个个都像喝了鸡血似的，面泛红光，精神抖擞！

对此，我们并不感到奇怪，反觉得踏实，因为这一切的背后，原是利益的驱动，而不是什么精神的鼓舞。

我们稍稍奇怪的是，在经济发展如火如荼的今天，村民们还保留一种近乎清教徒的气息，这里没有贪污、腐化、堕落，没有偷盗抢劫，没有夜总会，一俟晚上，整个村子就静悄悄的，偶尔能听到几声狼狗的狂吠，——这是村里的巡逻队在行动，他们站在村子的各个要道口，或是挨家挨户地走过，看看可有哪家丈夫彻夜不归、哪个老板在做假账、哪些在行贿受贿、哪个在渎职，可有欺贫现象？工人工资拖欠了没有？……他们一天二十四小时在行动，杜绝一切犯罪现象，别说村外的那几个"飞车党"，单说村民们或有路上捡到钱包的，也不好意思不上交！

两位师兄也能一觉睡到天亮，因为宾馆里没有小姐骚扰，五楼倒是有一间按摩房，有一天晚上，我们三人实在无聊，便过去泡泡脚。小姐们个个神色端庄，不苟言笑，两位师兄躺在床上。不由得要跟她们开两句玩笑，谁知她们竟柳眉倒竖，怒声呵斥道："先生，请您放尊重点，这儿不是你胡作非为的地方！"

我忍不住要笑，可怜两位师兄，这些年也是经过一番灯红酒绿的，哪儿见过这种阵势？又想，在物欲横流的今天，村民们却单单把欲望用在挣钱上，别的路径全堵上了。挣了钱干什么呢？又不嫖，又不赌，没个出处呀，把它放在家里收着？很是困惑。

金钱带来了它该带来的东西：感官享乐，人心叵测，浮躁沉沦……

这是铁律，我们讨厌这样的铁律：心找不着归宿！可是一旦进得这个小山村，却发现这里一尘不染，清心寡欲，似乎又叫人亲近不得！

是啊，这世上从来就没有完美的生活，怎么样都是错的。在跟团长一席谈话之后，我们决定抛弃道广，支持团长实行专政！——这是他痛定思痛的结果：把权力收回自己手中，带领沿河村走向繁荣富强！

那天晚上，团长到宾馆找我们，直言不讳地聊起了他和道广几人的矛盾，他困惑地说："我错了吗？换位想想，你们会怎么样？"两位师兄诚恳地说："换位想想，我们会跟你一样！"

"就是！"团长笑了笑，"我必须拿掉他们，因为我有前车之鉴！其实每走一步，我都在问自己，我是出于公心还是私心？这样一问，我心里就敞亮了！"

我们解释说，道广几人也未必就是私心——

"说得好！"团长笑了笑，"但中国的事情你们也知道，往往出发点都是好的，但搞到最后，就变成个人之间搞来搞去！"我们一时沉默了。

"积怨太深了！"团长长叹一声，"找你们来也就是这个意思，是到该解决的时候了，要不成天净搅事儿！你说我怎么弄？哄着他们？跟他们斗？我没那么多精力呀！我给你们丢个底，解决他们，但我并不想把事情搞大！"

我们不知道团长的解决是指什么，可能他自己也不知道。

"成天说我搞独裁，玩专政！也不看看我治下都是些什么人！——"指的是全体村民，"哪个是歪种？嗬，个个都是好汉哪！先祖的血正在他们身上淌着呢！要搁以前，这些都是拼刺刀、堵枪眼的主儿！对付这帮王八蛋，我跟他们讲民主？——"说到这里，团长又好气、又好笑，"难道我会跟他们说：胡性来，我派你去炸碉堡好不好？——"弯下身子，声音是温柔的、探寻的；接着口气一转，变成了娘娘腔，身子扭来扭去，"嗯，不嘛！"其实胡性来也不是这模样。

我们都笑起来。

接着团长继续表演，"那么我只好去找胡道广，我说道广，你看，兄弟我遇上麻烦了，你今天去把这阵地给我拿下！你猜道广怎么说：滚你妈的蛋！这下我不让了，我得有个团长的样子呀，于是我把桌子一拍——"果真把桌子一拍，"来人哪，把他拉出去给我毙了！"学得惟妙惟肖，末一句话，是扁着嗓子、一字一字从牙缝里蹦出来的。

"当然我不会这么做，这只是打个比方！我只能自己冲锋陷阵，我把手一挥，回头说：弟兄们，跟我上，冲啊！——"说到这里，团长顿了顿，竖出三个手指头，正色说道，"三年！"

"三年啊！"他大发感慨，"我把一个穷山沟带到今天这个样！谁能做得到？我应该进吉尼斯世界纪录，因为我做到了别人三十年做不到的事！为什么？——"他站起身来，背着手在屋子里踱了两步，突然回身，攥了攥拳头。

我不知道他这拳头是什么意思，强权？专政？

他放下拳头，一边低首踱步，一边自言自语："三年来，我每天都在打仗！"他突然停下，跺了跺地板，看定我们说，"我把这儿当做战场！明白我说什么了吗？这儿从来就是战场，以前是，现在是，永远是！"

他又踱回窗边，一下子落在椅子上，架起腿颠了颠，问："知道我这三年是怎么过来的？"

我和两位师兄都不说话，完全被他吸引了。

"三年来，我就没睡过一次安稳觉！因为我身后跟着一只老虎，这老虎每天都在吼叫：效益，效益！那好，我也不管三七二十一了，我身先士卒，带领弟兄们就上！什么招没用上？军车就是一例子！好了，等到我把效益搞上去了。这老虎又改口了，他说他要公平！"说到这里，团长朝我们眨了眨眼睛，他被自己的这番演讲给搞笑了。

他朝我们摊了摊手，说："难道我不知道这两样此消彼长，就不能放一块扯？但是没办法，服从是军人的天职！于是我又不管三七二十一，带领一班弟兄们就上，我干什么呢？我组织了一支特别行动队，简称别动队！"

"什么？"我们吓了一跳，又禁不住想笑。

"别吓着，"团长摆摆手，说，"也就是你们见到的巡逻队！这帮兄弟可是惨啰！又要管治安，又要防腐败！他们是什么都得管呀！没办法，现在人心这样坏，大伙儿恁是看什么都不顺眼！——"他把手越过头顶，反手推开窗户。"可是我这村子，却是全县最干净的地方，吃喝嫖赌全没有，贪污腐化死光光！"

"为什么？"团长开始设问，他的声音是那样的铿锵、有力、富有韵律，"因为我自己做得好，我不贪，不嫖，不赌！因为我是当家的，我得带头做个榜样！因为我有理想，我要把沿河村领到一个繁荣、干净的地方！"

我第一次知道，团长的口才竟这样好，声音并不大，但字正腔圆，语速张弛有度，再兼表情丰富，或诚恳，或诙谐，极富有感染力。

接着他把话题绕回来了，——兜了个圈还没转向，"这别动队是干什么的？这别动队可不是个玩意儿！他们不光要抓小偷、贪官、淫妇，他们的设立本是为了维护工人阶级的利益！这么说吧，我这边命令老板拼命剥削工人，那边命令别动队反对老板剥削工人！这就是我现在干的活儿！我拿我的矛攻我的盾！"说到这儿，团长笑了笑，既无奈又轻佻。

"那么好了，"他站起身来，一脚踢开椅子，面向窗口，那姿势就像将军站在他的前沿阵地，长长地叹了口气，说，"等到我把这些都搞定了，精神的，物质的，效益的，公平的，我受到了县里的表彰，忽然又有一个声音响起——"

他转过身来，问："什么声音？"

我们摇了摇头。

他尖着嗓子说："有人说我侵犯了人权！嘀，他们要搞什么民主！——"说到这里，他弯了弯腰，拿眼睛觑着我们，颇有点舞台作风，我想他是不是入戏太深了？这是晚上，而且房间里的灯光也不是太明亮，他极有可能振臂一呼。喊一句"打倒胡道广""反对资产阶级自由化"什么的，就像当年人们对待他一样。

好在他适时地控制了自己，只平静地问了一句："你们说吧，我该怎么弄？让位给他们搞民主，叫村子乱得像无政府？或是跟他们斗一斗？"

那天晚上，我们三人又是一个彻夜不眠，商量了一个结果：站在团长一边，支持他实行威权统治！这是一个冒险的结果：哪怕像团长这样一个品行端正的人，权力一旦发作且不受约束，它将长成何等怪物？也正因此，这也是一个无奈的、权衡利弊的结果：沿河村再禁不起折腾了！

那几天，我们走访了一些村户，想听听他们的意见。没想到村民们困惑得厉害，半天没明白怎么回事。我们只好直话直说："你们支持哪一边吧，是兵团还是村寨？"

"兵团？什么兵团？有这回事？"

我们大吃一惊：难道这是我们在做梦？还是他们记性太坏？

突然想起了一个物证，于是便提醒他们，"军车呀，村公所大楼旁的那辆军车呀！"

他们确乎想起了什么，笑道："有无搞错？那不是什么军车！你以为屎克螂穿上马甲就变成了乌龟？哈哈，那不过是辆绿色货车！"

两位师兄摆摆手，示意我不要再纠缠这问题了，他们问："村长和道广他们有矛盾，你们总知道吧？"

这下他们听明白了，"嘻，说的是这个呀，干吗绕来绕去？都是整顿引起的！——"并且高屋建瓴地给出了总结，"官商矛盾，不足稀奇！由他们闹去吧，我们只挣自己的小钱！"我不由得放下心来，群众不参与，看道广几人怎么和村长斗！

我们又问：那他们可有倾向性？如果一定要站队，他们站在哪一边？

他们是这样回答的：站什么队？两边都不是好东西！

我们很是头疼：可怜村长鞠躬尽瘁，先人后己，三年来把全村引向小康路，到头来却仍不落好，弄了一身不是！我们不明白是怎么回事。

村民们暧昧地笑了，"你们当然不明白了！管得太宽了，什么都弄得干干净净！"

其中一个直言不讳，"又不让嫖，又不让赌，就连搞个婚外情都不允许，现在男男女女都压抑得要命！"

我和两位师兄忍不住笑起来，原来这么回事！

那么道广呢？道广几人可正在想方设法为他们争取权益啊！没想到村民们更来气了，"别跟我提这个人的名字！一听就上火！这个吸血鬼！暴发户！他的钱哪儿来的？那是榨取我们的血汗得来的！三年来，他剥我们的皮，抽我们的筋！叫我们加班加点，还不涨工资！现在还说给我们争取什么权益，谁稀罕！我们现在好得很，我们不需要权益，我们需要的是钞票！"

另一个挥挥手说："叫他们搞去吧，最好两败俱伤才好！——"歪头想了想，似乎不对，恨资本家更多一点，于是便说，"我是支持村长的，早该下手了，最好把他们的钱没收了，拿来大家分一分才好！"

后来我们又找到道广等人，还没说上几句，道广跳起来便骂："这帮小人、愚众！我好心好意为他们着想，倒落了这个下场！这绝对是仇富心理！我可以告诉你们，哪天我一高兴，我千金散尽，我出家做和尚去！你看我做不做得出来！但这事得我自愿，谁要是逼迫我，动我一个子儿，我跟他拼个鱼死网破！——"冷笑一声，"我明白了，肯定有人在调唆劳资矛盾，好掩饰他的独裁统治！"

　　我们只是摇头，沿河村要出事啦！一个唾沫星都能引起一场大火！有一天，我们正在跟团长商量对策，几个别动队员闯进来报告：道广正在发动群众搞民主测评，想把团长给搞下去。

　　团长不介意地笑笑，"叫他们搞好了！群众会听他的？不自量力！还以为这是从前哪！"

　　别动队员说："他们正在花钱买选票，一百块一张！"

　　我们一听"啊"了一声：这招太损了，能成事儿！

　　团长激动得一蹦三尺高，"好，好！狗娘养的，跟我玩这套！来人哪，去把他们给我铐了！就说聚众闹事，妨碍生产！"

　　正说着，另一批别动队员又跑进来报告：道广的厂子已经被封了，正待停业整顿！

　　我们吃了一惊，怎么团长事先不知会我们一声？这等于是，两边同时出手了！

　　还来不及问什么，突听楼下一阵吵嚷，我们扑到窗前：浩浩荡荡的游行示威已经开始了！领头的举着标语横幅，上写"失业工人大联盟""我们要吃饭""打倒独裁"等字样，一路直奔村公所而来。而楼下已是人山人海，有站着，坐着，有喊口号的，有往楼上冲的，有爬上电线杆的，就连军车上都站满了人。

　　先前的两个别动队员又跑回来了，团长问："道广呢？铐了没有？"

　　回答是："人没了，找不着了。"

　　团长掉头就往楼下跑，被别动队员一把拉住，"这边走！"

　　我们也跟着他们跑，楼道里的人越来越多，推推搡搡竟然也下了楼，回身一看，团长没了，周围全是人，挤进挤出都不可能了！再往上看，整个村公所大楼都被占领了：各个楼层都站满了人，或交头接耳，或东张西望，也有人手扶阳台栏杆作领袖状的，挥挥手说："同志们好！"楼下也一阵狂呼乱叫："首长好！"有人搭着人梯爬阳台，阳台上的人把他们往下推！顶楼的平台上，有人摇着小红旗在四处奔跑！

没有人关心结果会怎样，全民狂欢的场景又开始了。

我们急得团团转，拉住几个人问了问，什么说法都有，有说团长被绑架了，又有说道广、性来被制伏了，又有说三人都在村公所里，被群众给包围了！

后来才知，三个人都不在村公所。最先出现的是性来，也不知怎么就在人群里遇上了，彼此都很惊讶。性来汗渍淋漓，一问三不知，只说："那个人跑了，找不着了。"那人是谁？团长？

又问："道广呢？"也不知道，走丢了。

"那你哪儿来的？"也不知道，被挤到这儿来的。

直到这时，性来还不当个事儿，四下里看看，笑道："乖，瞧他们高兴的！一帮无政府主义！"一边还安慰我们，"没事儿，他们堂兄弟一家人，道广这人也不好，性子太急，太耿！"

又议论团长，"玩得确实过分了点，这几年尤其厉害，整一个暗无天日！但这种事也别太认真，他人不坏的，又没什么私心——"我们很感动于性来如此宽宏、体谅，谁知他话锋一转，"搞搞他也可以的，给他提个醒！"

正说着，人群那边一阵骚动，原来道广出现了。道广不知怎么已经站到了一张桌子上，正鹤立鸡群对着群众喊话，他一手放在腮边作扩音器，一手紧握拳头，——隔得远，我们听不见，有人立马给我们传话，喊的是：打倒独裁者！民主村寨回归了！

我们一阵茫然：就这么回归了？

还不及明白怎么回事，那边又是一阵狂欢。

我们急问：又说了什么？

那个传话的人也勾过头去问，总之，一传十，十传百，传到我们这儿的是：以后自由啦！可以吃喝嫖赌、乱搞男女关系啦！性来上前把那人踹了一脚，笑骂道："我叫你胡说！他会说出这种话！"

我们也直笑，怎么也搞不明白，政治运动怎么就变成了一场娱乐！

　　最精彩的是团长的出现，团长的出现引来了万民欢腾，那是帝王一般的待遇，首先出现的是两列威风凛凛的别动队员，他们手持棍棒，硬生生地从人群里拼出一条御道来，我们都屏住呼吸，在翘首企盼的那一刹那，有人熬不住了，一个嘶哑的声音开始呼号："胡道宽，我爱你！"

　　话音未落，整个广场开始地动山摇，有跺脚的，有尖叫的，有竖起拳头喊口号的："胡道宽万岁！""打倒资本家！"……团长就是在这样的场合闪亮登场的，他一身旧军装，脚蹬解放鞋，整个人神采奕奕，仿佛刚冲过澡！他一边大踏步，一边向群众挥手致意，妇女们开始掩脸哭泣，广场一片如痴如狂！

　　很多年后我都在想，团长的情绪也许是从这时飞起来的，他进入了忘我的状态，步伐一纵一纵的，像是在飘，当看见道广还戳在人群中的时候，他愣了一下，喝令别动队："去！把竖着的那个人给我绑了！"说完便沿着御道走向村公所。

　　我们愣了一下，赶紧挤过去，跟上了他。

　　团长踏上二楼，此时，整幢大楼没什么人了，别动队员已把人群搡了干净，各楼层正在实行戒严！团长把双手搭在阳台栏杆上，开始了一场即兴演讲，"是的，同志们，民主村寨确实回归了，因为我又回来了！从来就没有什么兵团，这是臆想的产物！一小撮别有用心的人阴谋推翻村政府，逼着我成立兵团，但是我拒绝了！"

　　楼下传来道广的怒骂声："我操你八辈子祖宗，胡道宽！我跟你没完！"

　　我们回过头去，却见道广已被绑架上楼，趔趔趄趄地停在楼梯口。

　　团长侧身把他看了看，笑道："我看你还是免了吧，那也是你的祖宗！"

　　这时发生了一点小意外，已被架往三楼的道广突然挣脱了别动队员的手臂，转身往楼下跑，他踏着跨栏运动员的步伐，三步并作两步，飞身扑向团长，我们一声惊叫，道广已经架住了团长的脖子，手里攥着一把匕首，两个人在走廊上扭了几回，十几个别动队员围着他们转，只是不敢近身。

道广架着团长面向群众，一边说："这些年你翻了天了，无法无天！看整个村子被你弄成什么样，谁还敢说一句话？动不动就封厂，你还让不让人活？"

团长气喘吁吁地说："你别逼我啊，我当兵出身，可是什么事都做得出来的！"

道广笑了笑，"我这身手，从前飞檐走壁，可真叫一个了得！哈，现在权当练练手！"

团长一反手，把道广的匕首给打落了，两人抱成一团，滚到了地上。别动队员这才一窝蜂地跑上来，按住了道广，团长一下子跳将起来，撸了一下头发。

团长围着躺在地上的道广直转圈，他脸红脖粗，我想他这时可能已经晕了，身子踉踉跄跄，步伐也不稳，他弯下腰来，把眼睛睨着道广，瞄了又瞄，突然直起身来，发出了我这一生所能听见的最歇斯底里的一声呐喊："把他拉出去给我毙了！"

我们大惊失色，原先狂欢的人群突然安静了，此时天色已近黄昏，路灯还没有亮，一阵微风吹过，我浑身抖了抖，很分明的，感到四周有一股苍凉、肃杀的气氛，那是团长在剥夺一个犯了错误的士兵的生命！不远处能看见几户人家，灰色屋顶，平台上晾着夏天的衣服，一只老猫走在灰色的屋檐上，也有炊烟……这些都是生命，都慢慢隐于夜色里了。

别动队员站着不动，远远看上去就像雕塑。

我慢慢地蹲下身来，把脑门磕在膝盖上，虽然头晕目眩，其实也知道，这是和平年代，我身处的这个边疆小寨正在热火朝天地奔向现代化。

两位师兄走上前去，拿手碰了碰团长。

团长像触了电似的，再次跳起来，挥起手臂，一连串地嚷："毙了，毙了，把他们拉出去统统给我毙了！"

广场上的人群一下子作鸟兽散，团长扭头看了看他们，静静地笑了，他笑了好长一会儿，只是不出声，然后他把身子前倾，膝盖一软，磕到了地上，他一直跪在那儿，即便在黑暗里，我也能看见他那散淡的目光，有如夜游……

不久，我们便离开了沿河村，而且走得很不体面，等于是不辞而别，于这个村庄而言是消失得无影无踪。这件事对我们打击之大，以后再也没有回去过。我们后悔当初的选择吗？老实说，不！我说过，这世上没有完美的生活，无论选择谁都是错的。

很多年后的今天，我们三人都已隐遁于生活中，只做一个看客。偶尔，我们还能听到这个村庄的一点消息，村长、道广、性来也总有电话过来，抱怨各自的苦闷和烦恼，我们听着，也只是笑。

乡村、穷亲戚和爱情

一

我们这个家族基本上都是穷人，他们分布于江淮一带，世代以务农、捕鱼为生。你也许在电视上曾见过这样的画面，在广袤的江淮平原上，有很多星罗棋布的小河流，它们交叉，会合，在平原上流淌。

村舍掩映在绿荫之中，尖尖的红屋顶的房子。江淮一带的民居，大都是这种样式的砖瓦房，它们踏实，平安，祖祖辈辈在这里生活，于心平气和中偶尔也会露出一点不老实。那屋檐是上翘的，做成精致的流线型，俗称"飞檐"。那砖红色的墙和房顶，也透着中国民俗特有的"喜气"。

在这里，哪条河流不萦绕着村庄？河水是流动的，清澈见底。河水也可以饮用，常见人担着两桶水，轻快地走在村路上。夏天的时候，孩子们光着身子在河里嬉戏，妇女们在这里漂洗衣服，牧童躺在河边的草地睡着了。

这是真的，如果你走在江淮农村，你一定会看见这样的图景。世世代代的人民在这里生活，他们耕作，捕捞，通婚，生育；这是他们赖以生存的肥沃的土壤，这里埋藏着他们的生老病死，百年如一日、向前涌动的日常生活，人世的情感，悲欢离合，世态炎凉。

汽车载着你，驶过了这片土地，一窗子的蓝天和树木，在你眼前静静地伸展，延续数百里；春天的田野上，麦子和油菜花盛开了，一片黄，一片绿，色彩是那样的鲜明，饱满，招摇。

如果你恰逢走进了一个村庄，你就会看见，家家户户的门窗都开着，家家户户的门前有草垛，菜园子，猪圈；屋后有茅厕。

你还会看见一些人物，他们都是地道的江淮农民，他们害羞，含蓄，见了生人了，眼睛待看不看的；也有一些小孩子，蹦蹦跳跳地说着江淮方言，他们尾随着你，就像影子一样，跟着你从一户人家走过了另一户人家。

正是农闲季节，村庄好像睡着了。村庄是那样的安静，祥和，老人们蹲在草垛旁，抽着旱烟，有一搭无一搭地说起了农事。有一瞬间，他们的眼睛是看到阳光里去了，阳光是痒的，他们眯缝起眼睛，笑了。他们的笑容是那样的单纯，很深很深的沧桑的皱纹，无尽的岁月从其间流过了。在那一刻，他们的笑容几乎是浮面的，惯性的，不触及感情的。

有一个农妇，从院子里走出来，怀里端着一盆猪饲料，她一边"噜噜噜"地叫唤着，一边朝猪圈走去了。

这时节，你是看不见姑娘的。她们大多躲在闺房里，静静地做着针线活。她们绣荷包，纳鞋底，织毛线衣，踩缝纫机……总之，一代又一代的姑娘，就是这样躲在闺房里，感觉到这个世界的变化莫测。时代在前进，她们手里的针线活，已由手工缝制改为机械操作——可是心思，到底还是从前的那些心思啊。才过了十八、九岁，已到了说婆家的年纪了，她们有了自己的心事，无限的憧憬和惆怅。——这种事，到底是不踏实的。

　　她们大多长得很美，有的也不是漂亮，只不过是清楚，明朗，和平，她们的眉宇间有一种动人的姿态。当你走在江淮的乡间，看见一个姑娘迎面走过来，她衣衫整洁，神态矜持而从容，如果你打量着她，她就会低下头，羞涩地、迅疾地走过了。

　　你也许会觉得奇怪，一草一木，万物生灵，在这片土地上，呈现出一种别样的、活泼的姿态。它们是那样的和谐，具有某种朴素的美质。那是因为，你爱上了这片土地，你与它们紧密地联系在一起了。

　　我刚才说过，我们这个家族基本上都是穷人，他们分布于江淮一带。在一百多年前，他们从山东迁徙而至，辗转安徽，至江苏，从此安居了下来。他们婚丧嫁娶，生育繁殖，就这样度过了一个世纪。

　　我们家族的穷，是有渊源，有历史的，那是典型中国农民式的穷，单调，灰暗，没有幻想。他们以土地为生，穷也穷得安乐、坦然，仿佛生来如此，并不心酸。到了我爷爷这一支，情况略有改观。

　　我爷爷在三、四十年代参加了革命，他组织了武装游击队，打土豪劣绅，也杀过日本人和国军。后来，他成为一名职业革命者，加入了中国共产党。解放以后，他被分了一官半职，最盛世的时候，他曾做过地委的组织部长；曾有消息说，他与市长这个职位失之交臂——当然了，这也许只是谣传。

　　对于我们家族来说，我爷爷最大的贡献就在于，他把这个家族的一支带出了乡村，走向城市。他们是他的嫡系子孙，在城里出生，长大，接受教育。总之，这个家族就这样被分离了，其中的一支远离了土地。

　　到了我和弟弟这一代，我们已经完全地被改造了。我们开始过上富足的生活，有身份和地位；我们衣着优雅，谈吐精致，性情敏感而害羞；我们惧怕劳动，体质柔弱。总之，我们与那片土地的联结少了，淡了，我们的感情冷却了。

我们家族的其他人，仍滞留在本土，他们勇敢地、忠诚地面对贫穷，过着百年如一日的生活。偶尔，他们到城里来了，买台彩电，采购结婚用品，或者买辆手扶拖拉机，总不免要来我们家看看。他们坐在客厅的沙发上，穿着崭新的衣衫，蓝卡其中山装的风纪扣，紧紧地卡在脖子上。他们的布鞋也是新做的。他们的神情多少有些腼腆和局促，他们从布袋里掏出旱烟，在腿上轻轻地磕着，一下子也不知说什么好。

想起来，大家都是亲戚，他们血液的一部分，也在我们的身上汹涌地流淌。他们都是地道的农民，在乡间生龙活虎惯了的，一向也是落落大方的，可是一旦离开那片土地，来到城里，他们全变了。面对似曾相识的亲人，他们变得紧张，生涩，他们那孩子气的、单纯的面容——那些经过贫穷，岁月的磨难，在阳光和泥土里浸染了许多年而仍旧活泼的面容，在那一刻突然不安了，他们变得拘谨，缺乏自信，他们的神情几乎是死的，呆板的。

我们家族还有一些女人们，有时候，她们也会跟着自己的男人，来到城里。如果放在乡间看，她们也是体面人，她们衣衫得体，举止庄重，她们的容颜甚至称得上是清秀。你在乡间，到处会看见这样的年轻妇女，她们走在蓝天底下，田埂上，她们穿着素色的碎花布衫，步履轻快，神态安详。她们融入到环境里去了，她们与乡村的环境是那样的协调，和睦，亲为一体。

可是当她们来到城里，她们就显得有些土气了。她们走在街道和楼群之间，显得那样的格格不入，相形见绌；虽然也穿着西装，瘦身裤子，黑皮鞋，虽然她们的神态是那样的明净，祥和，看上去并不谦卑，可是你一眼就认出来，她们是乡下人。她们的容颜里有一种气息，那是一种土地的气息，它浸入到她们的肌肤和血液里去了。

这就是我们家族的穷亲戚们，当他们寒寒缩缩地坐在我们家的客厅里，这时候，你就会对他们怀有某种恻隐之心，或者心生怜悯。总之，那是一种很微妙的情感，不是喜欢，也谈不上讨厌，你只是觉得，客厅里凭空多了一件物体，显得有些异样。

常常地，我放学回家了（那时我念中学），看见家门口放着一辆破旧的自行车，我就知道，家里又来穷亲戚了。我母亲向我介绍说，这是你表大爷家的三哥，这是你表婶。

我点点头，照例在客厅里站了会儿；他们也站起来了，非常局促地，他们的脸上堆起了菊花的笑纹，说道，这是小敏吧，才几年不见，就长成大姑娘了。

我母亲说，快坐下，她小孩子家，不值得这样子的。

他们便坐下了，扯扯衣角，不时地拿眼睛打量着我，一下子也想不起要说什么，低着头暗淡地笑着。我站在阴暗的客厅的拐角，看见窗户外一片灰色的天空，天快下雨了吧？邻居家的衣服在阳台上飘扬，有鸽子从灰天下飞过了。

我有些难过起来。客厅里的空气是那样的僵硬，生疏，我知道，那是因为我的存在。也不是紧张，只是黯然。长时间没有话语，脑子里是空的，身体完全多余。人都很善良，也有情感，可是完全不是这样子的，完全不是。

我离开了客厅，回到自己的房里，甚至觉得沮丧了。天真冷呵，手冻得青白，蜷缩着像只鸡爪子；很多年后，想起我们家的穷亲戚们，总能引起我生理上类似的反应。

我确实知道，在我和他们之间，隔着一条很深的河流，也许终生难以跨越。想起来，我们的祖辈曾在同一片土地上生活，我们的血液曾经相互错综、沸腾地流淌。现在，我眼见着它冷却了下来，它断了，就要睡着了。

对这一切，我们能有什么办法呢？

他们来我们家，至多也不过是坐坐，吃上一顿饭，说些家常话，就走了。每次也不是空手来，总是带些东西。新打的稻米，刚起的花生，都是自家责任田里产的，也不花什么钱，完全是一片心意。

卖粉丝的人家送来粉丝，做豆腐的人家送来豆腐。腊月的天气，已近年关了，他们骑自行车赶百十里的路，来到城里，单单是为卖个好价钱。大清早，他们敲开我们家的门，不由分说，撂下一笼豆腐就走了。

我母亲跟在后面，袖着双手，身体冷得直哆嗦，说道，送这个来干什么，快拿去卖了，给媳妇孩子添件衣服。

他们说，要卖的在这儿呢，这笼豆腐是单给婶子家做的，不卖的。是连夜赶出来的，你掀开笼布摸摸，还温着呢。快做了吃罢，虽不金贵，味道却好。过年过节也没什么好孝敬的，就这点心意，婶子快莫客气。

他们推着自行车就要走了，擤了一下鼻涕，拿手指在棉衣上蹭了蹭。又紧了一下围脖，拿头巾包住了脸，单只露出一双眼睛和冻得发红的鼻子。

我母亲说，中午来家吃饭呵。他们已经走远了。

他们中的大部分人，是不来家里吃饭的，因为敏感和自尊，这是我们家族的传统。我们家族的人，不管是穷人还是富人，骨子里都是尊贵的，这是从血液深处带下来的，没法子改变的。他们可以送你一笼豆腐，一麻袋萝卜，半只绵羊，他们是心甘情愿的，本心也是愉悦的。他们不想因为这个而接受感激。

我父母要是客气了，他们就会红了脸，说道，大哥大嫂，快别这样说。都是亲戚，换了别人家，我还不送呢。再说，以后也许还有事求着你们呢。——就当我留一份人情在这儿，将来你还我还不行吧？因笑了起来。

这说的是真话，真话也说得如此漂亮，地道，得体。这里头有"中国式"的人情世故，做人的精细和含蓄，微妙的利益关系……总之，一切全在里面了。

这时候，他们的神情也放松了，语气也轻快了，他们重新获得了信心；付出让他们如此愉快，付出让他们感觉到人的尊严。——这就是我们家族的穷亲戚们，他们淳朴，平安，弱小，也尊贵。

二

陈平子也是我们家族的穷亲戚，他是我爷爷的侄孙，属于父系的那一支。他父亲早逝，母亲不守妇道，丢下他们兄弟三个，随一个外乡男人远走他乡。那一年，陈平子已有二十岁了。

他是家族的长孙，为人厚道而沉默。略通文墨，大概是小学毕业吧，或者初中，我也不很清楚。他长相清秀，身材伟岸，虽是三十多岁的人了，看上去并不见老，显年轻。

他的衣着很朴素，甚至有点随意。有一年春节，他来我们家，竟穿着田间劳动服，还打了补丁，吓了我们一跳。我母亲说，陈平子，你就到这副田地了？也没件新衣服？

他说，有。不想穿。你让我穿什么？穿中山装，还是西服？我看见乡下人穿西服就烦，又不合身份，又土气。

这倒是真的，陈平子不土气。虽然穿打补丁的衣服，看上去也像个农民，可他身上有一种气质。气质是什么，我也说不清楚。总之，他相貌堂堂。有一次，我母亲叹道，这么一个帅小伙子，命却不好，又穷，又留不住媳妇。

陈平子三十多岁才结婚，是一个外乡女人，也许是买来的吧？家里盖了三间瓦房，也有几亩薄产。可是现如今，农民靠土地为生，已经很难维持了，过得磕磕绊绊的。只是穷，漫无边际的穷，再穷下去，就安心了，不再抗争了。

陈平子能吃苦，脑子也活络。他经营起庄稼来，可不省力气，又是耕种，又是收割，再是天寒地冻，他也要去田里看看。农闲季节呢，他就打短工，为人盖房子，砌砖，弥缝，他是个好瓦工呢。谁家遇上红白喜事了，他便给人出谋划策，关于风俗和细节，怎样闹新娘子，怎样讨喜钱不为过分；何时出殡，儿孙们站在哪里，媳妇们什么时候哭丧，他全懂。他给的建议也极妥当，富有人情味。

也是在红白喜事期间，他给人家当厨子。他置办酒席，从买菜，到烧汰，到洗涮，他里里外外一把手呢。你没看见过陈平子系着白围裙的样子，他干净，清爽，他在灶间忙碌，大声吆喝着。偶尔闲下来，他在庭院里站着，静静地点燃了一根烟。他倚在廊柱上，呶着嘴逗树枝间的鸟雀说话。

你能想象这样一个乡村青年吗，他贫穷，安静，有种不自知的快乐。他坐下来，看地上的一个小姑娘在画圆圈。他逗她说一些无聊的话，自己先笑起来。小姑娘也不搭理他。他又说，哎，给我讲讲新娘子。小姑娘说，有什么好讲的，待会儿你自己看就成了。

陈平子笑道，你新嫂子长得漂亮吗？

小姑娘说，眼睛大，就是胖了点。

陈平子说，胖好。

小姑娘抬起头来看他，很不以为然地说，胖有什么好？

陈平子细细地眯起眼睛，一脸的坏笑，说，你小孩子家不懂得，女人还是胖的好。

他侧过头去看堂屋的酒席，下午的阳光落在门框里的地砖上。有一个男人侧过头来擤鼻涕。席间有人在猜拳，隔着圆桌，双手比划着，脸涨得通红。陈平子只是微笑着。

结婚已有一些年头了，陈平子还能记得，那天自己做新郎倌的时候，脸上寒缩的笑容。他在庭院里走着，看看这，看看那，说不上两句话，又被人扯开了。他觉得欢喜，可是那欢喜也是茫然的，空洞的，虚飘的，也不知该做些什么。身子被分成了几截，在阳光底下，只是忙乱，纷扰，有片刻的清醒，一点一滴的，全是不相干的。

他女人是两年前失踪的。她原本是外乡人，来无踪，去无影，陈平子也没去找。他知道她再也不会回来了。他带着五岁的女儿过活——他原本想再要个儿子的。

陈平子觉得羞愧。有很长一段时间，他见人抬不起头来。他把自己关在院子里，一天天地晒太阳。他坐在屋檐底下，袖着手，身体蜷缩得像一只软体动物。晌午到了，他起身去厨房弄吃的，他女儿跟在他身后，抱着柴禾，往灶里擦火。

大约有一个星期时间，陈平子不敢回房睡觉。他女人瘦，干瘪，邋遢，陈平子喜欢丰腴一些的女人。起先，他嫌她不够好看，就有族人出来说话了。大意是，能娶上媳妇就不错了，哪里容他横挑竖拣的。漂亮能当饭吃？他陈平子漂亮，却打了三十多年的光棍！这话怎么说？也有一些年轻后生，对陈平子耳语道，你没经历过，关键不在胖和瘦……陈平子便笑了。

即便隔了两年，陈平子还能想起她的身体。她给与他的好处，她躺在他的脚头，她瘦小的怀里的温暖。

起先是因为自尊，也疼惜他自己；后来呢，就疼惜钱财了。这是真的，他娶亲花了两万多块钱，又是造房子，又是聘礼，他欠着债呢。

　　我听我母亲说，陈平子曾去过深圳，在建筑工地当瓦工，后因工头克扣工资，半年以后又回来了。说起深圳，陈平子总是摇头叹息。显然，他不太适应那个城市。他拘谨，贫困，没有尊严，也看不见希望。而且，他也不够狡智。

　　总之，这是一个农民在城市的遭遇。他失败了，带着羞辱，空手而归。他又回到了自己贫瘠的土地上。在这里，他被养育了三十年，他娶妻荫子，他的祖祖辈辈曾在这里天马行空地生活过，死了也安静地躺在这里。

　　他又操起了老本行，做瓦工，当厨子。一切是那样的熟能生巧，他做活能做出乐趣来。每一道工序，他深谙它的拐弯抹角处。大到结构的掌控，小到细节的雕琢，他总是得应手。

　　他有着一个工匠的责任心和道德感。况且，他是自由和快乐的；穷当然还是穷的。

　　他说着家乡话。爬上屋檐盖瓦，听着人们在说笑话，他也会插上一两句，咧着嘴不动声色地笑着。他是有点冷幽默的。

　　村路上有姑娘走过来了，他看着，并不像别人那样起哄，搭讪，垂涎。喜欢也是喜欢的，他觉得愉悦。已是春天了，从屋顶往下看，只见得遍地的田野，绿油油的，风吹过来麦子和泥土的清香，他感觉到一种饱满的、结实的气息。那是丰收、富裕的气息，他觉得安全。

　　他人缘极好，不是个枯燥的人，也知道人情味和做事的分寸感。逢着村人遇着婚丧嫁娶，他被请去当厨子，丧事是不收钱的，纯粹帮忙。喜事呢，不但收钱，喜糖喜烟都拿双份的。他说，我是厨子……托一只不锈钢盘直送到新娘脸上。只在这时，他才是恣意枉为和蛮横的。众人都笑。

　　家主就说，新娘子给钱吧（我们当地的风俗，厨子的佣金是由新娘付的。）。

新娘从皮箱里取出红包，放进托盘里，仍回坐到床沿上。陈平子拆开看了，把托盘往新娘怀里一塞，紧靠着新娘坐了。他拿手臂抵抵新娘，轻声慢语地说（他的声音很是蚀骨销魂），你不给钱，是不是想留我过宿呀？闹房的人围了一圈，嘻笑着看热闹，也有乘机去摸新娘脸的，气氛更热闹了。

新娘子脸红了，禁不住别人笑话，又添加一份。陈平子仍不依不饶。就这样，一个讨价一个还价，彼此都不觉得过分，众人也欢喜。

总之，这就是陈平子的乡村生活。每次我父母下乡出礼，总是给我带回一些乡野趣闻，还有穷亲戚们的讯息，这其中也包括陈平子。他就这样在乡间度过了一年又一年。他慢慢地长大成人，他情窦初开了，他的青春期是一晃而过的，里头有很多细密的心思，他已经记不起来了。他结婚了，有了女儿，妻子走失了。他母亲早在很多年前就跟人野合了。他蒙受着贫困、羞辱和种种痛苦。可是在某个瞬间里，也有很多日常的喜悦，一点一滴的聚起来，成了欢腾。他享受着，并感激，并忘却。

陈平子很快从他婚姻的不幸里走出来了。他带着女儿过活，又当爹又当妈，虽辛劳，抱怨，倒也平淡，恬静。农闲季节，偶尔出去打打小牌也是有的。

他没有再娶，我想可能是出于经济考虑。日子照样的穷，债务永远也还不清。可是日子还是向前的，一天天地，女儿大了，上小学了。他说，借钱也要供她读书，读到她读不下去为止。

那些年他偶尔来我们家走动，我父母要是问起了，他也会说起生计。他说，卖了两头猪，还了后庄老杨家的钱，明年再还独眼龙的钱……他的口气是那样的淡然，尊严，听不出一点悲伤。他对生活是有希望的，适可而止的那种，不更多一点，也不更少。

　　我母亲劝他外出打工，早日把债务还了，积攒点钱再讨个女人回来。他坐在墙角笑了。显然，他对这个建议是否定的。他知道自己适应什么样的生活，应该呆在什么地方。他说，在乡间住惯了的……他摇了摇头。

　　我想，他和那片土地已经融合了。到底是什么使他们更深地联系在一起，彼此不分离？是相宜度吗？是感情？还是惯性？也许是因为胆怯吧？不上进，懒惰，保守，忠于贫穷，乡间能够滋养这种情绪的。

　　那时候，我并不理解陈平子，也不理解一个人对于土地的亲近感，是地久天长，一天天培养起来的。那几乎也是从血液里带下来的。试想，祖祖辈辈在这里生长，死了也融化成泥土的一部分。土地就像屏障，有了它，人世才安全，可以托付和依赖。屏障外面的世界与他们是不相干的。屏障里面呢，有广阔无垠的天地。每个人都辛劳着，有很多不如意，也坦白而快活。也生动，也自由。

　　这就是我的穷乡僻壤，穷人们在为生计发愁。更年轻的一辈人外出打工了，有的人滞留在城市，更多的孩子回到了本土。他们带回来新鲜的气息。一开始，他们的衣着和话语简直让那些老派的人看不惯！什么玩意儿！他们抽着旱烟，从胸腔里吐出愤然的气息。

　　天长日久，那些孩子们也长大了，本分了，年轻时的气盛和理想被那片土地吸收了。他们回归到日常生活里去，也看惯了很多东西，男盗女娼，刁民恶习……城市里的一切离他们远去了。摩天大厦，红歌星的演唱会，很有点异域风情的海滨椰林……那不是他们的东西，记得当然是记得的。

　　我父亲有一次说起家乡，以一种纯知识分子的口吻、很忧虑地，他说，现代化的进程会很慢，简直没有希望……不是因为贫穷；是人，是土地里固有的一些东西。

可是什么是土地里固有的东西，我当时也不甚明白。

那些年我十六、七岁，就读于省重点中学。我在城里出生，长大，微弱的一点乡村记忆，也是随父母去"下放地"才有的。我并不以为，我与那片土地有太多的联结。诚然，我的祖、父辈曾在那里生活过，他们接受过土地的恩泽，可那与我有什么关系呢？

我不喜欢家里来穷亲戚。那些年，常有乡下人来我们家走动，七弯八拐，都够得上是"亲戚"了。有的我也没见过，甚至叫不上名目。

因为穷亲戚多，我们家总是门庭若市。隔三差五地，这个走了，那个又来了。有时候一天之内，家里来数门穷亲戚也是有的。

他们来我们家坐坐，送来一些土特产品，和我父母说些家常。有的是家里遇着事了：婆媳纠纷，兄弟失和；因为地界和邻里闹矛盾了，够得上吃官司的，来我们家托关系通融。甚至还有一些怯弱愚钝的穷亲戚，连儿女婚恋、进城买台彩电，也要来和我父母商议、由我父母陪同着去买。总之，为这类鸡毛蒜皮的小事来我们家的穷亲戚，络绎不绝。

而与此同时，我在另一个世界里生活，富裕，尊贵，有了知识和新的情感。做解析几何题，读叔本华传。夏天约女友们去吃冰淇淋，坐在沿街的橱窗里看风景。偶尔也谈些什么，交换着心事，吃吃地笑着。

我们相约，要离开自己的小城，考上北大和清华，去大洋彼岸的美国，开跑车，谈恋爱，生孩子。总之，要享受精神和物质，要像浮萍那样漂着，死了也要葬在美国。

而且我早恋了，是高年级的一个男生，打的一手好篮球。高大，秀朗，家境优越。想起来，我这一生也经历过一些男子和恩爱，无数次的恋爱就像一场恋爱，因为男子都是一种类型的。他们生活在城市，向上，向善，文明和教养在他们身上投下了影子。我再没想到，在我二十八岁那年，我会遇上另一场恋爱，他生活在乡村，他与土地相关联。这是后话。

我还能记得在那些日子里，我和男友走在城市的街道上，看完了电影，谈完了理想和人生，他送我回家。家里的客厅里坐着穷亲戚。

我看见我的理想与现实怎样绝裂地分开来，就像一个讽刺。我母亲叫住我，笑道，这是陈平子，你怎么也不叫表哥？我客气地微笑着，我自己也晓得，我的笑容是浮面的，假的，僵硬的。

陈平子从沙发里欠了欠身子，笑道，放学了？他轻声地咳嗽两声。我看得出他的拘谨和不自在。我想，我的冷漠也许足够让他寒心吧？

他是那样一个敏感而自尊的人，因为穷，一点细微末节的好意和伤害都能感觉到。他倍加小心了。偶尔到城里，也是礼节性地来拜访，送些时令特产，只和我父母说些家常。他很少有事来麻烦我们家，也绝不留下吃饭。看见我和弟弟放学回家了，他就走了。他大约也知道，我们是冷漠的。下一代人的乡村情结是越来越少了。

我母亲过意不去，送他些旧衣衫。他讪讪地站在一旁，竭力推辞着。他不是客气，他是真的不想要。他觉得难堪了。

我站在一旁，因为他的存在，感觉到周围的空气是那样的黯淡，往下沉，直沉到泥土里去。原来，乡村和贫困是这样一种东西，它让人揪心，不愉快，无奈；它让人麻木，变得意志消沉。

在我的少女时代，一看见家里来穷亲戚，我就变得意志消沉。他们于我，就像一个物体的两面，一面是向上飞腾的，一面是往下坠落的。它们互相牵扯着，谁也脱不了干系。我感觉到我身体里的一部分力量走了，有一种东西沉淀了下来。

我向我母亲哭诉着，我不喜欢家里来穷亲戚，我也不想看见他们。我弟弟也嘟囔着。——他不喜欢和穷亲戚一起吃饭。

我父母站在一旁，黯淡地笑着。他们奇怪下一代人竟是这样冷漠无情，虽然和土地没有接触过，但是人毕竟是人呵。我父亲说，我也是农民的儿子，你爷爷现在就躺在那片土地上。在中国，谁敢说自己和土地没有关联？都是亲戚，何苦来？你们血液的一部分是相通的，脱不了干系的。

我冷冷地听着，没有搭话。我知道自己是要往前走的，会丢弃掉很多东西。我血液里有一部分东西是凝固的，它冷却了下来。那就如河流的分叉，很多年前，我们在同一条母河上流淌，后来分叉了，其中的一支汇入大海，另一支流向荒野。

我们每个人都无能为力。我对我父亲说，这是趋势，只会越来越遥远，你帮不了他们。与其看他们吃力，受苦，不如远离他们。这不是自私，这是善良。

我父亲摇头叹道，这不是帮助的问题——他们也不需要帮助；这是维系。你不懂的。也许有一天你长大了，需要回过头去追溯自己的来由……

我母亲说，每次家里来亲戚，必有一场大闹——她转向我和弟弟：你们撂脸色给谁看呢？你们叫人寒心哪！

我也觉得寒心。是冬天的晌午，阳光落在客厅里一片一片的。穷亲戚刚走，客厅里留有他们的气息：劣质烟味，局促不安的笑容，沾有泥土的脚印子。家里一片狼藉：碗筷堆在水池里，衣橱是打开的，穷亲戚没拿走的旧衣衫堆在床上。一切全乱了套。接济者的宽厚慈悲，被接济者的难堪困窘。我恨他们。

我蜷缩在客厅的角落里，捂着胸口。想起家族里的穷亲戚，只觉得无力，灰败。还在生着气，心一点点地往下沉。贫困卑微是那样消磨人的意志。天是冷的，因为没有吃饭（每次家里留穷亲戚吃饭，我和弟弟便恶意绝食），肚子是空的；因为发过脾气，所以觉得愧疚。阳光一片片的，全是不相干的。

我觉得我的理想被击碎了，在那一刻，他们是我的一部分现实。他们躺在我的血液里，是那样的安静，温绵，他们带我一点点沉了下去。

三

我底下要说的这则爱情，跟前两章没有太多关联。它们不是因果关系。

很多年后，我终于从我的小城走出来了。我没有考上北大和清华，也没能去美国。我生活在南京，谢天谢地，我理想的一部分得以实现了。我在过物质生活，也马不停蹄地谈恋爱，几乎是走马观花的。我和异性相处，也获得愉悦。

我不以为我的爱情是值得记录的，那都是一个模子里出来的。我说过，无数次的恋爱在于我，就像一次恋爱。一步步地往前走着，说不定哪天就遇上了一个男人，那又会怎样呢？也许会擦肩而过，也许呢，会"执子之手"。总之，就是这样子了。

所遭遇的场景，两个人最初的喜悦，甚至说话方式，种种微妙的细节……事后想起来，都有可能是相同的。你和一个男人走过这条小街，和另一个男人走过那条小街；也许你带他们去过同一家购物中心——真的，已经记不起来了。

他们大体上都是一类男人，有的也不是好看，有的并不富有，但是——怎么说呢，真是一类男人的。很多年后，他们的面容也模糊了，想起来的时候就像一个人。所有的伤心和盟誓都过去了，人和人之间的温暖，那些感动和信任……也不值一提了。

你只会在笑谈间一带而过。

恋爱就是这样子的吧？知道是在重复，也没多大意思，可是能上瘾的。愉悦当然是愉悦的。

这就是这么多年来我的现实生活，我沿着少年时的足迹一路狂奔，向前，再向前，很茫然的，也随手丢弃了很多东西。我知道自己是无情的。在我长大成人的这十年间，中国发生了天翻地覆的变化。城乡差别拉大了，那就如一条鸿沟，彼此站在两岸遥相对望，静静地对峙着。它们各自往深处走远了。

至于我自己呢，一如既往地贪图富贵享乐。我沉浸在都市里，享受文明和现代化的一切。我一年年地虚度年华，上班，赚钱，身穿华服，谈恋爱。我没什么志向，也缺少幻想。

"乡村"离我越来越远了，就像梦境。谈不上有什么感情，也不很厌恶。总之，完全是不相干的。小时候被我厌弃的穷亲戚，十年间我也没有见到他们。有时候在街上看见一个乡下人，面色苍黄，扛着铺盖慌张地走着，我就会想起家族里的穷亲戚，有种恻隐之心。

我说过，个人是无能为力的，贫穷衰败是那样铁铮铮的事实，让人满心不悦。我不想见到他们。我们终将是擦肩而过的，很礼貌地，客气地，我侧过身体，我们各自走过去了。

我二十八岁那年，我奶奶死了。按照当地的风俗，我们把她的骨灰送回乡下，和爷爷合葬，这在民间叫"合坟"。家里举行了盛葬仪式，车队像河流，缓缓地驶出小城，流向乡村。

这是我二十多年来第一次回乡下，我得以看见了我的穷乡僻壤，还有穷亲戚们。那么多，他们穿着丧服，悲哀的脸在阳光底下静铸着，就像大理石雕塑。他们站在村口迎接，密密挨挨地挤成一团，也有探头张望的，也有弯腰系鞋带的。

他们迎上来了，拉着我父母的手，安慰着。有三、五个壮劳力，拿着扁担、铁锹带头向田野走去了。我们跟在后面。也有一些穷亲戚过来和我搭讪，这其中就有陈平子。他叫我小敏，他说，你还记得我吗？常去你家的，那时你还小，有这么高吧——他用手比划着。

我说记得。我侧过头去看他，十多年过去了，时间在他身上没有留下太多的痕迹。他依然那么年轻，三十出头的样子。刚毅俊秀的脸庞是冷的，贴切的，也几乎没有表情。

他说，有很多年没见了，你都长成大姑娘了。

我突然羞赧了，低声地、愧疚地说道，小时候不懂事……

他似乎是没听见，把头侧向田野，眯缝起眼睛。他说，常回来看看。你爷爷就躺在这里，他的坟是我填的，现在你奶奶也来了。你父亲、叔叔也在这里长大的，那时我们玩得很好。

我低下头，拿手拨弄着鬓发。我的眼泪淌下来了。只有我自己知道，我的心堵得慌，我的喉咙涩得发疼。我在阳光底下静立，陈平子站在身旁等我。他的影子打在我的身体上。

他说，别难过，人总是要死的。你奶奶活了八十多，想起来是值得庆贺的。

我说，是值得庆贺的……我抬起头来，在泪眼婆娑中，看见一片片的阳光，原野上的小径，村庄，一两户新贵人家竖起的楼房，还有村口的代销店。几个老农蹲在小店门口晒太阳，一个梳着抓髻的小女孩踮起脚，趴在小店的窗洞里，似乎张望、指点着什么。

风从村庄深处吹过来，是阳春三月的风，带有麦田青草的气息。虽是丧日，我的眼泪也让我觉得汗颜、吃力。我不愿意承认，我对这片土地有了感情。它从来就躺在我的身体里，它是我血脉的一部分。很多年来，它睡着了。

你没有到过乡野，你也不是乡村子弟的孩子，——假如你的爷爷奶奶没有葬在这里，你就很难理解这种感情。它几乎是一触即发的，不需要背景和解释，也没有理由。你只需站在这片土地上，看见活泼、古老的世风，看见一代代在这里生长的子民，你就会觉得，有一种死去的东西在你身上复活了。

它来得如此突然，你竟没有准备。你的躯体平静地支撑着，在晌午的阳光底下，也会觉得阵阵寒冷。你在田野里跪下了，衣衫和身体沾着青草的汁。你看着村人掘坟，把爷爷奶奶的骨灰撒在一起。坟被填上了，连同棺材，连同几件贵重的衣衫和物品也烧了，一起埋了。

只在这时，你才能感觉到，你身体的一部分也跟着走了。你和死去的亲人一起，把一些东西留在了这片土地上。

你跪在荒落的原野里，拉都拉不起。你哭了，不发出声音。拿牙齿咬住嘴唇，咬得疼，咬出血来。你蓬头垢面。在眼睛的余光里，你看见血脉相连的一家人：父母和弟弟，弟弟的儿子——他才三岁，也跪在原野上，向空中"咕嘟咕嘟"地吹气泡。还有叔叔和姑姑一家，还有那些穷亲戚们。

那些窘迫的、饱尝岁月和贫穷磨难的穷亲戚呵，那一刻，他们也跪在原野上，呈一字排开。他们悲戚，也平静。有一瞬间，他们的眼睛是看到阳光里去了，那眼睛里有老实和平安，有慈善，也有忠诚。——只在这时，你才会懂得，你和他们是骨血相亲的，你和他们"在一起"。

我们借一个亲戚家摆了宴席，由陈平子做厨子。我回去时，我母亲正和陈平子坐在里屋商量着什么。我母亲说，你也过来听听，风俗人情，将来用得着的。这是你表哥陈平子。

陈平子笑道，我们已经打过招呼了。

　　我母亲说，老大不小了，至今还是单身一人，她自己是不急的，可急坏了我们。这话是对陈平子说的，他立在床头柜前，一只腿微曲着。他略沉吟了一下，大约觉得不便说什么，沉默了。

　　我坐在床沿上，拿手指剔另一只手指的泥垢。我想起这么多年来，我在城市的浪荡生活。我不以为我是浪荡的，可是没有情感，走马灯似的一个个换男朋友，只为了愉悦、彼此取暖，也许还有刺激和享乐。不是浪荡又是什么呢？

　　我想起那些男人们，从我生命里像过客一样流逝掉了，我从不疼惜，也绝不回忆。我说过，我是要往前走的，会随手丢弃很多东西，最珍贵的，无关紧要的。

　　我拿爱情当作钱财一样算计，吝惜得很。我从不承认我爱过他们，一桩桩爱情走后，我全盘否定。我甚至不承认，我为他们淌过眼泪，失望过，伤心过……唔，眼泪还是要承认的。可是眼泪能证明什么呢？我打个响亮的榧子，或者摊开双手，耸耸肩——就这样，我走过去了。

　　这么多年来，我就这样过着可耻而堕落的生活。我把自己保护得滴水不漏。没有任何一样事物能让我感动，所有的欢乐和伤痛都是暂时的，有代价的，也几乎是浮面的。我知道。

　　我变得斤斤计较，做一切事情都会后悔，这其中也包括付出感情。

　　总之，在我二十八岁那年回乡途中，当我置身于乡野间，走上了一条小径；当我跪下了，目送着我的爷爷奶奶躺在这里；当我哭泣了，把手指插进松软的泥土里——

　　当我最终和乡亲们融合在一起，和他们搭讪，交谈，说一些最朴素的话；当我直面贫穷，感觉到心疼和隐痛；当我看见他们的贫穷背后，仍有着明净的、开朗的笑容……我确实知道，我喜欢他们。有一种古老的情感在我身上复苏了。

当我坐在母亲和陈平子之间，倾听他们的谈话；当我有时间来回忆自己的堕落生活，想起那些衣着优雅的男人们，和他们之间精致的、虚无的谈话，似是而非的微弱的情感……不知为什么，觉得那么遥远。我开始厌倦了，并皱眉头。

当我看见陈平子的裤管落在我的眼睛里；当他和我说话时，我抬起头来，礼貌地、客气地微笑着，而他却侧转过头……我就知道，有一些微妙的东西，在那一瞬间来到了我们的身体里。

那几乎是无法言说的，也没有理由。所有的解释都是不相干的。那是爱情，某个机关适时地打开了，存在于我和穷表哥陈平子之间。

我母亲迅速地分派了任务，陈平子掌勺，我和弟弟负责上菜、招呼客人、清洗碗碟。陈平子走了，我和母亲又坐了一会儿。我母亲说，天可怜见！四十多岁的人了，还没个女人。

我说，人倒是神清气爽的，看不出颓败。

我母亲说，女儿都十六了，也辍学了。浆洗缝补，能照应他了。

我黯然地听着，一时也找不出话语。我不知道陈平子怎样度过了他这四十年，这四十年中的每一天，而他的每一天都是和我相关的。他的贫穷、窘迫和屈辱，他的明朗和纯净。他终究是个普通男人，一辈子无声无息。我多么想听到他的一切，哪怕片言只字。我也想说起他，哪怕仅仅提一下他的名字。

可是我母亲走了。我在空洞的房间里坐着，内心里五湖四海，一片蓝天。只有我自己知道，我正在爱着，它和我以往所有的爱情都不一样。我不提防，可是内心有些紧张。我感到害怕吗？

很多年后，我也扪心自问，这段感情来得真实吗？它是否就像一个梦境？……在那正午的阳光底下，一切都被放大了，这虚弱的男女之情，一点一滴地聚拢起来，在一个春日的下午盛开了。它是否有足够的基础和保障？——它需要吗？两个处于隔离世界里的男女，他们相遇了。他们原本是不相干的。

可是在那春天的村子里，天地是旷远而古老的，人是连在一起的。古老的太阳直直地照着，身上滋滋地冒出汗珠来。一切都是微小的，呈细节性的呈现，触手可及的。

简单，远古，荒老。有着适宜的环境和情调，也有情感。敏感，微妙，善于感知……男女之间就是这样子的吧？

我走出屋去，陈平子正在庭院里忙碌着。他站在临时搭建的灶台前。他的背影坚实而宽厚。他的影子在太阳底下是小的。他回过头来看我，笑道，别站着发呆，快过来帮忙。这是第一次，他以这种放松的、亲热的口气跟我说话。

我踽踽地走上前去，立在他身旁袖手旁观。离着那么近的距离，气氛越来越不对了。我几乎想逃。

陈平子让我往灶台里点火，他看了我一眼，笑道，你会吗？

我说会。我着手捡柴禾，冷静地做着这一切。不再说话。我知道一件事情将会发生，而它已经发生了。这是事实。我不想逃避。因为发生在内心里，也逃避不了。我只是尽可能地避免在我和陈平子之间，人为地建立一种亲密无间的关系。我不喜欢，而且它也足够危险。就像一切恋爱的开始，在那半明半暗的瞬间，我害怕。

陈平子走过来了，他蹲在我身旁，把桔杆往后拉一拉，说道，哎，烧火是这样子的。你把它往前顶，火顺着烟囱全跑了，我还怎么做菜？他笑了起来。

我也笑了，跳起来说道，我让弟弟来烧，我不行的。我去那边招呼一下客人。我抱歉地看着他，走了。自己也知道这一招很软弱无能的，有杀伤力。

陈平子笑了笑。亲爱的陈平子，那一刻他是那样的无力和胆怯。他一定在自嘲吧？他在想，这么一个女人——一切都是他在自作多情吧?

我走出庭院,看见很多披麻戴孝的人们,哀哀地站着,坐着,一团一团的,也有低头抽旱烟的,也有说着话的。他们都是我的穷亲戚,乡亲们。他们的神情紧紧地皱着。春日的阳光底下,人大约是倦了,有人开始打哈欠。

我叔叔和他少年时的伙伴蹲在树荫底下,说起了陈年往事。从前他们是玩得很好的朋友,一起逃学,去果园里偷吃苹果,被人一路追着……想起来,这一幕就在眼前。他们吃力地笑起来。

我的眼里婆娑着泪水,我看着树荫底下的人们,以为自己隔着遥远的距离,很努力地,我把眼睛眯缝到阳光里去。我看着四周的场景,一片一片的,像静物写生。许多像虫子一样的细节,一些细碎的话语……我看着,听着,把它们记在心里。

我想,即使有一天我会留在这里,——为什么不呢?因为爱情。我常常为爱情做出很多荒唐、冲动之举,为什么这次就不能呢?

我穿过院墙外的一条小径,在一棵老树底下站住了。我看见院墙里袅袅地冒出炊烟来,我知道,那是陈平子在灶前灶后地忙碌着。他离我那么近,越过院墙的窗户,我甚至能看见他的身影。他弯着腰,正在自来水龙头前接水。

这个劳碌的、庸常的男人,我爱他。我迅速地盘算着我的感情走向,是的,时间已经不多了,只有一个下午。吃完了饭,我就要和父母、叔叔一起回去了。车子已在村口等着。也许这一走,再也不会回来了,我和乡村短暂的连结就此消亡了。我又回到我惯常的生活轨道上去,继续和男人们周旋,过着麻木而堕落的生活。整个人的状态是无情的,没有幻想的,少活力的。我和陈平子的爱情就这么无疾而终了吗?

我们还没有开始,也许永远也不会。这并不遗憾。在我以往的情爱史中,像这样擦肩而过的人太多了。可是这次总有一点不同……是不同的它让我觉得疼惜。

在这多住几天，也许是一年半载，也许是一生。嫁给他，照料他的生活，和爷爷奶奶相厮守。很多年后，自己也葬在这片土地上……你不要以为我是矫情的，绝不是。那是我某个瞬间的理想，它真真切切地存在过。它在那个春日的晌午袭击了我，击垮了我，让我觉得浑身乏力，让我觉得精神振奋。

呵，和贫苦人一起生活，忠诚于贫苦。和他们一起生生息息，最终成为他们中的一分子。这都是我的想象，可是这样的想象能让我狂热。

你再也不会想到这样的场景。一个城市女人倚在老树干上，她四周的环境是旷朗的，看不见什么人。蓝天白云，坚实的土地。有风从麦田深处吹过来，那泥土和植物温凉的气息，刺得她鼻子有点发酸。一只老狗蜷缩在草垛旁晒太阳。几只水牛躺在不远处的小河里。她间歇还能听见村人说话的声音，嗡嗡的，像有无数的飞虫在叫。晌午的村庄实在静极了。

在那静静的瞬间里，使得她能天高地远地想一些事情。她觉得自己格外清醒，她比任何时候都冷静，理性。她可以撇开自身的一切情感……是的，情感并不重要。在这个时刻，她尤其要询问，她这是怎么啦？这一切从何而来？它是否真实？她是否有能力去承受？她的情感虚伪吗？——她敢承认吗？

她想过一种什么样的生活？她在这片贫瘠的土地上能找到答案吗？

她计划着怎样和现任男友分手。他在一家公司里做部门主管，文明，有教养；他们才相处了两个月，还没来及厌倦。他如果问她分手理由，她就告诉他。他准会笑起来。她自己也笑了。

她转过头去，这才看见陈平子立在路口。她和他之间隔着一条小径，几十米迫近的距离。他在看她，她吃了一惊，他也吃了一惊。那一瞬间，一切都昭然若揭了。

这个男人，他爱她。这个春天的村子里，正在发生着一桩爱情。他等她已经很久了吗？他预备走过来和她说话，带她去村子里走走，看看她祖、父辈曾经生活过的地方……他承诺过她的；可是一直犹豫着。他在犹豫什么呢？

她迅速地把头转回来。在刚才四目交接的一瞬间，他的神情是那样的仓皇。他装作很不介意的样子，笑了笑，掸掸身上的白围裙，东张西望着。他装作自己出来看看闲景，无意中撞见了她，那又会怎样呢？

他朝叔叔他们走去了。他站下来抽烟，听几句闲话，有时也搭讪两句；听不清说什么，反正大家都笑了。他自己也笑了。他和他们一起散了，大约是开席的时间已经到了。

她看着他走了。她甚至没有目送他，她的身体像树桩一样立地虚空里，他走出了她眼睛的拐角。她知道，他们再也没有机会了。男女之间就是这样奇怪，你没法解释的。你以为你们有很多机遇，无限的可能性……可是一次错过了，永远错过了。

她知道，他再也不会说出那句话来了，她也不会。一天的时间太短促了，一生也不够。他们没有勇气，也没有能力。她的眼泪淌下来了。很平静的一种哭泣，也不伤心，只觉得异常遥远，无力。

底下的事情就不重要了。在那所剩不多的时间里，我和陈平子又维持了正常的相处，很艰难的，我们也知道。我帮他上菜，洗刷碗碟，和他不着边际地搭讪着。有时也叫来弟弟，和他商量着回城时间。我说，我搭叔叔的车直接回南京。

陈平子客气地说，回来一趟不容易，怎么不多住几天？

我说不了，以后还有机会的。也知道这话是言不由衷的。

　　我的神情很放松，知道一件事情结束了，再也没有可能性
了。我和他之间的一切……都完了。还没来及开始。我和他之间
的一切，又是漫山遍野的，盘根错节的，到处都是，到处都是。
我所有的计划，我的理想……在那一瞬间里已经灰飞烟灭了。

　　我们是傍晚时分起程的，为了避免和陈平子告别，我提前
半小时躲进车子里。我蜷缩在后座里，就像狗一样，把自己裹起
来。有时候也会摇下窗玻璃，我想再看一眼我的乡村，它们与我
有着血肉的联结。可是我没有能力。

　　我看见空旷的原野一片苍茫，这原野曾养育过我的祖父辈，
也承载着我死去的亲人。我看见村人们陆陆续续地收工了，他们
扛着锄头，走在混沌的天地间；走远了。我微笑着，只有我自己
知道，我的心收缩得疼。

　　我看见了陈平子走过来了。他走在一群村人之间，和我父
母、叔叔握手告别。我摇上车窗玻璃。隔着墨绿色的玻璃和苍茫
夜色，我越来越看不清他了。他就像一个模糊的影子，高高的个
头，有容颜和思想，有生命，可他和我是没有关系的。

　　汽车载着我们，走过了颠簸的村路。一路的灰尘跟着我们，
灰尘淹没了村庄，原野，树木……灰尘把一切都抹去了，我们的
眼前一片混沌。我们一路疾驶，乡村就像风一般地掠过了。而
且，黑暗慢慢地降临了。

回家

一

一天清晨，小凤从梦中被惊醒。她梦见自己坐在一列回家的火车上，同行的翠儿，芳芳都睡着了。车厢里灯光昏暗，小凤四下里看看，心想，我这是到哪里了？

小凤站起来，对面的警察突然醒了，坐起身问道，你干什么？

小凤说，上厕所。

小凤趿着凉拖往厕所走去，她似乎是尿急了，睡眼惺忪地越走越快。几个男人在厕所旁边的车厢衔接处吸烟，他们很有兴味地打量着小凤，其中一个男人走过来，不知说了句什么，手搭在小凤的胸脯上，小凤拨开他的手，咕哝了一句，死人。

小凤越过了厕所，她看见自己跑起来了，警察也跑。警察在后面大声说着什么，人群突然鸦雀无声了，无数双眼睛朝小凤看过来。小凤慌了，自己也不知道事情怎么会弄成这个样子，又疑惑这一切不是真的；人群中有人在嘀咕：怎么看都不像，一个小黄毛丫头。

说话的是一个四十来岁的中年人，小凤仓促中掉过头去，却是过去的一个熟客，小凤只知道他姓李——或者他姓别的，小凤也不介意。他曾找过小凤几次，后来熟了，就有了规律，每周总来找两次。关系还不错，有时会带她出去吃饭，跟她说些别的，眼睛吧嗒吧嗒地看着她，跟真的似的，小凤便笑，他也笑。

他人其实不坏，花钱也不吝，后来小凤到底烦了他，原因就在于他有个怪癖，他喜欢小凤叫他爸爸。小凤不能叫，她有爸爸，在老家，老实巴交的一个人，和他年纪一般大。他急了，就会闺女儿子的乱叫一通，末了总逼小凤承认。小凤被逼不过，有时也会叫两声，心里异常的痛苦，一连好几天都不舒服。

小凤把这事跟表姐说了，表姐安慰她道，你太认真了，这类事不能多想的，再做一阵子就好了。

小凤刚入行不久，却也碰见过各式各样客人的需求，都能敷衍过去，单这件事上不行。小凤就跟表姐说，我还是跟他挑明了吧，赚钱也得有底线，不能太勉强自己。小凤没敢跟表姐说别的，表姐是亲表姐，从小就在小凤家长大——表姐的父母死得早。

小凤是表姐带出来的。说起来，表姐从村子里带出过很多姑娘，都是沾亲带故的。高中毕业那年，小凤也提出跟表姐走，表姐犹豫了一下说，很苦的。

小凤说，我不怕苦。

小凤娘也说，再苦能苦过种田的？

临走的那天早晨，小凤爹坐在墙角抽旱烟。表姐说，舅舅，我带小凤走了。

小凤爹扬扬手说，去吧。

小凤不能忘记父亲的眼神，那样的苍老，安心。他什么话都用不着说，只扬扬手，就把小凤托付了出去。有一阵子，小凤总是很好奇。她想表姐要是回家了，该怎样面对父亲？——若是他问起了小凤，她该怎样回答？她心里在想些什么？是啊，她整天都在想些什么?

后来,小凤就跟姓李的摊牌了,那人倒也通情达理,只是打趣小凤"缺乏职业训练",又笑道,你不行,得再练练。小凤谦虚地说是是。临走的时候,小凤抢先买了单,他也没客气,从此换了一家。

小凤再没想到,在这种地方也能碰见熟客,一个萍水相逢的人,他在救她。慌乱之中两人都不能说什么,只是看了一眼——只这一眼,小凤便知道什么都在里头了。小凤继续往前跑,警察跟在后面又嚷了句什么,这一次小凤恍惚听得是抓小偷。小凤的腿一软,打了个趔趄。小凤感到自己哭了,原来她不是别的,她只是小偷!

后来,小凤把这梦跟表姐说了。午后的客堂没什么人,初夏的阳光落在镜子上,白粉墙反射出一团耀眼的光芒。姊妹们陆陆续续地来上班了,闲来无聊,坐在墙角的一张长沙发上看电视。红妹在给一个年轻的男客洗头,两人都对着镜子说话,有一搭无一搭的,像蚊虫的嗡嗡声。

表姐倚在门边的一张椅背上,耐心地听小凤把话讲完;隔了一会儿,她挑挑眉毛说,就这些?

小凤说,我吓了一身冷汗呢。

表姐半晌没说话,她不喜欢小凤讲这些,这个小凤也知道。小凤小表姐五岁,两人曾经是无所不谈的朋友。表姐十六岁就结了婚,一年以后又离婚,她回到小凤家住了半年,就提着革箱出门了。

小凤有点怵表姐,虽然表姐还是原来的表姐;其实表姐也不是原来的表姐,更多的时候,小凤觉得她陌生了,猛一眼看上去,表姐是个机巧利落的女子,伏着椅背冷眼朝街上看,没有人知道她在想些什么。

小凤出来有三个月了，其实做这行才两个月不到。

表姐斜睨了小凤一眼，笑道，你这梦做得奇怪，莫非当小偷是一件荣耀的事？

小凤觉得汗颜，她听出表姐的弦外之音了，表姐在责备她。表姐曾经说过，各行有各行的规矩，做这行的，不管别人怎样嚼蛆，你首先得尊重自己。有一天夜里，小凤梦见表姐来看她，表姐说，小凤你怎么了？这是你的工作，你首先得自信。

小凤其实挺自信的。来丹阳街三个月了，一天天地在这里晃着，晌午的太阳打下来，不知是不是比别处更明亮些？迎来送往的也都是人，有鼻子和眼睛，有呼吸；一字一句的，说的都是小凤听得懂的话。街两旁的小姐妹们，小凤也大多相熟了，看着她们，小凤就像看见了自己，有时她会觉得，自己也许是生活在一场梦里面。

这一阵子，小凤总在做梦，她也不知道自己怎么就梦见了回家的火车，还有警察。小凤在客堂里坐着，下午三四点钟的阳光烘烘地照在脊背上，使她觉得自己像是要睡了，有一瞬间，她似乎又听见了刚才在梦里才听到的火车的轰鸣声，轰鸣声越来越大了，小凤不得不抬起头来。

二

小凤醒来的时候，发现自己就在火车上。她这梦做得有点奇怪，环环相扣，到头来却成了现实。——其余的人都醒了，翠儿，芳芳，表姐。一男一女两个警察，报社的实习记者沈曼。本来电视台也想做跟踪采访的，后来因故未能成行。

小凤是两天前得知她将要被遣送回家的，递消息的是治安股的一个年轻警察，外号叫"胖胖"。一个星期以来，小凤和分局

的人大多熟了，知道他们并不像想象那般严肃，虽然有时也道貌
岸然的。被抓进来的第二天上午，小凤她们列队站在分局的院子
里，男队一列，女队一列。男队那边大多低着头，显见很多是当
地有头脸的人物，几个促狭的警察一个个拨开脸面看，倒也找出
了不少熟人。

哟，你好你好！最近怎么样？升了吗？

你怎么也在这里？不是出国了吗？

怎么都是熟人？前个还在电视上见着你呢。

也有不能打招呼的，那大多是些神秘人物，装作没看见就过
去了。

女队这边则人声鼎沸，掐仗的，说笑的，东张西望的，乱做
一团。办公楼的几十个窗户都开着，窗口里露出一张张平时不苟
言笑的笑脸。几乎所有人都莫名其妙的兴奋着，越来越多的警察
迫不及待地从楼上奔下来，围着两列纵队饶有趣味地打量着，有
人在抽烟，有人对着女队交头接耳，或许是说了一句玩笑话，几
个围成一圈的男女警察轰地一下散开了，弯下腰笑的，追打的，
在原地一跃一跃地做着拳击动作的。

媒体的各路人马被挡在院门外，慢性子的门卫正在安抚越来
越嘈杂的抱怨声。

急什么？先把他们晾一晾，到时自然会让你们进去的。

散了？找不着人了？你要找谁？你家亲戚？

什么什么？我耳聋，听不见。

院子内外都炸了锅，当天的晚报用"千姿百态，姹紫嫣红"
来形容这一热闹景象，直到局长来了。局长是个白白胖胖的中年
男子，面相喜气而慈善，那样子不像个局长。局长先是发表了一
通讲话，大意是这次"扫黄行动"是由市委直接领导，各有关单
位通力协作，比以往更狠，更迅速，目的是改善城市形象，并从

根本上遏止这股社会"黄风"。

在接下来的几天里，小凤她们被领着去体检，治病，挨个挨个找去谈话，接受批评教育，写下忏悔书和保证书。

表姐跟小凤笑道，活该你倒霉，才刚来了几天，就碰上这么一着。

小凤说，忏悔书怎么写啊？

表姐说，让芳芳教你。

小凤笑道，她小学还没毕业呢。

表姐也笑：写得溜着呢，一套一套的。

小凤和芳芳住一个房间，有一天晚上，芳芳很内行地说，这次估计是玩真的了，事先一点风都没刮着。

小凤说，刮什么风啊。

芳芳瞟了小凤一眼，不说话了。

芳芳总是这样，她在小凤面前，由不得要做出一副过来人的样子，像有经验的老鸨，小凤心里啐她道，就你？芳芳比小凤早来一年，年岁却小三岁。这样的年龄差距，若是在村子里，小凤是不带她玩的。芳芳长得有点蠢，一年前也就是个懵懵懂懂的孩子，也不晓得打扮。她的反应要比别的姑娘来得迟缓，若是在村路上碰见了，芳芳就会嗲声嗲气地打招呼，小凤姐啊。那时候，小凤觉得她不开窍。

芳芳在发廊里很闹，常会说些不着调的话，引得自己兴奋不已。发廊里有六七个姑娘，都不怎么搭理她，逢着这时候，芳芳就会把手搭过去，说道，小妞，来让大爷摸摸你。大家都笑。

姑娘们处得不错，有点互助互爱的那种，但平时并不怎么交流。有一次，小凤跟芳芳一处说话，不知怎么就说起了家乡，小时候一起玩的小伙伴们都长大了，谁和谁好了，谁和谁结了婚，谁家境困难，谁混得不错。小凤又想起村东头的山坡上有一块荒田，早春时节，田里开满了各种野花，小凤尤其喜欢一种紫颜色的小花，有半个小指头那么大，形状有点像向日葵，比向日葵安静，秀弱，名字叫野草莓。

芳芳听了一会儿，像被谁挠了痒痒似的笑起来，说，我的妈呀，大冬瓜。

小凤朝街上看去，一个矮胖的男人正在街上跑，他穿着风衣，肥硕的身体越发显得像只油桶，径自地往前滚着。芳芳对着那人叫道："大冬瓜！。

那人并没有听见，跑得更快了。芳芳拍着腿笑得喘不过气来，小凤也跟着笑，她觉得芳芳有点假。小凤想自己真是疯了呢，在这种场合讲什么小伙伴，荒田和野花，这么一想，小凤就知道芳芳比她懂，她并不像看上去的那么傻。

表姐也说芳芳很贼，入行快，心里藏得住事。可是芳芳能有什么事呢？她才十六岁，一个十六岁的女孩子，或许本来是有心事的，可是慢慢地烂掉了，人就变轻了。小凤说，芳芳没心没肺的。

表姐说，这样才开心。

芳芳也有另一种时候，一个人远远地坐着，翻翻杂志，或者发呆。有好几次，小凤冷眼望过去，发现芳芳是真的发呆，不像有心事的样子。她是胖胖的苹果脸，阳光从某个角度打过去，看上去有点肿。那一刻，小凤突然觉得芳芳老了，她的神情里有一种停滞缓慢的东西，正一点点地洇出来。

这天晚上，两人聊了一会儿天，芳芳突然说，小凤姐，有男人喜欢过你吗？

小凤正待回答，芳芳说，我是说对你动了感情的。

小凤说，什么叫动了感情的？这个怎么分辨得清呢？

芳芳突然格格地笑起来，说起临街一家小饭店里的厨师，长得白白净净的，每次去他都要多看她两眼，饭菜的分量也给得足。

　　小凤说，搭过话没有？

　　芳芳说，我不知道。

　　小凤说，什么不知道？

　　芳芳突然嘟着嘴，向小凤撒娇道，小凤姐，我现在想他了。

　　两人都爆笑。芳芳把双腿竖起来，把身子弯成一个直角，那样子就像一个小孩子。现在，小凤看着已经熟睡的芳芳，她摊手摊脚的样子，从鼻孔里呼呼地喘出气来。白炽灯光打在这张年轻的、像是历经沧桑的脸上，小凤不知道哪个是真的，哪个是假的。芳芳的脸并不很白，可是滋润细腻，像是能掐出一汪水来。这一年来，小凤觉得芳芳长开了，不再是以前那个缩头缩脑的小姑娘了。然而……小凤觉得自己想得太多了。

　　小凤她们被安置在一家简易招待所里，分局在这里设立了临时工作点。每天，看得见便衣警察，穿白大褂的医护人员从走廊里穿梭而过。小凤由此看见了丹阳街以外的生活，有时她竟呆呆地想，原来这个世界除了男女之事，还有别的事。一天清晨她醒得早，就推开了窗户，一阵风扑面而来，她把手肘撑在窗沿上，看着窗外平平往往上班的人群，骑自行车的，坐公交车的……小凤就像魔住了似的，只是看着它们。

　　小凤想，原来城市是这个样子的。她本该知道城市是什么样子的，来这三个月了，除了丹阳街，她也走过很多地方：大百货公司，自由市场，精品时装屋……视线所及之处，看见的不过都是男人，老的少的，美的丑的，一个个都像是去丹阳街的男人。

　　然而今天早晨，"王记早食店"里走出一个年轻男子，胳膊底下夹着公文包，看不见的食物从左腮滑到右腮。一个老头提着鸟笼子，穿着飘飘欲仙的白绸衣在街上走。一个肘弯里挎着竹篮子的卖花姑娘沿街叫卖：栀子花哎，谁来买栀子花？……丹阳街像是个很遥远的地方，小凤想，真奇怪哎。她就像第一次看见人似的，竟惊讶不已。就像从前的某个中午她突然醒来，懵懵懂懂地走到街上，看到满街的人都在直立行走，她竟吓了一跳，怎么也不能相信，人已经进化了，不再用四肢爬了。

小凤后来想，要不是后来被遣返原籍，待在招待所的这一个星期实在是值得留恋的。招待所是一幢两层小楼，她们四五十口人就住在这里，两人一个房间，有电风扇，黑白电视机。每天有服务员来打扫。饭是免费的，晚上可以早点休息，几天不碰男人，小凤觉得自己的身体有一种异样的、轻松的感觉。

早上很早就醒了，把门窗都打开，静心地等待走廊里出现的脚步声。小凤很会听脚步，哪个是胖胖的，哪个是毛子的，哪个是张富的……小凤和他们都熟了，相互之间很客气；如果穿着便衣，无论如何是看不出他们身份的。小凤很喜欢听他们的脚步，他们说话的声音，他们呈现在她面前时真实的脸庞，不管怎样，他们都还年轻，小凤的心里的一种异样的、轻松的感觉。

小凤还没恋爱过，有时她会胡思乱想的。

一天下午，小凤和芳芳被叫到毛子的办公室，办公室里还有一个叫金雅的女警察，大概是书记员一类的角色。小凤进来的时候，毛子和金雅正在说笑。毛子挠挠后脑勺说，搞什么搞，这种事应该派你们女同志去应付。金雅笑道，害羞了？你莫不是看上哪个姑娘了？毛子说，说实话，我还真有点看上你了。

小凤两人进来的时候，毛子就严肃了，递过来一张表格，指着门边的一张桌子说，那儿写。又看了看芳芳，问道，会写字吧？芳芳哎了一声，吃吃艾艾地点点头。

小凤把表格填了递上去，毛子坐在沙发上看，半晌，半搭不搭地抬起头，认真地看了小凤一会儿，说道，好好的一个人，干什么不好，非干这个？

一直坐在椅子上的芳芳，这时突然抬起头来说，我是被逼为娼。

　　大家不防她会说这个，一下子都笑起来。毛子拿出一支烟，把烟盒啪的扔到茶几上，说，谁逼你啦？你以为这是旧社会呢？电影上学来的吗？

　　芳芳也笑，嗫嚅着说道，我保证下次再也不犯了。芳芳的声音在发抖，像是要哭了。小凤不禁侧过头去看，一时搞不懂她是真的还是假的。

　　毛子说，你也敢保证？没得打自己的耳光！

　　一旁的金雅说道，有三进三出了吧？

　　芳芳愣了半晌，沉声说道，我大哥死了。造房子的时候摔下来……没钱治，后来就死了。我二哥……是个废人，小儿麻痹症，不能下地干活。已经三十好几了，还没娶上媳妇……我们那儿穷，要不你问她——指了指小凤——我还有个弟弟，去年刚考上县中，成绩好，人也机灵，我妈说，就是砸锅卖铁也要供他念大学……我爹妈六十好几的人了，每天起早贪黑……家里穷，没有钱……就指望着我了……芳芳说得很慢，一句一顿的，听得出是用了些力气和感情。屋子里一时沉默了。

　　金雅问，你家里知道你是干这个的吗？

　　芳芳摇摇头，哇的一声哭出来，忙着擤鼻涕，拿手背去擦拭：谁愿意干这个？好好的，谁想去碰那些男人？都是畜生，不是人。

　　毛子疑惑地看着小凤，小凤很紧张，不知该说些什么。她只奇怪芳芳很会做，没错，她家里是很穷，她大哥死了；几乎是从天而降的，她突然有了二哥和弟弟。小凤点点头，向毛子说道，是真的。

　　毛子站起来，在屋子里走上一圈，先说了一通政策法规。毛子开始咳嗽，他大概也知道，他的这席话显得苍白无力，在这种场合，他的话不近情理，很冷漠，简直无聊。毛子合上文件，摆摆手，示意她可以走了。

小凤站起来，毛子说，你留下。

芳芳警惕地向小凤递眼色，小凤不敢看，把一双手像麻花似的绞起来。芳芳拿脚踢小凤，一边问毛子，那我走了？

毛子说，甭呀，还有什么花头都一块儿耍出来。

芳芳一脸惊疑地说，什么花头？——很委屈的样子，一边畏畏缩缩地朝门口退去。

毛子重新坐回沙发上，跟小凤说，你呢？你哥哥也得了小儿麻痹症？你也要供你弟弟念大学？

小凤抬起头来，说，什么？

她的脸突然红了，她看见他在看她，她很慌张。整一个下午，小凤沐浴在夕阳的光辉里，阳光透过窗户落在她的脚下，看得见的浮尘在空中飞。这屋里有一个男人，他未见得有多好看，穿着白衬衫，不大的眼睛，下巴很光洁。小凤平时很少有机会能见着男人——丹阳街的不算。她十九岁了。

今天下午他总在看她，有多少次了？他也看芳芳，看完了芳芳，又看她，微微蹙着眉头，那意思像在说，你怎么跟这种人为伍？——他瞧得起她。小凤平时总觉得别人都瞧不起她，单为这一点，她就感激他。他有多大了？二十六七岁了？听说已经结婚了，小凤没来由地吸了口气。这些天来，她突然发现自己像个少女，正处在情窦初开的年纪，收缩，紧张，微妙……呵，再也不会有这样的好时光，这一个星期，七天。她认识了那么多的年轻人，都是正经男子……小凤平时最怕正经男子，只要有他们在场，她周围的空气就不一样些，她的心会像风一样地鼓起来，害羞，飘摇，没有边际。

毛子说，问你话呢。

小凤吃力地抬起头来，说，啊？

　　毛子唉叹一声，拿手枕住头，靠到沙发上。一旁的金雅吃吃地笑起来。毛子说，你笑什么？金雅说，老革命碰上新问题了，你平时倒是伶牙俐齿的。毛子摇着头，看着小凤又是咬牙又是笑的——大部分男子见着可爱的、可恨的女子，都会表现出的样子。

　　屋子里又出现了短暂的沉默。大凡这时候，小凤总觉得这沉默是为她的：他在惋惜。因为她是这里头唯一有高中学历的人，她不太爱说话，她走路的时候有一种老实沉着的调子，她不修眉毛，不涂口红，这天她穿着一件黄格子衬衫，她有很多很多的格子衫，都是这三个月来添置的，表姐说，你疯了呢。即便在丹阳街，她也不穿镂空黑纱裙，客人点她的时候，总有些疑惑；客人一再看她，小凤想，也许第二天她就会离开这里，回家，或者去一家公司打工。

　　她不漂亮，可是有很多人说她长得美，她知道，那是因为她身材秀气，有一口好牙齿。她身上总还有别的是外表所不及的，一个戴眼镜的客人称它为质朴。小凤不由得想起她曾经喜欢的那些花儿，紫颜色的，小花小朵，一点都不夸张，可是现在还有谁会喜欢那些花儿？谁会有时间停下来，听她讲讲它们在风中、太阳底下、雨露里怎样生长的故事？

　　走廊里一阵风吹过，门被推开了，进来的却是胖胖。胖胖说，怎么样？快结束了吧？毛子叹了口气，只是笑。胖胖也笑，睖了小凤一眼，说道，都不好弄，那边已经闹起来了。毛子说，闹什么？胖胖说，都不想回家。

　　小凤啊了一声，站起来说道，什么回家？

　　胖胖笑道，这不是？又来了一个。

　　小凤回到房间的时候，表姐她们已经等在那儿了，翠儿在哭，芳芳坐在床上发呆，表姐说，这一招够损的，一星期来好言好语，原来是为来这一手。回头看见了小凤，说道，都知道了吧？

翠儿接口道，我反正是不回去的。

表姐说，由得了你吗？

翠儿哭道，怎么回去啊？回去怎么说啊？家里以为我在外头是做生意的，现在好了，又是警车又是押送的——芳芳探头纠正道，是坐火车，他们答应保密的，都穿便服，不走一点风声。

翠儿啐道，你是猪啊，为什么不动动脑子，偏听他们的。你整天只知道卖肉——芳芳朝表姐冷笑一声，嘟哝道，好像她没卖过一样——翠儿的声音高了八度道，是啊，我也卖，可是卖肉跟卖肉还不一样呢。

表姐朝翠儿瞥一眼，低声呵斥道，说什么呢你！嘴巴跟刀似的，越来越不像话了。

翠儿搭了表姐一眼，哭道，我不是这个意思，我是宁愿坐牢也不回去的。

表姐抱着胸脯冷笑道，坐牢也得有资格呀，你差远着呢——依我看，你还是乖乖回去吧，事情已经做了，你还怕什么？啊？当初又没人逼你，全是你自己心甘情愿的，现在反倒要起脸了，我真正奇怪了。

翠儿拿眼睛看着表姐，大约是很吃惊她能讲出这样的话来。翠儿说，我错了，我说话不小心，本意也不想伤着谁。你也不用在这撇清什么，一切都是我自愿的，不会赖到你身上。

表姐一下子跳起来，说，你把话说清楚，我撇清什么了？我有什么好撇清的？当初是你自己赖死赖活地跟着我，我把丑话都说在前面了，你又不是不知道。

小凤一旁冷眼看着，事到临头，话都说到这种份上，连带她自己，她都很瞧不起了。她也不去劝架，径自走到床头，认真地收拾起行李来，一边捅捅芳芳说，还愣着干吗？你不回去啦？

三

一年前，翠儿曾回来过一次。

翠儿家在村里原是有些底子的，最当盛的时候，她父亲做过村长，她哥哥年纪轻轻就当了乡财政所所长，那是翠儿家的盛世。翠儿十六岁那年，她哥哥跟她说，赶明儿你出嫁了，多的不说，给你五、六万做陪嫁是有的。

翠儿说，太多了吧？

她母亲笑道，你也不害臊，大姑娘家听着结婚陪嫁的，还多了少了的。

翠儿说，我害臊什么？我还当真不想嫁呢。不要说眼皮子底下的这些个，就是乡里、县上的我也没瞧上几个。

她父亲说，就是。我闺女不急，我闺女长得俊，待有机会老爹供你去省城念大学。

翠儿摆手笑道，算了吧，这一项免谈了，我连高中都没考上。

她老爹笑道，这个你不管，我自会想办法。

说这话不久，翠儿家就出事了。她老爹、哥哥因伙同乡长贪污受贿、挪用公款被端了。出事的那天上午，翠儿不在家，回来的时候，母亲一个人披头散发睡在地上，母亲看见了翠儿，匍匐着扑过来，抱住她哭了。

翠儿睡了三天，醒来的时候，太阳当空照，她这才意识到，家里的两个男人都走了，这个家不在了。又过了一个月，传来了父亲和哥哥的消息，被判了刑，家里的那栋青砖小楼被抵押充公了。那是多漂亮的一栋小楼呵，沉着，气派，方圆几百里地再没有过的。临走的那天晚上，翠儿接回借住在娘舅家的母亲，围着小楼前后又走了一圈；翠儿在花圃前站下来，弯腰把一盆月季扶扶正，跟母亲笑道，多长时间没修理了，草都长出来了。

母亲只是垂泪。

翠儿撂下母亲，一个人扶着栏杆朝院子里看，月光底下树影婆娑，一阵风吹过，院子深处刮过一缕烂葡萄的腐香。二楼东边的那个窗户是她的，现在门窗洞开，里面黑漆漆的一片。晚十点不到的光景，就传来了凄寒的野猫叫春的声音。翠儿把脸贴在铁栏杆上，心里一直在问自己，怎么会这样，怎么会这样？满脸的泪水。

翠儿跟母亲说，这院子虽然没人气了，看上去还是好的。

母亲哀求道，翠儿。

翠儿说，妈，我们还会有的，你信不信？人活一口气，你信不信？——翠儿说得急了，一口气没接上来，心里惴惴的。

当天晚上，翠儿到小凤家告别，姊妹两个挤在一张床上，整整叽咕了一夜。翠儿说，我出去这件事，只你一个人知道。小凤说，我不会跟别人说的。翠儿说，我反正是豁出去了，这一走，你权当我死了，不混出个人样来，我是不会回来的。小凤说，表姐那边都说好了？翠儿说，通过电话了，也没说死，让先过去住一阵子，散散心。小凤说，就是。要是不顺心就回来，横竖这里都是乡里乡亲的。翠儿拉拉小凤的衣袖说，你是真傻还是假傻，这地儿容得下我吗？哪个不是势利眼，得势的时候看不见，失势的时候谁不想揉你在脚底下踩一踩？说着哽咽起来。

小凤下床拿毛巾，翠儿把手抵住牙齿，一个指节一个指节地啃过去。小凤说，翠儿你别这样，你聪明，人又漂亮，出去见见世面，或许就能碰上个好男人呢。翠儿捅了小凤一拳，笑道，去你的。小凤说，我是真话，你一个女孩家，独自混世界到底难些。翠儿说，要是碰上坏男人呢？小凤突然想起前阵子看过一篇报道人贩子的文章，又看过一篇外地妇女被拐骗卖淫的文章，一时说不出话来。

翠儿说，我其实也有点怕的，心里没底。小凤说，表姐那边不会有事的，她在合资厂做车间组长，人头熟，去的年头也早。再说从小一块儿长大的，你还信不过她？退一万步讲，她就是骗也不会骗你。

翠儿说，我倒不担心她，这些年她也常回来招工，带出过多少人？别人都不怕，我怕什么？我是担心路上——小凤说，第一是路上，第二到了那边，见了花花绿绿的东西，你千万要守住自己。翠儿正色道，这个你不用担心，我心里一肚子明白账。你说的那些事太离谱，哪扯得上？

翠儿一去就是两年，小凤只是从偶尔回家的表姐那儿得知些情况。表姐说，翠儿出息了，出去的这些姑娘里头就数她混得好，人精明，又有志向。刚去的那会还在厂里待过，后来就跳槽走了。

小凤说，去哪了？

表姐说，到什么公司去了，当老板秘书。前阵子听说又换工作了，还报了个夜大会计班，反正我也很少见着她，平时不来往的。

小凤娘说，翠儿家的人都了不得，老的倒下了，小的起来了。

翠儿是在这年冬天回来的，小凤回家听说了，撂下书包就往外跑。小凤娘说，你站住。小凤咦了一声，回头看见母亲从箱里抖出一件表姐给捎的雪花呢短大衣来，小凤摔手说，我不穿。母亲笑道，哪家姑娘像你？也不晓得要好。你看看人家翠儿。小凤说，翠儿怎么了？母亲扁扁嘴道，把人眼睛都看花了，穿金戴银的，出落得跟天仙似的，把你比得只剩下要饭花子了。

小凤套上那件雪花呢大衣，又洗了脸，梳了头，再往翠儿家走的时候，觉得当初的那层意思就变了。翠儿的父亲和哥哥一年前就放出来了，另找一块宅基地搭了几间房子，她哥哥常年在外跑运输，等闲不回来；她父亲亦老了，气焰短了许多，只在屋前屋后栽些菜蔬姜葱，见了人讪讪的，也不怎么搭话。

翠儿家里里外外围了三圈人，一时间鸡一嘴鸭一句的，端的不知在说些什么。翠儿父亲挤出来看见了小凤，呀的一声捉住了她的手，嘴唇抖了半天，只是说不出话来。小凤也有点感慨，只低头笑道，听说翠儿回来了，我来看看。老头子这才笑了，头一回发出人的声音，回头向人圈里喊道，翠儿，凤来了。

"凤。"一阵急促沉闷的高跟鞋声音之后，人群自动让出一条道来。小凤先闻得一阵扑鼻的脂粉香，抬头看时，翠儿笑着，远远地把一双手伸出来，不由分说拉住小凤转了一圈：让我看看。咦，长高了，人也瘦了，变好看了。一边啧啧称赞，一边上下左右地打量着，就像电影里通常见到的那些大方利落的人物一样，小凤很有点不好意思。

翠儿拉着小凤坐回原处，说，你等我把手头的这些事交待完，我们找地方说话去。翠儿对一个包工头模样的人说，刚才说哪儿了？那人说，造价我算了一下，十万打不住，现在建材涨得厉害。翠儿说，钱我不在乎，你只须造一栋跟原先一模一样的房子出来，上好的青砖，内里的装修我另外找人。

小凤一旁坐着，不时偷偷地觑着翠儿。翠儿上身穿一件虎纹V领紧身衫，浅色丝巾挂成倒三角系在左脖颈上，下身一件黑呢短裙，裙子和高统靴之间露出一截细腿弯子。外罩一件银狐大衣，扣子脱了，那大衣似穿不穿，有点欲说还休的样子。她是端秀的瓜子脸，皮肤本来就白，如今许是擦了粉的缘故，白得让人怀疑。然而气色到底是好的，因为又擦了胭脂；眉毛是纹过的，到了末梢，突然轻佻的一转弯，就此收住了。口红自然是要擦的，不是红色，而是奇怪的紫色，小凤后来知道，这流行色是从韩国传过来的。

在接下来的几天里，翠儿家大宴宾客，完全没有名目的，就连老实巴交的小凤爹也在被邀之列。翠儿的父亲站在饭店门口，像是重新活过来一样，穿着簇新的西服，满面红光，很有点当年做村长的派头。翠儿的哥哥也赶回来了，在一次招待前同事的饭局上，竟喜极而泣。他大约是喝多了，拿大拇指朝脖后扬了扬，说，我妹妹……去过香港。

众人都噢了一声，神情复杂而惊羡。就有人说，香港那地方有赌场——另一个接道，你说的那是澳门。翠儿淡淡笑道，不管香港还是澳门，我只管做我的生意罢了。有人唏嘘道，翠儿是发财了。翠儿笑道，发财谈不上，在乡下造几间房子的钱倒是拿得出的。现在生意也难做，骨骨节节的事情特别多，不小心就能把自己赔进去。等过两年手头宽绰些，我就退休不干了，买栋别墅，把全家子全接过去，我爹，我妈，我哥哥。我跟他们说，再怎么也比在这穷山恶水的地方当村长、所长强，操心不说，主要还是受气。说着自顾自地笑起来。

翠儿临走那天，拉小凤回家住了一宿，两人围着村子走了一圈。小凤说，你这次得罪了多少人？该得罪的得罪，不该得罪的也得罪。翠儿说，我就是要让他们眼红，红得滴出血来，我就是要一天换三套衣裳，让他们在背后骂我妖怪。我不能白恨一场，我也要他们恨我。小凤说，何必呢？你现在过好了，只有瞧不上他们才是。

黑暗中翠儿看了小凤一眼，幽幽说道，什么叫过得好呢？

小凤说，只要你认为好，那就是好。

翠儿说，我也不知道，我有时觉得好，有时觉得不好。

小凤停下来，说，翠儿你怎么了？你这样说，吓我将来不敢出去呢。

翠儿拽了她一把说，走吧，别磨蹭了，明天还要起早呢。小凤说，不行，你把话说清楚。翠儿笑道，说清楚什么？小凤说，我要不要出去。我从小胆子小，人又笨，家里只有我一个孩子——

翠儿说，你跟你表姐商量。

小凤说，我先听你的意见。

翠儿说，我的意见和你表姐的意见是一样的。

小凤愣了一下，说，你怎么知道？你跟她说过这事？

翠儿说，没有。但凡走出去的人，意见没有两样的。

小凤欣喜地说，那你是赞同我出去了？

翠儿搂了搂小凤的肩膀，短促地笑了一声。许是月黑风高的缘故，小凤只听得那笑声刺耳得很。

四

火车走了一夜，路程不过四分之一。一觉醒来，众人的心情都平静了许多，回家前的种种担忧、纷扰被清晨的阳光暂时冲淡了。芳芳几个已经和好如初，一行人吃着喝着，一路上欢声笑语，引得四邻八座纷纷侧过头来。一个推销员模样的青年人走过来，跟警察张富搭话：兄弟在哪发财？张富说，做点小本生意。那人似乎对女人更感兴趣一些，朝芳芳翠儿一路看过去，眼睛有点忙不过来。那人说，这几位是——

张富嫌此人饶舌，一时应答不过来，说是同事吧，那自己岂不成了嫖客？说是姊妹吧，他家里还有一个待字闺中的妹妹。他挠挠腮胡诌道，我底下的业务员。女警察单静雯首先笑起来，接着大家都哄堂大笑。芳芳把头藏进翠儿怀里，翠儿拿手砸表姐，表姐哎哟一声，再看两个男人的表情，禁不住也笑起来。

张富说，你们笑什么？或许想到业务员和同事本是一回事，因而自己也笑了，一边虎着脸说，当心回去扣你们工资。那人竖起拇指，一脸艳羡地朝张富挤挤眼睛说，还是兄弟快活。张富一头雾水地说，我快活什么了？——又想起这话另有含义，自己无论如何是脱不了干系的。

火车走得很慢，遇站必停，不遇站也停；小凤几个都希望火车能永远出故障，停在这荒郊野岭里，由她们自生自灭。是呵，回家的路是如此漫长，运气好的话，或许就翻车了，遇洪灾了，火车改道驶往一个相反的方向，她们将再也到达不了那个预定的地方，看不见她们的父老乡亲，兄弟姊妹。

小凤不由得想起三个月前，也是在这趟火车上，她跟着表姐，还有邻村的四五个姑娘；她们是一路辗转至省城上的火车。火车咣啷一声，小凤的身子一歪，窗外的景致也往后跑，小凤拿眼睛瞪着表姐，只是笑，那意思是说，这就走了？她是第一次坐火车，心里不免惴惴的，把眼睛贴在窗玻璃上，总担心火车会出轨，她将死在这路上；一路上她胡思乱想，不知道火车将开往哪里，那里会有什么样的生活；不知道她什么时候才能回家，穿什么样的衣裳。

对面的乘客笑着问她，第一次出门吧？小凤抬头看他，是个男的，她把脸板得纹丝不动，侧头看表姐，表姐笑道，是我妹妹。那人笑道，出去打工呢？表姐点点头。那人又看了看他身边的几位说，也是一块儿的？表姐笑。小凤就问起了厂里的情况，表姐嗔怪道，都说过一百遍了。那人不识相，又问表姐，敢情你是带工的？小凤抢先说，她在厂里专门负责这个。表姐白了她一眼，小凤吐吐舌头，表姐告诫过她不要跟陌生人说话的。

来到丹阳街，小凤就不跟表姐说话了，她住在一间小阁楼上，楼下是表姐承包的发廊，老板是一对中年夫妻，把这发廊交付表姐经营。表姐很忙，难得跟小凤照一次面，小凤只好呼翠儿。

翠儿那边人声鼎沸的，电话里有人在唱卡拉OK，是个男声，唱得还不错，小凤听得那是她熟悉的"与往事干杯"。翠儿直着嗓子说，什么？大点声音，我听不见。小凤说，我要见你。翠儿说，现在不行，我正在上班呢，改天吧。小凤说，我现在就去找你。啪地撂下电话，还不待转身，翠儿的电话已追过来了，翠儿说，好吧，我过去，你等我一会儿。

两个小时以后，翠儿才赶过来。翠儿的夜总会离丹阳街很远，那阵子，翠儿和张老板已经分手了，一个人寂寞得很，就又操起了老本行。张老板是香港人，常年在内地做家具生意，一开始，翠儿以为他很有钱，然而一年多下来，他在翠儿身上花的钱委实很有限，只在市郊买了套公寓，临走的时候才归了翠儿。

翠儿把小凤领回家，一路上两人都不说什么；有时翠儿会张头看看小凤，只见小凤把脸拉得跟面条似的，她又不敢笑的，只得跟司机搭讪两句。下了车，小凤死活不肯上楼，翠儿过来拉她，小凤一下子跳开了，黑暗中两人对峙了会儿，翠儿说，你倒是说话呀。小凤只是看着她，翠儿觉得无味得很，耸耸肩说道，情况就是这样，你也知道了。

小凤呼地坐到地上哭了，把脸藏到手肘里。翠儿陪她蹲了会儿，捡一根树枝在地上画"田"字，月亮突然从树杈间跳出来了，小凤把脸略抬一抬，说，我问你一句话。翠儿放下树枝。小凤说，村上凡出来的，是不是都做了婊子？翠儿听了，并不跟她计较，正色说道，也有在码头上做苦力的。小凤说，我是说女的。翠儿说，就是女的。也有上街踏三轮车的，也有上天桥或火车站要饭的。小凤吃惊地看翠儿，翠儿掸掸手站起来，说，住几天你还是回去吧，这事谁也不会逼你的。

小凤把眉毛一挑，说，你以为我会留在这种地方？笑话！

翠儿笑笑，接着刚才的话又说下去：也有先做苦力，后又到丹阳街的。见小凤不明白，淡淡解释道，吃不了那苦。像赵四家的，原来多俊的一个媳妇，只半年工夫头发全白了。在码头上扛沙袋，挣得少，也舍不得吃……

小凤喃喃地说，为什么不回去？

翠儿咻的一声冷笑道，你以为谁都像你拍拍屁股就能走么？

小凤站起来，冷冷地说，你以为这有多难么？

第二天吃完中饭，翠儿把小凤送回丹阳街，见表姐一个人在发廊里扫地，小凤扚个蹶子上楼去了。底下的两个笑着换眼色，翠儿轻声说道，开始都这样，过一阵子就好了。小凤的心里呜咽一声，暗骂道，放你娘的屁。把楼梯踩得叮咚作响。

小凤继续和表姐闹，她横竖是要走的，却又恨她，不愿就此放过她。一天深夜，表姐打烊上楼，蹑手蹑脚推开房门时，见小凤呼地从床上坐起来，她着实吓了一跳，因笑道，还没睡呢？小凤说，我问你，那几个呢？表姐说，哪几个？小凤说，火车上一道来的，都被你卖了吧？表姐不作声，摸索着去开灯。

小凤嘶吼一声道，关上。

表姐关了灯，坐到床对面的一张椅子上，沉吟了一会儿道，你这样说是不对的，凤。我是做这行的，我把她们带出来，只能提供这一行的机会，至于做不做那是她们自己的事。这世界那么大，三百六十五行哪行能把人饿死？大家都是成人……

小凤说，骗子！

表姐说，我事先没跟她们交底，可是这种事怎能交底呢——小凤说，所以你是骗子——表姐接着说，我事先没交底，可是我又是什么话都说了的，像对你，凤，你想想，我说了没有？小凤在黑暗里想了想，这几年来表姐零星说过的话都回来了。表姐说过世道艰难，表姐也说过外面很乱……她没撒谎，她一直在暗示她。

表姐说，我也一直在犹豫的，你脑瓜子木，不比翠儿芳芳她们。带你出来吧，怕你闹，不带你出来吧，你又急吼吼的。这次你权当是开开眼界，看看野景，回去不必说什么，找个人嫁了，安安生生过日子去。

小凤说，谁说我要回去？我不回去。

黑暗中两人都愣了一会儿。小凤也不指望自己会说出这句话来，脱口而出的……然而是真心话。表姐说，车票都订好了，你这阵子凶得厉害。小凤一时下不了台，捂着脸抽抽泣泣地哭开了，一边说，你骗我，你狼心狗肺，你吃我家喝我家的，你骗我爹妈。来来回回只这一句话。隔一天，翠儿过来看她，说，多呆几天也好，横竖来一趟也不容易，过几天我领你逛逛去，买点衣服，看场电影。

小凤听了便讪讪的，一边抹眼泪道，反正我是不会干这个的。

翠儿笑道，知道，没人下套让人钻。

小凤说，我不恨别的，只恨你们瞒着我。从小一块儿长大的，什么事情不能说开去，非得藏着掖着的？我知道你们心思坏了，自己做了下流事，非把别人也拉进来不可，就见不得一个干净的。

翠儿把脸冷了冷，当下不再说什么。小凤又说起表姐，翠儿说，你表姐没做坑蒙拐骗的事，她人是好的，聪明，又懂规矩，这条街上哪个不尊重她？这不过是个行当，有人走就有人来。去年紫薇发廊出过一档子事，一个丫头被扣了，老板逼她不从，最后还是你表姐出来交涉才放了人。强扭的瓜不甜嘛，你记住，但凡做一件事，必须是你自己愿意的，不必委曲求全，这都什么世道了，哪个不在讲人权？

听得小凤一怔一怔的。

小凤继续绝食，前两天，表姐差芳芳送饭上楼，小凤接了饭就往门口摔去，芳芳抱头鼠窜，下楼跟大伙儿说道，烈着呢。说得表姐也笑起来。饿到第三天，小凤有点撑不住了，勉强吃了一点，又不好意思吃太多，觉得辜负了自己；一边吃一边恨一边哭，不知在哭别人还是哭自己，有种悲壮的感觉，好像吃了这顿饭，天就要踏下来了，就要死人了，自己就要去接客了。

后来小凤实在是累了，大家都很忙，没人搭理她。在丹阳街这个地方，她平白无故地要把自己塑造成一个烈女形象，引得整条街都在笑话她。表姐说，她就是小孩子脾气，过几天送她回去。小凤一听紧张了，她不能回去，她现在两手空空，回到那小山村里，像她父母那样，跟一个不认识的人结婚，生一堆孩子，贫苦辛劳，老死一辈子……她不愿意了。

她开始上街闲逛，手心里攥着表姐给的零花钱，这里看看，那里瞧瞧，只是舍不得买。有一天她在街上看到两则广告，一则是一家公司在招女秘书，条件是高中毕业以上，二十五周岁以下，容貌姣好，有简单的文字处理能力，会电脑；另一则是招聘公关小姐。她很兴奋地跑回来跟表姐商量，表姐笑道，没的扯淡，招来招去都是丹阳街上的。事未果，小凤却从此留了心，开始买各种报纸；她并不一味攀高，觉得适合自己的还是一些小公司，哪怕打杂也成，挣个三四百块钱，权比在表姐这儿吃闲饭强些。或许她就能碰上一个年轻男子，也是小职员出身，慢慢地有了些底子……小凤认真地去应聘过，交了钱，填了表格，回来安心地等了几天。表姐说，就没听说过招聘还要收钱的，准是骗子。小凤不相信，跑过去看了，果然公司已人去楼空。

小凤平日都是下午出门，晚上十一点左右回来，这样就避过了客人的高峰期。这天是周末，她把脚崴了，回来比往日略早一些。客堂里没有男人，因此小凤站下来和表姐几个说几句话。小凤说，芳芳呢？表姐打了个哈欠道，带出去了。小凤笑道，她生意倒好。表姐说，有客人喜欢她这一路的。说话间就进来一个男人，看上去年纪并不大，戴着眼镜，斯斯文文的样子。招娣上前招呼，客人拿眼睛看了看小凤。小凤抬脚就走，表姐在身后问道，今天情况怎么样？小凤回头问，什么情况？表姐说，咦，你不是参加招聘会了吗？小凤的心跳得咚咚的，她拿不准表姐什么意思，为什么不让她走，偏偏扯这个。客人在椅子上坐下了，招娣站在他身后问道，先生是第一次来这里？客人显然心不在焉，朝镜子里又瞥了瞥小凤。表姐说，你上去吧。小凤噢了一声，客人的声音从身后传来，这位是老板的——表姐说，我一个远房亲戚，刚大学毕业，来这里找工作，暂时借住几天。

上了楼，小凤才发现身子都软了，拭拭脸颊，也烧得厉害。她今天被人看中啦，人家把她当成小姐啦！到镜子前立了会儿，床头灯从远处照过来，镜子里的人有些影影绰绰的，无数的她从身体里冒出来，无数的她都是疑疑惑惑的。半夜里她醒来，听见招娣引客人上楼，她一下子跳起来，抖抖索索地把衣服穿上，他们要干什么？墙上的挂钟滴滴答答地响着，一看时间还早，刚睡了半小时不到。招娣在门边停下，说，你等一会儿。客人不知说了句什么，招娣笑得咯咯的。招娣拿钥匙开门，把客人领进了对门的那一间，小凤吐了口气，仰面往床上跌去。

她重新躺下，听见三合板的墙壁那边一阵淅淅沥沥的响动，招娣啊了一声，地板上一阵躲藏，客人捉过去，招娣笑道，好大劲，我好怕怕。客人笑道，我把你——招娣说，你的眼镜……小凤躲在被子里，拿手遮住嘴，不敢笑出声来。真是看不出的，他那样一个白面书生，做起事来却有如狼虎。小凤把头伸出被筒，竖耳又听了一会儿，脸却红了，整个阁楼像被放了一把火，难免会有一星半点就喷到她的怀里；今晚躺在隔壁床上的应该是她呵，她不能忘记他在楼下看她时的眼神，他条子不错，容长脸儿，好看的细米牙齿，极秀气的一个人。

小凤后来拿这事跟翠儿议论，翠儿一阵摇头咂嘴说，搞不懂你表姐，她心机太深了，按说楼下是空出房间的，不至于让带到楼上来；她也不缺单从你身上赚钱；要么就是一箭双雕，亮出你的价码，你不从很好，从了她可以狠挣一笔。

小凤一阵发呆。翠儿推推她说，你不要恨她，她人不坏的。你若是道中人，也会把这事看做跟穿衣吃饭一样。

小凤说，我已经恨不动了。

小凤接待的第一个客人是表姐给介绍的。表姐说，你要想清楚——小凤说，想清楚了。她算了一笔账，先跟着表姐做一阵子，再换夜总会或大饭店——发廊的档次是低了些，挣得少，客人也多没有趣味；像翠儿那样，做虽做，最终目的还是为找一个阔客，彼此能顺眼，有一点喜欢，舍得在她身上花银子——跟一个人总比跟许多人体面些。再不济，翠儿就计划自己攒点钱，过些年开家花店、服装店，或如表姐那样做个妈咪；她是准备二十五岁就退休的，做这行老得快，竞争也厉害，半老徐娘似的在客人眼前晃荡，丧了自尊。

表姐带来的是一个中年汉子，四方脸，一米八的个头，墩墩实实的一个人，小凤想，比不上那天跟招娣的那个。表姐把她拉到一边说，我知道你喜欢小白脸儿，但想来想去还是这个合适，都知根知底的，不会出差错；况且又有钱，人也厚道，你是第一次，最需要他这种温柔体贴的……将来不会亏待你的。客人姓宋，当下又和表姐叽咕了一会儿，就把小凤带出来，开车去怡华假日酒店开了个房间。他们在一起呆了两天，小凤生涩的样子每每逗得客人笑起来，他很懂得玩赏，捏捏小凤的脚趾头，摸摸她的耳垂，仿佛对自己很满意似的，又从这些动作里得到了意外的乐趣。有时并排躺在床上，他会把一双眼睛远远地看过来，小凤心想，离得这样近，他的眼神那样远……他是她所不懂的那类人。他待她不错，有天晚上带她出来玩，开车走过一条幽静的林荫道，看得见不远处的湖水里倒映出星星点点别墅的轮廓，宋客人说，周小姐，你跟别的人不一样。小凤说，哪点不一样？宋客人侧头看了她一眼道，你多大了？小凤老实答道，十九。宋客人把车停下，拉了拉小凤的手，眼看前方沉吟道，我希望自己对你好一点。

小凤听的他的声音苍老疲惫，心里一阵怆然。

那天夜里，小凤被宋客人的呼噜声吵醒，她爬起来坐了一会儿，却怎么也睡不着了，遂到卫生间洗了洗。她倚着浴缸坐到地上，把下额抵在膝盖上，摸了摸自己的胳膊和腿，鸽子一样羞涩的乳房，她觉得应该哭一场，于是就哭了。极细小的声音，那是眼泪滴在手臂上"卟嗤卟嗤"的声音，她认真地听了一会儿，很奇怪地发现自己并不在伤心。

宋客人很忙，来不及对小凤好，这一个星期以后，他就飞了澳洲。小凤从表姐处听说了，也没说什么，当天晚上就另接了客人。

五

行程过半，一行人自动分成三派：警察一派，小凤几个一派，沈曼单属一派。那沈曼是晚报的实习记者，刚大学毕业不久，算起来，年纪比小凤她们还略大一些。一路上她不太说话，只静静地坐在车窗旁，托腮看车窗外的风景。

她的矜持让姑娘们不快，翠儿吐一口唾沫在地上踩踩说，德性！

沈曼转过头来，脸上透出一股淡淡的、吃惊的神情；一路上她眼观四路，耳听八方，看到不少人世丑态，听见很多俚语村话，着实长了见识。然而采访到底是件艰难的事，有一次，沈曼鼓足勇气找到芳芳，芳芳说，有什么好聊的，一路上不是一直在聊吗？

沈曼说，你是哪一年开始入行的？

芳芳哟一声笑道，还真忘了。

沈曼有些讪讪的，低头看采访本，百无聊赖地在上面画些什么。翠儿一旁冷眼看她，错错牙齿，嘴角浮现出一抹淡淡的、蒙娜丽莎也比不上的微笑来。芳芳把嘴凑到小凤的耳边说，想跟我聊，她还嫩了些。

小凤也瞧不起沈曼，像一切的欢场女子，她恨良家妇女。她不喜欢那张年轻紧凑的脸，秀气的单眼皮底下淡淡的睫毛，眸子清亮亮的，偶尔眨一下，上面汪着水……天哪，她纯洁得像个天使。小凤冷笑一声，心像被虫子蜇了一下轻轻疼了。平时若走在街上，她不喜欢的就是那些年轻的情侣，春天的太阳底下静静地走着，彼此的眼睛里也许会落下一点光，对方的衣袂，一根手指头……一天中午她坐在沿街的长椅上，看见一对中学生模样的男女，大概是赌气了，女的跺脚就走，男的跟在后面，一路作躬打揖，陪着笑脸。小凤气不过，恶毒地想，要是把这女的卖到丹阳街会怎样呢？她和芳芳一般年岁，从未见过芳芳这样乔装作势的。

沈曼把头转向小凤，小凤的心一紧，怕她会问出一些难堪可笑的问题来。果然，沈曼问道，为什么要从事这一行，心里是怎么想的，家里很穷吗？她认真地看着小凤，打探她的反应。小凤睥睨她，一言不发。一旁的翠儿过来救场说，你有男朋友吗？沈曼说，你问这个干吗？翠儿笑道，你若是个雏儿，有些话就不能跟你说，怕你脸红。

沈曼把头转向窗外，脸没红，眼泪却淌下来了。

一旁的张富看不下去，跟翠儿她们说道，你们也忒狠了点。——他本不赞成采访，怕火车上暴露身份，一边又跟沈曼说，你这话问得外行，哪有这样采访的？

沈曼哭道，你让我怎么采访？我问什么她们都不高兴。我本不想来的，上面派了任务，主任又临时出差了。什么外行内行的，我是什么都不懂，我又不是干这个的，我凭什么要懂？我哪是她们的对手，她们是什么人？

翠儿拿眼睛看了看四周，低声说道，你说我们是什么人？

芳芳也在一旁嘀咕道，你最起码要尊重我们——沈曼拿眼睛看了看她，一脸的鄙夷——小凤恨芳芳丢人现眼，训斥她道，什么尊重不尊重的，你要谁尊重？尊重值几个钱？

张富板起脸，朝姑娘们一个个看过去，说道，给几分好颜色，都开染铺了啊！众人这才安静下来。

表姐闲来无聊，从坤包里掏出小粉盒左右照了照，一边按了按两边的颧骨；芳芳翠儿受了传染，也各自掏出化妆包来，一时间扑粉的、描眉画眼的、涂口红的，忙得不亦乐乎。翠儿看了看芳芳，低声道，擦掉擦掉，血盆大口的，你想吃人啊。芳芳照照镜子说，不算太红啊。翠儿啐道，你以为这是丹阳街呢。

这些天来，姑娘们着实素净多了，一是少有机会见着男人，见着也不能怎样；再者张富也关照了：都学乖点，一路上别招蜂引蝶的——见有人捂嘴窃笑，他又说道，我这是为你们好——突然看见芳芳穿一身无袖连衣裙，瞪眼道，还挂着幌子呢，去换掉！芳芳撅嘴说，我已经换了。她照身子看了看，自以为是再平常不过的一件裙子，委屈道，现在都穿这个，女大学生还穿肚脐装呢。

张富摆摆手，不容她说下去。芳芳只好换了一件。回来的时候，却把大家都笑坏了，她不知从哪找来一件村姑小褂，翠绿色的小花，颜色鲜得直晃人眼睛。袖子只盖过半个手肘。衣服小，身子势必不安分，像是要从里头挤出来似的，撑得胸前的纽扣一个个关不住。翠儿笑得揉肚子，一边跟小凤说，你看她的一身肉。

现在，芳芳就穿着这件小褂，把口红擦了又涂，涂了又擦。她从镜子里突然看见一辆水果车推过来，当即放下镜子回头看，那水果车上放着哈蜜瓜，水蜜桃，西瓜片……用塑料薄膜包起来。芳芳把头伸过去，乘务员停下来问，小姐买哪个？芳芳看得眼馋，拿手在塑料薄膜上挨个摸一遍，露骨地直咽口水，说，我不买。

小凤把她恨得牙痒痒的，她偏这样不争气，让沈曼一旁看笑话。那沈曼果然笑了笑，把头转向窗外，像擤鼻涕一样从鼻孔里擤出一声冷笑来。

芳芳站起来，伸了个懒腰，她的肥肥的小肚子从衣服里探出头来。芳芳的眼睛落在一个男人身上，他把头吃力地扭过来，眼睛里满是拭探。她朝他笑了一下，他也笑一下，露出满嘴的肉牙花。芳芳是人来疯，况且这几天又闲得厉害；她支起膀子把头发扬了扬，男人站起来，犹犹疑疑地正待走过来，这时小凤拽了芳芳一把，芳芳把嗲音拖得老长，说道，干什么？

张富也站起来，向芳芳重重地咳嗽；那人不敢造次，转了个身佯装上厕所去了。芳芳笑道，这人讨厌。张富说，老毛病又犯了吧？芳芳说，不是啊——翠儿恨得骂道，活脱脱一个狗改不了吃屎的，也不看看什么地方，有人没人就往嘴里舔。芳芳竖眉道，你说谁？翠儿说，远在天边，近在眼前。芳芳说，你再说一遍。翠儿说，我已经说过了。芳芳说，你再说一遍。翠儿说，我已经说过了。

两人把这话重复了十几遍，再没了下文。

小凤见这一路鸡声狗吠的，想必大家都忘了回家这档子事，然而火车明显提速了，一路欢快向前奔去。小凤看了看手表，长长的唉叹一声；众人彼此望望，像是突然醒了。芳芳到底沉不住气，把身子越过沈曼——沈曼往后躲了躲——趴在车窗外看了一会，说，最多还有六七站地，换两趟汽车，今晚就到家了。

芳芳这一说，大家都惶恐起来，翠儿悄悄抵了抵小凤，说，这下死定了。小凤握住她的手。翠儿说，我不比你厚道，你想啊，我在村子里得罪了多少人，哪个能饶过我？都等着看笑话呢。我自己倒也罢了，我老爹哥哥的脸往哪搁，可怜他们还蒙在鼓里呢。

芳芳突然哭将起来，擦眼泪时手肘不小心触到沈曼的身上，沈曼不耐烦地站起身，欲把独自吃了一纸袋的瓜子壳倒掉，走至芳芳身边时，两人不小心蹭了一下，沈曼一脸嫌恶，像沾了一样脏东西似的把身上掸了又掸；趁张富两人离座说话的机会，翠儿上前啪地给沈曼一耳光子，沈曼愣了一下，捂着脸失声痛哭。

翠儿静静地笑道，你跟我搞，不撒泡尿照照自己的影子！

沈曼哭道，你打我，你也配打我！——拿着纸袋就朝翠儿身上砸去，翠儿一躲，头脸上还是沾了些。小凤欲掸，翠儿架住她的手，说，别掸，把张警官叫过来。沈曼气怯，哭道，你凭什么？我又不是冲你的——

翠儿说，冲她也不行。

沈曼说，你刚才也骂她来着——

翠儿说，我怎么骂都可以，你怠慢她一点都不行。

一边又骂道，小娼妇，我就见不得你的轻狂样，我最恨你这种人，假扮正人君子，一肚子伪道德。早就想收拾你了，我怕什么？大不了这次回家种地去，再不沾你们的边——你们男男女女，猪狗都不如，一个个全是最不要脸的，却整天在我面前做出一副高高在上的样子，还假模假式地问——把嗓音逼尖道：你为什么要做这一行，心里是怎么想的——你说我是为什么，是为你们的脸长得漂亮？啊呸！我不过是为那几张票子，受你们的白眼冷脸，忍气吞声今天躲明天藏的，我凭什么？我再下作，也不至于拿热脸焐人冷屁股去。

乘客中有人探过头来，翠儿见了，索性站起来，把身上的瓜子壳抖一抖说，横竖都没脸到家了，咱们今天就把话说开去——

张富两人一路奔过来，喝斥道，干什么？翠儿一下子坐下来，先声哭道，她拿瓜子壳扔我，好好的，她拿瓜子壳扔我。

六

小凤六人是在晚上到的村子——沈曼在省城下了火车，随即打道回府。

汽车载着姑娘们，走过村野的公路，看得见一路金黄的油菜花开，绿色的麦子随风飘摇。空气里有一股甜香的气息，这是丰收的六月，土地花粉植物所共同孕育的浓郁的芬芳。远方的薄暮中有一排排村舍，像写意画一页页翻过；间或能看见缕缕炊烟从一户人家的房顶升起，渐渐淡入空中，与天色融为一体。

小凤沿窗坐着，呆呆地想，这就是她的村庄啊！事到临头，她反倒镇静了；脑子有点木，像是刚从睡梦中醒过来一样。

中巴车突然停下了，路边有个姑娘像小鹿一样跳上车来，她梳着麻花辫，一件雅黄衬衫束至腰际，脸上汗涔涔的，虽淡眉淡目，倒也有股生气。小凤赶紧低下头，她认出她来了，是高中时的低届同学李霞，家在邻乡，念至高二就辍学了。李霞走到小凤身边时咦了一声，一旁的翠儿抵抵小凤，小凤不得不抬起头，脸上放出恍然惊喜的神色来。

李霞说，回家收麦子来了？

小凤心一宽，感激地点点头。

李霞兴奋地说，念曹操，曹操到。这不，本想过了农忙就打听你地址的——小凤的心一紧——李霞伸手到小凤的T恤上只一捏，颇为内行地说，是亚麻的。又挺了挺身子仔细打量她道，倒没变。再打量道，好像又有点变了，说不清什么地方，应该是气质吧。我跟你说，我就喜欢你这个样子，不张扬，不俗艳——搭眼瞟了瞟翠儿，跟小凤说，你看上去像个，呃，良家妇女。意识到自己说了笑话，先笑起来。

又说，厂里的情况还好吧？准见了世面，这趟我跟你一块儿走，在乡下实在是呆烦了，一点意思都没有。

小凤还不待说话，却见翠儿朝她递眼色，暗地里把手伸过来，用力晃了她两下。翠儿向李霞低声笑道，那好啊，一块儿走呗，共同致富嘛。到时招呼一声。

说话间就到了村口，表姐正领着张富几个下车，回头跟小凤说，还愣着干吗？不回家了？两人这才和李霞匆匆道别，相约日后联系。翠儿咬着小凤的耳跟说，什么烂货，就凭她这样，还想进工厂？丹阳街凑合着吧。小凤剐她道，人家也没得罪你！翠儿说，我不高兴，见了她我就来气。

表姐到了家门口，眉目突然开朗了许多，推开院门，活泼地叫了声舅舅、舅妈，说道，看谁来了？一群人鱼贯而入。老俩口吃了惊吓，抬身的动作迟缓得犹如电影里的慢镜头，半天吃吃地说道，怎么都回来了？

或许是受了李霞的启示，表姐朗声说道，这不是赶着农忙，回家收麦子呀。一边看着张富，讪讪介绍道，这两位是老板，过来谈点项目。末一句低得只她自己听得见。老俩口一时不知该怎么搭讪。张富站了会儿，领着翠儿芳芳出门前，简单跟表姐交待一番，话里话外别人不全听得懂，小凤几个却面如土色，听出一身冷汗来。

那天夜里小凤失眠了。半夜里她睁开眼睛，看见月光幽灵一样爬上她的枕边。乡村的夜是静谧的，窗外偶尔一阵蝉鸣蛙声，空气新鲜得有如清晨的草汁，发出青色的气味。她自己也不能相信，她这是在家里，躺在从前一直睡过的床上。她已经不是从前的那个人了，在她离家出走的这三个月里，她的生活发生了很大的转变。她爬起身来，几次抻脚想推醒表姐，表姐倒幽幽地说话了：怎么还不睡？

小凤说，你也没睡呢？

表姐唉叹一声，也披衣坐起，说道，我想了一下，还是赶早离开这里，这个家呆不得，弄不好要出大事。小凤说，我跟你一块儿走。表姐说，傻孩子，你是这家的女儿，他们能拿你怎么着？小凤说，他们会知道吗？表姐笑道，说你傻，你倒真傻了。这是迟早的事，或许他们已经得了消息了。小凤啊了一声。表姐沉吟道，你注意到没有，刚才他们的眼神，直看得人心慌意乱的。

小凤这才想起父亲的神情，那样的悲悯哀伤。晚饭后好长一段时间，他一个人蹲在老槐树底下抽烟。天色暗下来了，她看不见他的脸，只看见庞大的黄昏把他一层层地裹起来，在那密不透风的寂静空旷的氛围里，小凤为他感到难过。

小凤说，按理说这事在外头也不算什么，只不过是图生计，也难得多想，久而久之自己都习惯了。可是一回家，对着父母上人，这事就变大了。表姐说，什么叫天大的事，这就是。小凤说，要不你先出去躲一下，村子里——表姐说，村子里再呆不得，户户人家靠我发财，现在户户人家恨不得把我剁成肉糊。小凤说，那还有什么地方可躲？表姐说，现在我不躲，第一，张富那边会察觉，他一时半会儿肯定不走。再等等看吧，权当没这事，隔两天我们一起收麦子去。你自己先要镇定，别整天耷拉着脸的，全世界都知道又怎么啦？旁人不点破它，我们自己倒先挂上幌子了？

第二天下午，表姐领着小凤到村子里走了一圈，访了几个旧友，坐下来打了一圈麻将，又探了探亲戚邻里，不免客气一番，说了一通家常。只见表姐落落大方地坐在人家的屋檐下，问寒问暖，神采飞扬，说到欢快处，发出的咯咯笑声恨不能让十里外的人都听见。走出来的时候，天色已近傍晚，表姐捅捅小凤说，怎么样？小凤狐疑地说，说不好。表姐摆摆手说，你不懂，我看这事就到此为止，自古以来，从来都是大胆吓死小胆，俗话说先下手为强嘛。他们搞不懂的，原先半信半疑的，现在更云里雾里了。退一步讲，就是证据确凿，他们也不能怎么着，只能认吃哑巴亏。这事谁敢明说？谁都脱不了干系！七大姑八大姨的，串起来全是亲戚，人要脸树要皮，藏着掖着都来不及呢。

又隔一天，麦收开始了。小凤和表姐大清早起床，匆匆扒两口饭，拾起行装就往麦田走，小凤爹跟在后头，表姐不由分说夺下他的镰刀，扔到一边去，说，你歇着，田里没你的事，我和凤足够了。一辈子何苦来，就不晓得偷点懒享点福！说完妩媚一笑，亦不敢多停留，脚不沾地的拉着小凤走了。小凤说，你是何苦来？爹忙惯了，你这样子，他吃不消的。表姐深深地唉一口气道，我宁愿他打我一顿，骂我几句，心里还好受些。小凤说，爹不是那种人。

两人走至村头，小凤远远地就看见了那块荒田。烘烘的太阳底下野花遍生，五颜六色一片一片的，小凤眯起眼睛，留心看那紫色的野草莓。她拿凉帽遮住太阳，鼻尖上渗出细小的汗珠来。才过六月，阳光已有盛夏的气息，然而那些花儿还没凋谢，正适时开得烂漫。小凤从荒田边走过，以为自己会有很多感触，其实也没有，她只是静静地走过了，像经过任何一块荒田。

麦子割了一半，镰刀柄折了，小凤回家取镰刀。院子里静悄悄的，小凤咦了一声：家里的人呢？她探头到厨房张了张，却见娘坐在灶前抹眼泪，她大约是哭了很久了，眼眶红肿，满面狼藉；为了压抑自己不发出声音，她拿手捂住嘴，偶尔从指缝里漏出一两声蚊子似的嘤嘤声。小凤呆了呆。娘感到很不好意思，像做了件丑事一样，赶紧把眼泪擦了，搭讪着站起来，朝小凤笑一笑。小凤喃喃地叫了声娘，不禁泪落。娘自顾自走到锅台前，说，水开了，凉一凉，就给你们送过去。

小凤再叫一声娘，娘倒笑起来道，怎么啦？我又没事的。说着取水洗脸，小凤跟至井台边，壮胆问道，你告诉我！带一点撒娇的口吻，以防她讲实情。娘看了小凤一眼，幽幽地说，我想着我闺女大了，娘老了；我想着我闺女还没说婆家……小凤听了，身体一阵阵发酸发麻。日头已近中午，酷阳底下什么都昭然若揭了。

她浑浑噩噩地走出家门，临走时并没忘记带一把新镰刀。太阳底下她小小的影子矮且胖，她不管不顾地要踩着自己的影子，爱惜它，糟蹋它。她瘦削的脊背隐隐地出汗了，一阵夏风吹过，竟有寒冬的阴冷。猛一抬头，脑子有点昏沉，眼前灰暗苍茫，她跌跌撞撞的，近乎晕厥。

表姐和几个村妇正坐在树阴底下乘凉，朗朗笑声刺破浓密的阳光。蓝天白云，金黄的麦浪，路边三两农妇，田野里忙于收割的农人……这是她的乡村啊！三个月来造就的麻痹神经突然苏醒了，她感到疼，羞耻，一点点良知。那些铁石心肠、冷酷、镇定一涣散，身体一点点重量都撑不起，她走进麦田，腿一软，膝盖磕在地上。表姐跑过来架住她，笑道，给土地老爷下跪呢？

表姐说，路过翠儿家没有？正闹着呢，翠儿寻死觅活的，很多人跑去看热闹了。小凤说，因为什么？表姐嗨一声道，你说因为什么？不过借机滋事，家里人出出气罢了。小凤说，都挑明说了？表姐说，那倒不会，这层遮羞布总还要的。小凤掉头就走，表姐说，你站住。表姐在身后幽幽地说，不关你的事，你放心，她死不了。她不像你这样傻，被人卖了还兑钱给人家——小凤颇有意味地看了表姐一眼，眼神里有些怨毒。表姐顿顿又说，我太了解她了，这一闹，她走得更坚决了，她在家过不了几天。

张富已经走了，临行前过来和小凤一家告别。小凤的父母站在门口，团着手只是唯唯诺诺的。张富走到房里，对呆坐着的表姐小凤说，我说过的话都还记得吧？两人点点头。张富说，大道理就不讲了，但须记住一条，改过自新，好好做人；你们思量思量，好自为之吧。

这天夜里，小凤被表姐唤醒，表姐说，凤，我走啦！小凤看了一眼地上的两只箱包，迷迷糊糊地说，去哪儿？表姐吃吃笑道，还能去哪儿？丹阳街呗。小凤说，那我呢？表姐说，这个你自己拿主意吧，我不便多说。你已经老大不小了，不能什么都指望别人。又说，舅舅那边你替我说一声，我就不打招呼了。小凤说，这样不妥吧？

表姐不理会，在屋子里走上一圈，摸摸这个，碰碰那个，月亮透过老槐树，在院子里撒下点点光阴。表姐在窗前站定，黯然说道，从小就在这里长大，在这里出嫁，这一走，真有点舍不得呢。她慢慢地转过身来，背着光小凤看不见她的脸，然而她知道她一定哭了。表姐说，凤，一走出这个家门，我这辈子都回不来了。小凤说，不会的。表姐说，有时我也想着，我是不是丧失天良，做了很多恶事？小凤一时无语。表姐说，你是不是也这样以为？小凤说，一开始是这样，后来就不了。

表姐说，我也这样想的，对你们，我没的说的。我对不住的，是你们的爹妈，兄弟姊妹，一家子人……舅舅啊！表姐突然跪下来，在地上重重地磕个头，小凤跳下床拉她，表姐抵死不起来，一边哭道，你不知道，我多难受……他那样子……他那张脸……我不能看……

表姐走后不久，翠儿芳芳也跟着走了。小凤呆在家里，等闲不出门。有时她一个人坐在院子里，看院子上方一片蔚蓝的天空，天空底下她这么一个人，微小如虫蚁，一切都不值一提。有时她也跟父母聊聊天，搭手做点事。因为话没说透，她和父母之间始终隔着一层，没滋没味的。有一天中午，家里弄了几盘小菜，父亲照例喝了点酒，酒足饭饱，突然掀了桌子骂将起来：我操你祖宗的，有人养没人管的东西……他口水哩啦，渐次说不清楚了。捂着脸蹲到墙角痛哭，那简直是小孩子的哭泣，声音宏亮，没心没肺。小凤想，他在骂谁呢？骂表姐？骂她？骂自己？饭菜洒了一地，桌子的边缘滴着汤汁，一滴，两滴……静悄悄的，不大听到声响。

又有一次，母亲问她城里的事，说，你在那边可好？受过人欺负吗？小凤怔怔地说不出话来。母亲淡淡地说，听说翠儿几个都走了？小凤唔了一声，母亲侧头看她一眼，说，那你呢？

说话是在晚上，母女俩坐在院子里纳凉，母亲一下一下地拍打芭蕉扇，她的声音也是一下一下的，异常的冷静，平稳，小心。小凤说，我随你，你让我走，我就走，你不让走，我就不走。母亲犹豫了一阵子，长长地叹了口气。

母亲说，凤儿，娘只你一个女儿……娘全指望着你了。不管怎样，找个人嫁了是真的，只有嫁了人……你吃的那些辛苦，才算有了说法。要不你出去泹一遭干吗？……你出去泹一遭，为的是嫁人。小凤笑道，依你说，我在乡下就没人要啦？母亲拍打芭蕉扇站起来，自顾自走到屋里去，在门口收住脚，迟疑一会儿道，难啦！

小凤留在黑暗里，独自惊悚很久。在家滞留越长，就越有可能经历这惊心动魄的一幕幕，话说到最后，彼此都麻痹了，或许不小心就能抖出真相来……现在，离开是势在必行的。她早知道有这一天，早就知道……她要重回丹阳街，跟着表姐，慢慢地往翠儿的路子上爬，攒一点钱，或许就能遇上一个忠厚老实的人，骗他结婚，把父母接过去。娘说，嫁人才是最重要的。

小凤定了行程。 天傍晚，李霞突然来了！两人吃了饭，小凤领她到房间里说话。李霞见箱包凌乱，很有点起程的意思，惊讶地说，你要走啦？小凤点点头。李霞很不悦，嗔怪道，为什么不告诉我一声，那天车上不是说好了吗？小凤笑道，我这正要通知你呢——李霞截断她的话，说，我知道你会偷偷走的，决不会通知我。小凤软弱地抗议。李霞摆摆手，不介意地笑道，这一次我跟定你了，我有感应，要不，为什么不迟不早，偏偏在这个时候来找你呢？

两人说了一会儿闲话，小凤架腿坐在椅子上，双臂交叠搭在胸前，越发有一副过来人的感觉。李霞说，你真是变了哎！小凤说，是吗？——在哪里？李霞摇摇头说，成熟了，不像你这个年岁。小凤笑道，我本比你年长。李霞淡淡地说，也就长一岁。小凤理想中的自己，是笃定大方，秀丽端庄，然而这三个月来在丹阳街，她简直做不像。人人都可以教育她，告诫她一通世故的道理，好像她当真是一个透明单纯的小孩儿。

她在屋子里走了一回，倚着桌子站定，不能克制地要用一种居高临下的态度来打量她的昔日同窗，她左手的拇指和食指微微分开，正好托住下额。她面前的这个姑娘，也不过像三个月前的自己，单纯，无知，像一张白纸。她较她长一岁，然而三个月过去了，她可以骄傲地说，她长她十岁。小凤这才有机会、有角度来回顾一下她从前那段青春年少的苍白时光。不很有感情，也谈不上留恋。

她跟李霞做了一番必要的交待，当即约定日期起程。所以，在两天后的早晨，我们必然看到，有两个姑娘走在通往城市的公路上，一个洋气点，一个土气点。她们并排走着，早晨的阳光照在她们年轻光洁的脸上，有一瞬间，因为阳光的缘故，她们不得不眯缝着眼睛。她们都是神采奕奕的，一副对未来充满信心的样子。

姐姐

　　我一直想写写姐姐，她十七岁时的样子。她是普天下所有男孩的姐姐，也曾面目姣好，身形窈窕。我看见她从远古的地方走来，穿着布衣或锦衫，她的发髻旁也会插着一朵白色的栀子花吗？她走在不拘哪个朝代的街道上，总有男人的目光落在她的身上。小十七岁，胸脯饱满，屁股也是翘翘的。

　　男人的目光就落在这些部位上。

　　这些男人，多年前也曾做过弟弟的；多年前，当他们的姐姐也在十七岁的时候，他们是看不到这些的；他们非但看不到，还不允许别的男人看到；他们常常告诫自己的姐姐：不要这样，不要那样。

　　没事不要总趴在绣楼上。

　　走路时不要东张西望。

　　家里来了男客，要懂得回避。

　　……

　　他们跟姐姐说这些的时候，似乎有点不大好意思，所以越发要板起面孔，或是背手踱上两步，那样子就像一个成年人。他们一边说，一边还要打探姐姐，因为不放心，不晓得自己该不该这样说。那么这个做姐姐的，同时也在打量他；她懒洋洋地倚在廊柱上，双手抱胸，以那种一种玩味的、居高临下的样子看他。她简直不能相信，小屁孩一个，开裆裤才脱了几天呢，就跟她说这些个！

她的反应起先是吃惊，后来就忍不住想笑；她又羞又恼，又不好意思笑，所以就抿着嘴唇，用那样一种怪诞的、饶有趣味的目光看他。男孩哪儿禁得起这样看，胡乱搭讪两句，或是"咳"一声，跺一下脚，就掉头跑了。

姐姐看着男孩的背影，很多年后她一定会记得这背影，记得他跟她说话时的腔调，稚嫩，鲜亮，还没变声呢，他怎么就晓得这些呢？岂不知他竟是晓得的；他虽然懵懂，却有一种本能：世上但凡姐姐都需要保护。因为再隔一些年头，他也是要长成男人的，所以对男人的那点小心思，他竟能略早体察，这皆是为姐姐故。

这层意思，姐姐是懂得的；可是这番好意，姐姐却不能接受。没法子啊，姐姐已经十七岁了，她的身体已经蓬勃，心思像野草一样疯长，她即便管得住自己的心，也管不住自己的手脚。她是有事没事必得往街上跑的。

你看到没有，她朝我们走来了，她穿着夏日的裙衫，趿着拖鞋。或许是午睡刚醒，她有些蓬头垢面的，她站在家门口，打了个哈欠，又伸了个长长的懒腰，实在想不起自己该干些什么，就决定去巷口的小卖店买几颗水果糖含含。她一边走，一边东张西望的，把脚踩着石板路叮咚作响，老实说，是没半点斯文相的。

她之所以东张西望的，乃是对这世上的一切，都有着新鲜和好奇。她抬头看一眼绿树，觉得是好的；低头踢一下石子，也觉得欢喜；她的天性实在是很开朗的，有时走着走着，她差不多就要微笑了，至于为什么笑，她却是不知道的，似乎她整个身心，都沉浸在一种不可知的甜蜜里；可能她都没意识到自己在笑。

若是看到熟人，她总不免要打声招呼；若是看到狗，她也是一样的。那狗躺在门洞里，她就凑上前去，弯腰摸摸它的头，或是一边走，一边回头招手，嘴里"咄咄"引逗。

她慢慢地蹲下来，在一团树影底下。这时你必猜着了，她是在捡蝉蛹，或是一片树叶。她仔细地端详着树叶，清晰的纹路，叶汁饱满。夏日的阳光突然盛开，在刹那间，简直使她受了一点小惊吓。多年以后，那个做弟弟的一定会记得他十七岁的姐姐，她茫然抬起头的那一瞬间，光阴整个把她照亮；她手搭凉蓬，细细眯起了眼睛；原来是微风渐起，吹开了树影，使得阳光更加明亮了。

那天晌午，弟弟也在巷口，跟几个小孩在玩"官兵捉贼"的游戏，他浑身尘土，脸上汗渍淋漓的。在姐姐长大成人的那些日子里，他实在是很忙碌的。他一边要顾着自己玩耍，一边还要照看姐姐，他生怕她上了坏男人的当，被人调戏，诱奸，或是被拐子带走；人世的所有艰险，他都代姐姐想到了。他是有点无事忙的。

无事忙的特征就在于，在他还不明白什么叫调戏，诱奸；在他弄清楚拐子为什么要带走他姐姐之前，他已经替姐姐担心了。所以这担心是必然的，它自古以来就藏在每个男孩的心里，在他们出世以前，这担心就在了。大约在这时，他们心中有一个模糊的意识，这世界原是男女的，在他们认识旁的女人之前，他们已经认识了姐姐，或是他们的母亲、姑姑、堂姊，表妹……为了表达上的方便，权且都把她们称作姐姐吧。

他们和姐姐日常相处，从小就和她们耳鬓厮磨。从小，她就替他把屎把尿，背着他东家逛逛，西家瞧瞧。但凡有好吃的，她必是省下来给他的，谁叫她是姐姐呢。她教他认字唱儿歌，百般无奈之下也会给他讲故事，可是她的口才实在太差了，无外乎就是大灰狼小白兔，几个为什么问下来，她就磕绊了，笑了，或有翻个身就睡的。家有弟弟着实很辛苦，可她不觉得这是辛苦的，因为在她的身外，凡事都能引起她的兴趣：街上的人，店铺里的东西，田野里不知名的小花，山坡上正在吃草的牛……她被这些所吸引，难免就忘了弟弟，直到弟弟的啼哭把她唤醒，她又忘了其他。她实在是顾此失彼的。

这世上凡是做弟弟的，都见证了姐姐的成长。那仿佛是一瞬间的事，就像头天晚上，她还是个吸溜鼻涕的邋遢女童，第二天醒来，她已蜕变成一个洁净少女。从此以后，就连弟弟这样的蒙昧孩童，都能看见他姐姐脸上的光泽，闻见她身上的芳香。那是一种说不出来的香气，口腔里有水果糖的香气，刚洗完的头发里有槐树花的芬芳……这各式香气混杂在一起，就成了姐姐香。

这世上只有弟弟才能闻得见这香气，青颜色的，像雨后的森林，风吹来植物的气息；像夏日的傍晚，他刚洗完澡手脚的清净温凉；像一生的午睡醒来，无缘故他突然闻见童年时的松籽儿香，遥远的，刺鼻的……害得他"啊啊"直想打喷嚏，假若他不能控制自己的泪下腺，不由自主的，他也会涕泪交流。

他涕泪交流，不为别的，只因他老了，老到老眼昏花，这时他就与童年走得近了。

这时候，他就常常看见姐姐，在十七岁的季候里，她俏丽地走着路。她的身后是曲折的巷道，一些人家。参差的屋顶上几只烟囱，一只狸花猫围着烟囱转来转去的……姐姐先是身处这些静物当中，然后慢慢的，她就从静物里凸现了。

姐姐既是前景，她的面宠也就越发清晰了：紧俏的眉眼，神情严肃；喜欢皱着眉头，偶尔也会咯咯傻笑；喜欢啃手指头，眼睛瞄儿瞄的，似乎在想什么事儿，其实心思全无；她体态也好，好就好在自然，全无心肝；走路摇摇晃晃的，东张张，西瞧瞧——这是在没有男人的情况下。

假若巷子里突然晃出个适龄男子，她就是另一副样子了——至少在弟弟看来——她走起路来便花摇柳颤的；弟弟见了，难免要为她害臊，她弄出这个样子干什么呢！他是既有点纳闷，又隐隐生气的。他忙里偷闲从地上爬起来，决定要过问一下此事；便拿起一根树枝，朝姐姐咿咿呀呀地冲过来，"叭"的一声打在她脚前，说："呔——呔——哪里去？"学戏文里的念白。

姐姐跳了一下，顺势把手塞进他的脖子里，说："买糖吃不吃？"

弟弟一听说有糖吃，重新冲回小朋友群中，等着姐姐给他送糖吃；他一边玩，一边侧头看姐姐，毕竟"官兵"也是人，此时已丧失了对贼的兴致，突然变得很想吃糖果。不远处的杂货店门口，姐姐倚着树干，正和一个陌生男子说着什么。她的情绪有些起伏不定，时而静静的，时而笑得前仰后合的，时而低下头，眼角儿那么一瞟，脸上便有些连嗔带笑的……弟弟便又重新捡起树枝，再次冲过去。

他把树枝当马骑，卷起一路风尘，不由分说就跑到姐姐跟前。

姐姐皱眉看了看他，那样子是很嫌弃的，说："干吗呀，脏死了！"

男孩也生气了，伸出手来要糖吃。

姐姐不理他，继续和男子说话；男孩一边打量着男子，一边拿屁股撞姐姐。

男子朝杂货店走去，弟弟把树枝"倏"的挡到他面前，瞪目说道："不要你买！"

那个做姐姐的便有些下不来台，朝男子笑道："你不跟他计较。"

男孩转头向姐姐，厉声道："不要跟他说话！"

姐姐再也忍不住了，拎起男孩的耳朵，亦不跟男子告别，径自往家里走去。很多年后，男孩还记得他怎样在姐姐的手心底下，像小鹿一跳一跳的。他哭了。

姐姐也哭了，到了家里，把他朝大人面前一掼，说："你们问他去！叫他说！"

男孩说不出个所以然来，却哭得越发理直气壮了；因为他没有吃到糖；没有人晓得他的良苦用心——没有人晓得的：家有姐姐实在是件麻烦事。他哭得很伤心，把个身子团着，像小虫子蜷缩在墙角，委屈得不时要噎气；不免觉得，姐姐的心不在他身上了，姐姐大了，心就野了；哭了一会儿，他就忘了，又跑出去玩了。

大约就是从这时起，男孩心有所动，不再玩"官兵捉贼"，而是玩"捉姐姐"；实在是，后者比前者有趣多了；因为官兵和贼是虚设的，而姐姐和男人的苟且总是真的。

男孩的建议既出，得到了更多男孩的响应，因为大凡男孩都有姐姐，没有姐姐的也会制造姐姐；他们互相帮衬，滴血为盟，排兵布阵开始跟踪姐姐的行踪，操心姐姐的安全，而这一切中最叫他们激动的，无疑是为姐姐冲锋陷阵、打架斗殴。

这是世上最懵懂、最痴情的一个群体——他们对姐姐的情谊是他们自己都不知晓的，无从分析，愈理愈乱，这是人世的隐秘。他们没有志向，在那短暂的两三年里，姐姐成了他们唯一的理想。她近在眼前，有时却远得如同梦想；男孩们隐隐有一种预感，姐姐将逐渐消失，不消几年，她将离他而去，成为别的什么人；到那时，她仍是姐姐；可是到那时，她首先是那些八杆子打不着的什么人的妻子、母亲、祖母……她也许长命百岁，可是单纯作为一个姐姐，她早已消亡。

原来这世上，凡是姐姐都不久长。

这是一段混乱的日子，街上到处都是男孩的身影，因为姐姐总是外出招摇，自顾自走着，就像路边的一棵小白杨，一旦有男人的目光落在她们身上，她们便会摇一摇！做弟弟的只能长叹一口气，这姑娘既没脑子，又少情义，她现在一颗心全转到外人身上，他们既奈何不得，少不得还要替她们负责。

他们常常跟随自己的姐姐，生怕她受欺上当；一旦看到路边有小混混向姐姐吹口哨，他们便恨得牙痒痒，以为这样就亵渎了她！也有一些男人，单是把目光落在姐姐身上，一脸暧昧的笑容，男孩见了，简直心如刀绞，姐姐怎么能被人这样看呢？她是世上最圣洁的存在，可是你看那些男人的笑容，异样的，不洁的，男孩觉得如鲠在喉。

有一天，男孩看见姐姐在哭，她一个人躲在暗处，显见不愿意让别人瞧见。男孩走上前去，只问了一句："说吧，谁又欺负你了？"

姐姐吓了一跳，回身一看却是弟弟，也没当回事儿，只嘱咐了一句："不要告诉大人！"又继续哭自己的。

男孩再说："谁欺负你了？"

这下姐姐噤声了，转过身来打量着弟弟，泪眼朦胧中只看见一个小不点，虎头虎脑的站在她脚前，他一脸严肃，神情凝重，俨然一个小大人。姐姐突然一阵孩子气发作，杓了个蹶子，说："不要你管！"扑到床头号啕大哭。

男孩掉头就走，走到门口却又停下了，抬头看着空气说："那些不三不四的人，以后少来往，现在合家老小为你操碎了心，你好歹也得替我们想想。"

姐姐"嘿"了一声，不由得又惊又气。他什么意思？也敢跟她说些！这完全不是一个小孩子的话，想必是他从大人那儿照葫芦画瓢搬来的，天哪，一家人把她当什么了？背着她不知怎样瞎嚼蛆！她也没脸活了！她跳下床来，想捉住弟弟扁一顿，弟弟撒腿就跑，这一跑，又把他跑回了一个小孩子。

弟弟虽然怨姐姐，一边仍要为她出头出气，他不知道是谁惹恼了姐姐，看样子，家族以外的所有男子都有嫌疑，弟弟对这些人早就有着隐隐的恨意，大约也知道，在不久的将来，他们中总有一人会把姐姐带走，使她成为别家的人。

天底下竟有这样不讲理的事，好不容易养大一个姑娘，竟是为别人家养的！弟弟有些气不过。大人便跟弟弟说："那你将来娶一个回来就是啰！"

弟弟说："我不要。"

大人便问为什么。

弟弟说："没多大意思。"

一家人忍不住要笑，弟弟觉得很懊恼。他没法使大人明白他的感情，他爱他们每一个人，再也分不出多余的给外姓人。照他看来，这个家已经很完整了，老人小孩，说说笑笑，实在是，多一人硌得慌，少一人则叫人惆怅。弟弟希望时间永停留，姐姐定格在她的十七岁，最好嫁不掉。弟弟不喜欢分离。

然而时间只管走它自己的，这一晃两年过去了，姐姐整天闲逛，确实没把自己嫁出去，可是大人们却犯愁了。这两年发生了多少事啊，先是哥哥成亲了，新嫂子能言善道，像喜鹊一样聒噪，弟弟起先是认生，末了倒是听不见她的笑声便有些不安生似的。再后来，小侄儿出生了，一家人的话题从此就围绕这小孩子了。

有一天，家里发生了一件猝不及防的事，太爷爷死了。太爷爷活了九十二岁，他是晒着太阳死的。那天中午，他正在跟弟弟说话，后来渐渐没了声气，弟弟推他一下，他整个人就倒下了。这以后的很多天，弟弟都如同梦游，也常常一个人晒太阳，特意找来太爷爷坐过的板凳，他拿手抚着板凳，脑子里痴痴傻傻的全是阳光。

那天晌午，弟弟一个人坐了很久很久，他抬头看着院子，知道这儿是他的家，不断地有新人进来，旧人离去，地老天荒，一代一代流传。弟弟想，姐姐的嫁人也该提上日程了。

确实是，这两年姐姐越发让人头疼了。她似乎总在冒傻气，虽然长着一副机灵相，实则心里全没算计。说她没算计吧，她整天把眼睛眨巴眨巴的，小心思又多得很，而且全不掩饰，哭哭笑笑那是常有的事，委实有点神经不正常。

身边倒是有一些适龄男子，也常来家里走走，借故跟弟弟搭讪几句。弟弟对他们没多大兴致，走进屋里跟姐姐说："有人来找你了。"

要搁以前，弟弟必是寸步不离他们左右，防着他们犯错误，可是现在，弟弟说完这一句，就走开了。

弟弟现在有点害羞。大人们奇怪地发现，这小孩似乎安静了些，不再像从前那样闹哄哄的，而且这一阵，门庭也清静了，因为上门告状的少了，大人们都有点不太适应了。姐姐也直纳闷，跟大人说："咦，警察好像退休了。"

从前，弟弟被称作是家里的警察，他是什么事都得管，尤其负责男女关系，大概在他小男孩的心里，"姐姐"是这世上的弱势群体。有一阵子，姐姐实在是烦他烦得要死，他随处可见，总是出现在合适的时间和地点，就连站在路边跟男的说句话，他也能领着一群小孩围着他们横冲竖撞，假装捉迷藏。

他的糗事实在太多了，朝人吐唾沫，骂人"小妇养的"，打弹弓，砸玻璃窗，拔气门芯……一切皆由姐姐引起。他小小的身量，又机灵，抱着一个宗旨：打得过就打，打不过就逃。打得过的居多，被打的人总想，到底是小孩儿，拳头砸在身上又不疼又不痒，而且也没法跟他计较，没准是未来的小舅子。只觉得好笑。

姐姐很是气恼，骂他两句吧，他便眼泪汪汪的，而且有话等着你。你猜他怎么说："你满脑子浆糊，又不识人的。活该你受罪。"

很多年后，姐姐犹记得这句话，把它放在脑子里过一过，那样一个童稚的声音，回想起来真是吓人的：它预言了她整个的一生。很多年后，当姐姐经历了一番沧桑，年轻时代的良辰美景都不算了，不算了，那些曾被她视为一生一世的东西，如今回头看，只落了个"白茫茫大地一片真干净"！

倒是她原初的那个家：庭院，闺房，父母，兄弟。炊烟袅袅。老人们在讲古，在一个夏天的午后，地下树影幢幢……在那个午后，在那个午后，日光昏沉，日光昏沉，姐姐突然看见了自己：青涩，鲜亮，红颜，皓齿。就是这个形象，穿过漫长、暗寂的一生，像彗星一闪，倏的把她的风烛残年照亮；就是这个形象，身后站着一家子人，老的，小的，骨血相连，这样一个少女的形象，袅袅婷婷，苍白含糊，她来自远古，流转于每一代姐姐身上，才十七岁，在被爱情找着之前，正和亲人一起，体验着较之爱情更为久远深长的、堪称海枯石烂的感情，所有的姐姐都将感泣于它，只是要待韶华已逝时。

关于这一点，弟弟后来不认账了，每当大人讲起他小时候如何为着姐姐淘气、闯祸，弟弟真是难为情的：我的天，有这回事？真是万恶得很！什么乱七八糟的！因之，他一边听大人讲，一边也觉得新鲜，脸上现出痛苦的表情，一边又笑："不可能！尽瞎说！"

此时弟弟正在变声，粗嘎嘎、毛茸茸的男声，自己听着都怪异，像喉咙里含着一口痰，弟弟不停地要咳嗽。这大概是弟弟一生中最别扭的时期，清晰，好静，善感，多思，一样样都不是他的本性。他成熟得不像他的年龄。

而此时，姐姐则成了全家的中心，她正处在好时节，却成了大人们的一块心病，私下里说起她，谁都要叹气：这事得抓紧了，搁家里总归是麻烦。

弟弟表达了两点意见：第一，得找个好人家的子弟，要真心对她好的；第二，这事是得抓紧，但急不得，对方的人品、性格需多方打听打听，要暗地里使劲儿，不能让她知道，否则又得跟家里闹。

说这话时，弟弟不自觉的，是把自己当成姐姐的家长了。他那从容、笃定的态度，仿佛伸手一指，说一声"你去吧"，这就安置了这姑娘。

随着弟弟的长大成人，姐姐身上的光环逐渐消失了，仅成了一个现实的存在。没错，她是处在好年华，可是弟弟已经看不见了，整一个夏天，他躲在屋子里，一坐就是大半天，脑子里空荡荡的，什么也没有，那感觉就像老僧入定。弟弟自己也不放心，拿手碰碰胳膊，汗津津的，也有温度。他困惑得要命。

大人们都笑，问弟弟：可是在思考人生问题？

若是得不到回答，就有人代他说话了：才不，弟弟喜欢孤独。

弟弟笑笑，懒得理会，他知道人家是在开涮他，可是此时的他，仿佛是经过一整夜深熟的睡眠，于大清早突然睁开眼睛，那一瞬间，看得见曙光，知道新的一天就要开始，可是并不知道自己在哪里，只觉得天地混沌，又疑心自己是在梦里。

姐姐终于订婚了，未来的姐夫瘦瘦小小，头发疏得油光光的，见人三分笑，最是个小甜嘴。弟弟不明白，姐姐怎么会看上这么一人，从前错过多少好的，哭过，闹过，分分合合，那叫一个折腾！

也许是，姐姐嫁给谁并不重要，重要的是她出嫁了，他替她惋惜，不出嫁，他又着急！他对于姐姐的恋爱也是这样，不知为何，总有点不好意思，姐姐又丝毫不避讳的，当着全家人的面，和男朋友吵吵闹闹，撒娇，耍小性，声音嗲得不像话。弟弟撇了撇了嘴，心里想，谈恋爱能把人谈成这样，岂不是咄咄怪事！

总之，姐姐整个的就使人难堪，可是她也有赏心悦目时，夏天的傍晚，一个人骑着自行车穿街走巷，把铃铛摇得叮当响，麻花辫粗又长，随意一挽扣在头上，穿一件白衬衫，颈项长长的。骑到一个水果摊前，把脚那么一支，这就停了下来，一只手扶着车把，一只手够到水果里摸摸拣拣，那样子是很潇洒的。

或者，她把车停在巷口，整个人就坐在车座上，很惬意的，她在等一个人，不时要回头看看，趁这间歇，伸伸胳膊伸伸腿，做几个体操动作，腰杆挺得笔直。

另有一种时候，她和男朋友漫步街头，她这个人整个就不贤淑，走着走着，把膝盖一屈，朝男朋友的腿弯处抵去，那男的紧跑两步，姐姐落了个空，两人笑作一团，难免一番撕扯，这时弟弟恰好从他们身边经过，很愉快地做了个鬼脸，骂一声：我的妈哎，两个神经病！

这才是他的姐姐，纯洁，美好，坦荡，一个娇憨的姑娘，而且常常忘了自己是姑娘；她的恋爱也就止于和男朋友打打闹闹，你踹我一脚，我踢你一下；他们最应该走在春天的季节里，满腔满腹都是栀子花的气味，抬眼看着前方，并不怎么交流，可是眼睛弯弯的，笑吟吟的脸上全写着内容。

当然了，姐姐必做不到如此斯文，冷不防她就会咯咯笑出声来，问她为什么笑，她也不知道。实在忍不住了，她就会跑向墙角，假装是去闻花香，实则是笑得身子直发抖，再问她为什么笑，她会说，我喜欢。

弟弟对姐姐的记忆就停在这里，停在她的未嫁时：春天，恋爱，少女。这记忆里若是顺带一两个男子，这里头一定不会有姐夫！

弟弟有心找姐姐聊聊，姐夫是个怎样的人？拿得准吗？想来想去都难开口，毕竟，都不是小孩子了，而且时间也不凑手。

这一阵子，弟弟又忙碌开了，在经过短暂的蛰伏之后，他到底坐不住了，决定上街看看去，这一看不得了，把他吓了一跳，怎么满大街全是姑娘！弟弟搞不懂这是怎么回事儿，从前，他的眼睛能看见一切：好吃的，好玩的，刀枪棍棒，打打杀杀，他也能看见姐姐，主要是盯着姐姐的那些坏小子，他就是看不见姑娘。

是了，弟弟从前也能看见姑娘，但是他从来没把她们当作姑娘，她们都是姐姐，姐姐自然也是姑娘，可是此姑娘不是彼姑娘。

弟弟昏头昏脑地回家了，他觉得烦恼，心里痒痒的像是爬满无数的小虫子，又无从挠，只好怪叫一声，纵身一跃，向空中翻了个跟斗。这是一种很奇妙的感觉，新鲜，慌乱，害怕，弟弟不知道怎么办才好。

第二天，弟弟战战兢兢地又来到大街上，满大街的姑娘啊，个个都很生俏，走起路来摇曳生姿，脸上泛出动人的光；弟弟先是探头探脑，后来索性倚在一棵老树旁，抱胸，别腿，装作一副很倜傥的模样，因为他发现，这些姑娘需要他的目光，偶尔也会回头朝他笑笑，跟他一样害羞、胆怯，弟弟这才放下心来，快活地尖起嘴唇，对着她们吹了一声长长的唿哨，同时也知道，这一声唿哨显得那样的不端庄，他既羞愧又欢喜！

从此以后，弟弟一发不可收拾，一个猛子就扎进这个群体里，开始了他的荒唐岁月，或使人哭，或使人笑，他自己也会哭哭笑笑。在以后漫长的时间里，弟弟的苦恼之一，就是新一代姐姐身后，总是跟着一群小尾巴，他们碍手碍脚的，从孩提时代起，便自动、深情地担负起护卫姐姐的责任，并把这种责任维系了一生。

而弟弟自己，每当姐姐回家省亲，他总会不放心地问一声："怎么样，他对你还好吗？"他要使姐姐明白，他是站在她的身后，他对她意义非常，在此时此地，他是她的出生地、她的少女时光，再不济也是她最后的庇护所，他是她最初、也是最后的家啊，这世上一切都会枯朽，唯有她还是从前的那个少女。

家道

一

　　父亲出事以后，生活的重担就落在母亲一个人身上，其时她四十出头，我年方十九，正在大学里读书。父亲出事的当天，我没在现场，据母亲说，市委王伯伯打来电话，通知父亲参加一个重要会议，那是周末的一个晚上，夫妻俩正在吃饭——他们俩实在难得一起吃饭的，因为父亲总是很忙。

　　王伯伯是市委秘书长，和我们家关系一向不错；我印象中他是个胖子，走路一阵风似的，说话却是慢吞吞的，而且最会敷衍小孩子，丫头长丫头短，问问你的成绩，摸摸你的小辫子——小时候，他常来家里走动，当然那时他还没有"入仕"，和父亲一起在中学里任教。

　　电话是我母亲接的，很多年后，她都不愿提起这一幕。她说，他怎么就做得出呢，他声音没有一点异样。

　　原来，那天晚上并没有什么会议，王伯伯受命设了个圈套，待父亲急匆匆地赶到市委招待所，看到门廊里转悠着几个便衣，会议室里端坐着几个"上面来的人"，他就明白是怎么回事了。

父亲在被捕前是我们那地方的财政局长,俗称"财神爷"的。接下来的事情我就不多说了,无非是立案,审判,抄家,程序上的事我也不是很懂。父亲被判了八年,罪名是行贿受贿,这成了我们小城最轰动一时的案件之一。

"轰动一时"是什么意思呢,说的是此案涉及面太广,不少省部级的大人物都被裹挟其中,相比之下,父亲的官阶卑微如草芥(他是处级),他不过是环环相扣中最不起眼的那一环,而且是顺手牵羊得到的"战利品"。

那么"之一"呢,说的是那些年,我们城总有一些官员落马,上至市委书记,下至银行行长、电视台台长……明白了吧,都是一些小城"要人",媒体上的说法是:"连挖几条蛀虫,百姓拍手称快"这一类的,其实我估计,百姓拍手称快也谈不上,因为这类事太多,在父亲出事的前后五六年间,每年总有人家在鬼哭狼嚎,也有死的,也有疯的,他们都是我母亲所说的"官宦阶层"。

我母亲很喜欢说政治术语,其实她于政治上并不很通,我也不通,但我至少不像她那么天真,比如在王伯伯打电话这件事上,她就很感"冷风彻骨",其实,这有什么好心寒的呢?换了父亲,他也会这样做,他们不过是人手心里的一粒棋子,想把他们放到哪里就放到哪里,所不同的是,父亲很早就被吃了,而王伯伯笑到了最后。

王伯伯后来官运亨通,调至省城,升至副厅,现在应该是退休了,我想这也是常情,他本来就比父亲更适合当官。当官这件事,照我的理解,也有适合不适合的,就像有的人适合当诗人,有的人适合演戏,有的人适合练田径一样,我父亲适合当中学语文老师。

老天爷,你不知道我父亲的课上得多好,他是我们城里著名的四公子之一，尤以博览群书、出口成章著称，我没福成为他的学生，却有幸做了他的女儿，很多年后，我遇上他早年的一群学生，还跟我遥想起当年的小许老师，何等的风流秀雅，遥想起他带他们去野外踏青、吟诗作赋的情景，那是他们一生中的好时光，可是我想，那何尝又不是父亲一生中的好时光呢？

父亲培养的学生中，有几个是"文革"后的第一批大学生，还有一些是考上北大清华的，有经商的，从官的，务农的……据我所知，父亲待他们一视同仁，我想那是因为他爱他们，这其中，父亲尤其赞赏那些教书育人的，他说，教育，兴国之本啊！可是后来，他自己却八杆子打不着地当了个财政官员。

父亲的"发达"可能连他自己都没想到。很多年后，我还能记得我七岁那年的夏天，他坐在院子里，和一群学生在畅谈诗书、教育的情景。他穿白府绸衬衫，黑长裤，戴黑框眼镜，那样子也就是个读书人。他安于做一个读书人，我猜想，也乐意把这种清高古朴的气息传递给他的学生；这气息隐隐伴随他一生，在他得意的时候，失意的时候……我现在想来直犯怵，不知父亲该怎样的身心分裂，因为无论"入仕"还是"入狱"，他身上的气息于这两处环境都是格格不入的。

我记得有一年冬天，那时他已是市委书记的红人，好像也熬到市委办副主任这样的位子上；那天晚上，他大概是喝了点酒回家，脸色泛白，可是特别想说话，便把我从被子里摇起来，借故检查我的功课，说，给爸爸背两句论语。

我那年小学四年级，还没有学论语。

他说，那爸爸给你背。

他站在床边，摇头晃脑地就背了起来，像个学童一样。很多年后我都不能想起这一幕，因为想落泪，因为那天晚上他神色痴迷，实在背了些什么，他自己并不知道：那些字句已刻到他的记忆里，成了他的潜意识；——因为那些字句于他已派不上用场。

即便后来做了不相干的财政局长，每天晚上他也必回书房坐上一会儿，他那些线装书早就不看了，取而代之的是经济、政治、现代企业管理这一类的书，摆在书橱最显要的位置，究竟这些书他看了没有，我也不知道。他整天忙得昏天黑地，恐怕也难得静下心来读点书，或许他也意识到，读书对于他这个行当，非但是无用的，反而是有害的？

很多年后，我父亲总结他失败的一生，得出一个结论，除了授课，他别无用处。

那么现在，让我们把视线再转回那年夏天的午后，看看父亲和他的学生们，怎样坐在葡萄架底下，一边摇着芭蕉扇一边说笑的情景，这清寒、平静的时光所剩不多了——我父亲并不知道，早在两个月前，他的材料就被有关部门调走，其时百废待兴，求贤若渴，正值提倡"干部年轻化、知识化"的春天，那也是父亲的春天啊，他三十四岁，英气勃发，因写得的一手好文章——《关于高中语文教学的几点思考》等——被组织部门看中了，说，这是个很好的干部人选嘛，先过来给领导写材料吧。

父亲就这样成了领导的秘书，开始了他短暂、疲惫的飞黄腾达之旅。

也就是这年夏天，我奶奶说，她看到一片紫云从我们院子上空流过；紫云当然是吉祥之云了，我奶奶心想，莫非儿子就要走鸿运了？大太阳底下她把双手一合，咕哝了几声"阿弥陀佛""菩萨保佑"，一颗心跳得"咚咚"作响。

我父亲笑她的附会，因为紫云也流过别的人家了。

我奶奶说，那不管，谁看到了谁作数。

不管怎么说，我父亲的升迁给奶奶带来了极大的安慰，她只有这么一个儿子，每天烧香拜佛，为的就是让他升官，发财，养儿子（我父母只有我一个女儿）。

父亲的升迁也给我们家族带来了荣光，我们许氏家族洋洋上百口人丁，几十年间就很少出过官绅、秀才、有钱人，现在父亲一步登天，"把这些都占了"。我有个堂爷爷颇有点见识，告诫父亲说：小心点，共产党的官可不是那么好做的！它既能抬你，就能灭你。

多年以后，这话竟成了谶语！

想必父亲在那年秋天，也听到了这句谶语，但是他没往心里去。那年秋天，来家里贺喜的人络绎不绝，亲朋好友，紧邻旧交……我们全家迎来送往，断断续续忙了一个多月，就连七岁的我也被当个人用了，端茶送水，偶尔也被支使出去买糖果糕点——我简直是满怀喜悦，一路飞奔跑到小卖店，再一路飞奔地跑回来，末了还不忘向母亲报账，我买的是最便宜的糖果。

全屋子的人都笑了。

就有人说，你很快就会吃上最贵的糖果了。

也有人把我拉进怀里，搓搓我的头发，捏捏我的小手，说，这丫头真漂亮，你看这双大眼睛，哎呀，真是可爱死了。

我也略微有些疑心，觉得人家是在奉承我——当时，我还不知道有"权力"这一说，可是我分明就看见了它，在我父亲身上荡漾着，闪着光，我知道这是个好东西。我从七岁那年渐知人世，因为父亲的发达，把我卷进了一个纷繁嘈杂的群体，家里常常门庭若市，一群人走了，一群人又来了，是从这一年开始，我额外得到太多人的疼爱关照，直到十二年后父亲入狱，一切戛然而止。

我从来没有责怪过这些人，这是真的；即便很多年后，我也记得当年的自己，怎样沐浴在屋子的日光里，家里充满欢声笑语，简陋的客厅也自蓬荜生辉。才七岁啊，可是我的心也因晓得感激而颤抖。有那么一瞬间，我想我定是抬起了头，我要看看他们，他们的笑容，友善的眼神，嘴里喷出来的烟的气雾……直到今天，我仍感念他们给予我的欢乐尊严，他们坚持了十二年啊；只是我的喉咙现在涩得发疼。

那年秋天，我父亲坐在客厅里，接受各色人等的祝福，他架着腿，微笑着，他的态度几乎是谦卑的，破例很少说话了。我想他一下子还不能适应。我父亲很少觊觎什么，他出身寒门，一没有关系，二不走后门，况且他也是个老实人，暂时还没那么多的想象力。至少在那年夏天，他坐在葡萄架下扯闲篇的时候，我们已注意到他恬淡无欲的表情，穷则独善其身，他在他的角色里深深地沉醉了。

可是突然一阵晴天霹雳，我父亲抬头看看天，简直忍不住要笑了。嗯，他也想"达则兼济天下"了。

二

很多年后，当父亲刑满释放，拎着包裹走往回家的一条偏僻小路，当他看见夕阳，小草，野花；当他走累了，就停业下来，回头看看身后的山峰，高墙，电线杆……这些孤寂的物件陪了他八年，层恋叠嶂的让他想起自己雾蒙蒙的一生！当他的眼睛掠过蓝天白云，终于能看到更久远的往事——他所经历的荣华富贵，以及他从荣华富贵中焐吸到的冬阳的温暖，我父亲闭了闭眼睛，他后来跟我说，那一刻他脑子有点闷。

我父亲的脑子坏掉了，八年的牢狱生活使得他根本不在现实里，人生的荒诞感其实在很多年前他从中学老师一跃而为市委办秘书的时候，他就略微感觉到了；所以晚年的父亲常说，越想越觉得是一场梦啊！这几乎成了他的口头禅。

我也有种做梦的感觉，人世亦真亦幻，若不是亲身经历，恐怕很难有这种体会。父亲永远也不会知道，在他身陷牢狱的那段日子里，我和母亲过着一种什么样的生活，对比过往的繁华，那不是荒诞又是什么呢？

我母亲是个很有身份感的女人，以前是一家工厂的会计，在父亲发达以后，她就辞了职，过起了相夫育子的官太太生活。其实父亲的发达，最大的受益者就是我母亲，这使她的虚荣心得到了极大的满足，依我看，她的满足与其说来自物质，倒不如说是精神上的自尊自足。我举个例子，在我们家门庭若市的那些日子里，由我母亲经手的小恩小惠总是有一些的，比如冰箱，彩电，洗衣机，照相机（这都是那个时代的奢侈品）……过年过节时我的压岁钱，全家的吃穿用度：羽绒衣，羊毛内衣，进口水果，乡下的土特产品……

我们果真需要这些贿赂么？需要也是需要的，但最让我母亲喜欢的，恐怕还不是这些物件本身，而是它背后所散发出的人世的光辉，这光辉里有整个的人情世故，使人忍不住就想回味叹息：送礼也需讲究的，话不能明说，但又不能不说；坐在富贵人家的客厅里，首先笑容就不能寒缩，言谈可以诌媚一些，但必须得克制，否则就是下作了。坐在富贵人家的客厅里，最讨巧的不是巴结奉迎，而是要跟这户人家的主妇取得联络，比如适当的时候，可以推心置腹，说说爱情、婚姻、孩子等诸多烦恼，说说烹饪和时装，当然了，要是熟了，那便是什么胡话都说得的，比如乡野趣闻，男盗女娼……

我记得好几次，我母亲坐在客厅里咯咯地笑，她是真的开心了。权势人家的尊贵她想要，市井小民的粗鄙热闹她也喜欢，而这两者，在父亲当权的那些日子里，竟然有机地结合在一起，相得益彰。

不得不说，我母亲一生所能体味到的幸福全在这里了，它是欢乐，体面，尊严……你明白了吗，当她意识到自己高高在上，而她又不惜屈尊，愿意平等待人；当她知道，自己的枕边风很有可能改善一个人、乃至一个家庭的命运和境遇，我母亲的满足感油然而生。于别人，她是一个有用的人，还有什么比这个让她活在世上更有滋味的呢？

我母亲绝不是个愚笨的女人，事实上她非常精明，对人世的转弯抹角处，她闭着眼睛都能安全通过，我父亲后来的发达，一部分是由于她的督促协助。

她也不算贪婪，比如在受贿这件事上，她绝对知道哪些是非收不可的（否则就太不近人情了），哪些是可收可不收的，哪些是收了有危险的……她把眼风稍稍向上一抬，芸芸众生全在她脑子里流过。为丈夫的仕途计，她一直都小心翼翼，也为他挡了不少事；适当的时候她也会回送一些小礼，这就有礼尚往来的意思了。

做官不是为了受贿，但做官躲不过受贿，一直以来，我母亲都以为，她已为丈夫找到了一条安全路径，所以对他后来的出局，她也只好感慨命运不济了。

我母亲所说的命运不济，是指父亲领导的犯事，很多年后，她还忍不住向我抱怨说，黄雅明是真糊涂，他在官场混了那么多年，什么钱能收、什么钱不能收；什么人能交、什么人不能交，他怎么就没数了呢？他哪怕稍微小心点，你爸也不至于今天这样！

黄雅明是父亲从前的领导，以前是我们这里的市委书记，后来升任副省长去了。早些年，我曾在电视上见过他，一个高高瘦瘦的中年人，戴着眼镜，喜欢背着手，稍稍有点驼背。总之，他天生一副为官者的派头，表情严肃，性格果决，我至今还能记得，他发表电视讲话时的严厉口气，坐在主席台上，一拍桌子就站了起来。

还有他赶赴抗洪救灾第一线，穿着雨衣，双手掐腰站在河堤上。

或是大年初一，他率领四套班子成员，驱车赶往乡下，给贫困户带来"党的温暖"，他坐在破旧的房舍里，膝上放着一个孩子，手拉着一个老太太的手，也不过是说些家常，问问收成怎样，家里有几口人，这时候，他亲切得就像这户人家的亲戚。

这些，我们都是从电视新闻里了解的。他所到之处，难免人头攒动，而他背着手，只是静静的。有那么一瞬间，这世上好像只剩下他一个人，而他的目光遍及四野，到处都是。总之，他向我们老百姓展示了一个官人所应该有的气魄和和魅力，使我们唏嘘向往，使我们满足叹息。

有一次，我母亲竟在人群里看见了父亲，他穿着单衫，胳膊底下夹着一个公文包，在离黄书记不远的地方挤进挤出，忙得不亦乐乎。

我母亲喜得直推我，说，快看快看，你瞧你爸的样子，屁颠屁颠的。

可是镜头一闪而过，我竟错过了父亲"屁颠颠"的模样。那天晚上，我们全家莫名其妙都要有些兴奋过度，想来父亲不过是千百人群中的一个，他的电视形象怕也未必好，忙得汗流浃背的，那样子也就一个小喽啰，然而我们都为他感到激动，就好像他挨着领导近，他身上总归也能沾上一点官气。

从此以后，我们全家定点收看电视新闻，只是我们再没看到父亲，看到的都是黄书记。

照实说呢，黄书记这人还是不错的，他虽然会做些官样文章，在我们这一带的声名却相当好，因为亲民，也毕竟做过一些实事。他在任五年，关于国企，引进外资，安置下岗工人，都进行过卓有成效的改革，而这些，都是他的庸碌无为的前后任不能及的，可是他的前后任平安无事，他最后却死在了监狱里。

他被判了二十年。由于他的东窗事发，带来了一大群人的家破人亡，这些人多是他从前的部下，或是亲信，这其中也包括我父亲。

他是得癌症死的。他死的时候，我父亲还在服刑，当我们把听来的消息转告给他的时候，他舔了舔干燥的嘴唇，也没有说什么。

是啊，还有什么好说的呢，人世如此，直叫我们无言。

三

我奶奶死于父亲入狱三个月以后，享年六十八岁。她本来身子骨柔弱，咳咳嗽嗽总是难免的；起先，我们把父亲的事向她瞒过了，只推说他去省里学习了，怎么着也要有半年才能回来。她搭了我们一眼，也没有说什么。

她是何等敏感的老人，把什么都看在眼里了，可是她什么都不说；她不说，这事还留有余地，她一说，这事就成真的了。

她说，你不好好在学校呆着，这时候跑回家干什么？

我喏喏道，回来搞社会实践。

那阵子，我和母亲都快疯了，因为父亲的量刑还没下来，我们不得不游走于一些显赫有权势的人家，他们多是父亲的旧交，或是老上级。你可以想见，我们娘儿俩怎样徘徊于夜晚的街道上，或是孤零零地站在人家门口，为是否敲一敲门而犹豫不决。这些都是朱门大户啊，曾几何时，我们也该是他们的座上客，可是今天，我和母亲只感到自卑和巨大的压迫。

一切都变了呀。我不能想象当年的自己，寒寒缩缩地站在人家门口，那脸上一定有着贱民的表情，那是受了惊吓的，寒窘的，梦游一般的，既让人同情也使人厌烦的……若真如此，我想我一定会羞愧至死，落魄竟让人如此丑陋，没骨气！若非如此，我又很难理解这些人家为什么要从门缝里看我们，或是堵在门口，朝我们讪讪地笑着。

我们也只好低头讪笑，抱歉地说道，那就不打扰了。

只有廖廖几户人家接待了我们，所谓接待，也不过是把我们让进客厅，劝慰两句，并未能帮上任何忙。其中一个潘伯伯，时任监察局局长，倒是和我们感慨了一通世事无常。我们听着，难免就要掉泪，既伤心，又觉得宽慰，又像一切离得很远，是在做梦。我们懵懵懂懂地坐在人家的客厅里，很小心地说一些话，心里有一种奇怪的飘飘忽忽的感觉，就连痛苦也不太能察觉，更像做梦了。

潘伯伯说，光明是跟错人了呀。

我母亲说，依你看，这事就没指望了？

潘伯伯叹口气说，现在风声那么紧，案子又大——

我母亲突然捂住脸，失声痛哭。她真是被吓着了。她说，光明，我们家光明不会是死罪吧？

潘伯伯抬了抬眼睛，搭了她一眼。他虽然神色端正，然而我总感觉他脸上隐隐有笑意。他说，他是不是死罪，你应该清楚吧？

我母亲低了低眼睑，不说话了。我父亲的收入是笔糊涂账，我母亲虽精于算计，估计弄到最后她也糊涂了。后来母亲跟我说，老潘想套我的话，你发现没有？——她哧的一声发出冷笑：我还奇怪了呢，这个点上他倒不避嫌疑了，还有头有脸的把我们请进客厅，原来是跟我玩这套！

我听了，也不知该说什么。我母亲现在草木皆兵，她不再相信任何人了。对整个世界她都怀有芥蒂和提防。那阵子，她隔三差五就被纪检部门传唤，我能想象，她被关在一个小房间里，头顶上的日光灯发出刺眼的光，有时一坐就是一天，一夜，两夜，有时是她一个人，有时会进来一些人，问她一些话，他们都和颜悦色的，说，没关系，你再好好想想，我们有的是时间。

可是我母亲始终不说话，她抬头眯了他们一眼，她的眼神都是直的。待她出来的时候，看见满世界的青天白日，她整个人差不多也要摇晃了。我想，那时她已经到了精神的临界点，父亲的案子再不判，她可能就要崩溃了。可是她也有神智清醒的一瞬间，跟我说，你放心，你爸不会有大事的，最多判个五六年，我有数的。

我哭道，你就什么都招了吧，既然爸没事，你何苦要受这份罪？

她看了我一眼，竟然奇怪地笑了一声。她说，总有一天我会说的，但不是现在，我不想让他们过早称心如意。

我吃惊地看着她，不能想象她把眼睛看着空气时，心里到底在想些什么。那是一张平静到呆板的脸，几乎没有表情；若是附会一点，我可以说，她的神情是硬的，里头有恨；然而我不愿意这么说，因为这些东西是看不出来的。

我说，爸到底行贿了没有？他贪污了多少？

她又笑了。很奇怪，那天我们娘儿俩的密谈，有点像说家常，两人都心平气和的，虽然这事性命关天，也涉及到一个家庭的盛衰成败；所以我总相信，人在极端压抑、困顿的情况下，并不都是愁苦绝望的，某一瞬间，他们也会获得解放，身心悠远平静超脱，那几乎可以达到"道"的境界了。

我母亲说，说你傻吧，你还真就傻了。入了这行当的，有几个是干净的，谁敢说自己是清白的，从来没拿过人一分钱，从来不送礼，从来不收礼，谁敢说？也就是量多量少，漏网不漏网罢了。

我说，那爸到底量多量少啊？

我母亲说，也就那么回事吧，只要盯上你了，几百块钱还能立案呢！再说了，你爸这人，你又不是不知道，胆子小得很，就他那么一窝囊废，让他给黄雅明送点美金，他还推三挡四，送了半年也没送得出去。

送美金的事我是知道的。那时我年幼，父亲也刚进市委办当秘书。那阵子，我母亲攀上了一门阔亲戚，是解放前她逃到台湾的舅舅，老先生做点小本生意，一辈子无儿无女，晚年思乡亲切，便壮胆回大陆寻亲来了（当时海峡两岸还少来往）。

我母亲分得几张百元美金，有一天跟父亲说，这东西稀罕，不如你给黄雅明送过去吧。

我父亲皱一皱眉头说，怎么送啊。

母亲说，你就说，这是亲戚给的，我们也用不上——她推了一下丈夫，嗔怪道，你这人真是的，这种话还要我教你的！

我父亲拉着脸，对妻子的这个提议明显感到不高兴。第二天早上，父亲还没吃早饭，就被母亲支使出去了，因为送礼"赶早不赶晚"。我后来猜测，我父亲压根儿就没去黄府，他径直去了一家豆浆店，在那儿一直坐到上班时间。或者呢，他去了黄府，看见铁门紧闭，也不便敲门，便沿着石阶坐下了。那是隆冬的早晨，时间大约六七点光景，天色还没有大亮，早起的环卫工人正在清洁街道。我父亲呆呆地坐在石阶上，袖着手，也不知他是否觉得冷，也不知他是否为自己感到凄凉。

我仿佛已经看到了这样的场景，因为我了解父亲，送礼会要了他命的，这一点我母亲从来不体谅；因为父亲跟我说过的，他说，丫头，世道艰难啊，官场根本不是你妈想的那样。

那段时间，他们两人总吵架，因为父亲没把美金送出去，理由是"不方便，黄书记家有客人"。我妈说，不可能，大清早他家哪来的客人！你去了没有？你说你去了没有？

有一天夜里，他们又吵起来了，我母亲口气严厉，历数丈夫的软弱无能之处，她说，许光明，你连这点屁大的事都做不好，我要是你，不如撞墙死了算了。

我一下子跳下床来，一脚踢开他们的门，朝母亲怒目而视。我父亲看了我一眼，苦笑了。我至今还能记得他那笑容，温绵的，难堪的。他不愿意我看到这一幕，——我后来想，他愿意在我面前保持一个完好的父亲形象，优雅的，风光的，无所不能的……我替他们掩上门，哭了。我不能哭出声音来，所以就拿被子罩住了脸，身体痛苦地蜷缩成一团。我父亲的仕途竟是这样的艰难，里面充满了辛酸，卑贱，屈辱……世人只知富贵好，可是我看到的都是富贵背后的凄凉。

可是父亲也有"好"的时候，比如说，在他被封了官以后，在他一步步往上爬的过程中，在他忙得穷凶极恶，被人追得到处躲藏，偶尔也必得应付一下各类宴请、交游；在他从一个会场赶往另一个会场的途中，有人主动跑过来跟他握手寒暄；当他终于混到能坐上主席台——开始是边上，后来就慢慢的往中间靠——当他的名字有一天也出现在报纸、电视上，而且排名也不算靠后；我猜想，这是我父亲一生中最感温暖的时光。

我不想说，父亲为此"神魂颠倒"，事实上，风光这东西，一旦得到了，也不过那么回事，他渐渐露出疲沓相来了。但是男人嘛，没这东西好像也不行。

总之，就是在这段时间里，我发现了父亲身上在他做中学老师时所不曾有的魅力，那时他也有魅力，只因长得好，气质淡雅清香，可那是书生的魅力，怎堪比"仕"的魅力：那是向外发散的，光芒四射的，热烈的，自信的，使人甘愿俯首称臣的……那是男人的魅力啊。你简直没法想象我父亲当时的样子，他戴着眼镜，神情笃定坚毅——我直好奇，因为父亲性格绵软，何曾有过这样坚毅的表情？我后来知道，那是因为他自信了；男人一自信，那真是身穿烂衫也好看，污言秽语也迷人。

也就是在这段时间，他的仕途局面打开了，各种人际关系调理到最佳状态。在我们城里，没有他办不成的事，一切可谓风调雨顺，手到擒来；家里常常高朋满座，人来车往——"谈笑有鸿儒，往来无白丁"说的就是这层意思吧？是啊，当父亲坐在家里接待来客，当他和同僚们一起叽叽咕咕谈些时局政治，当他把手臂一挥，偶尔也爆发出爽朗的笑声，这时候，他是多么的意气风发，神采飞扬啊；这时候，我难免就会想，他还记得他曾作为一个小公务员的难堪屈辱吗？——我不知道自己为什么总对这些耿耿于怀：我为父亲暗中哭泣的日子，即便在他正处盛世的时候，我也时常想起。

或许我本是个穷孩子，却目睹了一场发迹的过程，我看见的权贵卑贱，从来是连在一起的，使我在熟睡时也会微笑，在微笑时偶尔也会心一凛——我这样的性格，我妈说，是有那么点神叨叨的——财富，地位，幸福，在那几年里，它们不是轻轻的，而是重重的砸过来，砸到我身上，发出金石的脆响。我闭了闭眼睛，甚至有点害怕了，我害怕这一切总有一天会失去，老天爷，"人无千日好，花无百日红"的惶恐，即便在那时我也有所体会。

那时，家里常来一些神情凄苦的客人，他们多是市民阶层，托张三拜李四，转弯抹角就找了我们家。他们是来求助的，或是想谋一份职，或是想换一家福利较好的单位，或是为孩子的升学……我父亲坐在客厅里，静静地听他们诉说。

我后来跟父亲说，爸爸，帮帮他们……我有点说不下去了，好像泪水已汪在眼里。我不能忘记，我曾经也是个穷孩子。

我说，帮帮他们，在你权力范围之内……但不要犯错误。

很多年后，我还记得父亲的神情，认真地打量我一眼，那眼神里有温和、肯定和笑意。我不能想起那一幕了，我差不多要为自己流泪，那是我还是个少年，却也晓得体谅父亲仕途的艰险！

　　那时，父亲和黄书记的关系也有了进一步发展，每天朝夕相处，再是铁人怕也难免生情吧？况且，老黄是"那么有人情味的一个人"（我父亲语），根本不是他外表那个样子的。他把"小许"当作自己人，小许呢，三天两头往他家里跑，跟他汇报工作，跟他聊心得体会，偶尔在他家吃个便饭也是有的……小许忙坏了，老黄家的吃喝拉撒，哪一样不是他管？比如换煤气啦，修马桶啦，院子里要铺个地砖啦……我父亲的眼头突然活了，他出入于黄家大门，实在比自家还要勤快；这一点连我母亲都很感奇怪。

　　很多年后我还在想，人在顺境时，绝对会"疯"的，那该是父亲的非正常状态。总之，一切机关全打通了，我父亲顺了。我估计，那几张美钞就是在这段时间送出去的，这时候送就对了，我父亲不会为自己感到羞耻，因为他们已经有了感情。

　　而感情这东西，嘿，谁又能说得清呢？

四

　　我们一家重新变回穷人，是在父亲入狱的那年秋天，那时我们已从机关大院里搬出来，那是我们住了多年的一户独立小宅院，此外我们还有几处私产：两套商品房，一幢行将封顶的郊区别墅……这些，大概都是房地产商以"明卖暗送"的价格相赠的；我母亲后来虽拿出房契合同，又搬出她已过世的台湾舅舅，以证明的财产的合法来源，但房子还是被没收了。

　　另外还有几张存折，也早于房产之前被冻结了，具体数目我也不是很清楚。

　　有些事大概真是说不清的。家道的败落非常快，几乎就在一夜之间，某种我们今生看不见的东西，就以"迅雷不及掩耳之势"掠走了我父母十多年挣下的家业，十多年啊，那是他们像蚂蚁搬家、像小鸟筑巢一点点辛苦攒下的——怎么不是辛苦的，有我父亲的屈辱为证。

有好长一段时间，我母亲对一切都恨之入骨，她咽不下这口气：这世上的贪官污吏那么多，怎么就偏偏落在许光明身上？后来她得出一个结论，我父亲的入狱，根本原因不在于他经济上的污点，而在于他是官场潜规则的牺牲品。什么是官场潜规则呢，我至今也不甚明白，可是我晓得母亲的意思了：任何圈子都有规则，我父亲的失败，就在于他对规则是太遵循了，他还不能做到游刃有余，能进能出。

规则一定得遵循，我母亲跟我举例说，这就好比打扑克牌，你不遵守规则，这游戏就没法玩，你太守规则，最后的结果就是全盘皆输；我早提醒过他的——我母亲恨道：黄雅明这人不牢靠，迟早会出事，对他差不多就行了；可你爸就是个猪脑子。

我说，爸太看重感情。

我母亲拍掌道：让他看重啊，这下玩完了吧。

不得不说，在对黄雅明的感情问题上，我父母后来一直存在分歧。我母亲以为，为官者最不能讲感情，我父亲的落马就是明证；我父亲以为，感情还是要讲一点的，要不人心怎能平安？无论如何，我父亲的晚年平静而通达，他对一切都服气了；他牢狱八年，很多事情不知翻尸倒骨想了多少遍，他不后悔。

对黄雅明的怀想，成了他出狱以后的一个寄托，他常说，人非草木，孰能无情；他又说，我跟他之间，不是普通的上下级关系，鞍前马后的跟了他那么多年……他有点说不下去了，此时他已年近六十，坐在早春的院子里跟我回忆往事，偶尔有一两片树叶的阴影就飘进他的眼睛里，他平静地看着前方，腮帮子一瘪一瘪的。

　　我坐在他的脚边，不时也抬头看看远天，我想那一刻我看到的定是比远天更辽阔的人心；人活一世，总归要信一些东西的，就比如说感情、理想、精神……都是些空洞的东西，平时未见得有多大用处，可是到最后，它就会来救我们。我突然有些感激涕零，我父亲找到了这个东西，他安心了。

　　我母亲从不相信这些东西，她活在现世，当灾难来临之际，她不晓得以心灵去消化，而是以血肉之躯去迎接，当然她也不后悔，因为她是个彻底的唯物主义者。

　　当时我奶奶还没死，随我们住进了由一个亲戚腾出来的平房里。这房子位于老城区的一个大杂院里，不足二十平米；因久置不住（主要是放杂物用的），房间里有一股霉馊味。其实我们的境况本不至于此，这房子是我舅舅的；我这个舅舅年轻有为，在父亲的关照下，不到三十岁就升任交警队队长，他本来要接我们一家同住的，或是为我们另租一套房子，但是我母亲抵死拒绝了。

　　穷人也有穷人的尊严；这时，我母亲的自尊心突然起来了，她一向接济别人，等到有一天由别人来接济，她受不了。我想她一定是疯了，否则就不能解释她为什么要和自己的弟弟计较这个。她把手臂轻轻一挥，以一种大无畏的精神就把我和奶奶带进了赤贫者的行列。搬家的前一天晚上，她领我来清扫房间，虽然有足够的心理准备，但院子的嘈杂破落仍使我不住的唉声叹气。不大的一个院子，挨挨挤着十来户人家，昏黄的灯光，旮旯里临时搭建的棚舍，报纸糊贴的窗棂子……这就是我们一家的生活窘境啊。

　　及至打扫完毕，我母亲站在房子中央，四下里看看，"呼哧呼哧"直喘气，我有理由相信，她的喘气不是劳累所致，而是因为她在生气。造成我们一家衰败的如果是一个人，我想母亲定会找他拼命，她要叫他"白刀子进去，红刀子出来"，然而没有这样一个人，而是一个机构，一种关系，一团繁杂的我们根本看不见的东西。母亲的仇恨没能及时释放，积郁在身体里化成一股奇怪的力量，这就是激情，是"一荣俱荣，一损俱损"的激情。

那天晚上，我站在破旧的房舍里，身上涌起的也是这股激情。窗外是萧索的秋风秋雨，可是我的身体竟激动得瑟瑟发抖，我的眼里也因此而饱含泪水。穷他妈的算什么，我连死都不怕，我突然明白母亲为什么要使我们一家三代沦落到这副境地，那就是我们绝不接受别人的救济，要保存身上的这股元气，若不能东山再起，那就留着它跟自己拼命！

可是我奶奶死了，那时我们搬来这大院还不足三个月，离春节也很近了。其实奶奶的死，我和母亲早有防备，只是处在那种疯狂境地，我们实在也顾不上她了。等到一切尘埃落定，父亲也进去了，家也没了，回头再看奶奶，她差不多已经奄奄一息了。自从儿子出事那天起，老人家就卧床不起，也没什么大病，就是咳嗽得厉害，上气不接下气。有一次我要领她去医院，她冷漠地看我一眼，叭嗒了一下眼睛，意思是拒绝了。我不理她，径自把她从床上架起来，她把手臂抖的一缩，于我是绵软，于她是攒了一身力气的；我站在一旁呆了呆，知道老人家是在等死。

我去药店买来一些药，她从前一直是吃药的，自从儿子出事，她就拒绝吃药；我亦知道，老人家现在只求一死。

在我们搬来寒舍的那天晚上，她破例没有躺到床上去，而是坐在椅子上，双手扶着膝盖，那样的端庄肃穆，仿佛有个照相机镜头对准她一样。我趴在她的膝盖上淌眼泪；她是小脚，穿旧式的绒衣绒裤，她把手搭在我脸上，一双很老的手，麻皮挲挲的，然而有温度。我不由得浑身一凛，抬头看了她一眼，也未看出什么异常来，却有一种奇怪的人之将亡、大祸临头之感。

在我们的身后，母亲站在椅子上，往墙上砸钉子，挂挂钟。

母亲跳下椅子，端详了一下挂钟，便双臂一抱，低下头只管自己踱步了。

有那么一瞬间，我们祖孙三代都往墙上看，我一生中恐怕再也不会经历那样清晰明净的时刻，这世界是冷静的，墙上的挂钟"滴滴答答"地走着，它是没有生命的。屋子里的三个女人，虽然身处绝境，那一刻她们也是平静的，也不疼也不痒，她们是平静的。

在生命的最后几个月里，我奶奶始终保持着这份庄重平静；在我和母亲呼天抢地之时，她只是静静地看着我们，她甚至不和我们说话，因为儿媳孙女根本不在她眼里，她心心念念的只是儿子，可是她也很少提及儿子，她只是把他放在心里，脸上呈现出一股绝决的表情……我想她是恨的，她也认命，她一生信佛，可是佛最后却不帮他的儿子，这真是讽刺。

什么叫"哀大莫过心死"，我是从奶奶身上得到了验证。一个真正悲哀的人，就应该像奶奶这样子的，相比之下，我和母亲应感到羞愧，因为我们还晓得啼哭，悲哀就这样被哭没了，只有奶奶在承受，当有一天她承受不起了，她就死了。

很多年后我还在想，母子可能是世界上最奇怪的一种男女关系，那是一种可以致命的关系，深究起来，这关系的幽远深重是能叫人窒息的；相比之下，父女之间远不及这等情谊，夫妻就更别提了。

我奶奶死在那天中午，母亲一阵慌乱，后来便抚尸大哭。看样子，这一次她是真哭了，为什么这么说呢？因为自从父亲出事，母亲的情绪便极端不稳，哭哭笑笑那是常有的事，我不是说她疯了，以她的承受能力，她还不至于此，她只是需要排遣。我举个例子，父亲的案子刚判下来的时候，她也假模假式地哭过一次，说是判重了，可是我想，她私下里没准感激涕零，因为父亲没死。那时我们一家的底线已迅速越过人界，滑向畜类：那就是不求富贵，只要活着。

婆婆之死，能让一个媳妇哭成这样，起先我觉得不可思议；老实说，我们许家这对婆媳处得也就那么回事，可是那天晌午，母亲跪在奶奶身边，哭一回就抬头看看屋脊，偶尔也会狗抖毛似的浑身一凛；我也抬头看屋脊，慢慢的便也觉得周遭确有一股肃杀之气，令我想到"灭顶之灾"这一类的词。我后来想，母亲哭的不是奶奶，她是在哭我们的处境，哭我们一家的灾难。

我之所以不惜浓墨重彩来描述奶奶之死，实在因为它是我们衰落过程中唯一有点"悲剧意味"的事：清寒的屋子里，一具尸体；冬天的阳光突然跳进门洞里来了，风一吹，像个小狗一样在那里调皮翻滚；一个蓬头垢面的中年女人；一个少女静静地睁着眼睛；邻居们跑进屋子里来了，影子像风浪一涌一涌的……"悲剧"到我这里，突然变得非常安静了，几乎很少触及感情；悲剧也还是"正大"的，但看奶奶的面容，那样的平静，堪称"正大仙容"。

后来我索性屈膝抱腿，坐到地上来了。我一生中所能体会到的"不幸"全在这里了：死亡，贫困，居无定所，牢狱之灾……我把这些放在脑子里过滤了一下，心里出奇的镇定。我无需再怕什么了，我们已经降到底了，我们不会再失去什么了。此时，幸福这个概念在我心中再次隐隐出现，我不是说，一个人遭遇不幸，他就是幸福的；我只是说，此时我非常的安心。

我这一生经历过"富贵"（我母亲的词汇），也遭遇过真正的贫寒，我在这里将以自己的亲历作证：世上最可怕的不是贫穷，而是富裕，以及对富裕的牵挂担忧。贫穷这东西没什么好说的，外人看着总归觉得撕心裂肺，其实当真身处其中，也照样安之若素，因为包容它的是阔朗的人的心灵，那就好比一粒石子砸向水中，哪怕掀起冲天巨浪，可是石子最终会沉入水底，湖面照样恢复平静。

我要说的正是人心，有了这个在，"悲剧"这东西其实是不存在的，因为人心把什么都化解了。我原担心母亲，她心气旺盛，在经历了一番安富尊荣之后，是否还能回头过安贫乐道的日子？事实证明我的担心是多余的，在贫富的转换过程中，她比我快多了。

我还记得为父亲奔波游走的那些日子；那天晚上，我和母亲从潘伯伯家走出来，走了一程子，不知为什么又都回过头去看。潘家的宅子位于市中心，是一幢仿古的两层小楼，外带一个庭院；说老实话，这房子未必就比当时我们还住着的房子更气派，然而我和母亲都看出点别的来了。我看到的是我的卑微寒酸，我的敬畏艳羡，一户"官邸"对一个即将被贬为"庶民"的人的压迫；即便近隔一条马路，这房子的堂皇巍峨仍使我觉得像是身处梦中……我母亲看到的东西非常简单，那就是仇恨。

那天我们娘儿俩扶着一棵老梧桐站下了，当时夜色已深，路上行人稀少，风吹得梧桐叶满地乱跑。我母亲伸手裹了裹衣衫，看着潘宅说，这帮狗娘养的，拉出来个个都得杀头。

我说，他这是祖宅。

母亲朝我凶道，祖宅？翻新装修要不要钱？呃？他一个监察局长哪来的钱？你倒是跟我说啊！

我看了她一眼，心里堵着一口气：在我们还没沦为穷人之前，我们已经有了穷人的心态！我母亲尤盛，自从父亲出事以后，对这世上的富人她就怀有一种斩尽杀绝的革命心态；及至我们搬到穷街陋巷，开始生活在穷人之间，我们的身边都是贩夫走卒，一群地道的赤贫者，我才知道，真正的穷人根本不及我们这样疯狂下流，他们实在要高贵平静得多。

呵，我终于可以说说他们了，这拨穷人，我的邻居们，我们朝夕相处的时间也不过半年，可就是在这半年里，我们一家受过他们的恩泽：我奶奶的后事，是他们跑前跑后，帮着火化安葬；我母亲病了，是他们端茶送水，轮流服侍；我们母女俩偷偷地抹眼泪，他们看见了，也一旁抹眼泪。他们说，这就是命啊，好好的一个人家，怎么说散就散了呢？

他们叹道：世道啊！

我们是落难人家，他们从不把我们看作贪官的妻女，他们心中没有官禄的概念。我们穷了，他们不嫌弃；我们富了，他们也不巴结奉迎；他们是把我们当作人待的。他们从来不以道德的眼光看我们，——他们是把我们当作人看了。说到他们，我即忍不住热泪盈眶；说到他们，我甚至敢动用"人民"这个字眼！

五

在那段困难的日子里，我成了母亲唯一的希望。奶奶死后，我们也慢慢恢复了平静，在陋巷里过起了日常生活。我们与邻居们和睦相处，白天替他们照看一下孩子，晚上他们收工了，我们倚着自家的门框，与他们一递一声说些闲话。

我们也常常串门的，站在不拘谁家的屋子里，我母亲东看看，西看看；或是坐在小矮凳上，她把双手朝袖子里一放，整个身子就窝在膝盖上了。这时她已经很不修边幅了，阳光的反光里，她的蓬蓬的头发是挓着的，远远看上去，那样子也就是一个淳朴的农妇。那段时间，也不知为何她嗓门就大了，步子也快了，身上不知什么地方总有股结实的劲头；说到家长里短，她也能笑得嘎嘎的。

你明白我意思了吗，时间是件太奇妙的东西，不到半年，我们母女就认领了穷人的身份，身心舒泰地以穷人自居了。过往的繁华，我们差不多就忘了哩……嗯，我是说有时候。

有时候，我和母亲竟生出一种奇怪的错觉，就好像我们生来就住在这院子里，从来就是穷人；逢着这时候，我们的心就平静了，也不再怨恨了，对这世界也怀有慈悲和善良。

更不堪的是，我们甚至把父亲也忘了，说真的，我们已经顾不上他了；毕竟，生计是重要的，"吃"成了那段时间我们最犯愁的一件事，吃什么，如何吃，这全是问题。常见母亲歪在床上，手撑着脑袋，把一双眼睛"骨碌骨碌"转个不停；或是深更半夜，她突然就从床上坐起来，那感觉就像打了一个激灵。其实按照大杂院的标准，我们本不该这么愁苦，又不缺胳膊不缺腿的，哪儿就能把人饿死？但是你要知道，活着那时已不是我们的底线了，欲念这东西在我们身上已经醒了。

母亲常肿着一双眼泡跟我说，你要争气啊，回到学校一定得好好学习，要头悬梁、锥刺股，我们许家能不能翻身就全靠你了。

其实母亲应该知道，许家的翻身并不在于我成绩的好坏，而在于能否钓到一个"金龟婿"，这是她手里能打出的最后一张牌了。有一次，她拿这个问题试探过我，她说，学校里有没有男孩子追？

我说没有。

她抿嘴一笑，拿眼梢瞥了瞥我，也没再说什么。那阵子，母亲的脸上常挂着这么一种意意思思的微笑来，不管她在干什么：在削土豆、在吃饭、在去公厕的路上……她随时都有可能停下来，把眼睛斜向虚空的某个地方，微笑从脸上绽放出来。总之你也看到了，我母亲并没有被生活压垮，经过短暂的痛苦，有一件事情让她对未来再次充满了希望。

母亲说，我们和他们没法比。——她朝窗外努努嘴，意即那些穷邻居们。

当时正值年关，家家户户都在忙吃的，有腌肉的、风鸡的，也有一车车大白菜往家里推的……破落的院子欢乐吵嚷，然而于其中，我也确实感到一种穷奢极侈的气息：单看他们酒足饭饱后胀得发紫的脸膛，他们的眼神是呆的，身子是飘的，突然膝盖一软，弯腰泄出一大堆的酒后物……我母亲呆呆地看了一会儿，叹气道，这种生活我是没法过的。真可怜，一年忙到头，就为了一张嘴，这跟动物有什么两样？

我把母亲的话放在心里过了一遍，隐隐觉得她的话好像也没法反对。她说，过这样的日子我宁愿死！俗话说"人往高处走，水往低处流"，人要是不往高处走，那还叫人吗？

我不满道：人跟人不一样。

她说，当然不一样，我们的成本要高得多。——别忘了我母亲以前的职业，她对一切都要计算成本的，就连人生也不例外。

有一点不得不承认，我母亲之所以能度过那段艰难的日子，并不是因为她坚强，而是因为她无穷尽的欲望，她对生活的贪婪，以及由欲望和贪婪派生出来的想象力。我母亲的想象力实在太丰富了，好像一本书里写过：人类丧失幻想，就好比鸟儿失去翅膀；总之，重新长出"翅膀"的母亲又活了过来，母亲一旦活过来，她就不再是大杂院里那个邋遢的落魄妇人了，她的言行重新变得精雅起来，她甚至很少出去串门了，成天躲在屋子里想入非非。

我们母女俩度过了一生中最清冷的一个春节，连一顿像样的年夜饭都没吃——母亲不饿，因为她顿顿吃的都是精神食粮；同时，母亲度过的又是她一生中最丰盛的一个春节：对过往繁华深情的追忆，对未来繁华狂热的想象，使她对眼前的窘境完全视而不见，单只是把眼睛意味深长地落在我身上。

　　我嫌烦，嗔怪道，干什么啊？

　　母亲笑了笑，然后严肃地说，你可要好好的，妈可只有你这么一个宝了。

　　那阵子，她最怕别人来打扰；当然除了穷邻居们，还有舅舅一家，也没人愿意再来打扰我们了。从前过春节，来家里拜年的人络绎不绝；今年过春节，这些人全如寒蝉一般消失了。母亲虽言称不在乎，可是有一次，她也忍不住感慨了一番世态炎凉，她抹着眼泪哽咽道：叫我说，这世上最可怕的还是人啊！

　　很多年后，母亲的话犹在我耳边回响，那真是声声泣血，字字带泪！这是母亲积她一生经验，对人世得出的一个最有力的总结。很多年后，我还记得那年春节，我坐在寒伧的房舍里，侧耳听窗外的风声，即便平静如我，亦生悲愤之心；家里连遭噩运，我都能平安度过；可是人的势利却轻易打击了我！大概就是从那一刻起，我下定决心要力求上进；富贵这件事，为什么母亲总挂在嘴边，因为它的背后藏着人的尊严。

　　我前边已经说过，我从来没有责怪过这些人；设身处地，我自己难保就不是这等势利之人，那就是对富贵的趋近，对贫寒的逃避，这才是人世啊。

　　这就是我和母亲在离家之前的一段生活。春节后不久我就返校了，大约隔了一个月，母亲连个招呼也不打，就跑到南京找我来了。南京这个城市，我母亲是太熟了，父亲在位的时候，她一年里不知要来多少趟，从来都是专车接送，住豪华宾馆，品淮扬佳肴；有时候是来购物，有时仅仅是为去梅花山看一眼早春的梅花。

　　那年也是早春时节，中午我放学回来，看见母亲站在我宿舍门前的一棵樱花树底下，脚边放着一个大皮箱子，正在东张西望。我跑上前去问，你怎么来了？

　　她笑眯眯地说，我怎么就不能来？我还就不走了呢。

那天她穿一件紫罗兰的对襟线衫，深蓝的及膝裙，半高跟皮鞋；头发也稍稍做了一下。见我正在打量她，她说，怎么样？你老娘不会给你丢脸吧。

我笑道：怎么跟换了个人似的，好像又活回来了。

她附在我耳边说，傻瓜，我能不收拾一下吗，我要来给你挑男人。

概而言之，她这次来南京原是作长期逗留的，一是要挣钱供我读大学，二是要为我物色个未婚夫，因这两者都是我们的饭碗；对于后者，我母亲尤为自信，首先这是她的爱好，也是她最擅长的一项技能；只是这项技能在嫁给父亲之后，她再也没施展过，所以现在难免有些技痒。

现在你也看到了，在家庭"悲剧"发生还不到半年的时间里，母亲就迅速把它扭转了方向，使它变成了一场男女的较量。直到今天，我也不愿意承认，这转变就是轻佻的，因为它的背后立着生的艰难；生存和男人都很重要，可是母亲抿嘴一笑，就把它们糅合到一块儿去了。很多年后，我仍禁不住要微笑：女人能把世上的一切关系最后都变成男女关系，这个实在是太奇妙了。

我们母女度过了一段愉悦时光，即便一个人呆坐着也忍不住要发笑；这世上大概没有比男女之事、以及对它的切磋探讨更让女人动心的了。总之，家破人亡之后，母亲领着我一个斑斓转身，使整个事件看上去就像一场幽默。由此我也知道，这世上是没有真正绝境的，绝境走到头，那必是不着边际的轻松荒唐；然而我们做的时候却是认真的。

没课的时候，我就陪母亲在校园里走走，或是找一个有树荫的地方坐下来；若是有男生走过，我和母亲总是要搭上他们一眼。我得承认，那时我不够纯洁，才二十岁，连男孩的手都没摸过，可是刚从重压之下逃生出来，人轻得简直要飘起来。我看男生的眼光，如果不是不三不四的，至少也有点玩世的。可是母亲及时纠正了我。

母亲说，喏，这个孩子不错。

我问怎么不错。

她说，他身上有一股气场，你注意看他的神情——看到没有？他是能沉得住气的那种，这会使他将来有出息的，即便时运不济，他也能安安分分地过日子。

我指着另一个说，这个呢？

母亲摇摇说，这个不行。

我问为什么？

她只简单地说了一句，这个太机灵。

有些话我不知道该怎么说，母亲利字当头，可是即便在我们最困难的时候，她也没有把我往火坑里堆，她没有让我嫁给一个老头子，或是暴发户，我想她秉承的是"利益最大化"原则。她的女儿还这么年轻，她应该有这个耐心，在校园里弄到一张"潜力股"，她对女婿的要求是，一是人品，二是能力——我问　那爱情呢？

母亲笑道，爱情嘛，当然也要有一点的。

下面的事情我就不多说了。总之，在母亲的默许下，我谈过几个男朋友，我爱过他们，幸福的时候也曾浑身发抖，失恋的时候也曾伤心欲绝，可是即便这个时候，我也很清醒，知道这全是过程；这就好比过河搭桥，人生的目的，是为了走到河对岸，而不是为了那几座桥；可是无论如何，桥于我们是必需的。

母亲的小饭馆不久就开张了，在我大学毕业之前，她就是靠这个来养活我，省吃俭用也要给我买漂亮的衣服——这于她是一笔投资，许家的"发达"在此一举也未可知！她说，要打扮得漂亮些，男人喜欢这个东西。

我迟疑道，也不一定吧，也有男人不看重这些的。

母亲笑道，扯淡，没有男人不吃这一套的，他们肚里那几根花花肠，我是太清楚了。

她常跟我叹道，许家是垮了，可是许家的女人不能垮，人活着就为一口气，精神头要足，平时把腰杆给我挺直了！——那几年我也确实争气，穷凶极恶的去挣奖学金、去做家教，当过业务促销员，在街上散发过传单……稍微得一点空闲，就跑到母亲的小饭馆去帮工。

母亲的饭馆开在城南的一条陋巷里，说是饭馆，其实也不过是两间违章搭建的棚舍，以前这里是一家发廊，开倒闭了，母亲便从舅舅那里筹一笔钱把它盘了下来。母亲的饭馆什么都做：小炒，套餐，面条，饺子，桂花酒酿，鸭血粉丝汤……我母亲心灵手巧，她是边学边卖，一道工续也要费尽思量，炒菜时她也不忘要加一点罂粟。

母亲的顾客多是附近的居民，或是一些看上去农民工模样的人；她又能言善道，生得又白皙端庄，每天又都拾掇得干净利索的，所以你应该能想象，常来照顾她生意的还是男人们占多。母亲既做男人的生意，她就必得凸显她女性的特征，整天笑得咯咯的，把他们侍候得舒舒服服的，哄得他们既掏了钱，又不时来店里帮她做义工。我去店里帮忙的时候，母亲就把我往前台推，因为我年轻秀色，又是大学生，这都是小店的门面。我给他们端茶倒水，上菜点烟……其实就是一个女招待的角色了。

诸位看官读到这里，千万别起下流心思，以为我们母女是做什么的；其实我们还不至于此，生财也得有道；这个道就是利用男女两性的微妙，我母亲深谙其中的关节，她的分寸一向把握得好，——她利用了这个东西，又能使自己不湿脚，那真叫比庖丁解牛，游刃有余啊。

逢着店里没人的时候，我们母女便会坐下来，隔着半开着的玻璃门朝街上看，街上走过的或有男人，或有女人，而我脑子里晃晃悠悠的也不知为何全是男人。一个面色暗黄的中年人从门前走过，又退回两步，眼睛在我们母女身上睐了两眼。母亲一脸静容，完全视而不见，待他走过了，她才在地上重重"呸"了一声。我也抬头深思，想着对于女人来说，男人真是世上的一笔大单子啊。

只有晚上打烊的时候，母亲才恢复了她疲惫的面目，她白天的鲜活好看全不见了，我看到她老了，生活的辛劳把我母亲变成这个模样！可是她一会儿又活了，因为她开始盘点算账了，她数钱的手势真是可爱极了，五个手指头快速飞舞；蘸了一口唾沫，慢慢再数一遍；又把它递给我，说，毛利八百六十五，你再数数。

我一边数着钱，一边心在颤抖，白炽灯光下洋溢着我今生再也不能描述的幸福温暖；劳动如此庄严，可是我直想放声大哭，因为这里亦有我母女的含辛茹苦。我想母亲一定比我更能体会到"劳动"一词的分量，从前家底何等丰厚，她也没这么紧张过，可是现在，一天区区几百块钱的进账就使她这么失了从容！钞票的大而复得一定打击了她，使她变得胆小害怕了，这就是为什么在最穷困之时，她还能挺住，在挣到钱之后她却信了耶稣。

教堂离我们的饭馆不远，母亲每天买菜都要经过这里，偶尔她也会站下来，隔着红铁护栏朝里头看：彩绘玻璃窗，高高的拱形门洞，从门洞里出入的面带愁苦的人群……我猜想，这其中一定有什么东西让母亲感到了安全。大概就是从这时起，母亲才意识到，她也该为自己的心找个归处，她相信，只要她是虔诚的，上帝就会保佑她的钱财不会再次流走。一个星期天的上午，我陪她去祷告，她闭着眼睛，双手合十；我看着她，心一阵阵刺痛，同时又略微有些担心，她这么功利，上帝若是知道恐怕也会不高兴吧？

《圣经》里说，人要行善，戒欲念。行善她是愿意的，戒欲念却难；好在她是中国人，晓得变通，知道书上写的是一回事，现实却是另一回事；所以她一边郑重其事地画十字，一边亲切的跟上帝提要求，她说，你要保佑我女儿找个好男人，还要保佑我的饭馆不断地有客人……说来说去，都是男人客人。

有一天下午，几个客人喝多了，赖在店里磨磨叽叽不想走，不停地拍桌子，要酒上菜，我把一盆老鸭汤端上去，其中一人便涎着眼睛看我，口水哩啦地也不知说了些什么，我把汤盆放下，他顺势撩了捏我的手——也没什么，只是捏了捏我的手；我把手缩回来，带笑不笑地走到门外站了一会儿。

其时正是夏日的午后，暑气逼人，我抬头看了看树梢，盛大的阳光从绿叶深处掉下来，我静静地眯缝着眼睛，不由得就想到了父亲，想到他温儒的形象，想着在没有他的日子里，为什么我们母女与这世界的关系竟变得这样暧昧荒唐，我又想到我的男友，一个踏实上进的青年，在男女之事上一直有他清贞的道德操守……大学毕业不久，我就嫁给了他，现在父母与我们同住。有时饭桌上，两个男人难免就会提到那段清贫的岁月，我们母女是怎么度过的；然而我和母亲也只是云淡风轻，笑了一笑。

母亲的饭馆后来很是挣了一点钱，因为规模大了；她的女婿也很争气，现在是一家颇具规模的企业的老总。总之，我们又回到了"富裕阶层"，只是不再有欣喜，因为我们付出了艰辛劳苦——我们只记住了这劳苦，所以有时更觉委顿。

现在，让我们再回到那个夏日的午后，你将会看到，母亲怎样走出小店，在我身边惶惶站了一会儿，不时也拿眼睛打探我。有那么一瞬间，我们两人都回头看小店，隔着玻璃门，那几个客人也在睡眼惺忪地看我们，母亲不安地朝我笑笑，问，他们没把你怎么样吧?

　　我说没有。

　　母亲搭讪道,这些个死鬼。

　　我也会意地笑笑。

　　一辆卡车从路边疾驶而过,风浪掀起了阵阵灰尘,使这个真实的世界在那一刻显得模糊了。我站在漫天的灰尘里,脑子一片空白,后来微笑就漫到了脸上。

情感一种

　　认识潘先生是在冬天，那年栀子二十四岁，正面临着硕士毕业。她所在的大学是一所名牌大学，念的又是著名的新闻专业。她是被保送读的研究生，本来还可以一直读下去，推荐读博士和博士后，出国做访问学者，或者教授。栀子是个好学生，从念幼儿园开始，她的成绩单上从来都是"优"字。她是属于上课认真听讲，下课认真完成作业的那类学生，她的听课笔记总是一丝不苟，整齐划一，深受老师的喜爱。

　　有时她闲极无聊，会顺手在笔记本上画着美女头像，黑色的碳素墨水笔勾勒出的一个女人的侧影，波浪型的披肩长发，长睫毛，小而饱满的嘴唇……栀子最喜欢那流线型的鼻子，小巧的，稍稍往上翘起；也许她是喜欢她画流线时的感觉，很轻易的，任性的，可以全然不负责任。

　　栀子从初中时学会画美女头像，画了很多年，熟能生巧，有时一落笔就是一个，她曾经有过一分钟画60个美女头像的纪录。她们都是一个，像一个女人被洗印了无数张的黑白照片，照片中的女人美艳，冷淡，眼神有点苍茫，不大看出背景……然而栀子知道，她一定被爱过，也爱着，有过疼痛，体验过真正的快乐和悲伤。一个真女人，不大有孩子气，然而对生活还有憧憬，正在过物质生活。

栀子有时也回顾一下自己的生活，觉得很空茫；她以为自己是站在一个相当遥远的地方来来看她的过去，她几乎看不见什么，虽然她也在恋爱，常常为一些可爱的男士动心。她十二岁那年来的初潮，十六岁开始带胸罩……然而既然是记忆，栀子想，它就应该是一些更特别、更尖锐的东西，比如生死，有切肤之痛的恋爱，大悲哀，人生的十字街头一个关键的男人，因为他的缘故，她稍稍犹豫了一下，从此改变了方向；还有那风一般的细节，一个不经意的眼神和手势，它代表着人生中最真实的、伸手可触的那部分，很多年后，连她自己都奇怪着，她会记住这些。

然而现在栀子记住的竟是一些不相干的东西，比如她画了很多年的美女头像，在笔记本上，在教科书上，苍茫地睁着眼睛，没什么理想；她身在杭州的父母，同在一家药物研究所工作，然而已分居多年了，老死不相往来；妹妹在南京念大学……栀子觉得茫然。她觉得自己像是站在一个荒无人烟的草原上，天地很大，风吹乱了她的头发，然而她没有什么情感。远处有几匹马，还有绵羊，偌大的世界里什么都有，然而没有人。

她在学校里倒是可以看见很多人的，她身边也不乏追求者，然而栀子的眼睛向来是向上看的，她理想中的自己是个清心寡欲的人，不太言语，却有着深到骨髓的聪明。她婉拒了很多求爱者，因为年轻，也许是矜持，或者是别的更复杂的原因，她并不觉得可惜。拒绝了这个，就不能答应那个，因为要做到一视同仁，大家都是在一个校园里长大的，低头不见抬头见的熟人。栀子也奇怪着自己的坚忍，后来才有些明白了，她的拒绝里未尝不含有更大的野心，拒绝了所有人，就等于一个也没拒绝。希望平均分摊在每个人的身上，只是很渺茫。

认识潘先生的那会儿，栀子的生活还是相当整齐的，只是家道渐趋衰落，开始显出一点颓败的痕迹出来了。那年暑假，她回杭州照顾病榻中的父亲，起先谁都以为不过是热伤风，输两瓶液就可以了，谁知进了医院的大门，父亲就再没能出来。栀子每天来往于家和医院之间，骑着一辆破旧的自行车，要穿过大半个杭州城，沿着西湖边的林荫道，名叫湖滨路的，往前冲。有时自行车会擦过行人的手肘，歪了一下，车篮里保温瓶里的汤汁就会淌出来，一路往下流着。栀子觉得自己的喉咙很是发紧。

死亡是件漫长的事情，它要在三个月内，一天一分一秒地完成。栀子也哭过，她看着生命怎样从一个男人的身上消失了，而这个人是她的父亲。有时他们互相看着，还有母亲和妹妹，一家人重新聚到了一起，病房里没有声音，然而每个人在心里都说着话。栀子抬头看着窗外，她迅速盘算着父亲死后她们的生活，这似乎是件困难的事情，因为难以想象。从前跟母亲生活在一起，并没有觉得父亲这人有多重要；而现在，她之所以认为父亲对她们来说有着至高无上的意义，也许因为他就要离开她们了，而且最主要的，他是男人。

栀子想，她应该辍学去工作，帮母亲还清债务，资助妹妹学费和生活费，因为她是长女，责无旁贷的。她考虑着，她是否应该去嫁人，嫁一个正派人，可以安心过日子的，但必须要有股实的经济基础；如果一时半会儿没有合适的人可以嫁，她也可以去"傍人"的，做一个没有名分的、背后的女人（这个她完全可以接受），她现在需要的是绝对的经济和物质，那里头有她期待了二十多年的安全感。她从来没有像今天这样强烈地觉得，这安全感对她和母亲和妹妹来说，是如此重要。

　　父亲似乎也想到了这一点，有时他会说："我真后悔……"便不再说下去，起先栀子以为他是在忏悔，这么多年来对她们母女的怠慢，然而不是。父亲终于又说下去了，"我后悔没有把你们培养成泼辣的女人……"栀子便有些明白了，她想起了自己，这么多年来一直做着好学生，好女儿，好公民，好人，她温顺谦让随和，连她自己都相信着，她具备着传统美的一切，她差不多是完美无缺的了。然而她同时也知道，这一切对于她如何过好自己的生活完全没有用处。父亲睃了姐妹俩一眼，又说："那么瘦！"

　　母亲那边便哽咽起来，说："姐姐和妹妹都是聪明的。"父亲便说："只不过用来对付她们的学业罢了。"栀子泪流满面地抬头看父亲，她一生所能体味到的父爱全在这里了，那一瞬间，她发誓，她一定要过得比所有人都好，她要过华彩的生活，物质的，爱情的，她都要。她要住在玻璃的楼房里，接来母亲和妹妹同住，她们要喧哗，歌唱；她们很强大。栀子看着躺在病床上的父亲，他慢慢地小了；他们互相看着，彼此也许明白一点什么，也许什么都不明白。栀子看着父亲的眼睛，那里头并没有悲哀，有的只是安平、温和，知道事情已经来临，无从改变什么，只在此静静地等待着——很认命的一种感觉。栀子的眼泪重新淌出来。

　　后来便遇见了潘先生，那已是冬天了。那阵子栀子行将毕业，写毕业论文，找工作，忙得焦头烂额。工作的事情是请一个师兄帮忙的，此人先两年毕业，名叫于波，能言善道，因在女生中兜得转，得绰号"表哥"。

　　表哥说："我没有能力帮你，但可以为你引见一个人，一切就靠你自己了。"他似乎对她不够放心，问她，"你行吗？"栀子似乎听出这话里有别的意思，便问"什么行不行"，表哥朗声大笑道："男人都是很坏的。你行吗？"栀子也笑了起来。

表哥说："女人最容易成事了。聪明的女人既成了事，又毫发未损——这类女人最可怕！次一些的虽成了事，却也付出了一点小小的代价——"说到这里，他"轰"的一声又笑开了，"最笨的女人是既折了身体，又赔进了许多感情。"说得两人都笑起来。

栀子不禁冷齿，笑问道："男人都这么坏吗？"

表哥侧头认真地打量着栀子，把一双眼睛细细地眯起来，脸上开出许多笑纹。"不，"他摇头认真地说道，"他们一点也不坏，他们都是好人，有地位，有身份，是正派人。他们是男人。是对女人有用处的人。"他把手搭在栀子的肩膀上，轻轻地拍她两下，"你应该长大，你已经不小了。"

表哥约请潘先生喝茶，是在一家叫做"天水雅集"的茶馆里。那是一个有阳光的星期二的下午，人很少。那潘先生大约四十岁光景，身材不高，微胖，神色屹然而含糊。他是一家报社的副总，同时在大学的新闻系兼任客座教授。席间两个男人谈起了最近两个月的文化动态，以及表哥所在的出版社要出的一套关于西方文论的丛书。栀子淡淡地坐着，不时地侧头看橱窗外的街景，看见许多行人在走路，在阳光底下，非常匆忙地，有种落日荒荒的感觉。有一个小孩子在橱窗前站住了，看着栀子，他的黑色的棉衣在窗玻璃上打着阴影。栀子突然看见孩子的黑棉衣上凭空长出一双眼睛，那是潘先生的眼睛，侧着头正打量着她。栀子的心里不由得一凛。栀子并没有回头，仍在那儿静静地坐着。小孩子一会儿就跑开了，橱窗前一片明亮，潘先生的眼睛也消失了。她听见了他和表哥说话的声音，那声音非常安平，稳妥，在清寒的空气里震荡着。她回过头来看着他，他也微笑着看她，栀子的心再次一凛。

一星期后，栀子问表哥工作事宜。表哥说："你打电话给他。"栀子木然地问："谁？"表哥便笑了起来。他说："没问题的，你是女孩子。你知道你的长处是什么吗？你的长处就是会得到很多男人的喜爱，他们会帮你。"栀子说："就我一个人去约他吗？"表哥说："当然。"栀子笑了起来："他是有经验的人。"表哥说："他也善良，他会帮你。"

潘先生爽快地赴了约。他们一起吃了晚饭，后来又去泡吧，那是位于湖南路的一家僻静的小酒吧，时候尚早，客人不多。潘先生要了一杯啤酒，从高高的柜台上走下来。在那幽暗的灯光下，她看不清他的脸，只觉得他的肩很宽，腰板笔直，铁打一样的影子，落在墙上，倏地朝她这边横扫过来。

整一个晚上，栀子觉得自己是站在她的体外来打量着潘先生，她与他隔得很远，他们是不相干的人。及至他坐到她的对面，他的眼睛一直看到她的眼睛里去，他口齿的气息喷到她的脸上；及至很多天后，他的身体进入了她的身体，他们彼此有了一些了解，并升起了一些温情（她不愿意承认那是感情），栀子觉得这种距离感仍是存在着的。

潘先生喝酒的姿势很好看，他并不看栀子，低头自顾自地喝着，像在沉思；有时也抬头看着前方，不明所以然地，又低头喝起来。他喝得很慢，右手举着杯子，在半空中停住，左手打着榧子，声音控制在一个合适的分贝内。他举杯子的那只手漂亮极了，白皙而修长，手指轻轻地托住杯身，指尖在杯柄子里有节奏地拍打。

有时候他会看她，并不说话，只是微笑着；也不避她的眼光，非常温厚地、笃定地，从他的眼睛里看不出所以然来，栀子反不知该怎么办了。她想，这是一个有相当阅历的男人，也许是个情场老手，也许他非常喜欢她——这大概不用怀疑，他从不隐瞒这一点。她不知道该怎么办，她现在还看不出他们之间会发生些什么，是否会发生——这不是由她来控制的。她只能在此等待，兵来将挡，也只能如此了。

栀子理想中的情形是，既要得到这个男人的帮助，又要让他一无所获；既要拒绝他，又不能开罪他。她觉得自己是个有野心的人，还有点贪婪。她并不讨厌潘先生，当然也谈不上喜欢他……然而两人都是聪明人，都明白对方在想什么；两个男人和女人，也有感情，也有身体。他们之间要是发生一点什么，自然不太好；要是什么也没发生，似乎也不好。栀子一下子不清楚这其中的分寸该怎样把握。

潘先生去了一趟洗手间，回来时挨着栀子的身边坐了。在那幽僻的角落里，人们看不见她，她也看不见人们。两个人闲闲淡淡地说着话，潘先生的声音很轻，栀子并不关心他在说什么，然而出于礼貌，她还是把身体微微前倾，做出很关注的样子。她觉得她和他之间的气氛不好，很猥亵的一种感觉。她不喜欢这样，也力图在改变着。她认真地听他讲话，不时地点头，微笑着，非常明朗的样子。她觉得自己在纠正他。

她跟他说起她对上海这座城市的感受，在这里生活了七年，她喜欢它，然而她觉着陌生，她不能融入到这个城市的气息里。"那是为什么？"潘先生笑了起来，说："在上海，漂亮小姑娘是受欢迎的。"栀子思忖着，抬头看着吊在半空中的一盏灯，周围有密密麻麻的、蠕动着的空气。她正试图找到一种更接近本质的回答，突然从余光中看见潘先生又在打量她，栀子抿着嘴巴，感觉周围的空气狠狠停顿了一下，突然静默了。她已经不知道自己要回答什么了。

潘先生说："可是你想留在这个城市？"

栀子耸耸肩，很为难的样子，"也许吧。我不太清楚。"她笑了起来。

"那又是为什么呢？"潘先生问。

"为什么？……"栀子细细地重复着，拿右手按住前额，朝潘先生侧转过去，笑看着他，有点风情。她说，"我想，也许就因为它对我是陌生的。"两个人都笑了起来。

潘先生握住栀子的另一只手，很用力。他的手掌宽大温暖，充满肉欲。这是一双灵活的手，栀子静静地想，然而内心却禁不住一震，很是吃惊。她没想到潘先生这样快，这样禁不起等。潘先生说："那我对你可是陌生的？"他的声音就在她的耳旁响起，他的衣衫触到了她的衣衫，发出"沙沙"的声音。栀子正色看着潘先生，他们离得如此之近，她听见了他的呼吸声，平缓的，温和的，同时也是男性的，进攻的……很复杂的那种。栀子看见了他的眼睛，含情脉脉的……一双四十岁男人的眼睛。栀子从没指望一个四十岁男人的眼睛会让人觉得愉快，然而它哪怕下流、懒惰、疯狂，它也不应该是这样。栀子说不好他的眼睛是什么样子，然而她不喜欢，可是她也不讨厌他。就是这样，她不讨厌他。

栀子后来思忖着，到底是什么使她和潘先生很"隔"，内心不容易亲近；就像两个萍水相逢的陌生人，在那空旷的世界里突然相遇了，也曾欢喜，也曾感恩，需要和被需要着，有过身体与身体的短暂而深入的交接……两个好人，彼此有一些了解，然而也就这样了。

潘先生形容不够偶傥，然而男人大多是不怕丑的，丑到极端反而会生出一种趣味来。再说潘先生不丑，只是矮了点，胖了点，不太像那么回事。但是有一次，他到她的住处来看她（她在校外租住了一套房子），那是一个晴朗的冬天的晌午，天很冷，也有风；她在弄堂口等他。她买了一块烤红薯，握在手里，细细地剥着焦脆的皮；突然想起一首情歌里唱的，"我在等我亲爱的人，在这无人的寂静的午后……"她希望他能看到这一幕，也并不为什么，只因为他是男人；她愿意用一生的时间去等待一个男人，就像这首情歌里唱的，在冬天的弄堂口，也有阳光，也有风。她弄不准那个人是不是应该是潘先生。

潘先生来得很迟。栀子吃完了烤红薯，在人行道上百无聊赖地站着，她低着头看自己的脚，看见有许多行人从她身边走过，有影子落在她的脚上。偶尔她会抬头看一眼前方，非常空漠的，冬天的梧桐在风中发抖，阳光更明亮了。这时她看见了潘先生，从马路对面向她走来。他穿着一件黑色的冬衣，里面是一件土灰色的半高领羊绒衫；外衣是敞着的，衣袂在风中飘飘。他仿佛是看见她了，然而没有任何表示，只是冷漠地、坚硬地走着；他的步子很大，手抄在裤兜里，风吹乱了他的头发……栀子觉得自己的心微微跳了一下。

栀子仿佛一下了往后跌了很远，站在一个更高远、辽无人烟的地方来打量着潘先生，他周围的环境，树木，街道，人群；来打量着上海，她自己；她和这个男人之间还没有开始的故事。她又一次觉到了那种陌生感。这样一个具体的、活生生的男人，是可亲可爱的，知己的，然而他是个陌生人。

潘先生没有解释迟到的原因，他站在栀子面前，微笑着、斜睨着眼睛看她，久久地看着她。栀子喜欢他看她的姿势，男人气的，自上而下的，有点坏的……很要命的那种感觉。潘先生拿起栀子的双手，焐在自己的手里，问："冷不冷啊？"栀子便笑了。耸着肩，孩子气地看着他，很要命的一种感觉。

栀子想，她有一天可能会跟这个男人睡觉。当然，这是不可避免的，她早就应该预料到这一点。潘先生那边，恐怕比她更早就这种打算。本来，一对男女的相处，是最终要发展到床上去的，才为了结。栀子已经二十四岁了，虽然在学校做了十几年的书呆子，然而这点理解力还是有的。

　　栀子觉得自己的欲念并不很强烈，然而不知从什么时候开始，她可以把身体和感情分得很清楚。她不是那种随便跟人睡觉的女孩，她曾有过牢固的道德观，现在也不能说她就没有道德观，然而睡了也就睡了，她并未失去什么，当然也并没有得到什么。

　　这种变化并不是因为潘先生而起的，然而也不能说就与他没有任何关系。面对这样一个老道的男人，有经验，有好的胃口，不害羞，栀子能拒绝他，然而她恐怕拒绝不了自己。他挑起了她身体内最敏感的那个点。她不讨厌他。她有一天会跟他睡觉。

　　栀子想，到底是什么使她变成了现在这个样子，也不是不好，当然也谈不上很好。它更接近于人的真实，远离理想，而这正是栀子害怕的。她觉得自己离从前远了，仿佛她从她的身体中走出来，变成了另一个人。这个人既陌生又熟悉，既让人喜欢，又觉得讨厌……她是一个女人，一个只听从自己身体需要的女人。

　　栀子想起了从前念本科的时候，曾经为高中时代的一个男同学吃尽了许多苦，然而天知道她连他的手都没碰过。他们是好同学，读初中时就同班的，一起慢慢地长大……就因为是好同学，谁都不敢去碰它。有一年寒假，他到上海来看她（他在北京念大学），约她一起回家。他们在雪后的街上走路，从嘴里呼出来的热气像白雾一样地遮住了彼此的脸；有好几次，他是下决心要说了，然而他看见了她的眼睛，也许是她看见了他的眼睛……她知道，那句话怕是今生也说不出来了。他后来留在了北京，在一家律师事务所工作，不久后结了婚。然而栀子知道那是怎么回事。

　　……像现在，栀子觉得自己完全脱离了过去，站在了一个相当高的地方来看她的从前，才觉得一切豁然开朗。从前有多么傻，她应该知道男女之间是怎么一回事……她应该知道。然而有时在某一不经意的瞬间，走过一条小街的拐角，看见空中一片翻飞的落叶，手指压在书页上……她会想起从前的那个人，那个高中男同学，中等个子，脸微黑，长得不见得有多么吸引人；然而就是那么一个人，他在那儿，安安静静的样子，说话的声音很清朗，笑起来有一口好看的白牙齿。她在他身上投入了四年的情感，然而他们连手也没碰过。栀子感觉自己的心在发紧。

潘先生在市区有两套房子，一个大居室，一个小居室；他把大居室用来安家，安置妻儿，和自己道义上的那个身体；小居室用作书房，招待不便也不必见妻儿的朋友，和身心合一的那个自己。连他自己也不清楚，这两个居室中他更看重哪一个，一个道义，一个情感，他似乎都需要。两个居室是相辅相成的。

栀子进的是那个小居室。当然大居室她也进过，那是在他妻儿不在家的时候。她在那儿呆了一个晚上，在他的卧室里看看书，看他年轻时的照片，他的结婚照，他和儿子在幼儿园扶梯上的合影（如今，他儿子已念初中了）。

他卧室里的灯光很暗，她不得不打开床头灯，倚着床沿，席地而坐。有时候她会从照片中抬起头来，仰着头，望着天花板。她把四肢自由伸展，脚触到了地毯的花纹……她并没有做什么，然而内心还是有一种稍稍放任的感觉。

潘先生在厨房做菜，一边引栀子说话。声音穿过整个客厅，变得大而夸张。"你喜欢吃辣吗？""可以。稍微放一点。""你说什么？""我是说，我喜欢清淡的。"栀子大声地说。她听见了潘先生在厨房里大声地笑着，他的笑声很能感染人。有时他会跑出来看她，手里拿着勺子，腰上系着围裙……在他眼睛能够得着的地方，远远地、微笑着看着她，很满意的样子。栀子也抬头看他，手托着腮，非常安静地，觉得自己像是在看他，又像是在看另一个人。她好看地微笑着。

潘先生说："我的菜……"回身就往厨房跑；两个人都笑了起

来。栀子这边像是发了疯，越发不可收拾，笑了很久。她听着自己的笑声在房间里流淌，流过床，女人的内衣；流过梳妆台，挨挨挤挤的家具……又流回来。栀子觉得自己的眼泪都笑出来了。

那顿饭吃得甚是讲究，两个人并肩坐在客厅的长桌上，偶尔听见刀叉相碰的声音，和衣服的磨擦声。所有的窗户都关闭着，天鹅绒的窗帘垂下来，灯光是经过精心调制的，不远处的角落里响起遥远的音乐声……到处都是音乐声，忽明忽暗的，像风从远处带来一个陌生人说话的声音，只是听不清楚。

栀子想，原来潘先生竟这等有情调，懂得生活，以及生活里那最漫不经心的地方。然而栀子仍觉得这里头的空气是从前的，有点老了，和现在的她不太适应。她也奇怪着，她和潘先生相差不过十几岁，何至于此，像真正的两代人。潘先生替栀子夹菜，也笑道："我发觉我待你就像父亲待女儿一样。"栀子不置可否地笑着。

潘先生问："你觉得这儿怎么样？"

"很好。"栀子侧头打量了一下客厅，笑着说道。

"什么很好？"潘先生又问道。

"屋子里的空气很贞洁。"栀子大笑起来。

潘先生也笑起来，捏捏栀子的耳朵，"你今晚可想放荡一回？"

栀子抬头看潘先生，非常吃惊地笑着，摇了摇头。

"为什么不？"潘先生问。

"我不是放荡的人。"

"哦，你不是吗？"潘先生笑了起来，放下筷子，认真地看栀子。

"我是吗？"栀子正色问道。

潘先生低头想了一下，说："你是！"

"何以见得？"栀子的声音有些吃紧。

"从见面的第一天起，我就知道你是。"潘先生两手交叉，拇指抵住下巴，轻声地笑出声来，"这不需要什么理由的，男人看女人有时凭直觉。"他侧头看栀子，又说，"还有你的笑声，你自己可能没有发现，那绝对是一种放浪形骸的笑。"

栀子听了，禁不住又是一阵大笑。潘先生说："这下子你知道了吧？"栀子笑了很久，头埋在桌子底下；看见桌椅和人的腿，互相交叉着，呈八字形的样子。不知为什么，栀子突然感觉到来自现实深处的的悲哀和恐怖。她抬起头来，看了一眼潘先生，说："不知道，我并不了解我自己。"隔了一会儿，她又说，"你也是。"

潘先生的小居室坐落在太原路上，那是一间单室套的房子，带有一座临街的阳台。潘先生曾多次向栀子描述这间房子，他说着说着就会笑起来，眼睛直看到栀子的眼睛里去；栀子也笑了，她知道他的意思，然而她并不表示什么。

他们时常一起吃饭，饭后会沿着某条僻静的小街走路，很慢很慢地走着；栀子想，这样的方式对于潘先生和她是很不合适的，因为太缓慢，太暧昧了；也许每个男人都没有这样的耐心，请一个年轻女人共进晚餐，仅仅是为了饭后陪她一起走路；他们不能容忍自己犯这样的错误，一生中什么风雨都经历了，直来直去，饱经沧桑，却在这样的年纪，这样的地方—— 一个离"事实"很遥远的路口，陪一个女人罗曼谛克地走路……他们会笑话自己的。这是一个错误。

潘先生提出要找个地方坐坐，说说话，他说："地点你来选，酒吧，茶座……还有我的小居室。"他说着笑了起来。

栀子也笑了，因为知道他是为什么笑的，所以大笑了。然而末了，她总是小心翼翼地选择酒吧或者茶座。她想，如果她和他之间注定要有事情的话，那么为什么不让这件事情来得迟一点呢？她可不愿意轻易地就被一个男人得到，虽然她也知道，迟得到和早得到一样是得到，本质上没有太大的区别。

潘先生并不问什么，他看着她，不介意地笑着；栀子不喜欢他的笑，把什么都看得很明白，那么笃定。他现在倒有足够的耐心了，他就知道她跳不出他的手掌心！他凭什么这样认为，谁给了他这样的信心？说到底他对她又了解多少？就算有一天，他得到了她的身体，他就以为他得到她的全部了么？……然而潘先生也许并不要她的全部，他只要她的身体！栀子感觉自己有些气短。

他们站在路边等出租车，栀子看见路灯下他们的影子，互相交织在一起。她想着，她今生可不愿意和一个男人这样糊里糊涂地纠缠在一起，她是个清白的姑娘，她要过明亮的、坦白的生活，要有爱，要被负责任。她对自己说，现在撤身而退也许还来得及……可是她为什么要退？她并不怕失去什么。她什么也没有，孤苦伶仃的一个外乡女孩子，上海的冬天又这么冷，她需要帮助，抚爱和温暖。——她害怕失去贞操吗？然而她立即在心里大声地笑出来，第一，她没有贞操，她在大二那年的暑假失去了这个劳什子，她觉得很好，很轻松，像平白无故地丢了一个包袱。那是中文系的一个男生，和她同届，上大课时认识的，他有女朋友，然而他对栀子很好，弄她的身体时很小心，很爱怜。他安慰她，跟她说起许多，以及他的女友……她明白他的意思，她是个有自尊心的人，不能因为跟一个男人睡觉，就强迫他必须爱她、娶她。她不能让人瞧不起，她立即做出不介意的样子，反过来安慰他，说着很多让他放心的话……然而只有她自己知道，她快要哭出来了。她受到了怎样的伤害！她并不以为她会爱上他，她从来什么事都不当真，他也是！然而他不能说出来。她不让他负责任是一回事，他不愿意负责任又是另一回事，他不应该说出来！第二……也许没有第二。这是1996年12月15号，栀子二十四岁了，她是女人。她有身体。在世纪末的今天，没有谁会关心她是不是处女，她是否还贞洁？这会让人笑掉了牙齿。

潘先生并不答理栀子，一个人旁若无人地站着，眼睛看着前方。栀子站在他稍后一点的地方，看着他的侧影打在自己的身体上，整个罩住了自己。天很冷。她不知道这是怎样的一个男人，他在想什么，他是否快乐，是否不快乐，是否喜欢她，是否对她不以为意……直到现在，她对他竟一无所知，这是栀子略略感到不安的。她觉得她在他面前很小，越来越小，渐渐地低沉了下去。她感到害怕。

潘先生伸手拦了一辆"TAXI"，大踏步地自顾自地走过去，他拉开后座的车门，立在门前静静地等栀子。今晚他出奇地冷静、淡然、雅皮，他的矮小的身躯在寒风中……变得有力。栀子一路小跑过去，低着头钻进了出租车，潘先生抬手关上了车门。他自己坐在前座。他对司机说："太原路。"栀子吃了一惊——也许自以为是吃了一惊。在寒风中站得久了，乍一到空调车里，栀子觉得自己无论是身体还是意志都变得软弱了。她不停地打着"喷嚏"，像猫一样地呻吟着。潘先生无动于衷地坐着，连头都不回一下；他的宽大的脊背立在栀子面前，像一堵厚实的墙。

那一瞬间，栀子突然有些感动。她对这个男人产生了一种强烈的服从欲望，她听见了她身体坍塌的声音，她觉得可亲而温柔。今晚她喜欢他，是的，今晚。她承认他是莽撞的、专制的，然而也是可爱的，像似曾相识的陌生人。

潘先生的家在二楼，这是走下出租车时他告诉她的。栀子"嗯"了一声，潘先生便笑了起来，说："你是不是预备说点什么？"栀子确实想说点什么，她最想说的一句话是"我叫你带我去酒吧，可没叫你带我来太原路"，这句话在心里反复说了很多遍，一路说下来，包括它的声调，语气，个别词的重音，包括她自己的神情，是调侃的，嘲讽的；抗议的，服从的；娇嗔的，嗲的……这是这种场合里再合适不过的一句话，很完美，很轻。然而栀子知道，单单为了说这句话而说这句话，似乎很蠢；而且在心里练习了很多遍，当真说出来时，未必就是合时宜的、不显得唐突的。

栀子轻声笑道："我还是什么也不说的好。"

楼道没有灯，在一楼的楼梯口，潘先生把手伸给了栀子。他们一步步地上楼。栀子和潘先生之间隔着一层阶梯，他上一步，她也上一步；有时他会停下来，并不为什么，只一瞬间，他又开始走路了。在黑暗中，栀子看不见他的人，然而知道有这么一个人存在着，在她的前方，在拉着她的手。她觉得这是好的。

楼梯很短，潘先生在一堵门前站住了，他仍没有放开栀子的手。他在衣兜里窸窸窣窣地摸钥匙，然后换了另一只手，重新握住栀子的手，在衣兜的另一侧找钥匙。他把门打开，侧身进去，栀子也进去了。栀子立即感觉到她被一种力量包裹着，进入了他的怀抱。他抱她很用力，手伸进了她的衣服里，在她的脊背上揉着，栀子听见了她骨头清脆的响声，她觉得疼。他吻她，嘴唇在她的脖子上寻找，她闻到了他咻咻的鼻息；他的舌头卷住了她的舌头，他的嘴巴堵住了她的嘴巴，他撕扯她，咬她，让她疼。从来没有人这样吻过她，满头满脸的唾沫，绵软，疯狂，从来没有。

他把她往墙壁堆，很用力，栀子觉得自己快要进入墙壁了。她感觉他的膝盖绕过她的身体，她听见门在身后发出"咣当"的响声。门被关上了，屋子里的灯没有开，两个人的身体在黑暗中静静地对峙着；他仍抱着她，也许是她在抱着他，非常紧密地，然而已经安静下来了。她在他的耳边说："那么鲁莽。"一句意义含糊的话，她不知道自己……是不是有点喜欢。她不知道他听见了没有，他仍抱着她，没有任何表示。在黑暗中她看不见他的人，然而她知道有这么一个人存在着，在她的对面，在抱着她。她觉得这是好的。

栀子后来多次回忆起那天晚上，她和潘先生之间的情形。他的房间里有电手焐子，他用"热得快"烧水，他的床很小；房间里有很多书，有古旧的收音机和音乐，六七十年代的美国乡村民谣，从木吉他里轻轻地流出来。

栀子听了一夜的音乐，后来就睡着了。第二天醒来的时候，屋子里的壁灯还亮着。那一瞬间，她以为她是睡在自己的房间里，只是有点陌生。窗帘颜色变了，桌椅挪动了地方，褥子更加柔软……栀子后悔昨天晚上没有回去。她喜欢清晨醒来，睡在自己的房间里，看见的是日常的旧东西，自己的桌椅和书本，红漆地板上的纸屑子，阳台上的一把旧雨伞。她喜欢置身于自己的物件之间，哪怕是犯错误，然而她喜欢。因为可以原谅。

栀子的意识很清醒，她知道自己身处何处，并曾做过什么；她对自己说：这是在上海，某年冬天，我二十四岁，研究生毕业，正在找工作；我睡在一个陌生男人的房间里，他刚认识不久，和我睡过觉。我很好，身体健康，快乐，长得不丑，前途无量，只是现在很穷。

栀子看见窗帘的一隅没有遮严，阳光从窗外射进来，落在条纹地板上，像水一样地荡漾着。栀子想，这是几点了，难道是中午了么？她记得潘先生昨晚临走之前跟她说，他今天上午过来，中午和她一起吃饭。他让她等他，并且说那个晚上"他过得很愉快"，对，他就是这么说的。他看她时的眼睛……依旧深情，脸部线条柔和，动作粗野而温柔。栀子木然地耸耸肩，潘先生立马感觉到了，说："你不愉快吗？"栀子摇摇头。潘先生又问："那就是愉快了？"栀子又摇摇头。潘先生笑了起来，说："你不至于后悔吧？"栀子反倒有些不好意思了，跟着大笑起来。

潘先生说："不能不回去的。她会有察觉，她有这儿的钥匙，以前曾经闹过。"栀子问怎么闹的，潘先生朗声笑起来，说："被撞见了呗。打了一架。后来要离婚。""谁要离？""是我。后来她也同意了。不知为什么最后却又不了了之。"见栀子不说话，潘先生逗她说："怎么了？不高兴了？"隔了一会儿，潘先生又说："想叫我留下来是不是？"栀子忍不住笑起来，仍旧不说话。潘先生看着壁灯足足有两分钟，最后说道："我打个电话回去就是了，就说今晚单位有事，不回去了。"潘先生的手机放在客厅的沙发上，他起身去拿手机，栀子一把拉住了他，说："算了，你还是回去吧。"潘先生重新仰面躺下，并不说话，眼睛看着天花板。栀子说："我想，也许我喜欢一个人单独睡觉的。"

潘先生那晚很迟才回去，他衣冠整齐地坐在床边，和栀子说话。偶尔他会拨弄着她的头发，把她蓬乱的头发弄整齐，再把她的整齐的头发弄得蓬乱；他拉着她的手，指尖在她的手心搔痒，栀子轻声地笑出来。潘先生说："你有很好的身体，你发现了没有？"栀子笑道："有人曾经对我这么说过。"潘先生说："是男人吗？"栀子说："当然，只有男人会说这样的话。"潘先生笑了起来，隔了一会儿，又说："有很多男人喜欢你吗？"栀子把手伸进被子里，身体往下缩了缩，以一种更舒服的姿势和潘先生说话："他们喜欢我，也许只是喜欢我的身体。"潘先生笑了起来道："哦，何以见得？"栀子说："一个女人的身体太好了，会让人忽略除身体以外的很多东西的。"潘先生正在喝茶，两手托着杯身；听栀子这么一说，他把身体往藤椅上靠了靠，看着栀子，继续喝他的茶。

潘先生说："你以为一个男人怎样对待女人才好？去爱她们

吗？这对女人来说很重要吗？"栀子想了想，笑了起来："也许不重要……我不太清楚，反正我从来没被爱过。"潘先生说："但是爱过别人？"栀子想起了那个高中男同学，隔了那么多年，她偶尔还会想起他，然而那不能叫爱的，他们之间什么也没有。

午夜的收音机里传来"沙沙"的噪音，潘先生说："节目结束了，音乐台的主持人下班了。"他把椅子往后挪了挪，侧身去换收音机的调频，然而收音机里没有人的声音，只有电波单调的"沙沙"声，潘先生关掉收音机，起身为自己续了水，重新坐到栀子的床边。

屋子里非常安静，栀子把身体稍微抬了抬，她听见身体和被子磨擦的响声。她坐起来，倚在墙上，潘先生从床头拿过一个靠垫，垫在她的背上，说："往下躺一躺，小心着凉。"他替她掖着被子，说："是这样的，我在男女关系上的想法也许更为朴素一点，身体的接触不一定是坏事——"栀子说："我知道——"潘先生说："你不知道，你根本就不知道我在说什么。"他望着墙壁，过了一会儿，他又说话了："如果一个男人喜欢你的身体，见你第一面就想跟你睡觉——"栀子大声地笑出来，潘先生很吃惊，问："怎么了，有什么不对的地方吗？或者我说错了什么？"栀子滑到被子里，把头蒙起来，在被子里笑成一团。潘先生也笑了，边笑边等着栀子。

隔了半晌，栀子才重新露出头来，边笑边说："你知道我刚才笑什么吗？确实有很多男人对我说过，他见我第一面就想跟我睡觉。"潘先生也笑了起来，说："噢，是这么回事，原来不止我一个人有这种想法。"栀子把脚一蹬，重新拿被子蒙住了头，在被窝里大声笑道："好啊，原来你也有这种想法。"潘先生说："这难道不很正常吗？"栀子从被子里只露出一双眼睛问："为什么？我不明白这是为什么？"潘先生说："因为你的身体很好，真的很好，很性感。"栀子说："我一点也看不出来，我不胖，胸脯很小，神情又不娇媚，"她说着大声地笑出来，样子有点委屈，"真的，我一点也看不出来。"潘先生说："性感跟那些是没有关系的，你刚才说的是肉感。"栀子说："这有什么不一样吗？"潘先生想了想，觉得回答起来有些为难，不过他还是说了："不一样的，也许性感更持久一点，更上等一点，然而……真的说不准。两个同样是吸收男人的方式，也许性感更有内质一些，它不是人为的东西。"

潘先生侧着头，吊着一双眼睛看着栀子，笑道："有多少男人跟你说过这样的话？"栀子说："说过什么样的话？"潘先生说："咦，你忘了？就是说第一次见面，就想跟你……"栀子笑了起来，她皱着眉头想了想，说："不知道，忘了。"潘先生又问："逃过了多少？"栀子笑道："大部分都逃过去了。"想了想，又补充道："绝大部分。"潘先生大笑起来，笑了很久。他说："可是为什么这次不逃？"栀子侧着头，看着枕巾上的花纹，沉吟着说："为什么这次不逃？为什么？……"她微笑了起来，说："也许……我也不太清楚。大概是因为天很冷，意志力很薄弱。"两人同时放声大笑。

潘先生说："我一直在想一个问题，在男女关系上，女人总是觉得自己处于弱势，男人普遍认为自己占了便宜，比如说，你刚才用那个'逃'字。"栀子说："我没用那个字，是你先说'逃'的。"潘先生想了想说："可能吧。这个问题在我身上也是存在着的。可是女人为什么要逃避男人，她们害怕失去什么？事实上，她们什么也没有失去，也许相反，还会得到很多。"他说着笑了起来，然后又正色说道，"我是说，就是那么一个人，还在那儿，还要生活着。她很正常。"栀子说："女人逃避大概是出于本能，我们小时候就被告诫着，要远离男人，不要轻易地付出自己的身体，除非得到足够的保证，比如婚姻，再比如爱情。我们把身体看得比什么都重要，尤其在中国。"潘先生摇摇头说："其实一点也不，你们把身体看得很轻，你们希望通过它，得到很多其他的利益。"栀子羞赧地笑起来，说："我大概不会吧。"她突然想起来，她是因为工作的事情来求助潘先生的，他们之间是一种帮助和被帮助的关系。栀子觉得自己一下子跌了很远，跌到了一个她根本就想不到的地方。在她和潘先生之间，隔着一堵墙。

潘先生说："你们总是亏待自己的身体——当然我不是说你，你还要好一点，你是个真实面对自己身心的女孩子，你知道自己需要什么，知道哪些事情是应该做的，哪些事情不该做，你把一切事情都控制在一个适当的范围内，可是有时候你也有矛盾。"栀子笑了起来，好奇地问："你倒说说看，我什么地方矛盾了？"潘先生斜靠在藤椅上，手托着腮，食指轻轻地刮着下巴，笑道，"你的矛盾就是，你喜欢放纵自己，接着就开始后悔。可是问题是，假如你不放纵自己，你也会后悔。"栀子吃惊地笑起来，好像第一次发现了自己一样，说："是吗？我是这样的一个人吗？"潘先生淡淡地说："我倒希望你不是。"

两个人很长一段时间没有说话。栀子侧躺着，视线的范围控制在潘先生的一条腿，和藤椅的右扶手之间。她想，这是怎样的一个男人，她对他还不够了解，而他对她好像已经摸透了一样。看得出他对女人是很有经验的，他知道分门别类地对待每一个女人，他可能也会讨某一类女人的喜欢。当然，他是个好人，风趣、健谈，然而好像也就这些了。

栀子不懂潘先生为什么对自己说这些，她只不过是一个很普通的女孩子，在校园里长大的，未见得有什么非凡的理解力；她将来恐怕还是要过日常生活的，有普通人的伦理和道德，过她的庸俗的小市民的生活。也许他喜欢跟一个女人说话，这在他是一种亲近的表现，表明除了对她的身体感兴趣以外，他还愿意跟她说话；也许是因为他喜欢她（当然……这难道值得怀疑吗？），她年轻，好看，可爱，性感（这是他说的），恰好她又有求于他……他何乐而不为呢？可是栀子总不愿意承认他们之间仅仅是这些，就是这些解释，仿佛她跟一个男人之间……那么清楚，三言两语就说完了。

栀子愿意潘先生喜欢她，因为她是独一无二的那个个体，她是栀子，她有区别于其他女孩子的不可替代的地方，哪怕是坏，也要别具一格，给他留下深刻印象；他也许不爱她（她也不需要他爱），但是她要他记住她，她要给他造成强烈的冲击。她觉得她对男人的野心又出来了。

可是她会爱他吗？——她这样问着，心里已经在笑话自己了。她知道，这是一个典型的女人问题。普通女人在跟男人有过身体接触以后，总是迫不及待地追问这个问题；栀子明明知道她和潘先生之间永远不可能涉及到那个字，然而她还是要问，她爱他吗？栀子抬起头来，看了潘先生一眼；事实上她连头都不需要抬，就可以回答这个问题：不，她不爱他。现在不，将来……恐怕也不。

她抬起头来看着潘先生的脸，现在，他跟她已经很熟了，他们说过很多话，探讨过很多问题，彼此达成了协调和谅解，建立了某种情感联系……然而他是一个陌生人，她几乎不认识他。他们还会相处下去，可能会更好，关系更加深远而密切，彼此很愉快，甚至有点留恋……然而栀子知道，也就到这一步了，不可能再前进了。

栀子也不知道，她和潘先生之间到底缺了什么，那么一个活生生的男人，风趣，优雅，富有，正坐在她的面前，几个小时之前曾经肌肤相亲，现在正拉着她的手，看着她，彼此可以感觉对方气息的存在；就差那么一步，她以为是跨过去了，然而没有。栀子不知道这个问题对潘先生是否也存在着，然而他多半还没想到这个问题呢！男人多半是不想这些的。

潘先生曾说起他对生活的理想，那就是在不久的将来，买一辆私家车（他已经考了驾照），一幢在价格上他可以承受的花园洋房，出国旅游……他说："我要每天开车送小家伙上学，直到他高中毕业，有自己的车，有女朋友。"

他们说起现时的制度，于他们是有益的，然而它来得似乎太迟了。潘先生说："等到我们一切都拥有的时候，我们已经老了。"他看着栀子，手指插进她的头发里去，笑着问她，"你也会老吗？"栀子抬头看着远方，她看见白的墙壁，几张桌椅，一扇关闭着的窗户，一个男人的侧影……事实上，她几乎看不见远方，她还很年轻，她什么也没有。然而她知道她会老的，总有一天，她会老得很惨。

她突然有些明白了潘先生，一个年届四十的男人，正值韶华，健康，饱满，热情，尖锐，正因为如此，才格外感觉到危险，巅峰期一过，人便一步步地往下堕落，速度很快，连他自己都吃惊着：丑，无力，懒惰，健忘……栀子能够容忍四十岁的男人犯错误，哪怕罪恶深重，也觉得可以原谅，因为不容易，很心酸。

有时候，他也会跟她讲起他过去的女人们，他的话不多，断断续续，神情极为节省。栀子一旁静静地听着，觉得这是一个与她不相干的话题，很遥远，像小时候听祖母讲传奇，听得很认真，然而她不能投入感情。栀子手托着腮，把一张脸好看地围起来，非常善良地、耐心地问："噢，是这样的吗？"潘先生抬眼看着栀子，便笑了起来。

栀子说："后来呢？"潘先生困惑地说："后来？"大约自

已也忘了讲到哪里了。隔了一会儿，他终于又说："后来她出国了，那是1988年。"栀子取出一根薯条，蘸着蕃茄酱（他们楼下有一家"麦当劳"，刚才上楼时顺便捎上来的）。栀子想，1988年是个什么概念？有多远？——仿佛也不太远，然而却是八年过去了。八年前，她才十六岁，身体刚刚发育，夏天从不敢穿透明的衣服，因为怕男生看见里面的胸罩。

栀子说："1988年，你是什么样子呢？"潘先生想了想，笑道："没有现在这样老，和现在一样喜欢女人，做过很多傻事。"栀子说："犯过很多错误？"潘先生说："是的，犯过很多错误。"栀子又说："现在再也不会犯错误了？"潘先生爽朗地笑起来，说："我估计不会了。"

栀子坐在沙发上吃她的薯条，屋子里非常安静，她听见了自己咀嚼的声音。不知为什么，她突然有些失望，自己也觉得没有来由。是不是因为潘先生那几句话？一个三十八岁的男人。一个三十八岁的，再也不会犯错误的男人。——栀子这才知道，她这一生根本不可能进入潘先生的世界；她原本也没想进去，现在的问题是，即使想了，也未必进得去。她没资格成为他故事里的女主角，她是个跑龙套的、身世单白的女孩子，而他已经历了风雨，不再犯错误。——他不爱她。

他不爱她！栀子恨恨地想，这个流氓，他不爱她，可是他想睡她。——他从见她第一面起就想跟她睡觉，他所做的一切，一切的言语，手势，俏皮话，无非是为了把她骗上床。栀子蓦地抬起头来，看着她面前的这个男人——他也在看着她，他的眼神很空茫。栀子便知道，他一定没在看她，他在看她后面的空气，空气后面的墙壁。他又在想他从前的女人了。

栀子只觉得颓丧，倍感着急；她也不知道事情怎么会发展到这个地步，她怎么能容忍自己堕落到这个地步！她这样一个清白、灿烂的女孩子，要什么有什么，好脾气，好心肠，好的身体，既古典又现代，既安静又疯狂……可是他不爱她，他不爱她，叫她有什么办法呢？栀子觉得自己一下子失去了平衡，在这场游戏里，她从一开始就失去了很多，她失去了尊严，主动权，信念……而这一切都是因为她失去了她的身体。

关于身体，栀子是这样想的：它不重要，对女人来说，它只不过是身体，需要维持它基本的需求，吃饭，排泄，做爱——她喜欢和谁做爱，就和谁做爱；和这个男人是做爱，和那个男人也是做爱；做爱不但能够得到快乐，然而比快乐更重要的，还是利益：妓女可以得到钱财，女间谍可以得到情报，女职员可以升迁，女演员可以出镜，女歌手可以扬名，女作家可以发表小说……栀子可以得到一份工作，留在上海。

栀子一遍遍地安慰自己说，没有问题的，她只不过和一个男人睡了觉——她要求他的帮助，必须和他睡觉；她并未损失什么，她又不爱他。等到他帮她找了工作，她就不和他来往了。她会遇到一个合适的、年龄相仿的男子，和他恋爱，嫁给他，她要住在玻璃的楼房里，有很多物质，坐在房子里就可以看得见风景，她要接来母亲和妹妹同住——是呀，这才是最主要的，她们要喧哗，歌唱，她们很强大。

栀子在一瞬间有了责任心，凭添了很多力量。她重新吃起薯条来，蘸着蕃茄酱，薯条有些软了，红色的蕃茄酱沾染了她的手指。她轻轻地吮吸着她的手指。她再次抬起头来看着潘先生，她看见他斜靠在沙发上，面前铺着一份报纸，那样子既像在看报纸，又像在想心事。

下午的阳光照在这个男人的侧体上，把他的影子拉得很长。栀子看着他地上的影子，不知为什么，她突然有些心疼，她想，那一定是因为她看见了自己影子的缘故，她的影子在沙发的另一侧，她和他隔得很远，永远沾不着边。栀子的心一紧，她发觉她的眼泪淌了出来。

栀子在那虚空里静静地坐着，无端地有些紧张，她听到了心猛烈撞击的声音。她想，这屋子里正在滋长一种空气，在她和潘先生之间，有一种危险的东西正在生成。她想道，有一天她可能会爱上这个男人——这难道很奇怪吗？因为他是男人，他就坐在她的对面，他们之间有如此多的可能性，生理的，心理的，物质的，情感的……这么多的可能性中没有一个能促使他爱她。因为他不爱她，他没有情感；因为他孤独，耽于回忆，因为他不会对她犯错误。也许说到底还是因为她自己，她和他一样是个没有爱的人——她从来没被爱过，包括她父亲的爱。这么多年来，她有着被爱的诸多可能性，生理的，心理的，容颜的，学识的，情感的，性格的……然而这么多的可能性中，男人单单看中了她的身体。

栀子突然明白，为什么这么多年来，男人只津津乐道于她的身体，见她第一面就想跟她睡觉？不仅仅因为它是性感的，更主要的，还是来自于它的安全。很多男人从见她的第一面起，就知道她是个安全的女孩子；跟她睡觉，是件干净利索的事情，不怕惹来很多麻烦，不怕她会闹着嫁给他。固然她是个极淳朴的人，无论是性情，还是衣着打扮言行举止，都没有太多让人想入非非的地方，然而一定是她的神情，她的身体所具备的姿态，她的眼睛所流露出来的信息，漫不经心的，游离的，软弱而善良的，兼具同情心和自尊心的，让人觉得有机可乘的……一定是这些，让男人们从此放了心，有了信任。

栀子认为自己就吃亏在这个地方，她太不拿自己的身体当回事了，也许正好相反，她是太拿自己的身体当回事了。她以为，它就是身体，然而不是，对于从古到今的所有女人来说，它更是别的东西。就像现在，对潘先生，她真后悔把身体过早地给了他。——这有什么好处？如果他现在还没有得到她的身体，那他至少还在努力，处于努力地把她骗上床的过程中。对一切女人来说，还有什么快乐能抵得上被骗的快乐呢？那里头几乎有一切：花言巧语，承诺，不安全，将信将疑。女人一生的努力，就在于如何使自己被骗，减少被骗到手的可能性，延长被骗的过程，增强被骗的艺术性。当真被骗上床了，那种乐趣也就完了。

栀子觉得自己在处理男女关系上，是个天生很迟钝的人。她不会"做"，她太性情。她经不住男人几句哄，她的心太软。她总想，大家都是不容易的人，被生下来，慢慢地长大，有欲望，最终走向衰亡。大家都不容易。

现在，潘先生骗了她，也许他自己也没想到，他竟会这么快得手。他这一生所学到的骗人的各种技艺还没有来得及施展，他自己也觉得堵得慌。然而他终究是快乐的，有一种微微的成就感。现在他不再骗她了，他从来没有像今天这样真诚坦言过，他跟她说起许多，他从前的女人们，他的感情。——栀子想起这个就生气，他凭什么对她说这些？他就以为她那么宽容，不会生气？然而潘先生也许早就不介意她生不生气了，他对她是懒得说谎了。

他们仍来往着，不闲不淡的。栀子因为受自尊心的支配，尤其要做出冷淡矜持的样子；潘先生那边呢，固然愿意跟一个年轻女人的关系保持得亲密愉快一些，然而要让他做出艰巨热情的努力，他也觉得没必要。而且大家都是很忙的人——栀子这一段时间把自己的身体完全给泼了出去。她在一个星期之内参加了十一个大大小小的人才交流会、招聘会、新闻发布会，填写了不下数百张的表格，和人交谈，握手，交换名片和地址……她是铁定了心要在上海呆下来，她在这个城市生活了七年，这里留下了她不多的、苍白的回忆。

有时候回到集体宿舍（为了找工作方便，最近她又搬回学校住了），在那木板床上躺着，听着窗外有男生在呼唤一个女生的名字，"张海燕"，清越的，铿锵的，再一声"张海燕"。栀子便想着，大学校园真是催人老的，像现在，她才不过二十五岁，便觉得在这种环境里已经呆不下去了。这里永远有很多：青春、骄傲、希望、爱情……它们与她都没有关系。

宿舍里没有人，虽然离毕业还有一段时日，然而已有些人心惶惶了。两个室友中的一个正准备考"GRE"出国；另一个正在热恋，三年内换了五任男友，和数十个男人保持着精神的、肉体的、情感的各方面的纠葛——生活对她来说倒也简单，她是为恋爱而生的。栀子只是奇怪，对有些女人来说，爱情是一件再简单不过的事情，她认为普天下到处都可以捡来爱，一个不相干的男人无意间扭头看她一眼，她就以为这是爱，至少说，这是爱的信号。而栀子恰好相反，她认为普天下的男人都不爱她，不要说是无意间扭头，就是有意间上了床，她也不以为他是在爱她。所以她常常委屈着，觉得这世上所有的男人都欠了她的。

栀子静静地躺在床上，闭着眼睛；偶尔也会睁开眼睛，看见窗外空茫的天，她又想起了那个叫张海燕的女孩子，她和她住在一幢楼上，然而她不认识她。想象中应该是个微胖的女孩子，比她年轻，长得不怎么好看却又喜欢打扮……栀子突然发现她这猜测里有难堪的嫉妒。她现在有理由嫉妒所有人，年轻的人，富有的人，找到工作的人，正在爱的人……她现在不能看见正在爱的人，她不能看见他们手拉手，最不经意的低头微笑，她不能看见他们接吻，固然她也在接吻，甚至比他们更热烈，然而那不一样。

栀子的身心很疲沓，一个星期以来，她很少有这样静下来的时候，面对她自己，想想未来，想想上海……觉得突然不能忍受这样的静寂，一分，一秒，七年，城市是与她不相干的城市，人是与她不相干的人。记起有一次走在淮海路上，是一个周末的下午，迎面走来很多人，摩肩擦踵的；也能听到他们的声音；也能看见他们的面庞，然而不知为什么，仍觉得隔膜；她大踏步地、努力地往前走，披荆斩棘，冲破层层的空气、灰尘、越来越多的人群，微雨……觉得正深入到这个城市的心脏里，然而没有，仿佛间又离这个城市越来越远。

这天，栀子在校园里走着，突然在图书馆门前碰见了"表哥"于波，两人在车棚前站了会儿，于波便问起栀子找工作的情况，栀子说："大概是要回杭州的。"于波很吃惊，栀子比他还要吃惊，因为她自己也没有想到。于波说："定了吗？"栀子说："定了。"栀子静静地听着自己的话，那么平淡而乏味，充满着疲惫，怎么也不懂自己，这么一个重大的选择就在一瞬间决定了。仿佛经过了人生的一场大劫，由戏剧性复归到日常生活里去了。然而她知道这其实是不相干的。

于波说："上海很难留吗？"栀子说："不，是我自己要离开的。"于波说："为什么呢？"栀子不能回答。她不能告诉他，这个城市引起了她无处不在的挫折感，她不能容忍自己跟这样的一个城市发生关联。

于波说："为什么不考博呢？四月份开考，现在报名还没有开始，完全来得及的。"然而栀子已经沉浸到她那悲壮的选择里去了，她要回杭州，过独身生活，她要和母亲与妹妹住在一起，她再也不要与任何人来往……栀子觉得自己下滑的热情如此之大，她听到了体内血液奔腾的声音。不管如何，她爱上了她的不负责任的选择，她以为这是一个牺牲和报复。虽然她也知道这其实是不相干的。

于波倚着自行车站着，一只手不停地摇着铃铛，隔了一会儿，他突然侧转过身来，看着栀子，说："想跟你说一句话，不知合不合适？"栀子说："你说。"于波说："你是个极聪明的女孩子，有的话不需要我说，你自己是明白的。不过也很难说，临近毕业，人的心态都很非常，很疯狂。所以对你又不太放心。我的意思是说，人可能会犯很多错误——大多数人是有犯错误的嗜好的。但即使是犯错误，也要明智，要有选择性。有的错误是可以犯的，比如在小节上，那绝对没有问题，因为它只伤你的皮毛，恢复很快。但是有的错误绝对不可以犯——"他看了栀子一眼，说："知道吗？"

栀子说："不知道。"

于波说："因为那没有价值。"

栀子抬起头来看着于波，不觉凛然。于波又说："真的，那没有价值。"栀子思忖着于波的话，她不知道他为什么跟她说这些，当然他是她的师兄，然而他极少有这样认真郑重的时候——他知道了多少？

于波说："留在上海。工作或者考博，好好地善待自己。其他什么都不重要，重要的是你要好好地生活着。"栀子说："我不知道……"不觉低下头来，发觉眼泪汪在眼里。她这么多年来所受的委屈全来了，家道衰落，外乡人，没有友爱和朋友，拮据的生活……

于波摇摇头笑说："傻姑娘。你要学的东西太多了。"栀子说："你什么意思？"于波淡淡地说："也没什么意思。"

他们后来谈起了潘先生，于波说："你后来没有找他吗？"栀子说："找了。把我的情况跟他说了，他也答应帮忙，后来就没有消息了。"于波说："你应该盯他紧一点，他是个忙人。应该没有问题的，只要他愿意帮忙，那他准帮得了你。"他看着栀子，突然笑道，"他没对你有非分之想吧？"栀子坐在自行车的后座上，一只脚撑着地，另一只脚搭在车踏板上。听于波这么一说，不由得把脚从车踏板上拿下来。她笑了起来，刚准备答话，一个男生过来推车，两人只好让道，慢慢地沿着林荫道往前走。

其时正是黄昏时分，有很多学生从图书馆门前走过。栀子一边走着，一边仰头看那灰蓝的天，看见冬天的梧桐树，枯枝，不多的几片叶子，像一种精致的民间剪纸。不觉有些头晕。她又回头看林荫道的深处，天更灰了；在灰天的尽头，有一排古楼，是教学楼，有很多学生从楼里进进出出。回过头的时候，栀子便问："你刚才问我什么来着？"于波说："我问什么？"栀子想了一会儿，笑道："好像问我一个问题，我也忘了。"

于波后来还是想起来了，重新问道："你以为他是个什么样的人？"栀子说："谁？"于波说："你当然知道是谁。"栀子"噢"了一声笑道："看上去是个很热情的人，但是内质是疲惫的，他自己肯定不承认。有过感情，但是现在没有了。很害怕自己会老去。"于波笑道："你倒是比我了解他。"栀子说："我在这方面有天赋，不过也仅限于此。"

栀子静静地听着自己的声音，在冷冬的空气里发出震颤，每一个字都足够让她手臂上的肉一哆嗦。同时又觉得是站在体外来听自己的声音，很平静，很旁观，很冷淡。——细细地回忆起刚才议论潘先生的那席话，话不多，是一字一句说的，很认真，很地道；然而仍觉得在力量上不够用，仿佛平生第一次说了那么多的话，字与字之间很拥挤，感觉到喘息未定。

想起来他们已有十多天没见面了——认识也不过才一个多月。人生的三分之一就过去了。栀子很明白，这么多天来她如此忙碌的原因，原来是为了忘掉一个人，为了把他从她的世界中清除出去，为了她不致于糊里糊涂地输得很惨。她从来没有真心实意地爱过上海，因为她从来没有真心实意地——被这个城市的男人爱过。她之所以要迫不及待地留在这个城市，也许她自己都不愿意相信，那是出于一种难言的报复。

有时候从招聘单位回到学校，躺在木板床上，拉上她那印有小狗熊图案的床帘，偶尔她会想起潘先生。觉得很安静，很遥远。他现在成了一个淡淡的人影子，虽然同在一个城市，都要呼吸，都要吃饭，然而现在他是背景，一小部分的、极不重要的背景，他终将被淡忘。

不像今天——栀子没想到还会有今天，她会遇见于波。她绝对没有想到，在这个世界上，她遇不见潘先生，她还可以遇见与潘先生相关的人，他们会谈起他。她听于波讲起潘先生，讲有一次他们去洗"桑拿"，陪两位外地同行，找了上海好几家洗浴中心；又讲他祖籍是广东，在北京读的大学……不过是一些极简单的话，有的她也知道，然而听来却有着深一层的乐趣和喜悦。栀子自己也有很多话要讲，关于潘先生，也不过是一些极简单的话，都是短句子，不会渗入一点感情；就像当初他们第一次见面时，是在一家叫做"天水雅集"的茶座里，她冷冷地、远远地打量着他的情景。那时他们是陌生人。

于波送栀子回宿舍，在门口分手时，对工作的事情不免又叮嘱了一回。栀子目送着于波远去，想着于波这个人，今天下午，他和她之间的谈话。想起潘先生——现在，她才敢想起他——觉得这对于十多天来她的压抑节制的情感，是一种奢侈。她觉得自己的努力全浪费了。

栀子一个星期以后才打电话给潘先生——在此之前也尝试着打过，在学校的磁卡电话亭里。磁卡都插进去了，听筒也拿在手里，只等着拨号。突然在对面的磁卡装置上看见了自己的脸，是倒过来的，眼睛在下，鼻子在上，脸丰肥而庞大，显得非常的夸张。栀子看了很久，后来就放下了电话。

有时候觉得她和潘先生之间是不可能再见面了，日子一天天平常地过下来，没有他这个人，也并不觉得有什么缺憾；有时候就不行，觉得很"不堪"，怎么想怎么不明白，认识也不过才一个多月，她怎么就到了这种地步？——平静下来的时候，她拨了他的手提，才知道他不在上海，他在北京，开一个全国性的新闻会议，三天以后才能回来。

他问她这些天怎么过的，打电话给她，一直找不到她的人；她告诉他她最近住校，今天刚回来。他在电话那头突然说："想我吗？"声音很低，像在呓语。栀子便扬声笑起来。潘先生说："你笑什么？"栀子说："我猜你身边肯定没人，所以你说话才如此放肆。"潘先生笑道："当着别人的面，我照样敢说。"栀子说："你敢吗？"潘先生淡淡地说："这有什么不敢的？"栀子侧躺在床上，把电话筒搁在枕头上，一边听潘先生说话，一边看窗外。这天是阴天——然而也许跟阴天并没有关系——使得栀子对自己的感情突然有了不信任。她想，这也许不是爱吧？只不过是一个有过肌肤相触的男人，不爱她，使她觉得自己略略吃了点小亏，因而一直念念不忘。

他跟她调情，她在电话这边放声大笑，然而内心是迟疑的，仿佛觉得不应该笑，仿佛一切都错了，不应该是这样，也不应该是那样——应该是端庄凝重的，无声的，两个人都不说话，然而在各自的听筒里可以听见彼此的呼吸；有一个人终于打破了沉寂，说的却是不相干的话；另一个说，什么，我不懂你说什么？声音有点沙哑。那一个说，我也不知道，我忘了自己说过什么了。——仿佛应该是这样。

栀子也不明白，她盼望了无数次的见面和交谈——首先没有见着面，第二，交谈竟全变得这样戏谑、轻快、放荡，仿佛全然没那回事似的。自己也想着，应该是值得庆幸的，因为完全脱离出来了，还没开始就结束了。固然这稍稍出乎她的意料，离她的理想相去甚远——她理想中的情形绝对不是这样的。到底是什么样子的，她也不太清楚。她设想着，那至少是有点郑重的，有点紧张的，因为毕竟十几天没见面了……他突然出现在她的视野内，他从墙角拐过来，他朝她微笑；她听见了他说话的声音……她想她一定是很愉快的，身体很轻，眼皮子却重得抬不起来；或者是另外一种情景，很伤感，他们之间有如此多的可能性，却因为唯一的不可能失之交臂，他们互相安慰着，告诉对方彼此会有更好的生活，话很平静，一切都将随风而逝……

　　栀子突然觉得自己受到了伤害——不是来自潘先生，而是来自她自己。她在电话里和他说笑，她的态度如此轻慢；虽然潘先生的态度也轻慢，然而他是男人，怠慢女人是他分内的权利；他怠慢她不要紧，可是首先，她不能怠慢她自己。她想起了这十多天来她为他所受的苦，她压抑自己，她和自己拼命，她拼足了全身力气把他从她的身体中赶出去……谁都没有想到，这么轻易地，他就出去了。她不能原谅她自己。

　　潘先生继续说着话，他今天的兴致似乎特别地好。栀子静静地听着，不答话，她觉得在纠正自己。潘先生说："真想把你一下子搂在怀里。"栀子没有听清楚，问："你说什么？"潘先生半晌才笑道："你知道吗，你的笑很能挑逗人。"栀子侧头看着窗外——想起潘先生的话，这次她听清楚了——她看见窗外有一棵冬青树，小学生背着书包在上学，不多的一线阳光，慢慢地又微弱了下去。她想，这一定是个冷天，户外的行人匆匆，然而她屋子里是暖和的。

　　不知为什么，她又笑出声来，很悲哀，声音很大。潘先生说："你的笑很是地道。"隔了一会儿，他又说："不过有时使人害怕。"栀子一路笑下去，一边笑一边说："我觉得我没有挑逗你，真的，我从来没有那个意思。"发觉已经不能再说下去了，因为她的眼泪淌出来了。她的心都灰了。

栀子后来再也没有见到潘先生。通过几次电话，她告诉他她要"考博"。潘先生很吃惊，说："你不是正在找工作吗？我已经帮你联系了一家。"然而栀子想，这恐怕是不妥的，潘先生找的工作她是横竖都不能要了。她现在突然有了自尊心，因为她跟他睡过觉——就因为这个，她要做出一种姿态来；她不能让自己相信：她之所以跟他睡觉，原来是为了得到这份工作。她是个有身份的女孩子，从小就接受传统教育，知道善恶和美丑，知道这是个泾渭分明的世界，然而有时显得含糊。

还有一层，她自己肯定是不承认的，因为很无聊，有点歹毒。她要让他觉得：他欠了她的。不单是欠了她的感情——这个倒简单，可另当别提；欠了感情之外，还欠了很多其他的：物质生活，漂亮的衣衫，大饭店的晚餐，玩具熊，旅游，她喜欢的而他又买得起的首饰，一份体面的工作……潘先生是个有情有义的人，他不是流氓，他这一生从来不贪任何小便宜，何况是女人的便宜。他不能允许自己白白睡了一个女人，而不给她一点帮助和补偿。他会良心不安。

他曾经允诺过她，等他空下来的时候，他就好好陪她，他要送给她的东西有很多：大把大把的时间、肉体的快乐、枕边话、"巴黎春天"的衬衫；等天气好的时候，他就带她去兜风，去走沪宁高速（他朋友中有私家车的，他可以借来一用），他说："你是喜欢去苏州呢，还是无锡？"可是她倒愿意去南京，她妹妹在那儿读大学，他说："也好，我们可以去中山陵——我一个人去，你去看你妹妹，然后我们一起回上海。"这么说的时候，还在拉着她的手，不时地扭头看窗外，看天色什么时候能好转，很着急的样子……

栀子想，潘先生会耿耿于怀的，一直耿耿于怀下去，因为从没有被一个女人这样对待过。他觉得自己被无辜地剥夺了一种权利——在一个跟他有过身体接触的女人身上花钱的权利。这权利是如此重要，对很多有"品质"的男人来说，这是维持他和世界和女人平衡关系的砣。

潘先生也能感觉到那轻微的失重感，仿佛一拳打个虚空，虽没有摔倒，也摔个趔趄，不觉有些怔怔的。他刚从北京回来，几天前他们还通过长话，彼此很热烈，她向他撒娇，他也向她撒娇，他的声音低得怕连他自己都听不见了；坐在飞机上，看着满天的流云，她突然从流云深处长出来。满身心都是她的，想象着回上海后该怎样好好地"整"她一下，因为她折磨他。

现在这一切突然成了不可能了，她拒绝他，她不但拒绝和他见面，她还拒绝他的馈赠：一份体面的工作。——潘先生略略有些遗憾，同时也更加好奇：几天前还是好好的，为何他一回到上海她就变了卦？但是他也懒得弄明白，因为太累了。他自己是一个高高在上的人，好善乐施，有钱，有地位，极度慷慨；一个地道的绅士。他愿意帮助一个女人，可是她拒绝他的帮助，他也没办法，只得由她去了。

有时栀子也后悔着，她和一个男人的故事就这么结束了么？还没有来得及开始。她和他只"亲热"过两次，相厮守的时间加起来不过十小时。她的思想，她还没有来得及向他展现……她要让他知道，除了身体以外，她还有思想，他也许并不介意，可是她要让他知道！

也许还是另一种东西在作祟，在这个寒冷的冬天，异乡的大都市，她失去了一次亲近物质的机会。栀子私下里是心疼的，然而她不愿意承认。1997年的初春，似乎特别的冷，晴空万里，直冷到骨子里去——栀子不喜欢过冷冬，因为她穷。在那单居室的屋子里坐着，听着电流从暖器片上流过时发出"滋滋"的声音，她觉得她穷。

栀子突然觉得非常地萎顿，在这个世界上，没有爱倒也罢了，可是没有爱的同时，再没有钱，她不知道这样的日子对一个女人还有什么意义可言？记得有一次她笑着跟潘先生说："已经有一年多没有逛服装店了，对于选衣服的感觉全丧失了。"潘先生并没有说话，只抬头看了她一眼；只这一眼，栀子立马感觉到了。他在为她心酸。她应该为自己落泪。

有时候也想着，让一个男人为她花钱，也许是一件快乐的事情。于男人，是花钱买平安，对虚荣心和良心都是一次极好的满足；于己，则是拣了一次小便宜，横竖不花自己的钱——女人都有占便宜的毛病的。

然而栀子是断然不肯相信心里有这些潜意识的，即便相信了，她也不允许自己去做。首先是她的母亲，她内心是不能撇开母亲而存在的。她那样家庭出身的女孩子，不管时代的道德标准堕落到什么地步，不管她内心是如何激荡贪欲，恐怕表面文章还是要做的，那就是尽可能做一名良家妇女，做下去，保证会有好处。

有时也会想着未来，她几乎想不起什么——她是个想象力很差的人。想的最多的还是男人。一步步地往前走，在时间的窄道上会遇见很多男人，有她喜欢的，也有喜欢她的；有的会擦肩而过，有的呢，也许就会停下来，说上几句话，也不怎么地，又继续往前走了。潘先生也许就是这样的男人。

栀子想，和潘先生恐怕再也见不着面了。如果她不主动约他，别指望他会屈尊来约她。他那样的男人，身边是不缺女人的。躺在床上，在被子里蜷缩着身子，手会碰到小而饱满的乳房；电话就在床头，号码也是极熟的，只需开着灯（已是深夜了，读书刚睡下）；是有这种可能性的，和他恢复从前的交往，他会很喜欢，也许喜欢的还是她的身体，然而到底还是在一起了。

有一次竟是潘先生打的电话来，是在深夜，他刚从一场聚会中回来，闲着无聊，突然想起了她，便打电话来问候一下。他问她这些天的生活情况，读书是否用功，是否感冒了（因为有寒潮），很关怀的口气。他现在再也不跟她打情骂俏了，他关爱她，就像在关爱一个陌生人，或者他的儿子，不带任何一点猥亵色彩。这表明他已经完全纠正了自己，把她当作一个朋友，而不单单是一个女人。栀子稍稍有点失落，也不知为什么，一个男人太拿她当女人看，她是要生气的；如果完全不把她当女人看，只徒然地尊重她，她也会觉得难堪。

栀子在那黑暗里静静地坐着，一边听潘先生说话；他说的都是很光亮的话，然而她不喜欢听；她喜欢听的话，他偏不说。她自己也着急起来，同时也为他着急，他还在说着他的天气，他说："你要当心，天气还会冷下去的……"仿佛他好不容易打来一次电话，就是为了说这个。他的声音就在她的耳旁，从听筒的小孔里冒出来，发出"滋滋"的噪音。

栀子突然明白，男女之间如果没有感情的、或者性的联结，那说起话来是相当枯燥吃力的；正想着是否该结束这次谈话时，潘先生在那边"喂"了一声说："你睡着了吗？"栀子提神说道："没有，我正在听你说话。"

在那黑暗里，栀子听见了自己的声音，那么清楚、明净，使她有些微微的震动，因为从来没有过的，在这样的深夜里，和一个男人；她想她的声音真是很好的，充满了对自己和他的怜悯，充满了感情。

栀子说："你现在是躺在床上吗？"潘先生说："是呀！"栀子又说："你的床边开着灯吗？"潘先生说："没有，我把灯关了，我现在坐在黑暗里。"栀子说："我也是。我这儿什么都看不见了，刚才窗外的路灯也熄了，大概也有凌晨两点了吧？"

以为会这么说下去，说很多，也不一定是很要紧的话；然而在窗外看不见路灯的夜里，可以听见人的声音，充满着明智和理性——是有这种可能性的。可是到底没有说下去。隔了好长时间，潘先生说："栀子。"栀子应了一声，两人便再也没话了。潘先生说："你好好睡觉吧。"就挂断了电话。

这是他们的最后一次谈话，总以为不止这些。然而也就这些了，已经不能再多了。

姐姐和弟弟

父亲说，在我们每个人的心中，都有一条蛇。

——题记

楔子

背景一：我和爷爷走在H城的一条小街上，我们将步行去参加一个追悼会。那年冬天灰暗肃穆，一九七六年的H城没有风景。人们很悲哀。一个男孩从我的身旁倏地跑过，他的右臂上戴着黑色"袖章"。

我问爷爷，为什么所有人都戴黑袖章，而我偏偏戴红的？

爷爷说，小孩子都戴红的。

我立即哭闹起来，因为知道他在撒谎。我弯腰蹬掉鞋和袜，赤脚站在沿街的枯叶上。爷爷继续前走。司机把我抱回街道拐角处的吉普车里。

后来仍不能原谅这个错误，觉得自己是站在外围，硬是挤不进去——连颜色也无法选择。作为补偿，司机买了一双黑布鞋送我。因为我不久就要回乡下父母家里。我想象着在那崎岖的山路上，是无法穿红皮鞋的。

爷爷回来的时候，眼睛肿得厉害。我后来才知道，敬爱的周总理死了。

背景二：母亲不久来H城接我回家。我一见面就喜欢她了，她是个美丽的女人，高颧骨，白皙，很"洋气"。我曾经为怎样称呼她讨教过奶奶。奶奶说，在学校你喊她"李老师"，回家就叫"妈妈"。

母亲带我逛街。她似乎对走路报有极大的热情，她在灰暗的H城穿街走巷，并任意停留。她叫得出各种街衢的故名。她说，这条街原来不叫向阳街，叫郝巷。她说的时候很满意。

我说，妈妈，你喜欢城里吗？

母亲好看地笑了起来。她说，不久我们还会回来的，还有爸爸和弟弟。

我们去"红旗"照相馆拍影留念。母女俩的头紧密地相靠。那是一张普通的经典照片，照片上的母女很相爱。孩子眉飞色舞，快乐地大笑，她的眼睛大而黑，嘴巴咧得很大，露出不整齐的牙齿——人们总是根据这个来断言一个人的童年，诸如天真可爱，幸福单纯。

可事实上正好相反。人们总在犯错误。

那一年，我四岁，母亲二十七岁。

背景三：我叔叔在浙江当兵，当时正和师长女儿谈恋爱。他才十九岁，是个美男子。他生性腼腆而多情，有许多女人为他发疯。

那一年他回家探亲，顺便来乡下看我们。有一天，他顶着红头巾，挤眉弄眼地朝我冲过来，嘴里嚷着："我是江青，江青来了。"我尖叫着滚进被子里，快乐而凄凛地大笑。这已是七六年下半年了。

关于江青，一个农民一天愤愤然地说，听说她一生和七个男人睡过觉！我父母都笑了起来，显然他们以为这是个大数字。农民仍在激愤，他觉得很不平。

我抬头看他们，装作没听懂。事实上我早就明白"睡觉"的另一种含义。此睡觉不是彼睡觉。

时间在一九七六年流得浩荡而缓慢。一件件大而空旷的事情接踵而来。人们来不及地悲恸、忧虑、欢欣、声讨。他们甚至来不及调整自己的表情，显得呆若木鸡，丧失了背景。

这一年成为中国人的集体记忆。历史学家们开始总结它的含义，时代在这一年分叉、拐弯，一拨人永远消失了，一拨人回来了。一九八〇年，我读郭沫若的《科学的春天》，我读得很吃力，许多字我不认识，趣味索然。然而我还是感到那文字里的希望，充满着热情和力量。

我坐在窗前读这篇文章，是在午饭后，人很饱，快要睡着了。记不起是在什么样的季节里，只觉得屋子里很冷，脚冻得冰凉。我睁眼看窗外灿烂的阳光，想起那"科学的春天"——仍很迟钝。后来一想起午后的阳光，春天，希望，绝顶认真的人——就非常伤感。我想跟那年读《科学的春天》时无动于衷的态度不无关系。

由于一些伟大而崇高的理由，不经意的念头和语气，迅疾而正确的动作，我们记住了一九七六年。它已经远去了。当时的青年正在衰老，当时的婴儿已经长大——

我之所以怀念一九七六年，附会上很多庄严盛大的政治背景和各种不相干的小事情，完全是因为在这一年里我认识了我的弟弟。

一

我终于回到了乡下，成为自己家庭的正式成员。一路上我忐忑不安，我不知道等待我的将会是一种什么样的生活。我那从未"谋过面"的父亲和弟弟。两个男人。他们长得好看吗？我们会相爱吗？

我和母亲搭乘驴车赶往我家所在的吴村。那是冬天的田垄——二十年前的农村并不像我们想象的那样萧索、荒凉。田野里藏着一种东西，我后来从邻家姑娘苏芹那肥硕的后臀看到了相类似的东西。那时农村很好，每家都有炊烟升起，人们紧巴巴地过日子，笑逐颜开，照例也无聊。

我母亲和我说些闲话，然后问起我奶奶的情况。我顺着她的口气说着奶奶的坏话。我母亲很高兴。我们在瞬间走近了许多。我坐在驴车上，看着傍晚的原野渐渐地黯淡了下来，有些冷。我想起城市的奶奶，我们在一起朝夕相处了五年，她是个善良的小脚文盲，视我如命根子。走的时候我们抱头痛哭。现在我在讲她的坏话，心里稍稍有些难过。

我想象着父亲和弟弟都是美男子，他们性情温和、可爱，我们处得非常融洽。我和我母亲的关系稍稍紧张一些——由于我自己也不清楚的某种原因。但我们也相爱。我要努力地维持我和她的美妙关系，融入到这家人的血液里去。我看着面前的这个美丽女人，心情渐渐地开朗起来。

我在村头看见了我的弟弟。

那年他四岁。他跟在一群叫做"三毛"、"四毛"、"二狼毛"等男孩身后，手里拿着一根树枝，一路厮杀呐喊过来。我母亲叫住他，说："这是姐姐。"他抬头看着我们，顿了一顿，又继续向前冲杀过去。在二十年前的冬天，他穿着老虎头棉鞋，开裆棉裤，屁股冻得像两只红苹果。他渐渐地落单了，仍在跑着，很吃力。我在从前的年代里看着他的背影消失在村头，我的视野之外，更广阔寒冷的天地间。他的单薄和微小。他需要扶助。

他是个漂亮的小人儿，长着一只美丽的猫脸，大眼睛，白皮肤。我想象着，我将和这个小我一岁的男孩一起长大，衰老——他也会衰老吗？他那张美丽的、女孩子似的脸终有一天也会消失了。我们长大，有共同的记忆，负着责任，感到一种真正的悲伤。

我跟在母亲身后，回家。我低着头，看着自己的脚落在小路上，发出"啪嗒啪嗒"沉闷的声音。我对自己说，我走在别人的年代里，那么微小，可以忽略不计。等到我们等来自己的年代，也不过像我母亲一样，要步行走很多路，面对一个无所不知的世界，风吹乱了头发——那平静里总有一些不耐烦吧？

在自己的年代里，他又会怎样呢？

我后来知道，我弟弟并不皮。他是个安静的男孩，喜欢一个人在桌子底下玩瓶塞和卷头发夹子。有阳光的日子，他会玩一种叫做"蒸馒头"的游戏，在酒盅里装满泥土，然后倒放在地上。他一个下午能蒸五十个馒头，沿着窗户排成两排。他喜欢睡觉，惊人地贪吃。吃完以后，重又去做他那孤独的游戏，蹲着，恰似个大蛤蟆。

我猜他并不思考，也不富有情感。他没有我坚硬，也没有我有强盛的心力。他只是个平面的、单薄得像只纸片似的男孩。我猜他将来生活得并不好，甚至还不如我。他会很平庸，倍尝生活艰辛，无力改变。然而他那张美丽的脸！

有一天，我和母亲坐在水井边洗菜，我们聊起了弟弟。不知说起了什么，我的眼泪突然淌了下来。

我母亲吃惊地看着我，问："你怎么了？"

我不得不说："他很好看，我喜欢他。"

我母亲轻轻地笑起来，她说："你总是很多情吗？这不好。"她似乎有些忧虑。

我的眼泪重新淌了下来。我想了想，觉得自己确实太富有情感；再想想，又觉得并不是这样的。我赧然地笑了起来。四年级时，我学了一个生词"怜悯"，我便固执而想当然地把我和弟弟的感情固定在这个词上。这是一种与生俱来的、没有理由的怜悯。

二

我后来多次回忆起我和弟弟见面的情景，那是一次极普通的会面，在村口，一个孩子看见了另一个孩子，站下来，说上几句话，又走开了。

那是一个冬天的傍晚，一对有血缘关系的孩子，一个男孩，一个女孩。他们肯定会见面的，假如不是那个冬天，也会是另一个冬天，或者春天，或者清晨，或者傍晚。

我常常对我母亲讲起，我说，你还能记得吗？——又想起了那个傍晚，我看见他从一群孩子里跑出来，他的身底下骑了一根树枝，额头上有汗，夕阳在他的脸上投下了阴影。

就是那样的一个孩子，矮而肥，他抬起了头，他有一双非常空茫的眼睛。

我母亲叫住他，说，这是姐姐，你还能记得吗？你不是常念着要见姐姐吗？

他低下了头，扭着身体，两只老虎头棉鞋不时在绞动。我猜他可能有些难为情了。——就是那样的一个傍晚，我看见了他，我把他放在一个更广阔寒冷的天地间，我看见了他的单薄和微小，他需要扶助。

我们就这样站着，也没说什么，看了几眼，就走开了。

我跟我母亲说，弟弟，真是很面熟啊！

我母亲笑了起来，说，你们两个长得很像的。

我走在我母亲的身旁，看见了暗色的村庄和农舍，和篱笆墙后面的菜园子……冬天的风从菜园子的深处吹过来。我觉得寒冷。

有人从我们的身旁走过，和我母亲搭讪着话，有时也会看上我几眼，并不停下来，就擦身而过。

我又想起了我的弟弟，非常平静地；然而也欢喜，也伤感，也感恩……我想一定是有些什么东西的（也未必是具体的，就像人生的一种基调），在我和他第一次见面的那个傍晚，就种下了；然后蔓延，然后对我们发生了作用。

只可惜我当时并不知道这些，我自顾自地往前走着，在二十年前的冬天；我低着头，非常认真地，听着脚步在村路上发出"啪嗒啪嗒"沉闷的声音，我想象着和弟弟一起相处的岁月——我无法想象。我对自己说，我就这样开始了我的新生活了么？

我在乡下度过了一段短暂而快乐的时光，我母亲那时得喜欢我，为我做很多漂亮的衣衫，她是个虚荣而可爱的女人，喜欢把我打扮得花枝招展去见客。每个人都喜欢我，问，这就是姐姐了？

我点着头，瑟缩在我母亲的身旁，从她的膀子后面只露出一只眼睛。

星期六的晚上是一家人团聚的日子，我父亲从城里回来（他被借调在水利局工作）。他是个清癯的年轻人，戴着眼镜，说话的声音很清朗。

我穿着最好看的衣衫，倚在家门口的一棵老槐树上，等着我父亲回家。天色渐渐暗下来了，我拢着袖子，在那静静的等待中度过了我一生中最罗曼谛克的岁月。

有时候也会带着我的弟弟，去村头接父亲。那时候我们还很生疏，不太讲话。两个人走得很慢，一个走在前，一个走在后。有时候我也会停下来等他，他一下子就意识到了，也在走着，却更慢了。

我想，我真是以一种罗曼蒂克的情感来爱我的父母和弟弟的，那是我一生中体会到的最完美的一段情感，那么执著，赔着小心，富有牺牲精神；夜深人静的时候，我想着他们甚至会淌下了眼泪。我掐着我的小手指，让它疼，我对我自己说，我爱我的父母和弟弟，我要爱他们一辈子；我要为他们受苦；假如我们中必须有一个人去死的话，那一定是我——我愿意为他们去死。

为什么不呢？他们是这个世界上我最亲近的人，他们是我的父母和兄弟。他们血液的河流在我的身体内流淌，越来越汹涌、澎湃。

我父亲也喜欢我，他看着我，常常会情不自禁地笑起来。有一次，他悄悄地对我外婆说，这是方园几百里最漂亮的女孩，你说呢？我外婆不置可否，私下里她是笑话他的，觉得他近乎浮夸了。

有一次他去学校找我母亲，顺便到一年级的教室来看我，当时正是自修时间，我拿着教鞭督促学生作业（我母亲给予我的特权）；我看见他趴在窗口，朝我微笑，不一会儿他就走开了。回家的时候，我看见他向我母亲描述我课上的一幕，他学着我的样子，头来回地摆动，"是这样的，哎，这样子的……"他说着大声地笑出声来。

我非常地难为情了。

他和我们相处的日子并不多，可是非常"亲爱"。我还能记得冬天的晚上，我们一家人同床共眠的情景。我父亲搂着我，教我学一些简单的英语单词（他那时正在自学英语）；第二天清晨再复述一遍，问我，想想看，狗叫什么？叫什么？D——我大声地念出来，他近乎快乐了。

我们的床很大，我和弟弟在床上翻跟头，他翻得没有我快，可是他照样笑个不停，眯着眼睛，上气不接下气。——可是隔了一会儿，他就会伏在被子上睡着了。

大部分的时间是父亲和弟弟睡一头，我和母亲睡另一头，第二天醒来的时候，就变成了我和弟弟在一头。在清明的天光里，我看见了弟弟的脸，这个长得有点像我、气质比我柔弱的男孩，他的睫毛很长，微微扑闪着，像只好看的灰毛兔。——我不知道他是否也醒来了？

我母亲向我解释，为什么弟弟会睡在我身边；她轻轻地微笑着，有些心虚，像个犯错误的孩子。我坐在水井边洗手，一边听我母亲说话，一边擦肥皂，搓搓着，然后把手放在溢满了水的脸盆里；我看着自己的手，非常认真地，那是一双小孩子的手，小而肉感；我看着水和肥皂的泡沫从手指间流出来，流出盆外，流出很多；盆里的水总是满的。

我喜欢在清晨醒来，并不立即起床，躺在床上和我弟弟说话；有时候也会侧头看褐色的窗棂，看见窗棂外青白的天空，被分成一小片一小片的方格子，流云从方格子里慢慢地跑过。

我跟弟弟讲起从前的生活，我在H城的小朋友，有一个叫张泽南的，是我在幼儿园时的同学，一个流里流气的男生，平时不怎么来上课。有一次来了，突然喊了我的名字，是在窗外，喊了一声，头急忙缩下去了。

我跟弟弟讲起他的坏，他父亲死了，母亲患了肝炎，为他操碎了心，他仍是不争气……我说着，很激愤的样子，然而心里是快乐的。

又有一个同学，叫耿涛的，他是一个白胖的男生，戴着眼镜，非常安静的样子。有一天放学，几个人同路，走到他家门口时，他站住了，看了我一眼，犹豫着说："到家里坐坐怎么样？"很能记得他说这话时的神情。

——跟我弟弟是不说这些的，说的仍是他们的名字，然而是另外一些事情，一些轻巧的、"外面光"的东西。头蒙在被窝里，嘴巴咕咕嘟嘟像在冒气泡。

我弟弟躺在我身旁，把舌头伸出来，向上翘着，努力地去舔他自己的小鼻子。我不知道他是否在听我说话。

有一天清晨，正躺着，我母亲的一个学生进来了，看见了正在说悄悄话的一对姐弟，搭讪着笑道："姐弟俩睡在一头啊？"

便记住这句话了。以后很长的一段时间里，一直耿耿于怀着。

我母亲后来知道了，安慰我说："这没什么的，你们是姐姐弟弟啊！"

我说："是啊，我也是这么想的，可是别人……"拿指甲去划墙，不再说下去了。仍无法释怀。

我和弟弟渐渐熟起来了。春天的时候，我会带着他去不远的田里挖荠菜。他走在我身后，手里拎着个小篮子，不时地停下来，弯腰捡起一些我根本不认识的果实放在嘴里，有滋有味地吃着。

我站在一个很远的地方等他，我看见了一个矮而小的孩子，肥嘟嘟的脸，风和时间从他身旁走过了，麦浪在他身后起伏着，像绿色的海。更远处，是蓝天和白云，还有绿树。

我看着，不知为什么，就有些感动。就更加感觉他的"小"，一种无边的东西，一种空旷。

我想，他在田野里的感觉是好的，因为很协调；他回到家里，就不太"像"了，虽然也受宠，然而他总是寒寒缩缩的，有些萎，像只动物。

　　我回过身去和他说话，说的都是极简单的话，一字一句说的，很轻柔，觉得用尽了平生的感情。他也答应着，继续低头找他的"食物"，而且两腮嚼动得更欢快了。

　　我和母亲曾说起弟弟，我问，他是个什么样的人呢？

　　我母亲说，胆小，懦弱，贪吃，不太有感情……她是不经意说这些的，然而每个字都很准确，在日后他成长的过程中一一得到了应验。她自己也吃惊着，他这儿子，他才五岁，他那么柔美、温良，有两条小短腿，整天"刷刷刷"跑个不停。大人看着都会笑起来。

　　我母亲有时也显得忧虑，她问我，他什么时候才能长大呢？他会长成一个什么样的人呢？

　　她跟我讲起他的从前，我坐在一旁认真地听着，不时地拿指甲去剔另一只指甲里的灰垢，觉得平生再也没有这样畅意的事情。

　　我母亲说，他很坏的。

　　我不禁笑了起来，她也笑了。

　　他喜欢偷东西吃，我母亲说，凡是能吃的东西，他都往嘴里塞；从三岁起，他就开始学抽烟，烟放在五斗橱上，他够不着，他就搬来两只凳子，加在一起，"攀登"到五斗橱上去了。

　　他所有的聪明才智全部用来"学坏"，他对"坏"似乎有着天生的敏感和迷恋。他撒谎，用尽了各种技巧，知道在哪些地方应该埋下伏笔，知道声东击西，知道在一些极不重要的细节上用力，知道说一些毫不相干的话，做一些毫不相干的动作，呢喃着，默默地走开……他即使打一个哈欠也许都是有用途的。他甚至还学会了动用感情。

　　可是奇怪的是，他又是个懵懂无知的孩子，他对任何事物的反应都不灵敏，他对世界似乎还缺少感觉。他在常态下是个向天空吐泡泡的小孩子。

我母亲说着，一边摇头，一边苦笑。

她反问我，你说他是个什么样的人呢？

我低头坐在板凳上，看着脚上穿的灯芯绒方口布鞋，那是一双紫色的绣花鞋。我摇了摇头，我觉得自己是很无力的。

我对我母亲说，我知道你是喜欢他的。他做最坏的事，你也不会怪他的，因为他不是有意的，他就是那么一个人。

我母亲笑了起来，她没有回答我的话，只问我，那你呢？你喜欢他吗？你将来会对他很好吗？你会不会欺负他呢？

我把双手撑在板凳的边缘，双腿并拢，微微地抬起。我说，我是喜欢他的。——轻轻地说着这句话，话很短，一下子就说完了；我在空气里静静地坐着，感觉着来自这句话的力量，我觉得有些压迫。

我母亲抬头看我，她微笑了。

我也笑了，抬胸向后仰去，放声大笑出来，觉得快乐之极。

三

我叔叔从浙江回来了，他退了伍，在我爷爷的水利管理处工作。他才二十一岁，是个帅气的小伙子。我喜欢他。

他常会到乡下来看望我们，有一天清晨，他到床边来喊我和弟弟吃早饭。他把弟弟从被窝里抱出来，一边替他穿衣服，一边摸他裤子里的"小麻雀"；我弟弟刚从睡梦中醒来，不很有知觉，然而隔了一会儿，他到底忸怩了起来。我叔叔便笑了，说，叔叔摸摸，也难为情了？

我叔叔看了我一眼，笑道，姐姐是不能看的了。

我低头加速穿衣服，抿着嘴微笑着，不一会儿就跑开了。

饭桌上，叔叔打量着我们，微笑着，说了一句没头没尾的话："我的侄儿和侄女。"我想他实在是喜欢我们的，或者，他也想到了一些更深远的问题了？

我弟弟正低头吃饭，立志赛过我，这样他就可以得到父母的夸奖了。叔叔从身后突然打了他一下，我弟弟吃了一惊，他抬起头来看我叔叔。我至今还能记得那一刻他的神情，很惊恐。

我叔叔说，是姐姐打的，你还她。他举起拳头，向弟弟做着手势，叫他打我。

我弟弟又扭过头来看我，看了一会儿，就低下了头，他的眼泪就淌下来了。我父母笑道，没出息，就知道哭！

我叔叔说，打姐姐呀，不怕的，有叔叔在呢！她不会打你的。

我弟弟泪流满面地抬起头，瑟缩着说，我不敢！……所有人都笑了起来。我也笑了，可是心里很是吃紧。

所有人都担忧着，这可爱的一对姐弟，也许并不像他们自己预料的那样互相善待。姐姐是这样的一个人物，她天生知道很多感情，她受它们控制，她成了它们的奴隶。她坚硬，有力，明朗；她不快乐。

而弟弟呢？弟弟正好相反。

姐姐从来到这个家门的第一天起，就发誓要善待她的弟弟，她那么爱他，她不能容忍他受一点委屈；因为他是她的弟弟，他长得那么像她，他是她前世的一个影子……

有时候她也怀疑着，他们可能"处不好"，她会打他，她常常有这样的冲动。为了按捺这种冲动，她必须和自己拼命；她看着自己微小的身体在力量的驱动下，一点点肌肉都在颤抖，她就会心疼、流泪。她想，她才只有四岁，她这一生不能做她喜欢做的事情，她为自己心疼、流泪。

她无数次地有打她弟弟的冲动，她需要伤害他。可是她对自己说，不管她如何伤害他，她都是爱他的。

到有一天，她真的动手打他时，她还是吃了一惊。因为这是毫无理由的，她到死都不明白，她为什么会这样对待她的弟弟，她为什么打他。

后来，她打弟弟就打顺了手，她打弟弟不需要任何理由，快乐的时候打他，不快乐的时候更要打他；快乐的时候打他，打着打着就不快乐了；不快乐的时候打他呢，当然更不会快乐了。

现在，她回到这个家庭已经有一年多了，她和她的亲人们朝夕相处，耳鬓厮磨。她爱他们，她是这样一个有力的小姑娘；可是她爱他们，觉得自己很乏力。

有时候，她也会去爱别人。

是同村的一个男孩子，姓杨，因为排行老四，所以简称"杨四"。他家是南京的下放户，住在她家的西北角。两家虽离得不远，可是平时并不来往。那一年，他大概十岁吧，在她母亲执教的村小学读三年级。就有一天，大概是农忙季节。他和她来到田头，给大人送水。两个人在田头坐了一会儿，离得远远的，也没有说上什么。她记得那是个炎热的下午，她听到了很多蝉声。

后来，她母亲就吩咐他们把一小捆麦秸抬回家，他似乎是爽快地答应了。两个人走在村路上，她走在前，他在后；一路上也没有说什么话，只觉得路很漫长。到她家门口时，他们停了下来，他似乎还有些留恋，执意要把麦秸送到院子里去，两个人在门口僵持了好一会儿。

她低着头，有一瞬间，她觉得自己离他已经很近了，她看见了他的脸，那是一张男孩子的脸，不丑，可是也不漂亮，五官有些含糊。站了一会儿，她就进屋去了，他也离开了。

她后来回想着这一幕，那个傍晚，非常安静的一瞬间，她觉得在她和他这间的空气里，一定有过什么东西，两人都很明白，然而又非常地模糊，微弱。她不是很喜欢。她是这样的一个小姑娘，她天生就会去爱很多人，可是她的内心非常"清洁"，她不允许别人来爱她。后来她又看见了他，是在她家的门口，她正和一群孩子在空地上玩"跑方程"，他也加入进来了。她记得那天他穿着一件白衬衫，一开始，他是站在一棵槐树底下，他个子不高，站在槐树底下显得很瘦弱。

她一下子从队伍里退出来，领着她弟弟回家了。她弟弟不愿意，哭哭啼啼地跟在她后面，赖着不走，她啪的给了他一巴掌，弟弟便哭得更凶了。她说，你知道不知道，你知道不知道……她近乎声嘶力竭了。

她这一生爱过很多人，可能的人，不可能的人，意料之中的人，意料之外的人，丑的人，美的人，可爱的人，枯燥的人……都是与她不相关的人。她在爱这些人的时候，是与爱她的父母和弟弟不相同的——当然，这怎么能相同呢？

她爱这些人爱得坦白放松，即使在睡着的时候也会微笑，在微笑的时候会淌下眼泪；她也会掐自己的小手指，让它疼；她也会茶饭不思……可是过了几天，她就会忘掉了，开始重新爱另一个人。有时候她也会苦恼，她会同时喜欢两个人，那该怎么办呢？可是隔了几天，连这两个人也一块儿忘掉了。

她爱这些人，其实是爱得很苦的，她用了很多力气，有时候竟浑身颤抖。每当这时，她就觉得自己是很热烈的，跟她的外表正好相反。

那么她爱她的父母和弟弟呢，则完全是另一种了。

她非常平静，虽然有时候也会捧腹大笑，可是她是平静的。她喜欢一个人在太阳底下静静地坐着，并拢着双腿。院子里没有人，是一个晴朗的秋天的下午，她看见了蓝天和白云，那么高，那么远，她久久地看着，看了一会儿，她就淌下了眼泪。

她想，秋天的阳光那么刺眼，也许每个人在这太阳底下坐着，都会淌眼泪了吧?

她抱着胸，把头抵在膝盖上，她的眼泪就会"哗哗哗"淌个不停，她觉得自己是伤心了。她那么爱父母和弟弟，所以她就伤心了。她伤心的时候总是要淌眼泪的，她淌眼泪的时候是无声的。

她从小就爱哭，自从踏进这个家门的第一天起，就哭个不停。她母亲有一次对她说，这不是个好兆头，你这样哭下去，将来也许是要倒霉的。他们从来不知道她是为什么哭的，她也不知道。

就像今天，她在这太阳底下坐着，是一个人，她看了一会儿蓝天和白云，想了一会儿父母和弟弟，她就哭了。

她哭，不是因为她不快乐，也不是因为她没有漂亮衣服穿，没有苹果吃；她哭，是因为她爱她的父母和弟弟，她不知道怎么去爱他们。她的爱从一开始就达到了极致，不可以多一点，也不能再少。

从来没有过这样的一种"爱恋"，它不热烈（也不可以热烈），可是它深广，她从生下来就注定要和它碰撞，她懂得了哀伤。

这是怎样的一种哀伤呢?

这个秋天的下午，她在院子里静静地坐着。偶尔，她也会站起来，掸掸身上的灰尘，接着又坐下了，看院子上边一方蔚蓝的天空。那样明亮的色彩，她是第一次看见。有一个静静的瞬间，她觉得她离一切都远了，她像白云一样在蓝天上飘着，可是她离它们仍是远的。

她又想起了她的弟弟，她想，她和弟弟真是很微弱的，他们像一粒灰尘，可是他们也会老去，直至死；很多年后，生命和情感从他们的身体内消失了，他们之间所有的一切，都像没有发生过的一样，就像世界上从来没有这样的一对姐弟，从来没有发生过这样的一段情感……

现在，她已经彻底地平静了下来，她是这样一个安宁的小姑娘，她从不激烈，她内心有很多汪洋恣意的情感，可是表现出来时，她已经很平静了。一切绚烂归于平淡，只有她自己知道，她经历了怎样的一个过程。

她打开院门，倚门而立，田野的风从菜园子的深处吹过来。那一瞬间，她觉得一切都很明朗了，有天光的这个下午，可以看得见很多事物，村庄，农舍，草垛，一只猫从屋顶上跑过，芦花鸡在她身后啄食……有天光的这个下午，她明白了一些道理。

她走出院门，去找她的小伙伴玩，她的心情已经很开朗了，然而不知为什么，也觉得深深的悲哀。

四

姐弟两个渐渐地长大了，一样的单薄和苍白，姐姐高一些，弟弟矮一些。两个人的容颜也略微有一些改变，姐姐瘦了，清秀了，明朗了，弟弟呢，仍旧很含糊。

姐姐已经七岁了。她不再常常淌眼泪了。她仍爱着她的父母和弟弟，她的爱让她变得有力而坚硬。她和他们已经很熟了，他们越来越深地融入一体，她的生活嵌入他们生活的深处，天衣无缝。

她懂得了劳作和分工，做她力所能及的一切事情，她感到劳累。每天傍晚，她清扫院子，把鸡鸭赶进圈里，抱柴火到厨房；她弟弟呢，则在她的吩咐下，查看铁锹等器具是否物归原处，或者吃力地把粪箕里的土倒到门外的猪圈里……

然后姐弟两个站在院门口的槐树底下，等收工回家的母亲。

在黄昏的天色里，物体隐藏到黑暗后面去了，世界也消失了。只剩下了人。这时候，姐姐才看见了人。看见了她的家庭，她和父亲和母亲和弟弟……有一点点震惊。这是第一次，她以另一种眼光来打量着自己，以及她和家庭成员之间的关系。

她想，他们是谁呢？他们是父亲，母亲，姐姐和弟弟。可是除了这些以外，他们还是他们自己，在某一瞬间，他们与任何人都没有关系，他们很孤单。

就像现在，她和弟弟在院门口的槐树底下，一个倚树而立，一个坐在地上玩石子，他们离得如此之近，甚至听得见彼此的呼吸；这是深秋的黄昏，天色已经很暗了，然而她还能看见他长睫毛下的眼睛……她认真地看着他，有一瞬间，她差点认不出来他了。她想，他是谁呢？她知道他是她弟弟，可是她还是要问，他是谁呢？他离她那么遥远，她听得见他的呼吸，可是她觉得他们很遥远。他终于成了一个与她不相干的人，他的生老病死——在这一刻，她再也不关心了……

现在，她只关心她自己。

她看着自己的手，那是一双小孩子的手，因为劳作的缘故，手上裂了口子，在寒风中皲得疼。姐姐轻轻地挤压手上的口子，有脓血从里面慢慢地淌出来。姐姐的眼泪也淌出来了，因为疼。这是第一次，她对自己充满了怜惜。她想，她才只有七岁，她在时间的风里走动，走过的也不过是一些田野和城市，看见了很多新奇的事物，家家户户的生活；窗户上贴着红鸳鸯，邻居的三喜娶新娘子了……姐姐一年年地长大了，她从时间的风里走过，一步一个脚印地，小心翼翼地，然而仍保不住在那开怀的一瞬间，时间和外物对于她的伤害。利刃割破了她的手，沸水烫伤了她的身体，风沙刺痛了她的眼睛……

时间一寸寸地作用于姐姐，在她的身体上留下了伤痕；她看见了一个正在腐坏的自己，她的身体已经很粗糙了。

她的心呢，也是粗糙的。她不再是从前那个细敏的小女孩了。一个人，经历了很多事情，经历了伤害，哪怕只是肉体的伤害，也足以使一个人的内心变得坚硬而刚强，变得粗糙。所以姐姐觉得，她的心是很粗糙了。

再说，姐姐又遇见了她的弟弟，他是那样一个安宁的男孩子，体质柔弱；间或也有调皮开朗的一瞬间，眼睛坏坏的，露出一点笑泡儿。他大部分时候是懦弱的，贪吃，撒谎，不很有感情。五岁了，还穿着开裆裤，露出很肥的、像女人一样的可爱的屁股，走动起来时，轻轻地绞动着，有些吃力。静下来时，他便一个人坐在太阳底下，拢着袖子，眯缝着眼睛，像要盹着了一样。他的影子在太阳底下显得很薄弱，很孤单……他长着一张清秀纯净的脸庞，漫不经心地，有些无辜，是悲伤以外的某种情感。弟弟永远只有一种情感，同一种表情……

姐姐想，她的柔软的美弟弟在想些什么呢？他想要什么呢？她不知道。姐姐永远也不可能知道。

姐姐的眼泪快要淌出来了。她看着他，是一个和暖的有阳光的下午，她坐在门槛上做她的针线活，她的脚边搁着她外婆的针线匾子，里面有红的绿的黄的丝线。姐姐在学绣一朵花。是外婆给描的样子，一朵牡丹花。偶尔姐姐也会抬起头来，看见太阳底下自己矮小的影子落进了针线匾子里。她的头有些晕。也会看见弟弟，看见他一个人在空落落的院子里坐着，安静而沉默的。远处可以听见风声。蓝天和白云依旧很高远。太阳下的弟弟的影子也变长了，变弱了，一开始影子是在弟弟的左边，隔了一会儿影子就走到了弟弟的右边。姐姐知道，这是时间在走动了。

姐姐低着头在绣一朵花，很认真地；偶尔也会想起弟弟，想起来时就会觉得很心疼，也心疼自己，也心疼弟弟。就觉得平生受到了莫大的委屈，想哭。——就觉得他伤害了她。多么奇怪呵，弟弟并没有打她，也没有呵斥她，也没有冷淡她，弟弟只是在一旁静静地坐着，可是姐姐觉得他伤害了她。

姐姐在绣花的时候，在针插入花瓣深处的那一瞬间，也在想一个问题：她和弟弟之间的感情，他们的渊源在哪里？是什么使她和她的亲人们生活在了一起，互相依存？——是爱吗？姐姐不知道。

她抬起头来，拿针在头发上轻轻划了两下。阳光像水一样地荡漾在她的身旁，轻轻地跳动着。阳光还洒在她的脸上、手臂上，像极了一种小虫子，毛绒绒的，痒唆唆的。做活的时间太长了，脖子有些酸了，姐姐放下针线活，活动了一下脖子。

在那空旷的院子的当中，有一口井，还有一个水缸，水缸里蓄满了水，有阳光落在水面上。风吹皱了水面的那一瞬间，芦花鸡从缸边走过……屋子里有辆笨重的自行车，还有"蝴蝶牌"缝纫机，床底的搭板上搁着母亲的一双布鞋，呈八字形微微地张开着，像注入了新的活泼的生命，正准备开始走路。

姐姐看着这些物体——她并没有分明在看，可是看见了，看得很清楚。物体与物体之间隔着很长的距离，彼此并不能联系，可是总有一种无形的东西把它们联系在了一起。活塞井和水缸，自行车和布鞋，沾满了灰尘的相片镜框，她和弟弟……世界像一间打开了门和窗的屋子，透体明亮。

姐姐在想着她和弟弟之间的关系……她坐在安静而开阔的天底下，偶尔会听到虫子的鸣叫。人是小的，肃穆的，可是情感很大，很端庄。那样铁铮铮的事实，在那儿，无论如何都不应该怀疑的，可是姐姐还是怀疑了。

她想，她和弟弟的感情，他们之间的爱，真的就那么可靠吗？是天生的情感吗？很强烈吗？很单纯吗？

除了爱以外，是不是还有另一些东西渗入他们的情感中，比如恨（没有理由的那种），利益，力量的此起彼伏和交叉，男女之情，犯罪感和恐惧感……

是不是这些东西在左右着他们的情感，一点点侵蚀着原生的爱，使他们分不清彼此，分不清什么是爱，什么是恨；什么是对的，什么是错的。

姐姐坐在凳子上，膝盖上放着针线匾子，手撑在针线匾子里，身体整个伏在针线匾子上。有很长的一段时间，她认真地听着自己的呼吸声，很匀称地，气吐幽兰地。阳光渐渐衰落了，她地上的影子变得很轻，很淡，仿佛轻轻一抹就可以去掉一样。

姐姐知道，今天，她看到了另一个世界，这个世界也有规则，也有物体与物体之间的距离，和彼此的微弱的联系。也有人，也有情感和爱恋……可是在爱恋的背后，还有另一些东西，她不知道它是什么，可是她知道它是存在着的。

天色渐渐暗下来了，在那隐约之中，还能看见院门口的梧桐树枝上系着的一根红布条，在风中轻轻地飘扬着。世界在瞬间就恢复了它原来的面目，有原因和结果，有严密的内在的逻辑，不感伤，不热烈，不神秘。每个人都如履薄冰，在飞驰而过的一瞬间，也会遇见一两个他熟悉的人或陌生的人，也会有情感和爱憎，然而这都是不奇怪的。

姐姐大声地呼唤着弟弟，向他拍拍手掌，示意他起来干活了。弟弟应声站起来，跟在姐姐的身后（他向来都是很听话的）。她吩咐他把粪箕里的土倒掉，她自己呢，则在草垛旁垒着柴火，然后抱到厨房里。

有时候姐姐会从劳作中抬起头来，看见黑暗迎面砸下来，到处都是黑暗，可是不知为什么，姐姐却觉得她的世界慢慢变得清澈澄明了，浑浊的那部分下沉了，清扬的那部分升腾而起。姐姐从她的感情里走出来了，她现在能站在她的体外——一个遥远的地方来爱她的弟弟了。她的热情沉淀了，她变得明晰和冷静。

姐姐成"人"了。人的一切最基本要素在她身上已经具备了：热情，温良，理智，自私，道德律，对自身适当的控制和约束……不多的一点动物性已经从她的身上慢慢消失了。

姐姐想，是什么使她成为了这样？这是人的必然之路吗？在由"荒蛮"走向"文明"的过程中，人丢弃了哪些东西，对自身造成了哪些束缚，跨越了哪些障碍，血源的深情也是这种障碍吗？真的能跨越过去吗？觉得哀伤吗？

多年来，姐姐就是想着这些问题长大的。后来就不想了，因为有的问题想通了；想不通的呢，在她成长的过程中也慢慢地消失了，就忘了。

五

算起来，姐弟俩的感情是什么时候恶化的呢，姐姐也不记得了。所能记得的就是她对他的爱，从见他第一面起，她就知道她会爱他。只不过是那样的一个男孩子，在很多年前她回家的那个傍晚，他突然出现在她的视野内。他的身底下骑了一根树枝，额头上有汗，夕阳在他的身后留下了影子。

可是她爱他，一定跟这些都没有关系。

他是个懦弱的男孩子，他是她的弟弟。他的瘦小的身体穿过时间之光，一寸一寸地长大。有一天清晨，他突然从厨房里跑出来，她在院子里看见了，她看见他的衣衫在清晨的风里飘舞；院子里没有人，天地在他跑过庭院的一瞬间，突然显得异常地空洞、遥远；她觉得他被淹没了，他融入了天地里，被凭空抹去了。

她在庭院里站了会儿，拿手去摸耳腮边的一颗痣，久久地摸着。四周非常安静，在那静静的一瞬间，只有炊烟飘过庭院。——她感觉自己的喉咙有些吃紧。

有一次，她告诉母亲，她害怕长大。是在阳光底下，她母亲伏在桌边改作业，她坐在一旁的凳子上，玩"折纸衣服"的游戏。

母亲便问："为什么呢？"

她低着头一直在做纸衣服，做好了，方才抬起头来说道："长大了，他该怎么办呢？他能做什么呢？"非常安静地说着话，声音很平安，可是她听得出来，她的声音里有哭音。

母亲也默然，摇着头，深深地叹了口气。隔了一会儿，母亲才说："那你呢，你对他这样不放心，可是你自己又能做什么呢？"

她把拳头轻轻地握在嘴边，用牙齿咬食指的骨节。她说："我是不怕的，过得不好，受再大的苦，哪怕死我都不怕的，可是他——"她觉得快要说不下去了，因为她的眼泪淌出来了，"他是不行的，他不能那样了的。"

母亲把笔放下，把本子合上，她看着她。她并不知道她这女儿，她才六岁，回到这个家庭也不过才两年，她所有的眼泪都是为她的五岁的弟弟淌的。

"我还害怕……"隔一会儿，她又说话了，但没有说下去。

母亲说："你害怕什么？"

"假如有一天我不喜欢他了，那该怎么办呢？"

"你会不喜欢他吗？"

"不知道……"她轻轻地摇着头，"因为时间长了……"她抬起头来看着前方，看见庭院的上空，有几片梧桐的叶子，在阳光底下；她没再说下去，也许她说了，可是声音很轻，她自己也听不清楚了……

　　虽然姐姐也怀疑着，她和弟弟的感情，那样单纯伤怀的爱，迟早会出错，可是到底会错在哪里呢，她倒又说不清楚了。

　　就有一次，她领他走过一条小街的拐角，她走在前，他跟在后，不一会儿，她就把他甩在身后了。她站在一棵老树底下等他，回头看他，她看见了一个矮小的、懵懵懂懂的孩子，正在埋头走路，他的身后是空茫的天……她竟觉得深深的悲哀了。也不知为什么，初始她是爱着他的，到最后，爱的成分消淡了，只剩下了悲哀。

　　她看着他，便以为自己是站在一个很遥远的地方，居高临下的，彼此都够不着的——就像在看一个陌生人。她看着他走过来，低着头，脚踢着石子，蹦蹦跳跳的；偶尔他会抬头看她一眼，他的眼神是小心翼翼地，揣测的，惊恐的。

　　这不是第一次，他用这种眼神看她。她跟他讲过无数次了，她是他的姐姐，她爱他，她只会善待他，她从不会伤害他。他虽也答应着，点着头，可下次再看她时，他的目光仍是闪烁的、惊恐的，畏畏缩缩的，像只小虫子。

　　姐姐便想哭。

　　她从没想到他们之间会是这样……从前她爱过他——最简单朴素的那种。她的爱让她凭空受了许多委屈，虽然她也没做什么，只不过是在太阳底下静静地坐着，想起他的时候便会淌下眼泪。大部分时间她是不爱他的，她有着自己的微小而整洁的世界，她的世界里还有很多其他的人物，以及人物之间的关系，友爱的，暴力的，自私的，冷漠的……可是在那业已过去的荒老的岁月里，哪怕她爱他只是一瞬间，她也得承认，她为他受了委屈。

　　他从不知道，当然，他怎么能知道呢？他是那样一个缺少感应的人。——他从不知道，在他一生的某一段时间里，他曾经被一个人关爱过，那个人是他的姐姐。她是那样一个明朗而坚强的人，可是因为爱他，她变得伤怀而感恩，她满腹幽怨，她不快乐，她的躯体变得格外地柔弱，一阵微风都可以把她吹得淌下眼泪。

心情好的时候，她会破例地讲很多话，坐在板凳上，并拢着双腿，偶尔会爆发出一阵大笑。他很少看到她有这样的时候，略略有些吃惊，可是隔了一会儿，他便也笑了。他是多么愉快啊！

她跟他讲起她从前的事情，很慢很慢地；坐在太阳底下，眯缝着眼睛，偶尔也会有风吹过，风把她的头发吹下来，她便会把发梢抿在嘴里。她叫他搬来板凳，像她一样坐着，坐在她的对面。有时候他也会学她的样子，并拢着双腿，把双手撑在膝盖上，瞪着一双清明的眼睛看她，认真地听她讲话。——她看着便会笑起来。

两个人离得是如此之近，以致于他能看得见她眼睛里的瞳人，她的瞳人发着光，里头也有他的影子。他的膝盖挤着了她的膝盖。她便会坐起来，把身体稍稍往后仰去。有时候她也会停下来，告诉他他的眼睛里有眼屎，他便会拿手背去擦眼屎。擦完了，她方才接着讲话。

讲故事的间歇，她偶尔会抬头看天，整个人显得异常地静默、空远。——他便也抬头看天，在他视线所及的地方，有高高的院墙，梧桐的叶子，还有蓝天底下正在飞翔的小鸟……他不知道她到底在看什么，是看蓝天，还是看梧桐树叶，还是看小鸟。他便回过头来看她的眼睛，她虽然仰着头，可是他很容易就看见了她的眼睛了。她的眼睛是很好看的，她有着水晶般明亮的眸子，闪闪发光的……弟弟看了很长时间，才突然明白了，那闪闪发光的原来是她的眼泪。

弟弟觉得很奇怪了。他想，她这是哭了么？——这不是她的第一次，从遇见她不久，他就知道她是个喜怒无常的人，常常由平静转向暴怒，由暴怒转而欢喜——对于她，他只知道她是他的姐姐，他身体之外的另一个人，与他有着亲密的血源关系，可毕竟不是他自己。她欢喜的时候他也欢喜，她沉默着他便有些担心，她生气了他感到害怕。

他想，她到底是谁呢？她是他的姐姐，她也是个陌生人。

他就这样战战兢兢地坐在她的面前，低着头，他的眼睛落在了她的格子布的裤角上；也不敢问，也不敢拔腿就走，过了很长时间，他方才壮胆怯怯地问道："那后来呢？——你还会讲下去吗？"

她站起身来，弯腰捡起板凳，说道："不讲了，天也不早了，下次再讲吧。"轻轻地说着这些，非常温和地看着他，还笑了起来，露出她那不整齐的牙齿——她笑起来的时候是很好看的。

弟弟这才放下心来，他那亲切的小姐姐又回来了。他喜欢她看他时的眼睛，她的眼神不再是空洞和遥远了，它重新充满着温情，变得非常地安静，朴素。偶尔也会有些嘲讽——对于她过往的情感——也有些不耐烦。然而这些弟弟都是看不出来的。

……姐姐走过小街的拐角，在一棵老树底下站住了，回头看身后那苍茫的天，她看见了她的弟弟，站在那小街的尽头，那天底下……姐姐觉得苍茫。仿佛在那一瞬间，什么都消失了，也爱过，也恨过，有过委屈和疼痛，有今生也不可以达成的那种默契和谅解，可是在某种时候也会有片刻的欢喜……然而毕竟都会慢慢地消散了。

从前她也这样看过他，站在一个很遥远的地方，以一种冷漠的、不相干的态度来回忆起从前，他和她之间的那一点一滴已经流逝掉的日常生活。

这次呢，她扶着一棵老树——是阴沉的下午天气，她领着他走过一条小街的拐角，一开始两人是并排走着的，偶尔还会作一些简单的交谈；不知为什么，走着走着她就生起气来了，又不好发作的，只好大踏步地往前走着，用了很多力气。

现在呢，她站在一棵老树底下等他，气还没有消，但正努力地克制着。她看着他，偶尔也会抬头看树冠，看见满树的叶子，一线一线的天色和云朵从叶子的深处漏进来。

有一瞬间，她觉得自己凭空往后跌了很远，跌到一个离她自己都很荒远的地方，来看着她自己，她的弟弟，她和他共同走过的日子。——便觉得一切都是很平常的，很多年以后，可不是一切都平常了么？只不过是一对普通的姐弟，天生就注定有很多不同，她爱他，可是他有点怕她，他看她的眼神总是瑟缩的，惶恐的。

如今，很多年过去了，他和她之间已经隔着很长的一段距离。她自己都不能相信，她爱过他，只不过是那样的一个男孩子，小，微弱，有一双迷糊的眼睛，因为他的存在，任何物体都显得庞大……就是这样的一个男孩子，他在她身上还投入了情感，凭什么呢，她摇了摇头，竟叹息了。

她又抬头看了一下天色，天更加阴沉了，是要下雨了么？远处有风吹过来，刮起漫天的尘土。小街的尽头突然出现了两三个人，急匆匆地，身子向前探着，一晃而过。她弟弟也跑起来了，捂着头，一步一摇的——他的鞋有些不跟脚。姐姐才知道果真是下雨了。

她把衣服裹了一下，往树干上更紧地靠了靠。她想，今天有什么不一样吗？——人也还是从前的那个人啊，有肉身和情感，也需要呼吸，也需要吃饭——也还在爱着——可是她觉得她对他很不一样了。

他在她面前站定了，拿袖子去擦头上的水。两个人很长时间没说话。他侧头看了她一眼，她的脸色铁青，他愣了一下，很惶恐地，又举起袖子去擦头上的水了。

仅仅在一瞬间，她突然暴怒了起来。她看着他，非常冷漠地，她从来没有像今天这样，对她身边的这个男孩充满了怨恨和鄙夷。从前她爱过他，是的，她知道，她的爱让她受了很多委屈；从前她不快乐，是的，她一直不快乐。——可是她知道，今天她这样恨他、瞧不起他，一定跟这些都没有关系。她的恨在她的体内。

从见到他的第一面起，她就知道这一天迟早会到来；她从来就知道，她对他的爱是不可靠的，脆弱的，应该值得怀疑的；她知道它会坏掉，烂掉，碎掉。有一天她会打碎它——她非打碎它不可。

她是这样的一个有力的小姑娘，她坚硬而明朗，她有着骨子里的真正的冷漠。是因为爱，才把她变成了另一个人，爱把她全毁了。它伤了她的心，也毁了她的身体。

她看着自己的躯体一天天地长高了，变瘦了，却更加地结实和茁壮了。嗨，她有什么办法呢，她更加地结实和茁壮了。

她把他叫到跟前来，起先也并没想打他，不过训斥两句，撒撒气就算了。可是她看见了他的眼睛，那是一双平坦的眼睛，看不出个子丑寅卯来，可是她还是着实地气恼了一番，她想那一定是他的神情，瑟瑟缩缩的，有点萎，像只动物。

她把他唤过来，一只手撑在树干上，为了镇静她自己，她的小手指在树皮上磨擦；另一只手展指向他伸开。她哆嗦着嘴唇——她发现她的全身都在颤抖，她的身体是绵软的，更是有力的。今天，她有许多话要说，——关于他，她有很多话：他的懦弱和无情，他的可耻，他甚至还偷钱。他偷钱做什么，啊？他偷钱是为了买东西吃……她要说很多，她瞧不起他，她恨他，她要伤害他。他是这样的软弱，不伤害他伤害谁？

她要说的并不是这个，可是她要说什么，她自己也不知道。

她说："今天我不打你，啊？你知道，今天我不想打你——"她拿手指点着弟弟的脑门，敲得铿锵作响，"但我告诉你，你别惹我生气……"话还没有说完，她眼泪已经淌下来了；脸色仍是铁青的，脸上的表情很坚硬，有点扭曲。

弟弟站在一旁，弓着身子，哆嗦成一团。他的眼泪淌下来了，抽抽泣泣的，又想哭，又不敢哭。姐姐见他哭了，自己越发觉得委屈，便撕开嗓子痛哭几声——势必压过他的。雨下得更大了，滂沱似的，两人虽站在树底下，周身竟淋得瓢浇似的，没一个干处。

她在树底下蹲了下来，低着头，拿双手搂住肩膀，很紧地，她觉得自己快要喘不过气来了。雨水砸在她的脸上，头上，脖子上——她那小而茁壮的身体上，一点点都感到疼痛。雨水从她的衣服里淌下来了，很重地，她觉得自己的身体已经快撑不住了。

有好几次，她想抬头看他，可是她不敢。也不能。她将会看见一个弱小的、值得怜惜的孩子，看见外物怎样作用于他的身体，在他的身体上留下了伤痕。看见他正在忍受着屈辱，这屈辱来自于他曾经很依赖的人。

现在，他离她已经很近了，仿佛又很远，隔着一道又一道的雨帘，他和她始终不能走近。他站在雨里，捂着眼睛，嘴里"咿咿呀呀"哭个不停。有人从他们身边走过，打着伞，看着雨地里的这对奇怪的姐弟。走了很远，仍禁不住回过头来看着他们，终于一点一点地远去了。

六

　　弟弟五岁那年，跟着父母和姐姐来到城里，住在水利局家属区的大院子里，院门口就是H城最繁华的街道，一个人的时候，弟弟会倚在门口看街景，看见很多人从街上走过；还看见街的斜对面有一家理发店，不知为什么，就记住了……后来长大了，经历了很多事情，对于童年最深的记忆还是家门口的那间理发店，开着门，梧桐树叶遮住了门上的半块玻璃；他远远地看着，一开始，他还是在看玻璃，后来他就不知道自己在看什么了，非常遥远的一种感觉，不疼痛，不爱，也不恨。

　　这是弟弟常有的一种感觉。

　　——弟弟自己也记不清楚，他挨了姐姐多少打，他受了多少她的呵斥、辱骂，简直没有来由的，有时候两个人正在说笑，她就会跳起来打他。一开始弟弟也反抗，后来就不反抗了，因为知道没用。

　　每次打完了，惊动了父母了，该抚慰的抚慰了，该惩罚的惩罚了……弟弟就会一个人来到这街头，贴墙站着，手背在身后；一抬眼就会看见马路对面的那家理发店，看见被梧桐树叶遮住的那半块玻璃；有时候是冬天，梧桐叶凋落了，梧桐树枝还是在着的，把玻璃分成一块一块的。弟弟看着，看了一会儿就回家了，非常遥远的一种感觉，也不疼痛，也不爱，也不恨。

　　姐姐的脾气一天天地大起来，有时竟很粗暴；她是天生坏脾气的，然而她打弟弟也许跟她的脾气并没有多大关系。她爱他吗？——是的，她很爱他。她恨他吗？——不知道，真的，她不知道。

　　从前也有过这样的时候，为一点小事就打他，有一次母亲看见了，非常地吃惊。母亲抱着弟弟，查看他的手臂上是否有伤痕，母亲说："我从来没想到你会打他，因为他是你的弟弟，他才只有四岁……"她说着摇了摇头，吁了一口气，觉得很可怕了。隔了一会儿，又说，"你曾经那么喜欢他，你还答应过我，你要好好善待他，你忘了吗？"母亲认真地看着她，低着头直问到她脸上来，"你忘了吗？"

姐姐转过身便哭了起来。

又有一次，打弟弟打得重了一点，弟弟便跌跌撞撞地跑到父母处告状。母亲抱起弟弟，好半天没有说话；父亲在一旁喝问她："你为什么打弟弟？"——她站在屋子当中，低着头，觉得自己是震了一下。父亲的声音并不大，然而姐姐觉得自己的身体震动得很厉害。满屋子都是父亲的声音。在她视线所及的地方，有桌椅的木腿，碎纸屑子，从墙上耷拉下来的一幅画……满屋子都是父亲的声音。

她不知道怎么回答。

母亲转过头来，母亲的眼里有泪水。母亲说："你不是在打他，你是在折磨他。他还是小孩子……你不能伤害他。"母亲的眼泪终于淌了下来。姐姐的眼泪也淌了下来……

这已经是从前的事了。一年年地过下来，在姐姐和弟弟的关系中，时间带走了很多东西，也改变了很多东西；但是只有一点没带走，那就是疼痛。弟弟为什么会觉得疼痛呢，因为总是被姐姐打；姐姐为什么打弟弟呢，因为她感到疼痛。

有时候，姐姐觉得自己已经完全脱离了从前的情感，她再也不会去爱人了。她现在自私、豁达、美好。她是这样一个安宁的小姑娘，她灰败的容颜将来会变得很美好。

有时候走过一条小街的拐角，小街上没有人，静静的晌午人们都睡去了，窗玻璃上有蓝天的倒影，流云从玻璃上慢慢地淌过。不觉又想起了弟弟，想着他将来会成为一个什么样的人——她真是不放心啊！有一个恍惚的瞬间，她觉得从前的一切仿佛又回来了，虽然很多年过去了，斗转星移了，人也不是从前的那个人了；虽然原初最单纯明亮的情感到后来也慢慢地走了样，然而在那晌午的阳光底下，她看见了自己微小的影子……不由得又停住了脚步，内心禁不住一凛，觉得很伤心了。

这一天在饭桌上，又不知为了什么，她拿筷子抽弟弟的脸，弟弟举起碗挡着，碗掉下来，饭菜洒在桌子上。他低下头，半天没有声响，后来拿袖子擦眼泪。母亲俯身安慰他，查看他的脸、手臂是否有伤痕。她递给弟弟一把筷子，对他说："去，她刚才是怎么打你的，你就怎么打她！"母亲的话在空旷的屋子里慢慢地荡漾开来；饭有些凉了，汤顺着桌沿往下淌，一只筷子安静地躺在墙角，猩红的颜色。

弟弟似乎没有听见母亲的话，他把脸藏在桌子底下，身体抽搐得厉害。姐姐看着他——她的心在发紧。她不知道他是否听见了这世界的一点声响。他将如何感应？他的可爱的肉脸，怯弱的眼神，巨大的时间潮中——一点点的摧残和伤害。

姐姐站在门口，看见了自己在太阳底下的影子，仓促地赤着脚，披头散发，屋子里的一切，凌乱而败坏。她看见母亲站在五步开外的桌边，母亲的左手捏着一根木棍，右手在剔牙。姐姐突然打了一个寒颤，她在想——是呀，她在想，死是一件多么美好的事情啊！

母亲并没有打她，她以一种与这种场合极不相称的冷静的眼神看着姐姐。她说："他是你弟弟。他跟你是不一样的人。你不能这样待他。"母亲的话句句顶真。她是把它当作话来说的——她只能这样了。

母亲也许什么都明白了，她的内心透彻明亮，可是她又能明白什么呢?

　　静下来的时候，姐姐也会想想自己，想着她是一个什么样的人，她为什么如此残忍地对待她的弟弟，想了一会儿就睡着了。是冬天的午后，她躺在自己的小床上，拿被子捂住头，泪水沾湿了被角。

　　很多年后，姐姐仍在想着这个问题，到她成为一个少女，一个青年；她渐渐地老了，结了婚，生了孩子，她已经是一个中年妇女了，仍在想着这个问题，她为什么残忍地对待她的弟弟。她为什么?

　　似乎有千百万个理由，然而每一个理由都不成为理由。她在爱着，她那么温绵善良，她弟弟也是温绵善良的，他们彼此充满着静静的、深厚的情感。他们应该互相善待。

　　星期天的上午，大人都上班去了。初冬的阳光照在屋子里的茶几上，"红灯牌"的收录机里苏小明在唱歌。姐弟俩守在沙发的两旁，拢着袖子，非常快乐地、认真地听歌。都有些茫然。

　　日子那么漫长，冬天照样的冷，冷得无处可藏。苏小明是个可爱的姑娘，听说她已经二十六岁了。她现在在干什么呢? 她生活得幸福吗?

　　姐姐对弟弟说:"你已经十岁了。"

　　弟弟睁着眼睛，想了想，有些吃惊。"是噢，都十岁了，那么快。"他爽朗地笑起来。又说，"那你呢? 也十一岁了——那么大了。"姐姐也笑了，眯着眼睛，仿佛一下子不能接受。

　　夏天他们会躲到屋子里说话。各自屈膝抱腿，很乖的样子。说到开心处，会大声地笑出来。有时候也会撒一些娇，娇嗔的样子，很轻巧。都是把对方当作异性来看了。母亲进入屋子，看着被热气焐得汗流浃背的一对儿女，奇怪地问:"在屋子里干什么？也不嫌热？"答曰："在说话。"齐声笑了起来……

最快乐的时候也是最危险的时候。姐姐往往在这时突然动起怒来，她听见了自己的笑声戛然而止，她的肌肉紧张而有力，她的神情，在瞬间变得格外地坚硬。

弟弟抬起头来，他的笑声也戛然而止了。他抿着嘴巴，侧头看着窗外，绿色的纱窗上有两条金鱼，在阳光底下显得格外醒目。屋子里非常安静，偶尔也会听到间歇的蝉鸣，在那蝉鸣的背后，弟弟也听见了自己心跳的声音，一下，两下，不知是快了还是慢了。

姐姐立在窗前，他看不见她的脸色，然而他知道她的脸色一定是很难看的，她生气的时候总是很难看的。她打开一个抽屉，又一个抽屉，他听见了她的手触碰到纸张时所发出"窸窸窣窣"的声音。她关上抽屉，又是木头撞击的声音，并不很响，然而他知道她是用了一些力气的。

弟弟从墙角站起身来，如果这时候他走出房间，必须经过姐姐的身边。他犹豫了一下。他看着她的背影，瘦而高的，她只比他大一岁，然而从身量上却要高出他许多。他喜欢看她的背影，因为背影是没有表情的。他顶害怕她转过身的一瞬间，她的脸。她的脸也是没有表情的，木然的。她有一双非常大的眼睛，双眼皮很沉厚，眼皮的后面没有内容。整个儿像个死人，死人的身体里也积蓄着力量。

姐姐转过了她的身体，她发现她的眼里有泪水。她看着他，他也看着她。——他也发现了她的眼里有泪水。

她对他说："你走吧。"她的声音很轻，很平淡。

他长长地舒了口气。——今天她并没有打他。他低着头，从她身旁走过，走到门口，推开纱门，闪身而出。纱门自动关上了，在他身后发出"哐当"的声音。今天她并没有打他……

七

姐弟俩现在难得说一句话了，他们读的是同一所小学，她念四年级，他念二年级。有时候两个人会结伴上学，一个走在前，一个走在后，冷漠，不相干的样子。走过家门口的一条马路，过了十字路口，两人就分道扬镳了。各自沿着不同的路向前走着，越走越远了。

两人的世界都空前地开阔起来，出现了很多新的有趣的人物，二（1）班的杨小丹是从新疆来的，陈家培去省里参加作文竞赛了，王敏敏是校花……陆玉明上课时爬桌底，像个小耗子一样，笑死人了。

回到家里呢，面对的仍是从前的环境、房间和人，窗台上放着一盆万年青，还有一盆仙人掌，仿佛从来就在那儿，还将永远在那儿。

姐姐的脾气更加暴躁了。她学会了摔碟子打碗，和父亲顶嘴，和母亲生闲气。平时尚好，逢着寒暑假，必有一场大闹。打得最多的还是弟弟，打完了，两败俱伤了，姐姐就会在那静静的空气里待着，待得久了，连自己也恍惚了，竟不知身在何处。有一瞬间，她觉得自己仿佛失去了那微小的肉身的所在，她掐着自己的手腕，温热的，软而光滑的，——左不过是那轻微的肉的感觉。偶尔也会摸到脉搏的跳动，很急促地；她听到了自己微弱的呼吸声，她的身体已经瘫软了。

她弟弟倚在墙角，双手圈住头，他的手臂上有青一道紫一道的伤痕。他低头哭着，一开始是认真哭着的，哭到后来就忘了，也不知自己在哭什么了。偶尔也会侧头看自己受伤的手臂，原已是不哭的，这一下却哭得更气壮山河了。

她打他，他从来不还手，能躲则躲，躲不掉的，就由着她打。她要打到他臣服才罢，他却又不答应了。她哭着说："你起来，起来把脸洗干净了，我就不打你了。"又说，"你向我认个错儿，就说原是你错了，下次改正，就喊一声姐姐……"

他低头擦泪，认真地听她说话，等她说完了，呜呜啼啼地却哭得更响了。

她拿双手扳住他的脑袋，夹紧了，对着他的脸问道："你没听见我的话是吗？你的耳朵聋了是吗？——"她说着哭了起来，道，"你拿这个报复我，你报复我！"她再也忍不住了，她掐他的脖子，她和他扭在一起，她把他的头扳起来往墙上撞，她自己的头也往墙上撞，她听见了她头皮撞击的声音，天花板，桌椅，窗外阳台上晾晒的衣服，在她面前旋转了起来……也不知闹了多长时间，两人终于歇息了下来，他吃了亏，但她也没占到半点便宜。

她在屋子里坐着，是一个酷热的夏天的晌午，屋子里略显阴凉。墙壁上的挂钟已打过十一下了，父母也快要下班了吧？姐姐突然打了个寒战。她坐在那儿静静地听钟摆的"嘀答"声，很清脆地，屋子里更显安静了。

她看着他，他瑟缩在墙角，气息奄奄，她听到了他那粗重的喘息声，——这次打得确实重了一点。偶尔他会抬起头来看着她，他的眼里有小鹿般惊恐的神情。她想，她已经认不出来他了，他是她的弟弟，可是他们现在是如此地生疏和遥远。

她自己也没有想到，她和他会有今天，从前她爱过他——最广泛开阔的那种。一个明朗的深秋的下午，她一个人坐在庭院里为他淌眼泪；她带他到春天的田野里割野菜，她远远地看着他，看着风和时间从他身旁经过了，她就觉得自己在淌眼泪。她走在他的身旁，去村头接周末回家的父亲，偶尔她会侧头和他说一两句话，都是一些极简单的话，语气很平淡，在空气中静静地震颤着——这些话至今还留在她的记忆中。更小些的时候，她和他还在一张床上睡觉，睡在一头，清晨他们会一同看窗棂外的天空，也会说一些话，她说话的时候，他就伸出舌头够他自己的小鼻子。

如今很多年过去了，时间在他们之间拉下了间隙，使他们彼此嫌恶，彼此生疏和陌生。时间也改变了她很多，挫败了她的情感、尊严，和对自己不多的一点爱怜。——现在她一点也不爱惜自己。她嫌恶自己比谁都厉害。时间还改变了她的形体和容颜，使她从一个女童到少女，从一个少女到女人……她十二岁那年来了"初潮"，她就对自己说，是从这一天开始，她已经成为女人了。

她弟弟呢，仍是从前那个光溜溜的小孩子，人高了，瘦了，扁平的，更加懦弱了。姐姐便想，真好啊，时间还没有在她的弟弟身上留下阴影。她怎么能容忍他长大呢，他那么温绵善良，一阵风都可以伤害他，她怎么能容忍时间伤害他呢？有时她想，他们中的一个人要是死了就好了，死了，一了百了；死了，他们就再也不会互相伤害了。

她扶着墙壁站起来，伸了一下懒腰，头仍是隐隐作痛；屋子里的空气很沉重了。她要到室外去。后门口是一条小街，她沿着小街走路，偶尔也会在一家五金店前停下来，看看玻璃柜台里的电线和电插座。看了很久。

她在一棵老树底下站住了，一抬头就能看见小街的对面她的家，在二楼，玻璃窗上有耀眼的光芒。窗户有一扇是关闭着的，是厨房，厨房的左边就是她的卧室了。她弟弟的卧室在那一面，她是看不见的了。

她在树底下站着，树叶很茂盛，有阳光洒在她的身体上，衣裙上。偶尔也会有风吹过，风吹过的时候，对面巷子里的一条狗正在吐着舌头。越来越多的自行车从她面前穿梭而过，也有正在行走的人，走过她的身边，脚步稍稍带起了她的裙角……在那一瞬间，她仿佛突然盹住了一样，她看着这些人，这条狗，这夏蝉……这些活泼的、尖锐的生命，在这正午的阳光底下，突然变得静默了。阳光有一阵是弱下去了，可是还留下了人的轻淡的影子，矮小的、虚弱的，惶然而过。人们唧唧呱呱地说着话，发出笑声，可是她听不见他们。—— 一切都像在梦中，不知是真的还是假的。

她抬起头来听树丛深处的蝉鸣，很认真地，听了很久。阳光重新强大了起来，发出白炽的光芒。——在那样白炽的阳光底下，她觉着悲凉。

她拔腿就往家里跑，穿过一条漫长的小巷，院墙，二号门的楼梯，自家的门口……她又看见他了，他仍坐在客厅的地上，两腿盘起，正在划墙；一横，又一竖，他有着细而长的指甲，在墙上留下了道又一道的指甲印子。

她在他身旁半蹲了下来，她拿起他的手臂看着，紧紧地贴在她的脸上，她抱着他，失声痛哭。她说："是姐姐错了，姐姐本来没想打你，姐姐是个可恶的人……姐姐下次再也不打你了。"

弟弟原是哭着的，这时却突然噎了声，那可怕、沉默的一瞬间，屋子变得阴凉。他畏缩在墙角，背对着她，身体抽搐得厉害。不一会儿，他重又哭起来，哩哩啦啦地哭诉着他自己也听不清楚的的话。

她也哭了起来，一切全错了，事情不是这样子的。她打他，不为别的，只是打他。一开始有点不快乐，后来打着打着就恨起来，他的懦弱和不争气。甚至他对她的误会，他把她当作了另一个人，一个外表上看上去的那个人。

他终于开口"说话"了——他微弱地叫了声"姐姐"——她的眼泪再次夺眶而出。天知道她多么爱他。她喜欢他干净，温和，好脾气的样子，就是现在，他像个婴儿。他为什么不早"说话"呢？事情本来不会这样糟的，她要的不过是他的一句话，一个眼神和手势，微弱地屈服着，像个女孩子。

母亲下班回家了，看见亲爱的儿子青头紫脸，满脸伤痕，便明白是怎么回事了。她板着脸朝姐姐走来，还没走到她跟前，姐姐就跪下了。母亲手扶着沙发，眼泪不禁落下来。她哭道："你总得告诉我是什么原因吧。弟弟就是犯了错，也不由你来管教。现在人都被打成这样子了，你总得有个理由吧？你恨他，总归也有恨的理由吧？"她又转过头来对父亲说，"我自己养的儿子，我从来舍不得打，凭什么要由她来打？她凭什么？"

她再也忍不住了，上前扯住姐姐的头发往墙上撞。姐姐弓着腰，拿手捏住母亲的膀子，护着自己。她哭了起来，然而内心还是坚挺的，站在制高点上，不肯屈服。她抬头平静地、干巴巴地看着母亲，她让她感觉到一种分庭对抗的力量。母亲更是发了疯了似地掐她的脖子。姐姐一动不动地贴在墙上，感觉到呼吸的急促和困难，力量从她的体内散发了，生命变得气若游丝，——她闭着眼睛，不挣扎，不还手，她等待着生命以一种极端的方式结束。

她贴在墙上，看见母亲的身体变得越来越模糊，像狰狞的影子。——她一点也不恨她的母亲，她爱她，她曾经那么信任她。很多年前，她是个美丽、温良的女人，她有很多情感。很多年后，她老了，粗糙了，臃肿了，脾气越来越暴躁了。也许在她心情很好的时候，或者是晴天，她的手触碰到了一块有机玻璃，她就会想起很多年前，她自己，她的一双儿女。想起那些在阳光底下的日子。可是她再也不会知道，在她一生中的某一段时期，她曾经被一个人爱过，那个人是她的女儿。——那时她也不过才五岁吧！就为了爱她，这个当年只有五岁的小姑娘吃了许多苦头，她为她淌了很多眼泪，——她再也不会知道。

她同时也不会知道，很多年后，她的“爱过”的女儿会突然变成了另一个人，她残忍、坚硬、无情、忧郁……她常常会失声地哭起来。——连姐姐自己也不知道，在这漫长的时光之流中，到底是什么起了决定性的作用？她看着她身处的世界一寸寸地腐败了，人衰老了，肉体腐烂了，情感不纯良……它跟她小时候看到的世界完全不一样了。

她还记得小时候，她和父母弟弟同床共眠的情景。是夏天的晚上，一家人躺在凉席上，在院子里乘凉。母亲穿得那样少，她甚至光着上身，露出耷下的乳房，姐姐笑着打趣时，她便会笑道：“是自己的儿子，怕什么？”口气干净明朗，是说给弟弟听的，竟带有女人撒娇的口气。姐姐呢，则穿着短裤和胸衣，因为小，还没有胸脯，愈加喜爱自己的纯洁。父亲半躺着，正在抽烟，手臂围在脖子上，露出浓密的腋毛。姐姐并不朝他看，只安静地坐在他的脚头，偶尔她会搭讪一些话，自言自语地，自己先笑起来。——他们说着话，吃消暑食品，然后重新躺到床上，姐姐和母亲一头，父亲和弟弟一头，盖宽大的毛巾被，享受着亲密无间的肌肤相触的乐趣，敏感着彼此的体温和体香，父母对孩子，男人对女人。那裸露的身体及四肢、体毛，光滑清洁的肌肤，浓郁芬芳的夏夜，——他们躺在一起。一家人简直是天真了。

她喜欢那样的晚上，那么安静，没有邪念。四个简单的男人和女人，朴素的生活。她聆听着父母和弟弟的呼吸声，骨骼翻动的声音，声音如此清晰明朗，时间在此间凝固。她抚摸着母亲的身体，有些潮湿，柔软的体温和淡淡的肉香，如此真实。她的手从父亲和弟弟的脚背上轻轻掠过，并不碰他们，她能感觉到那两个男人宽厚结实的身体，在夜深人静的背后，她感觉他们。呵，她曾和他们同床共眠，她珍惜这些。

　　她贴在墙上，静静地看着母亲，她的眼泪淌下来了。她对自己说，她回到这个家庭已经十年了。她为什么要回来？这整个是一场错误，她遇见了她的父母，然后是她的弟弟。她和他们发生了一些情感纠葛，——这样的情感里有许多委屈。她以一种不可遏制的力量成长，波及到许多人——然而她总觉得自己受到了莫大的伤害，再也补救不回来了。

　　她想她应该离家出走，到一个陌生的城市生活。她走遍那个城市的所有街道，希望寻访到一个男人，一个长着络腮胡子的陌生男人，粗黑、丑陋、模样吓人。他们走进城市深处的旮旯里，正确地拥抱。——为什么不呢？爱一个人，在她是早就懂得、无师自通的。她才十五岁，可是这不要紧。这很好。她父母、弟弟在一旁看着，都有些目瞪口呆了。……

　　她走在她十五岁那年的小街上，是在夏夜，她又听见密密麻麻的蝉鸣，像一张无穷无尽的网。街上没有暴力事件发生，没有情杀。时代与城市都显得过去正确了，男人们不知在干些什么？——她走在自己的城市里，被悔恨和爱恋折磨着，被自尊折磨着，被一种广大无边的力量所困扰，她的眼泪终于忍无可忍地又淌了下来。

　　是一种"爱恋"，她想着，后来变成一种仇恨；再后来就是隔膜了，像她对弟弟，说到底还是疼痛，是打和被打的感觉。也不晓得怎么弄成这样子了。